HEYNE BÜCHER

W0385404

SCIENCE FICTION

Herausgegeben
von Wolfgang Jeschke

GRENZFLÄCHEN

Science Fiction & Fantasy

Zusammengestellt und mit einer
Einführung herausgegeben von

Ursula K. Le Guin
&
Virginia Kidd

WILHELM HEYNE VERLAG
MÜNCHEN

HEYNE SCIENCE FICTION & FANTASY
Band 06/4175

Titel der amerikanischen Originalausgabe
INTERFACES
Deutsche Übersetzung von Birgit Reß-Bohusch
Das Umschlagbild schuf Jim Burns

Redaktion: Wolfgang Jeschke
Copyright © 1980 by Ursula K. Le Guin & Virginia Kidd
(Einzelrechte jeweils am Schluß der Texte)
Copyright © 1985 der deutschen Übersetzungen
by Wilhelm Heyne Verlag GmbH & Co. KG, München
Printed in Germany 1985
Umschlaggestaltung: Atelier Ingrid Schütz, München
Satz: Schaber, Wels
Druck und Bindung: Elsnerdruck GmbH, Berlin

ISBN 3-453-31140-X

EINFÜHRUNG

WIE FING DIE SACHE AN?

UKL.: Für mich wohl damit, daß ich Science Fiction-Anthologien las und mir dachte: »Wie kann man nur so ein Juwel und so einen Schund in einen Band packen?« Als ich dann überlegte, nach welchen Gesichtspunkten ein Herausgeber seine Wahl traf, kamen diese verführerischen Gedanken, die immer mit den gleichen Worten begannen: »Also, wenn *ich* jemals ...«

Genauso fing es an.

VK: Für mich hatte es Jahre zuvor begonnen, als ich Judy Merrill beim Zusammenstellen einiger ihrer *Bests*-Jahresbände half. Damals erfuhr ich aus erster Hand, wie weit der Herausgeber von Reprint-Anthologien die Netze auswerfen und wie genau er seinen Fang sichten muß. Meine Lehrzeit umfaßte so komplizierte Dinge wie Copyright, Genehmigungen und Verhandlungen. Und ich lernte den Moloch Terminfrist zu bändigen – eine verlegerische Notwendigkeit, die jedoch im allgemeinen im krassen Gegensatz zu den Bedürfnissen der Autoren und den Neigungen der Anthologisten steht. Dann war da noch das halsbrecherische Unterfangen, als ich mit Ursula die elfte *Nebula*-Anthologie vorbereitete – in einem einzigen Monat, in dem wir nicht zum Verschnaufen kamen.

Ich hatte also bei einer Reihe von Reprint-Anthologien und vor Jahren auch bei einer thematischen Anthologie mitgearbeitet. Letztere war übrigens die weitaus interessanteste, die eindeutig am meisten Spaß gemacht hatte ... Zu dem Zeitpunkt, da wir über dieses Buch nachzudenken begannen, sah es so aus, als seien Magazine dem Untergang geweiht. Ich fand jedoch, daß gerade auf einem Gebiet, wo die Kurzgeschichte von Anfang an gleichberechtigt neben dem Roman stand, Anthologien mit Originalerzählungen einen unschätzbaren Wert besaßen. Unser Glück wollte es, daß gegen Ende der siebziger Jahre – wohl im Sog von George Lucas und Steven Spielberg, die den gesamten SF-Sektor neu belebten – so viele Magazine aus dem Boden schossen wie seit dem Boom der fünfziger Jahre nicht mehr. Der Anthologie kommt in dieser Sparte allerdings ein besonderer Platz zu. Sie ist ein Forum für etablierte Autoren, die einmal etwas Neues versuchen möchten, aber auch für unbekannte Schriftsteller, denen man allmählich Gehör schenkt.

Für mich begann das Buch damit, daß ich Ursula einen Blick zuwarf und sagte: »Packen wir's an!«

VON WELCHEM THEMA WIR AUSGINGEN?

UKL: Wir waren uns von vornherein einig, daß es kein bestimmtes Thema geben sollte, nicht einmal einen Tip für unsere Autoren, wonach wir suchten. Ehrlich gesagt wußten wir selbst noch nicht recht, wonach wir suchten. Wir würden es schon merken (und wir merkten es!), wenn es uns unter die Finger kam! Ein Thema ist ganz nützlich, um all die Leute anzuregen, die nicht von sich aus schreiben – von ›Wie ich meine Sommerferien verbrachte‹ aufwärts. Und es kann einer Sammlung zumindest einen oberflächlichen Zusammenhalt verleihen. Aber es gibt bereits so viele thematische Anthologien in der SF-Literatur, daß sie Gefahr laufen, so abstrus und ausgefallen zu klingen wie die Titel von Doktorarbeiten. (RIEMANNSCHE RÄUME! Eine Original-Anthologie über nicht-euklidische Androgyne germanischen Ursprungs.) Außerdem wollten wir die Autoren nicht gängeln, ihnen nicht verordnen, was sie schreiben und wie sie es schreiben sollten, sondern sehen, was sie von sich aus geben – auf welchen grünen Fluren, in welchen skurrilen Wäldern der Verfasser spekulativer Literatur auftaucht, wenn er die Zügel schießen und der Phantasie wirklich freien Lauf läßt. Die Arbeit an diesem Band war deshalb ein Entdeckungsprozeß – und ich denke, daß auch der Leser diesen Entdeckungsprozeß mitmachen wird.

VK: Themen schränken stark ein, auch wenn sie nützlich für Lehrer sein mögen, die vielleicht einen echten Bedarf an Science Fiction-Stories über Wirtschaft, Spiele oder diverse Neurosen haben. Aber bei einem Buch, das sich beispielsweise nur mit Neurotikern befaßt, fehlt von vornherein jede Spannung. Nichts macht eine Story schneller kaputt, als wenn man die Pointe vorzeitig hinausposaunt. Ich habe das Gefühl, daß die thematische Anthologie den Autor frustriert und den Leser rasch ermüdet.

Sicher, es hat auf dem Science Fiction-Gebiet jede Menge Sammelbände zu bestimmten Themen gegeben und wird auch weiterhin welche geben. Eine Zeitlang wucherten sie wie Unkraut, bis auch der produktivste Herausgeber auf diesem Sektor zu dem Schluß kam, daß er – bildlich gesprochen – alles abgegrast hatte und sich nun zu neuen Weidegründen begeben könnte, wo das Futter zwar auch grün war, aber würziger schmeckte. Das Konzept einer Anthologie von Stories, die nichts außer dem Neuen verbindet, ist eigentlich gefeit gegen jeden Verschleiß und Mißbrauch.

Für mich macht das Fehlen eines gemeinsamen Themas den größten Reiz dieses Buches aus.

Science Fiction-Leser lieben das intensive Vergnügen an der Kurzgeschichte, den gemächlicheren Gang der Erzählung und die reiche Fülle des Kurzromans. Sie finden nicht nur Freude daran, möglichst verschiedene Geschmacksrichtungen in einem Band vertreten zu sehen, sondern messen auch gern ihr Urteil mit dem des Herausgebers. Es bleibt viel mehr Raum für Kritik – und Beifall – wenn man entscheiden kann, ob eine Story gut oder schlecht ist, anstatt nur abzuschätzen, wie gut sie in den gesteckten Rahmen paßt.

UND DER TITEL?*

UKL: Wir hatten immer noch keinen Namen für die Anthologie, als alle Stories bereits auf dem Tisch lagen. Ich sagte

* Der Originaltitel lautet: INTERFACES und konnte bei uns nicht verwendet werden, da er hierzulande ein reines Computer-Fachwort ist.

immer, egal ob wir sie nun *Wagnis des Wahns* oder *Allegorien des Alls* nennen, wir würden unsere Autoren immer wie Weihnachtsspringerle in einen Model pressen. Soll der Name doch aus den Geschichten erwachsen! erklärte ich mit weitausholender Geste, und 3000 Meilen entfernt zuckte Virginia nervös zusammen und entgegnete: Und wenn das nun nicht klappt? Es klappte. Natürlich kam der Vorschlag von Virginia und zwar zu einem Zeitpunkt, da ich anfing, Telefonstrippen zu zerpflücken und weinerlich zu gestehen, daß es vielleicht doch besser gewesen wäre, sich früher für einen Titel zu entscheiden ...

VK: Also, genau genommen dachten wir – oder zumindest ich – ziemlich oft über den Titel nach und zwar von Anfang an, schon deshalb, weil das Kind auf dem Kontrakt einen Namen brauchte. Mir fiel einer ein, und ich hielt lange daran fest, obwohl Ursula protestierte, daß er a) zu elitär und b) unverständlich sei.

(Nein, ich denke nicht daran, ihn zu verraten. Vielleicht gelingt mir noch einmal ein Wurf damit.)

UKL: Kommt nicht in Frage, das lasse ich nicht zu, ich werde SCHREIEN.

VK: Ich beuge mich der Gewalt ... Während nun also Ursula Telefonstrippen zerpflückte, fiel mein Blick durch Zufall auf einen Satz, der in mir dieses wunderbare Gefühl weckte: »Das ist es!« In dem Text ging es um Computer, und er lautete:

Die Verbindungsschaltungen von Eingabe- und Ausgabeeinheiten, dem zentralen Prozessor und seinem Speicher nennt man INTERFACES.

Obwohl im Normalfall die beiden Stützpunkte unseres zentralen Prozessors, die Einheiten UKL und VK, dreitausend Meilen voneinander entfernt sind, hatten wir uns in New York zu einem Geschäftsgespräch getroffen; und als ich Ursula den Vorschlag machte, konnte ich sehen, daß sich ihre Miene zumindest etwas aufhellte. Wir waren uns einig.

UND WIE LIEF DIE SACHE AB?

UKL: Unser Manuskriptestapel für das Buch wuchs und nahm allmählich eine Gestalt an, die über das Format 21,5x28x5 oder 7,5 cm hinausquoll: eine ganz eigene Gestalt; einen so entschiedenen Charakter, daß er eine zusätzliche Auswahl verlangte und unsere anfängliche Freiheit als Herausgeber einzuschränken begann. Als wir etwa ein Drittel des Stoffes durch hatten, lasen wir einige gute Stories, die wir ablehnen mußten, weil sie nicht zu den bereits akzeptierten paßten. Wir wollten mehr als einen Wühlkorb oder Sammelbehälter: Wir wollten ein Buch machen. Unsere Sorgen erwiesen sich als unnötig. Das Buch entstand ganz von selbst. Die Stories kamen herein, vielgestaltig, bunt gemischt, jede mit ihrem eigenen Charakter, und doch vereinten sie sich zu einem Ganzen, einer Anthologie mit einem unverkennbaren, klaren Stil – einer Persönlichkeit.

Es ist weder meine noch Virginias Persönlichkeit. Wir sind sehr verschieden, auch wenn sich unser literarischer Geschmack in vielen Dingen trifft. (Wir haben unsere Interfaces.) Natürlich wiesen unsere Vorlieben und Vorurteile dem Buch eine bestimmte Richtung; so forderten wir Stories nur von einigen der Autoren an, deren Arbeiten wir persönlich sehr schätzten. Unsere Freiheit verpflichtete uns, auch sie frei gewähren zu lassen. So ist die ›Persönlichkeit‹ oder der Stil, der im Laufe der Arbeit entstand, wie wir hoffen, weniger eine Reflexion unserer Herausgeber-Willkür, sondern der echte Ausdruck einer Stimmung, eines Moments: reife Science Fiction, jenseits der Dreiviertelmarke unseres Jahrhunderts.

VK: (Zu den Dingen, die mich in der Verlagspraxis schon immer gestört haben, gehört die notwendige Anpassung an den »Stil des Hauses«: Amerikanische oder britische Schreibweise beispielsweise oder allgemeine Mißbilligung von falsch zusammengesetzten Wörtern. Da hatten wir nun Stories aus Kanada, Großbritannien und Australien neben solchen aus den USA – und hätten auch welche aus Frankreich und Japan bekommen, wäre da nicht die Original-Einschränkung gewesen. Also schloß ich einen Pakt mit unserem Chefredakteur James Baen, der uns bereits jede Menge Spielraum gewährt hatte, daß es uns gestattet sein sollte, diese Unterschiede in Schreibweise, Ausdruck und Denkart beizubehalten, anstatt sie mit Gewalt in das amerikanische Klischee zu pressen – solange wir hier an dieser Stelle verkünden, daß die Inkonsequenz beabsichtigt ist!)

UKL: So wie wir nicht an eine Normsprache gebunden waren, so legten wir uns auch nicht auf eine bestimmte SF-Richtung fest: Manche dieser Stories gehören eigentlich in die Kategorie Fantasy, und andere wiederum passen in keine der bekannten Sparten. Aber mehr noch, wir mußten uns nicht einmal auf Prosa beschränken. Wenn ein Gedicht hereinkam, das zu den übrigen Beiträgen paßte, schnappten wir danach wie ein Tyrannosaurus Rex nach einem Lemuren. Große Namen? Klar! Kleine Namen? Wunderbar! Jede Berühmtheit hat einmal als Unbekannter angefangen. Und ich wage die Prognose, daß einige der hier vertretenen, weniger bekannten Autoren in ein paar Jahren auch ganz oben stehen werden.

Ein Bekannter sagte zu mir: »Herausgeber, das muß ein ganz schöner Power-Trip sein – da kannst du endlich mal austeilen anstatt einzustecken!« Aber so lief es wirklich nicht. Wichtig war für mich die Freude an der Arbeit, nicht die Macht. Die Begeisterung, eine erstklassige, brandneue Story auf Schreibmaschinenpapier zu lesen und zu sagen: Ja, die gefällt mir! Ja, die können wir nehmen! – Als Herausgeber ist man im Grunde eine Art Hebamme. Aufgepaßt! Da kommt das nächste Superbaby!

VK: Als Hebamme habe ich mich bisher eigentlich noch nie gesehen. Ein *Trip* war das Ganze schon eher für mich. Die Erde legt im Jahr 600 Millionen Meilen zurück, und die Aussicht wechselt mit jeder Minute. Wir können uns mit diesen Zahlen nicht messen, aber in unserem engen Rahmen lernten wir eine Menge neuer Winkel kennen, schlenderten durch viele fremde Gassen und besuchten einige exotische Landschaften des Geistes. Wir eröffneten neue Perspektiven, überbrückten Grenzen, schufen etwas Ganzes.

Ursula K. Le Guin, Portland, Oregon
Virginia Kidd, Milford, Pennsylvanien

Mit seiner erlesenen Handschrift, die das 18. Jahrhundert heraufbeschwört, hätte John Crowley auch Kalligraph werden können, aber er zog es vor, unter die Schriftsteller zu gehen. »Der Grund des Besuches« war der allererste Beitrag, der die Herausgeber erreichte. Es stand außer Frage, daß die Story das Buch auch eröffnen sollte.

JOHN CROWLEY

Der Grund des Besuches

Sie war nicht so groß, wie ich angenommen hatte; ich hatte mir immer eingebildet, daß sie mich überragen würde. Es stimmt zwar, daß man sie überall als ›hochgewachsen‹ bezeichnet, aber es stimmt ebenso, daß diejenigen Menschen, die unsere Phantasie am stärksten beschäftigen, die in sie gesetzten Erwartungen nie ganz erfüllen, wenn man sie leibhaftig vor sich sieht (wiewohl leibhaftig bei ihr vielleicht nicht ganz zutrifft). Das große, ebenmäßig geformte Gesicht und die langen Hände, das scheinbare Verhältnis aller Körperteile zueinander – der Abstand von Händen und Handgelenken, Brauen und Mund, Kinn und Brustbein – war genauso wie bei jemand von der Größe, die ich mir immer vorgestellt hatte, aber der Gesamtmaßstab wirkte verkleinert, so als sähe ich sie aus großer Entfernung auf mich zukommen.

»Guten Tag.«

»Guten Tag.«

Ich besaß die Geistesgegenwart, mich sofort auf meine Gastgeberpflichten zu besinnen, wie sie es wohl auch getan hätte, wenn ich sie so unverhofft besucht hätte, und verdrängte damit einen Moment lang das unvermeidliche Unbehagen, das auf uns harrte. Ich bot ihr eine Tasse Tee an, und sie sagte ja; aber als sie mir in die Küche folgte, bereits verwundert über die Dinge, die sie in meiner (völlig normalen) New Yorker Wohnung sah, entdeckte ich, daß ich nur Fertigtee hatte.

»Mit Eis schmeckt er besser«, sagte ich und versuchte so wenig Aufhebens wie möglich von dem Glas mit dem seltsamen braunen Pulver zu machen. Ich erinnere mich, daß mein Vater in jenem heißen Sommer des Jahres 1944 vergeblich versuchte, in England Eistee einzuführen. Das heißt, ich erinnere mich nicht echt daran; ich war damals zwei und lebte am Washington Square. Ich erinnere mich, daß er die Geschichte erzählte. Mit ein wenig Rum ginge es vielleicht, hatte man ihm bedeutet.

»Mit Eis?« fragte sie, und ihre Papageienaugen waren groß auf mich gerichtet. Ich erklärte ihr, was Eistee war. Ich wußte nicht recht, ob der Ausdruck erstaunter Faszination eine Maske war, um das wahre Entsetzen zu verbergen, oder ob er wahres Entsetzen bedeutete. Aber ich bemerkte ihre Verblüffung über das kleine rote Kühlschrank-Lämpchen und die Plastikzitrone, aus der ich ein wenig Zitronensaft in den Tee drückte. Die Plastikzitrone fand sie ungeheur witzig. Einen Moment lang empfand ich tiefes und völlig unangebrachtes Mitleid für sie. Ich packte Pepperidge-Bauernschnitten aus und machte Mayonnaise-Sandwiches. »Was Sie alles aus Gläsern und Flaschen holen!« sagte sie.

Wir tranken Tee. Ich erwartete, daß sie – die Besucherin – schüchtern und um Worte verlegen sein würde, und daß es an mir war, Erklärungen abzugeben, Rätsel aufzudecken, Vergleiche anzustellen, Gegensätze herauszuarbeiten. Bei anderen Besuchern schien es wenigstens immer so zu sein; Dr. Johnson hatte ich zum Beispiel die Wirkungsweise des Aufzugs erklärt. (Er wollte nicht einsehen, daß sich die kleine Kabine nach oben bewegt hatte, sondern glaubte steif und fest, daß man rasch die Kulissen verschoben hatte, während wir uns eingeschlossen befanden.) Und Max Beebohm hatte ich versichert, daß ich in einem alten gelben Tropenanzug und einem grellen Hawaii-Hemd durchaus als gut angezogen – ja sogar als eine Art Dandy – galt. Aber jene Besucher waren im Grund pure Einbildung. Bei ihr lag die Sache anders. Sie besuchte mich, sie stellte die Fragen, und ich rang um Worte.

Sie zeigte stets Anteilnahme für die Lebensumstände anderer, wollte wissen, wie sie mit ihrem Dasein zurechtkamen. Ich wog meine Antworten sorgfältig ab und versuchte die Dinge meines Lebens zu überspielen, die für sie völlig unverständlich gewesen wären. Sie – die sich so schmerzlich bewußt war, daß sie keine Universität besucht hatte – zeigte sich erstaunt, daß ich eine gute Ausbildung genossen hatte und doch nicht über Ovids Schriften hinausgelangt war, von denen ich im übrigen so gut wie gar nichts behalten hatte – und daß ich sogar eine Ausnahme darstellte, weil ich es zumindest versucht hatte. Ich gab mir keine Mühe, ihr zu erklären, daß ich trotz dieser Wissenslücken in meinen Kreisen als umfassend, ja sogar als esoterisch gebildet galt. Ich kam mir wie ein Idiot neben ihr vor und wollte das nicht noch unterstreichen.

Aus den Hinweisen, die sie meinen Antworten entnahm, begann sie ein Leben für mich zu erfinden, wie sie es angeblich oft bei Menschen tat, die sie eben erst kennengelernt hatte. Die Plastikzitrone und der Fertigtee – »gar nicht so schlecht«, meinte sie, obwohl sie kaum etwas davon trank – brachten sie auf den Gedanken, daß die Menschheit nun auf ein schlichtes, besinnliches Bohémien-Leben zusteuerte, da die Notwendigkeit von Bediensteten und damit das komplexe System gesellschaftlicher Beziehungen abgeschafft war und andere Triebkräfte zur Blüte gelangen konnten. Sie sprach sogar die Vermutung aus, daß das Kühlschranklämpchen dazu diente, einen geistesabwesenden Poeten daran zu erinnern, daß er in die Speisekammer schaute und nicht in den Kleiderschrank. Es war ein hoher Gedankenflug. Ich versuchte nicht, ihr beizubringen, wie furchtbar sie sich getäuscht hatte. Ich freute mich nur über die bunte Zukunft, die sie von ihrem Standpunkt in der Vergangenheit ausersann, eine Zukunft, die aus einem Guß mit eben jener Vergangenheit und eben jenem Standpunkt war und die nie eintreten würde, nie eingetreten war.

»Wie Ihr Essay, in dem Sie einen Flug über London schildern.«

»Ach ja. Könnten Sie das näher erläutern?«

»Wo sich gegen Ende herausstellt, daß Sie diesen Flug nie selbst unternommen, sondern nur erfunden hatten.«

»Oh. Habe ich die Eindrücke richtig wiedergegeben?«

»Leider nicht ganz, nein.«

»Ach, du liebe Güte!«

Stille machte sich breit, und sie drehte sich eine Zigarette. Der Unterschied zwischen imaginären und echten Besuchern besteht darin, daß man bei ersteren sofort auf den Grund des Besuches zu sprechen kommen kann, ohne lange Vorreden oder Verwirrung; so hatte der Fahrstuhl Johnson hergeführt, und nachdem man ihm die Sache erklärt und er die Erklärung zugunsten seiner eigenen abgelehnt hatte, war der Besuch vorbei. Sie und ich aber saßen uns nun in unbehaglichem Schweigen gegenüber, um uns eine ganze Welt, die man erläutern oder ignorieren konnte; die Entscheidung lag bei uns. Sie schob die feingliedrige Hand tief in die Tasche ihrer alten grauen Strickjacke. Ihr Knoten begann sich zu lösen. Mir fiel auf, daß der Schimmer von Seidenstrümpfen, auf Fotografien ein geradezu hypnotisches Detail, der gleiche ist wie der Schimmer von Seidenstrümpfen in der Realität – und doch wieder völlig anders. Sie begann nachzugrübeln, in sich hineinzuhorchen, weshalb sie diesen Besuch unternommen hatte.

Ihre Theorie – eine sehr natürliche – war, daß sie aus ihrer historischen Zeit in die eigene Unsterblichkeit geflüchtet war, ihr eigenes Urnen-Begräbnis. Vor einer Art näherrükkendem Wahnsinn, dem Zerfall durch das Fieber, das sie stets beim Abschluß eines ihrer großen Bücher erfaßte, war sie in die stille Unwandelbarkeit geflohen, die ihr jenes Buch zum Teil einbringen würde. Das Land: dieses; die Zeit: jetzt; doch das spielte keine Rolle. »Erst wenn die Lampe ganz und gar in Scherben liegt«, sagte sie, »und Moder allenthalben die Seiten versiegelt – aber dann würde man nur aufhören zu sein, oder? Bis dahin, einfach kein Wandel! Wie herrlich ruhig! Darauf war alles Streben gerichtet, nicht wahr, diesem Ziel galt die Vorbereitung und die Suche: den Dingen, die man aus all den entsetzlichen Sehnsüchten und Unzufriedenheiten *erfunden* hatte, ohne zu wissen, daß man genau dies erfand – und doch war von Anfang an nur dieser eine Grund maßgebend. Wie schön und absonderlich, daß dem so sein sollte ...«

Dennoch war sie nicht passiv. Ihre Ruhe war die ungemein aktive Ruhe, die sie auf so vielen Fotografien zeigt, unbewegt wie eine momentan stete Kerzenflamme. Ich war der Ansicht, daß sie unrecht hatte. Ich wußte, daß sie unrecht hatte. Ihre klaren, unerschrockenen Augen wanderten über die Rücken meiner Bücher hinweg, aber jene, die sie mit allem Recht dort zu erblicken hoffte, fehlten. Darin lag das Problem: Ich kannte sie, ich kannte selbst ihr Innerstes; ihre Bücher dagegen waren mir weniger vertraut. Ich weiß nicht, ob ich je bis zum Leuchtturm vordrang; wenn ja, dann hätte ich mich dessen wohl entsonnen. Was ich gelesen hatte, waren die Essays, die Biographien und Leonards Memoiren; die Briefe, Tagebücher und Artikel. Ich war ein Freund von ihr, kein Anhänger ihrer Werke. Ihre Unsterblichkeit – zumindest dieser Besuch bei mir – lag nicht an den prächtigen Urnen, die sie in der einen großen Halle aufgestellt hatte, sondern an ihrer einstigen Sterblichkeit.

»Was ich liebe, sind Ihre Lebensbeschreibungen der Unbekannten«, sagte ich. »Die habe ich immer wieder gelesen.«

»Ja? Die Arbeit daran hat viel Spaß gemacht.«

»Ich finde, daß es in mancher Hinsicht die besten Sachen sind, die Sie geschrieben haben.«

»Nicht die Romane?«

»Nun, offen gestanden, ich kenne – nicht alle Ihre Werke. Es tut mir leid ...«

Ich glaube, daß ich rot wurde. Sie wirkte zwar weiterhin höflich interessiert, ungemein anmutig, aber das war jetzt eine Maske, rasch und glatt übergestreift, um die schreckliche Enttäuschung zu verbergen.

Oh, ihr guten Manieren von einst, die ihr verlorengegangen seid! Ich hatte keinen Grund dazu, aber ich kam mir neben ihr wie ein Bauerntölpel vor, fühlte mich verlegen, an der Höhe, Breite und Tiefe ihrer exakt angewandten Umgangsformen gemessen – und durchgefallen. Mir ist durchaus klar, daß nichts verlorengeht, ohne durch neue, gleichwertige, wenn auch anders geartete Dinge ersetzt zu werden; ich weiß, daß mein Leben randvoll ist mit Befriedigungen, die für sie unvorstellbar bleiben. Aber die Nostalgie – dieser Schmerz, den ich fühlte – will davon nichts wissen; sie leidet immer und ausschließlich an dem unwiederbringlichen Verlust, ganz besonders dem Verlust von Dingen, die man selbst nie ganz besessen hat. Ja! ich begann den Grund für diesen Besuch zu begreifen.

»Die kleine Provinzbücherei an der Küste«, sagte ich, »wo Sie jene Memoiren und Biographien entdeckten: leer, ein paar Leute, die über der Wesley-Chronik dösen, während durch das Fenster der Ruf des Sardinenverkäufers von der kopfsteingepflasterten Gasse hereinschallt. Langweiliger Alltag. Aber begreifen Sie nicht? Die kleine Bibliothek ist jetzt verschwunden und mit ihr jede andere, die so ähnlich aussah. Nichts dergleichen hat sich bis in meine Welt erhalten. Dennoch sehe ich sie, fühle ich sie, schmecke ich sie. Ich streiche über das bienenwachspolierte Holz und höre, wie beim Umblättern die Seiten rascheln. Ihre kurzen, beiläufigen Artikel versetzen mich so voll und ganz in die Vergangenheit, wie jene Memoiren Sie in die alten Pfarrhäuser und auf die schmalen Dorfwege zurückversetzten.

Sehen Sie, alles verändert sich so rasch. Ich weiß, ich weiß; auch Sie haben den Wandel als schwindelerregend empfunden. Glauben Sie mir, er vollzieht sich heute immer schneller. Unvorstellbar schnell. Die gesamte materielle Welt, zumindest der von Menschenhand geschaffene Teil, erscheint alle paar Jahre völlig umgekrempelt. So daß Ihr Leben, Ihr Platz im Zeit- und Gedankengefüge, Ihre Gefühlswelt, nun ganz am Rande desssen liegen, was ich als Ganzes zu erfassen vermag. Sie befinden sich eine Haaresbreite jenseits meines Universums; und doch scheine ich noch fähig, sie als Einheit zu erfühlen. Aber da sich der Wandel in Ihrer Lebenszeit so sehr viel langsamer vollzog, reichte Ihr Sinn für die Vergangenheit – Ihr Nachempfinden von Gefühlen der Vergangenheit – weiter als der meine, erfaßten Sie mehr davon als ich. Sie konnten Hände nicht nur über armselige dreißig oder vierzig Jahre, sondern über ein Jahrhundert hinweg berühren. Und weil sich hundert Jahre vor Ihnen das Rad so langsam drehte, weil sich die Umwelt kaum merklich wandelte – ich meine, 1820 roch das Holzfeuer in der Wohnstube eines Pfarrhauses nicht anders als 1720 – deshalb erreichten jene Hände, die Sie berührten, andere Hände, die sich zu jenem alten, alten, unwandelbaren Kreis um das Ur-Feuer fanden.«

Sie hatte meinen Vorstoß nicht unterbrochen; hatte den Anschein erweckt, als ziehe sie sich zurück. Ihre Hände lagen nun im Schoß, die langen weißen Hände. Rosamond Lehman hatte festgestellt, daß Virginias Hände, zum Wärmen über die Flammen gehalten, beinahe durchscheinend wirkten, als schimmerten die schmalen Knochen durch die Haut. Aber hier bei mir gab es kein offenes Feuer.

Wir sprachen nichts mehr. Bald danach kam Leonard, besorgt, daß sie sich überanstrengen könnte, und nahm sie wieder mit.

Aber lange, nachdem sie fort war, schwebte noch ihr Duft im Zimmer, ein Parfum, ganz zufällig erstanden in einem Laden an der Jermyn Street; sie hatte es gewählt, weil ihr der hübsche Name gefiel, nicht etwa der Duft, von dem sie sich nicht einmal eine Probe auf die Innenseite des Handgelenks tupfen ließ, da, wo die blaue Ader pochte. Außerdem mußte sie noch einen anderen nahegelegenen Laden aufsuchen, ehe der schloß, wenn sie sich an die Straße und die Kreuzung erinnern konnte; dort gab es Federn, und dort konnte sie ihre Wünsche genauer zum Ausdruck bringen – zumindest da, wo sie besondere Wünsche hatte. Sie stand auf der Oxford Street, merkwürdig angeregt durch den ersten Hauch des nahenden Herbstes, der über die Londoner Luft fuhr wie eine neue Federspitze über grobgekörntes Papier, und plötzlich fiel ihr ein, Leonard zu telegraphieren und ihm mitzuteilen, daß sie sich doch entschlossen habe, in der Stadt zu bleiben und die Gesellschaft von Lady Colefax zu besuchen; sie konnte sich das Fest vorstellen, ein von Lampen erhelltes Konversationsstück im dunklen Holzrahmen, der große Salon und die jungen Herren im Smoking, die alle so gleich und so beherrscht aussahen, mit Haaren und Augen schwarz und glatt wie die Satinaufschläge ihrer Anzüge. Aber – sie ist sich nun des Menschenstromes bewußt, der sich an ihr bricht wie ein Wasserlauf an einem Stein, mit den gleichen gemurmelten Entschuldigungen – das hieße das Telegraphenamt betreten und dem leeren, anklagenden Formular die Stirn bieten; sie schaffte es nie, sich in Telegrammen klar auszudrücken. Nein! Sie würde am gleichen Abend nach Rodmell zurückkehren, wie sie es versprochen hatte. Es war sicher noch hell, wenn sie vom Bahnhof kam; die Rosen, die so spät noch in so herzzerreißender Fülle über die Mauer von Monk's House hingen, streuten die letzten ihrer zahllosen Blütenblätter auf den Weg, den sie bis hin zur beleuchteten Pforte gehen würde. Und morgen kamen Vanessa und die Buben, und sie konnten die Sonntagszeitung im Garten lesen, während Leonard gedankenvoll Unkraut jätete, und es gab Briefe zu schreiben, und ein neues Buch würde Gestalt annehmen »in jener Stunde zwischen Tee und Dinner, wo so viele Dinge nicht nur möglich, sondern bereits vollbracht scheinen«. Zur Victoria Station also, dem großen, verräucherten Bahnhof, die kleine Fahrkarte aus Pappe, und in das Abteil, das so abgestanden roch und vielleicht leer war.

Sie drehte sich um und orientierte sich. Während sie das tat, empfand sie die Zeit als eine gewaltige konische Spirale. Sie spürte, wie sie enger wurde, je höher sie sich hinaufschraubte, sich verdichtete zu einer heftigen Stase des unmittelbaren Jetzt. Die Zeit läßt sich zusammenpressen; es war im Grunde ganz einfach, sie konnte die Zeit zu einem Punkt zusammenpressen. Sie konnte sie auf den allerkleinsten Punkt zusammenpressen – einen Tag, einen Abend – nein, eine Stunde, sogar das Drehen des Kopfes: in das halbe Herumschwenken eines Gesichtes, in dem große Augen brannten.

Copyright © 1980 by John Crowley

Jill Paton Walsh lebt in Richmond nahe London, wenn sie nicht gerade mit dem Kanalboot der Familie in würdiger Gelassenheit von Schleuse zu Schleuse schippert. Ihr großartiger Roman Fireweed, *angesiedelt in London während des Blitzkriegs, steht an der Spitze einer bemerkenswerten Reihe von Romanen, Stories und kritischen Schriften.*

JILL PATON WALSH

Was bleibt?

Es war einmal eine Stadt, und in dieser Stadt lebten zwei Jünglinge, die man stets miteinander verglich. Das geschah nicht etwa, weil sie verwandt waren oder sich ähnelten (ganz im Gegenteil!), sondern einzig und allein deshalb, weil sie im Abstand eines Geburtschreies das Licht der Welt erblickt hatten – in jener denkwürdigen ersten Nacht des Barbaren-Angriffs, als eben der Mond aufging.

Man hatte die Barbaren in jener Nacht vertrieben und vertrieb sie immer wieder, während die beiden Knaben heranwuchsen und ins Mannesalter kamen. Aber ganz gleich, wie oft man die Barbaren an den Wällen der Stadt zurückschlug, sie kehrten wieder, schier zahllos. Ihr Wunsch, die Stadt zu besitzen, schien mächtiger als ihre Furcht vor dem Tode. Jeder in der Stadt wußte, daß die Barbaren früher oder später die Oberhand gewinnen würden, ganz einfach deshalb, weil ein Sieg über die Barbaren nur einen kurzen Aufschub bedeutete, während eine einzige Niederlage den Kampf für immer entschied. Dennoch waren nicht alle Bürger der Stadt Soldaten. Keiner der beiden Jünglinge, von denen hier die Rede ist, konnte einen Bogen spannen oder ein scharfes Schwert schwingen. Die Bürger kleideten sich in Seide, vertrieben sich die Zeit mit ausgeklügelten Brettspielen, ritten aus oder gaben sich althergebrachten Ritualen von hoher Ästhetik hin. Sie ernannten Generäle zum Schutze der

Stadt und kümmerten sich um nichts weiter, ja, sie verweigerten den Ärmsten oft genug das Gold für den Lohn der Söldner.

Zum Glück war die Stadt so schön und berühmt, daß sich Söldner fanden, die selbst für unsicheren Lohn kämpften, während die Bewohner friedlich durch goldene Gärten wandelten und dem lieblichen Gesang künstlicher Vögel lauschten.

Von den beiden zur gleichen Stunde geborenen Jünglingen wurde der eine ein rechtschaffener Bürger, der andere aber ein Taugenichts. Der Ehrenwerte besaß Wohlstand und eignete sich im Laufe der Zeit großes Wissen an. Er ging zwar nicht unter das Kriegsvolk, verfaßte aber viele kluge Bücher und Reden an den Großen Herrscher und das Volk, in denen er sehr eindringlich vor dem drohenden Geschick warnte und zugleich Ratschläge erteilte, wie man am besten die Stadtmauern verstärken und die Hilfe von Verbündeten erlangen könnte. Kein Mensch nahm sein Mahnen ernst, und so gab er die Hoffnung auf und äußerte gegenüber Freunden, daß der Untergang der Stadt nicht mehr zu verhindern sei.

Obschon ohne Hoffnung, setzte er seine ganze Zeit und sein ganzes Vermögen daran, einen schönen Park für die Stadt zu errichten. Wasser war in jener heißen Gegend ein Labsal für die Seele, und er baute Aquädukte, die es rein und frisch von den fernen Bergen herleiteten. In schimmernden Kaskaden ergoß es sich in Marmorbecken und floß von dort mit sanftem Murmeln durch kunstvoll angelegte Kanäle in herrliche Teiche. Um das Wasser pflanzte er schattenspendende Bäume und Lauben mit schimmernden Früchten. Blumen sprossen aus dem feuchten Grund. Und er schmückte den Park mit Säulen und Bögen und kleinen Tempeln für die Götter, die sein Volk verehrte. Und stets nahm er nur die besten Handwerker und die erlesensten Stoffe, und er sah selbst bei allen Dingen nach dem Rechten. »Nur Schönheit ist von Dauer«, pflegte er zu sagen.

Der Taugenichts dagegen war arm und blieb arm. Sein Betragen war eine Schmach für alle Nachbarn, und sie sagten gern, in jener Nacht seien Tugend und Laster ungerecht verteilt worden, so daß der Arme alle Laster und keine Tugend, der Reiche hingegen nur Tugend und keine Laster erhalten habe. Der Elende frönte dem Trunk und stellte den hübschen Mädchen nach, erklomm im Schutze der Nacht die Dachkammern und sang im Dunkel unter manchem vergitterten Fenster. Man hatte ihm Arbeit beim Bau und Bepflanzen des Parks angeboten, doch er hatte abgelehnt, weil, wie er sagte, geschmeidige Mädchen keine schwieligen Hände mochten. Man hatte ihm eine beträchtliche Geldsumme angeboten, damit er etwas Nützliches für die Stadt tun könne, und er hatte sie angenommen und mit Wein und Mädchen vertan. Was die anständigen Leute jedoch am meisten empörte, waren seine frivolen Lieder; sie klangen locker und hatten so mitreißende Melodien, daß selbst die Vornehmsten der Stadt sie unwillkürlich mitsummten wie das gemeine Volk der Lumpensammler, Söldner, Hausierer und Dirnen.

Und nach einer Zeit drangen die Barbaren wirklich in die Stadt ein. Auf den Straßen lagen die Dahingemetzelten zuhauf. Nur ganz wenige entkamen auf Booten den Fluß hinunter, und zu diesen wenigen gehörte auch der Rechtschaffene. Kummer und Leid verhärteten sein Gemüt, und er haßte jene, die seinen Park erobert hatten und sich nun in seinem kühlen, köstlichen Schatten ergingen. Fortan nutzte er seinen Einfallsreichtum zum Bau von Kriegsmaschinen und unterstützte damit auf der ganzen Welt die Feinde der Barbaren, die ihn seiner Heimat beraubt hatten. Manchmal, in düsteren Momenten, bedauerte er sogar, daß er den Park für die Ewigkeit geplant und mit solcher Sorgfalt errichtet hatte.

Er war bereits ein alter Mann, da schickte ihn sein Herrscher mit einer Mission zu einem fernen Kriegsherrn. Und als sich sein Roß einen Weg über eine weite, glühende Ebene bahnte, da erkannte er plötzlich, daß er der Stadt nahe war, und er ritt mit einem Trupp Soldaten hin, um sie in Augenschein zu nehmen.

Sie lag in Schutt und Ruinen. Die Barbaren waren längst

fort. Sanddünen deckten die Straßen zu; Sand verstopfte die kunstvoll angelegten Wasserkanäle; die Becken hatten Sprünge, und in dem Park von einst wuchs nichts außer den Disteln und stacheligen Wolfsaugen der Wüste.

Aber an der zerfallenen Treppe, die einst in den Park geführt hatte, stand ein blindes Bettlermädchen, zu jung, als daß sie die Stadt je in einem anderen als diesem Zustand gekannt hatte, und sie hielt ihm ihre Schale entgegen und sang.

Die Worte klangen fremd und rauh, aber die Melodie kannte er von früher.

Copyright © 1980 by Jill Paton Walsh

Hilary Bailey lebt mit ihren Kindern zurückgezogen in London und schreibt – viel zu selten – völlig ausgeflippte Prosa wie die hier veröffentlichte Story. Una Persson spukt schon eine ganze Weile herum, aber das hier ist – sagen wir mal – ihre Apotheose? Ihr In-Erscheinung-Treten?

HILARY BAILEY

Wenn alles hochgeht: Ein Abenteuer von Una Persson, der Heldin in Raum und Zeit

Una Persson betritt das *Café des Drageurs,* lehnt ihr Gewehr an die Palme in der Ecke, blinzelt und sagt: »Tag, Freunde! Eine Runde für alle, Pierre!«

»Tag, Una.«

»Wie geht's?«

»*Un boc,* Pierre.«

»Und mir einen Whisky Sour.«

»Auf dein Wohl!«

»*A la tienne!*« erwidern die Drageurs, die an den Marmortischen lümmeln.

»Setz dich zu mir, Una«, meinte Johnny Weatherman. Er erhob sich, schön wie der Teufel, und schlenderte an einen Fenstertisch. »Zum Wohl, Antoine! Vergiß nicht, was wir wegen der Seidenhemden besprochen hatten. *Encore de baisers après ça, n'est-ce pas?*« Er hatte einen fürchterlichen Akzent.

Antoine ließ ein elfenbeinweißes Lid über ein feuchtglänzendes braunes Auge sinken und nickte leicht. Etwas Unwirkliches umgab den Wortwechsel, wie bei einem Fernsehfilm. Er schaute Johnny nicht an, als er den Tisch verließ.

Una folgte Johnny. Kühle herrschte im Innern des Cafés. Die Wände waren mit dunklem Holz vertäfelt, der Boden spiegelte, und an der dunkel polierten Bar reihten sich die Flaschen mit den verschieden gefärbten Flüssigkeiten an blitzende Gläser und den silbernen Cocktail-Shaker. Dahinter stand Pierre, bleich und mit leerem Gesicht, rührte langsam das schmelzende Eis in seinem Silberkübel und starrte blicklos durch die Glastür auf die paar leeren Tische des windgeschützten Vorbaus.

»Was gibt's, Johnny?« fragte Una.

»Nun, Una, es ist nicht ganz dasselbe wie letztes Mal.«

Sie starrte in die erloschenen, dunklen Höhlen seiner Augen und nickte. »Das kann man wohl sagen.« *Und erinnerte sich an Regen, der in einer dunklen Gasse über eine bröcklige alte Backsteinmauer lief.*

Die Drageurs beachteten sie nicht. Sie hatten sich inzwischen alle um einen Tisch geschart und lachten und redeten. Ihre Gläser, Zigaretten und Feuerzeuge, all das lag vor ihnen auf der Marmorplatte.

»Mußtest du ihr sagen, daß Simone meine Cousine ist? Obwohl das sogar stimmt!«

»Ich erklärte ihr: ›Du bist sehr großzügig, Lilli, aber Dollars wären mir lieber!‹«

»*Le Monde* brachte es unter dem Titel: ›Merkwürdiger Zwischenfall im Wasserkresse-Beet!‹«

»Und das Traurigste daran war – ich hatte mich inzwischen echt in sie verliebt!«

»Darauf sagte sie: ›Das trage ich immer bei der Hausarbeit!‹«

»Sie verließ den Orient-Expreß in Rom und ging zur Baronesse. Ich folgte ihr. Mir blieb keine andere Wahl. Ich war pleite. Sie floh nach Tunis, dann in den Tschad, wo sie einigen Grundbesitz hatte. Ich besaß inzwischen nur noch zwei Paar Schuhe. Schließlich holte ich sie in Rhodesien ein, in Salisbury. Ich hatte alles versetzt – mein Feuerzeug, den Ring, meine Manschettenknöpfe, sogar die Zigarettendose mit der eingravierten Widmung von Tamara Gerber. Um ein Uhr morgens standen wir auf der Veranda, und ich sagte: ›Hör mal, Pamela, du kannst doch nicht ewig wegrennen.‹ Und sie wurde weich – ich merkte es genau. Genau in dem

Moment knallte der erste Schuß. Ein Querschläger drang ihr in den Leib. Dann begann die Revolution.«

Jene Mauer, im Herbst, Schritte, Hasten – ein rauhes Klima, wo immer sich diese Sache abgespielt hatte, dachte Una.

Und im Café drehte sich ein Ventilator. Ein brauner, muskulöser Arm wischte Schweiß von einer Stirn. Jemand zerrte ein Goldmedaillon von einem feuchten Nacken und warf es klirrend auf den Tisch. Über einer Stuhllehne hing ein weißes, makellos geschnittenes Jackett.

»Irgendwelche Pläne?« fragte Una.

»Pläne?« entgegnete Johnny verächtlich. »Aus welcher Richtung kommst du?«

»Süden«, erklärte Una. »Und kein Tropfen Wasser weit und breit. Glaubst du, Pierre läßt mich einen Kanister füllen?«

»Ich würde ihn lieber nicht fragen«, riet Johnny.

Ein cremefarbenes Paar Schuhe wurde abgestreift. Seidensocken folgten. Ein Paket Spielkarten, nicht mehr neu, kam zum Vorschein.

»Das Niveau hier war schon besser«, stellte Una fest.

»Eine gewisse Lässigkeit macht sich breit«, bestätigte er.

»Warum verschwindest du nicht? Du könntest mich begleiten.«

»Wie spät ist es?«

»Scheiß-Uhr – bleibt dauernd stehen!« Johnny nestelte daran herum.

»Scheint die Strahlung zu sein«, meinte sie und stand auf. »Nun, das war alles, was ich wissen wollte. Wenn du nicht mitkommst, ziehe ich wieder los.«

»Ich glaube nicht, daß es sich lohnt – wenigstens im Moment nicht«, erklärte er leichthin.

»Tschüs«, rief einer der Drageeurs. Sie hatten kleine Münzstapel in den verschiedensten Währungen vor sich liegen.

»Ich finde, Angus sollte seine argentinischen Dollars wegstecken. Sie schwanken zu stark.«

»Und ich sage, keine Währungen von jenseits des Eisernen Vorhangs!«

»Ich besitze nur Rubel und Zloty.«

»Was haben die aus dir gemacht – einen Stachanowiten?«

»Willst du wirklich bleiben?« fragte Una Johnny.

»Warum nicht?« erwiderte er. »Ich kann immer noch nach draußen schauen. Die da ...« – und er nickte kaum merklich zu einer Gruppe von Männern hin –, »die schaffen es nicht. Die gucken lieber weg.« Und er starrte kühl aus dem Fenster über die Verwüstung hinweg, ähnlich einem Grundbesitzer, der seine Eichen, seinen Teich und das weite Land bis hinunter zum Fluß betrachtet.

Una blickte ebenfalls hinaus, vorbei an den kleinen Tischen auf dem Gehsteig, über die aufgerissene Straße, wo große Asphaltblöcke herumlagen und Teerbäche über den Schutt flossen wie schmelzendes Schokoladeeis, bis hin zu den zerfallenen weißen Häusern auf der anderen Seite. Große, scharfkantige Mauerbrocken, Glas und Holzsplitter lagen im sengenden Sonnenschein. Eine Haustür lehnte schräg auf dem zerwühlten Pflaster. Dahinter war der Fluß zu einem flachen, trägen grünlichen See gestaut, aus dem Gemäuer ragten wie die Köpfe von Haien. Und jenseits des Flusses erstreckte sich bis zum Horizont eine riesige Ebene geborstener Häuser, wie ineinandergeschobene Eisschollen, das kantige Weiß nur aufgelockert durch flachere geschwärzte Flecken, wo Brände gewütet hatten und dann erloschen waren. Am fernen Horizont stand ein einzelnes, schmales Hochhaus und die Skelettkuppel einer Kirche.

Und zur selben Zeit sah Una die Mauer und die Gasse, aber jetzt wie durch eine Kamera, die sich rückwärts bewegte. Die Wand lag gegenüber, und eine lange, schmale Hand schob ein schwarzes Kästchen in ein Loch der Mauer – und dann, nichts ...

Una rutschte auf ihrem Stuhl nach vorn und erhob sich. Sie spürte, wie sie die Blicke der Drageurs streiften. »Okay, Johnny«, sagte sie. »Bis später dann.«

»Hast du ein besonderes Ziel?«

»Ich fahre heim.« Sie grinste, ging zur Palme und nahm ihr Gewehr.

»Lebt wohl, Jungs, vielleicht seh'n wir uns in Nassau wieder!« rief sie. »*Au revoir,* Pierre!«

Keiner antwortete. Keiner schaute auf, als sie zur Tür ging. Die kleine Glocke schepperte hinter ihr her. Johnny, der schweigend seinen Platz am Pokertisch einnahm, sah nicht, wie sie auf die Straße hinaustrat, in den heißen, drekkigen, weißen Landrover kletterte und losfuhr.

Antoine gab Johnny Karten. »Keine Zlotys«, erklärte er.

So fuhr Una mit Geschüttle und Gerumpel aus der Stadt und sang:

> Silberdollar, du mußt wandern,
> Gehn von Hand zu Hand.
> Rollen sollst du fo-o-ort,
> Stets zu einem andern.
> Eine Frau weiß nie,
> Ob ihr Mann sie wirklich liebt,
> Bis sie ihm o-ho-ho
> Den Laufpaß gibt.

Früher, dachte sie, waren die Drageurs anders gewesen. Unas schlagfertiges, kühnes Benehmen und ihre Kumpelhaftigkeit hatten sie zwar verunsichert, aber sie waren ihr immer mit Freundlichkeit begegnet. Da sie wenig von den Konventionen hielt, mit denen die Drageurs Frauen an sich fesselten, war sie selbst für diese Sorte Männer unberührbar wie eine Nonne – sie empfanden es als Abwechslung, ja beinahe als Erholung, mit ihr zu sprechen. Una wollte nichts von ihnen, und sie erwarteten nichts von ihr. Es war entspannend. Aber das hatte sich jetzt geändert. Überhaupt hatte sich alles geändert. Während sie durch die Ruinenlandschaft kurvte wie ein Reiter auf einem scheuenden Gaul beim Angriff der Leichten Brigade, konnten ihr wenige in die Augen schauen, die dunkel vor Angst und Wissen waren, und fast alle hofften, daß sie nicht sprechen und nichts von ihren Erlebnissen erzählen würde. Sie hatte gehofft, daß Johnny sie begleiten würde, aber er besaß nicht die Kraft, er hatte nicht an der Jütland-Schlacht teilgenommen, nicht die Stille des Raumes erlebt, hatte nicht geholfen,

Athenes Eulen mit Mäusen zu füttern – oder was immer Una getan beziehungsweise unterlassen hatte, denn sie konnte sich nicht erinnern.

Ich kann mich nicht erinnern, dachte sie trotzig. Und sie fuhr die schnurgerade, glatte Straße entlang, wo sich die verseuchten Ebenen Meile um Meile erstreckten; zu beiden Seiten standen hoch und aufrecht Pappeln, die jetzt in ihrer kristallinen Starre wie gigantischer Glasbläser-Schmuck aussahen. Die Sonne blitzte in ihren gläsernen Stämmen und ihrem Spiegellaub. Auf einem transparenten Stumpf sah sie den letzten Vogel, gefangen, die Schwingen gespreizt und wie durch einen Zauber in Glas verwandelt, ehe ihm die Flucht gelungen war.

Dann erspähte sie am flimmernden Horizont einen zweiten Landrover, der parallel zu dem ihren fuhr. Sie hupte, bekam jedoch keine Antwort. Vielleicht hörte der Fahrer sie nicht. War das etwa der gleiche Wagen, der durch das hohe, absonderliche Laub verschwunden war, damals in den Ruinen von Madrid?

Wieder die Gasse im Regen, die Hand, eine weiße Regenmantelmanschette über dem Gelenk, und das schwarze Kästchen wurde in ein Mauerloch geschoben ...

Und so fuhr Una Persson, die einst so schöne Una, Una vom Kreml, Una von Beteigeuse-9, Una vom Quai d'Orsay, vom Verräter-Tor und von der Bastille, mit Sonnenbrille und Overall, barfuß, über die glühende, glasige Ebene, bis sie das Meer erreichte.

Dort hielt sie an, nahm das Band ab, das ihr langes, verschwitztes, fettiges Haar zusammenhielt, wischte sich den Schweiß von Stirn und Nacken, schob das Band wieder an seinen Platz, trank die letzte lauwarme Tasse Tee aus ihrer Thermosflasche und starrte dabei haßerfüllt auf die trockenen, glasigen Wogen, die zur Sonne glitzerten wie der Spiegel eines gigantischen Heliographen. Die kleinen Salzkristalle auf dem Kamm jeder erstarrten Welle schimmerten wie Flitter. *Und immer noch hörte sie das Trommeln des Regens, die Schritte, das Dröhnen der Explosionen, und warum schmerzte die eine Erinnerung, die eine unter all den anderen, so sehr?*

Sie fuhr langsam über den Strand und wich den geschmolzenen Silizumstellen im Sand aus. Im Hintergrund erhob sich völlig unversehrt das *Grand Hotel* mit seinen leeren Tischen und kleinen gestreiften Sonnenschirmen auf der Vorderterrasse, und das *Café d'Anglais,* auf dessen Fenstern mit weißer Schrift zu lesen stand: *Krabben, Pommes frites, Sandwiches, Tee.* Sie stieg aus und ging über den Sand zurück zum Café. Der Gestank von verdorbenem Fisch zwischen den leeren Tischen war bestialisch. In der makellosen Küche sah sie Madames Schatten über den Schalen und fauligen Fleischresten eines zerteilten Hummers in den ordentlich geschrubbten Küchentisch eingebrannt. Una trat ans Waschbecken und drehte die Hähne auf, aber nicht ein Tropfen Wasser floß. Auf dem Trockenbord stand nichts außer einem umgestülpten Plastikbecher, verziert mit dem halbverwischten Abziehbild eines Teddybären.

Sie schloß die Augen, öffnete sie dann wieder und trat hinaus an das wahnsinnige, statische Meer, das ihr immer noch entgegenglitzerte.

»Ich erinnere mich an gar nichts«, sagte sie vor sich hin. Sie wußte, daß sie damit eine unbekannte Angst zu unterdrücken versuchte. Was sonst konnte sie in dieser Lage tun, sie, die stets im freien Fall schwebte, sie, die in jede Zeit und in jeden Raum hinaustreten konnte, so wie andere Leute auf die Straße hinaustreten? Und sie fühlte ein seltsames Schuldbewußtsein wegen eines unbekannten Verbrechens. Sie kannte die Schuld, aber das Verbrechen wollte seinen Namen nicht preisgeben. Was also konnte sie tun?

Im *Grand Hotel* floß ebenfalls kein Wasser aus den Hähnen. Sie lehnte an der leeren Bar, trank Kaffee mit einem Schuß Brandy und rauchte eine ausgetrocknete Zigarette aus einem Paket Camels, das sie neben einem goldenen Feuerzeug und einem halbleeren Whiskyglas auf dem Tresen fand.

Dann sah sie durchs rückwärtige Fenster den olivgrünen Landrover. Er fuhr parallel zum Strand. Sie winkte, obwohl sie wußte, daß er nicht anhalten würde.

Sie brachte ihren Landrover ins Foyer des Hotels, verrammelte das große Portal, goß eine Flasche Tafelwasser nach der anderen in den Kühler, packte einen ganzen Träger in das Durcheinander auf den Rücksitzen – eine Matratze, ein Seidenkleid, ein Karton mit Floh-Spray, Farbstifte, Parfums, ein Hundehalsband mit Namen, eine kastanienbraune Perücke, ein schwarzer Koffer, auf den in weißen Buchstaben Col W.H.T. Trewin gemalt war, ein Karton mit Konservendosen, ein Wasserkessel – und ging nach oben. Auf dem weißen Marmor blieben ihre öligen Fußspuren zurück.

Jemand hatte in dem vornehmen Schlafzimmer mit Blick aufs Meer geschlafen. Die Bettdecke war zurückgeschlagen, und im Kissen entdeckte sie Dellen. Una legte ihr Gewehr quer über das Fußende. Auf dem Frisiertisch lagen Bürsten und ein paar Postkarten, auf denen bereits Briefmarken klebten. Zwei Morgenmäntel hingen nebeneinander auf einem Stuhl. Una öffnete ganz vorsichtig die Badtür. Das Bad war leer, und in der Wanne stand Wasser, noch ein wenig schaumig. Sie streifte ihren Overall ab und stieg hinein. Nachdenklich wanderten ihre Blicke über ihren Körper; egal, wie sich die Dinge ringsum veränderten, der alte Kadaver blieb der gleiche, wenn man die eine oder andere Narbe abzog, hier eine Schramme und dort einen blauen Fleck, die rissigen Zehennägel und die Sohlen, die so brüchig und hart waren wie die Hufe eines alten Gauls – *natürlich, es hatte sich in Irland abgespielt,* brandete die Schockwelle durch ihr Inneres. *Falls Road, Shankhill Road, irgendwo in der Gegend. Erst hatte jemand eine Bombe in die Mauer geschoben, in jener Regennacht, dann hallten ringsum in den Straßen die Explosionen, dann die Pfiffe, die Schreie, die hastenden Schritte, und Soldaten marschierten um die Ecke, noch ehe die Detonationen verhallt waren. Aber warum erinnerte sie sich daran? Und wer hatte die Bombe gelegt? Hatte sie das getan? War es dies?*

Während sie ihr schwarzes Haar durch das Wasser zog wie lange Seetangsträhnen, hörte sie wieder das Geräusch eines Motors. Sie stieg aus der Badewanne und rannte tropfnaß ans Fenster. Im Laufen riß sie das Gewehr an sich.

Diesmal war der grüne Landrover näher. Er jagte schnell über den Ärmelkanal hin, wich in Zickzacklinien den größeren Wogenkämmen aus und zerbrach die kleineren unter seinen Rädern. Anfangs hatte der Abstand nicht einmal hundertfünfzig Meter betragen. Auf der Rückbank lag ein schwarzer Koffer. Ein weißer Anzug, der das heftige Schlingern des Landrovers mitmachte, verbarg alles andere, was sich im Fond befand. Sie beugte sich weit aus dem Fenster, bis das Fahrzeug in der glitzernden Ferne zu einem kleinen schwarzen Punkt am Horizont geschrumpft war. Hatte sie wirklich, als der Landrover quersteuerte, um einer Gruppe hoher Wogenkämme auszuweichen, eine zweite Gestalt neben dem Fahrer gesehen?

Schwitzend schloß sie die Jalousien, kämmte sich vor dem Spiegel und schlüpfte ins Bett. Sie mußte schlafen. Sie mußte wieder in einem richtigen Bett schlafen. Sie dachte in den Worten von Dr. Hook: »Das Leben ist schwer.«

»Das Leben ist schwer,
du kriegst nichts geschenkt!«

sang sie, während das Dröhnen des Motors durch das Dunkel hallte. Die Wellen zerbarsten mit einem dumpfen Knirschen. In den Flanken der glasigen Hügel fingen sich die Strahlen des Vollmonds wie Schweinwerfer in Spiegeln. Es war heiß. Es war einsam. Ohne große Begeisterung dachte Una an die weißen Klippen von Dover – oder wie immer sie jetzt aussehen mochten. Sie war erschöpft und angewidert. Diesmal geht's mir echt dreckig, dachte sie, obwohl sich Erinnerungen an harte Zeiten zurück bis in die graue Vorzeit und vorwärts bis fünf vor zwölf erstreckten. Wie oft hatte sie den Ärmelkanal überquert? In der Gondel einer Montgolfière, hundeelend an der Seite von Caesar, oder war es mit Chichester in einem Raumschiff gewesen? Gelegentlich auch in Begleitung von Sir Percy – alles verblaßte, verblaßte. Dann hatte es noch andere Male gegeben, als sie nicht diese Una war (welche Una – warum sich an die erinnern?), die mit der Kanalfähre in Urlaub fuhr, während sämtliche Nonnen seekrank über der Reling hingen. Sie konnte jetzt die

Gischt im Gesicht spüren. Sachte, altes Mädchen, redete sie sich gut zu, als der Landrover zu schlingern begann. Das ist einfach zuviel für dich! Du brauchst einen Freund – o Mann-o Mann! Die Scheinwerfer streiften etwas Weißes, das im Dunkel zur Rechten hüpfte und rollte. Sie hielt an und trat vorsichtig auf das warme Eis, Quarz, Glas. Sie hielt das Ding einen Moment lang in der Hand und warf es dann angeekelt weg. Es tanzte über die erstarrten schwarzen Wogen. Ein Tennisball, auf dem mit Tinte U. PERSSON stand.

Sie schlenderte langsam zurück zum Landrover, allein unter dem Mond, und startete von neuem. Das war nun das zweite Mal, verdammt. Nun wußte sie es genau – jemand hatte es auf sie abgesehen. An der Straße, die aus der Stadt führte, hatte sie ihre alte, zerschlissene Motorradjacke entdeckt, auf der in Silbernieten ELVIS stand. Sie war in der ausgebleichten Landschaft wie ein Fremdkörper von einem transparenten, herabgebogenen Pappelzweig gebaumelt. Der Tennisball bewies es. Jemand versuchte ihr eine Botschaft zu übermitteln. So, als würde man einen Pflasterstein durch ihr Fenster werfen, um ihre Aufmerksamkeit zu wekken. Angst kroch in ihr hoch. Vielleicht wurde sie wahnsinnig in dieser Trümmerwelt, pockennarbig von Bomben, die hier einen Fleck mit all seinen Bewohnern auslöschten und den nächsten so unversehrt ließen, daß das Leben weiterging wie immer. Hier gab es keine Regeln mehr. Hier war Hiroshima, Dresden, die Ardennen, Hanoi – und hinter der nächsten Tür lag Heute, und das Wasser war rein, die Milch unverseucht, und das Lächeln frank, frei und freundlich – bis jemand wie Una kam – mit Lügen und schlechten Nachrichten. Es war überall das gleiche. Niemand verstand die Bomben. Man konnte keinem eine klare Schuld zuweisen. Die Hand Gottes, die Tokio in eine gläserne Wüste und Manhattan in einen Schuttberg verwandelte, hatte Harlem, Liverpool und Widnes verschont, Dijon, Deal und Dungeness erhalten. Die Überlebenden stellten keine Fragen nach den Meteoriten, wie man sie nannte. Sie klammerten sich ans Leben. Nur einige wie Una begaben sich auf Reisen, und sie, die Einsamen, die Wilden, wurden gehaßt oder einfach nicht beachtet, weil sie Dinge ans Tageslicht zerrten, die besser im Dunkel blieben.

Wenn ich nur Johnny bei mir hätte, dachte Una, ausgehöhlt von Unruhe. Wir könnten uns einen hübschen kleinen Fleck suchen und dort leben. Sie begann zu weinen, hielt den Landrover an und trank eine Tasse Tee aus ihrer Thermosflasche. Etwas getröstet fuhr sie weiter und dachte über den Tennisball nach. Jemand, und allem Anschein nach der Fahrer des grünen Landrovers, verstreute Dinge aus der Vergangenheit einer gewissen Una Persson, dem Baby – denn der Plastikbecher auf dem Trockenbord im Café hatte ihr gehört –, dem Schulmädchen, der Motorradfahrerin und Pommes-frites-Verkäuferin aus der Barracuda-Fischbraterei von Muswell Hill. Was hatte es mit jener Una auf sich? Sie konnte sich nicht erinnern. Sie war offenbar in eine längere Lebensspanne als sonst verstrickt gewesen. Jahre um Jahre. Und was immer damals geschehen sein mochte, jemand war über sie im Bilde. Wütend dachte sie: Was immer und wer immer – das soll mir der Typ büßen, wenn ich ihn einhole!

Am Horizont begann ein Scheinwerfer zu blinken. Una fuhr geradewegs auf den Strahl zu; in seinem fahlen Licht, das sich mit dem ersten Dämmergrau vermischte, verließ sie das erstarrte Meer und erklomm das langgestreckte Schuttfeld, das einst ein Teil der weißen Klippen von Dover gewesen war.

Man verweigerte ihr in einem Café das Frühstück und in zwei Hotels ein Zimmer. In der Drogerie nahm die Verkäuferin so lange keine Notiz von ihr, bis sie den Laden verließ, ohne Seife, Shampoo und Zahnpasta zu bezahlen. Auf der Hauptstraße wimmelte es von Menschen, die alle an ihr vorbeisahen. Ein kleines Kind in einem Sportwagen deutete auf die hochgewachsene, zigeunerhafte Frau, die durch den feinen Sprühregen ging. Die Mutter legte einen Finger an die Lippen, drehte den Wagen mit einem Ruck herum und überquerte die Straße so unvermittelt, daß sie um ein Haar unter die Räder eines Busses geraten wäre. Una verließ die Stadt, badete in einem Fluß und frühstückte in einer Fernfahrerkneipe.

»Woher kommen Sie?« erkundigte sich ein Fahrer, der am gleichen Tisch saß.

»Ich war vor kurzem in Deutschland, Spanien und Frankreich«, erklärte sie kühn.

Er warf ihr einen warnenden Blick zu und sagte: »Sieht aus, als bekämen wir bald Regen.«

»Gut für den Garten«, entgegnete sie. »Welchen Monat haben wir übrigens?«

»Oktober«, antwortete er.

»Ich dachte mir doch, daß bereits eine gewisse Kühle in der Luft liegt.«

Seine Miene verhärtete sich. Er stand auf, zahlte und ging. Aber am Ausgang sprach er kurz mit einem Freund, und sie schauten beide zu Una hin.

Als sie aus dem Fenster starrte, preschte draußen der grüne Landrover vorüber.

Der Mann an der Tür warf einen Blick auf den rothaarigen Schankwirt, und der nickte. Als Una zahlen wollte, nahm er ihr Geld nicht an. Ohne sie anzusehen, meinte er: »Ist schon gut – behalten Sie's! Und machen Sie, daß Sie wegkommen!«

»Was soll 'n das?« erkundigte sich Una.

»Machen Sie, daß Sie wegkommen – und zwar schnell!«

Una ging.

Die Straßen und Wege waren noch grün, die Bäume belaubt. Die Sonne kam durch.

In Berhamstead ging Una durch den kleinen Ziergarten des *Fox Hotel* und betrachtete den Brunnen, die Blumen und die kleinen Verbotstafeln: »Nicht den Rasen betreten!« »Keine Münzen in den Brunnen werfen!« »Hunde bitte an der Leine führen!« Und ein Vogel sang im Baum.

»Tut mir leid, wir haben geschlossen, meine Liebe«, sagte Mrs. Fox hinter der Bar, als Una gebückt eintrat. Ihre ausdruckslosen Augen glitzerten wie Spiegelteiche in einem Puppenhaus-Garten und musterten Una von Kopf bis Fuß.

»Aber es sind doch genug Leute da, die was trinken«, entgegnete Una.

»Alles Privatgäste«, erklärte der Major, der augenblicklich an der Seite von Mrs. Fox erschien, bereit, seine Gemahlin, seine Rasse-Terrier, die man in den Zwingern draußen kläffen hörte, ja sogar das Britische Imperium gegen Leute wie Una zu verteidigen.

»Tut mir leid, ich kann Sie nicht bedienen«, erklärte Mrs. Fox. Sie freute sich fast über die einzige Befriedigung, die das Leben für die Frau in engen Schuhen und Miedern bietet, wenn sie der Frau gegenübersteht, die barfuß ist und vielleicht nicht einmal eine Unterhose trägt. Das Damenkränzchen mit seinen Nachmittagsdrinks starrte zu ihnen herüber.

»Na, ist mir auch egal«, meinte Una. »Obwohl ich mich auf ein Glas Ihres guten Schaumbiers gefreut hatte, nachdem ich so lange in Frankreich und Deutschland war. In Frankreich und Deutschland«, sagte sie und genoß die Detonationen der Angst, als sie die Worte in den Raum warf. »In Frankreich und Deutschland.«

Der Major trat neben sie und umklammerte grob ihren Oberarm.

»Ich muß Sie bitten, auf der Stelle zu gehen«, zischte er. »Sie stören unsere Gäste!« Beifälliges Gemurmel erhob sich.

Una betrachtete die kleinen, vorquellenden blauen Augen und blinzelte. »Vorsicht, Harry Weaver!« sagte sie. Er wich zurück, eine Hand auf die protzige Uhr gelegt.

Una ging. Sie trat mit dem Stiefel ein Loch in den Zaun neben dem Parkplatz, und ein Rudel von Cairn-Terriern quoll mit lautem Gekläff durch die Lücke. Hinter ihnen zwängte sich die alte Vettel ins Freie, sehr viel langsamer, weil sich ihr schweres, schwarzes Gewand in den kaputten Latten verfing. Una stand neben der offenen Tür des Landrovers und beobachtete sie entsetzt. Die Alte bedachte Una mit einem herzlichen Lächeln, das sie betroffen machte, weil es so bekannt, so warm und verschwörerisch wirkte, weil es das Wissen um vergangene Zeiten enthielt. Dann drehte sich die Alte um und humpelte quer über den Parkplatz zum Obstgarten.

Una preschte davon. Ihr Herz hämmerte. Wo hatte sie die Alte schon einmal gesehen? Wer war sie? Ihrem Gesichtsausdruck nach kannte sie Una, und das nicht nur flüchtig. Sie hatte eine wichtige, furchtbare, wundervolle Rolle in Unas Leben gespielt. Aber in welchem Leben? Wo? Während sie die Dorfstraße entlangfuhr, sah sie gerade noch die alte Schleife ihrer Schuluniform von einer Hecke flattern. Im nächsten Moment flog das Feld dahinter in die Luft. Der Boden brach auf, Erdbrocken wurden hochgeschleudert, und dann kam das Land wieder zur Ruhe. Sie raste weiter. Mitten auf dem zerwühlten Feld stand das geschmolzene Wrack eines Traktors.

Una bog auf die breite Hauptstraße ein. Sie kam an einer Reklametafel vorbei. Auf den Brettern, die verlassen in die schrundige Landschaft ragten, stand: »Johnny kommt!« Sie atmete mit einem Ruck aus. Es wurde zu schwer. Ihre Handflächen fühlten sich feucht an.

Auf der nächsten Reklametafel stand: »Beeil dich, Una! Es wird spät.«

Sie stöhnte und gab noch mehr Gas, in der Hoffnung auf eine Wende, auf ein Entkommen. Die Sonne stand immer noch heiß an einem brennend blauen Himmel. Zu beiden Seiten der Straße häufte sich der Schutt von Bungalows, und dahinter lagen zerfetzte Felder, gesprengte Bäume, zu winzigen Zweigen zerfetzte Hecken. Erleichert nahm sie zur Linken ein paar verschachtelte Gebäude wahr, langgestreckt und niedrig. Sie sehnte sich verzweifelt nach einer Tasse Tee und einem Käse-Sandwich. Enttäuscht las sie das Eingangs-Schild: Forschungsstation. Aber sie fuhr neben die Cortinas auf den Parkplatz und schlenderte in die klimatisierte Vorhalle. Alles war kühl, sauber, teppichgedämpft und leer. Una hob eines der Telefone am Empfangstisch ab. Es schnarrte ihr ins Ohr, die Leitung knackte, und eine Frauenstimme näselte: »Die Nummer, bitte!« Verwirrt ließ Una den Hörer auf die Schreibtischplatte fallen. Sie betrat einen Korridor. Auf dem Schild zur Linken stand: Personalkantine, Seismologie, Astronomie, Astrologie. Una marschierte zielbewußt in Richtung der Kantine. Sie roch bereits die Pommes frites und hörte das Klappern der Teller, als eine Hand auf ihrer Schulter landete. Una wirbelte herum, bereit, für eine Tasse Tee den Kampf aufzunehmen.

»Antoine!« rief sie erleichtert.

Antoine klatschte ihr einen feuchten Kuß auf die Wange. Ein goldenes Medaillon baumelte an seiner braungebrannten Brust. Er trug ein cremefarbenes Seidenhemd, das bis zum Nabel offenstand, Jeans, einen weißen Doktorkittel und eine Brille mit dünnem Metallgestell. Der Bleistift hinter dem Ohr duchbohrte sein lockiges, gutgeschnittenes Haar.

»Wie schön, daß du kommst!« sagte er.

»Ich bin am Verhungern.«

»Ich lasse dir etwas in mein Büro bringen. Du siehst elend aus. Komm – hier entlang!« Er führte sie durch den Korridor in ein Büro mit der Aufschrift DIREKTOR und ließ sich in einen Sessel fallen.

»Leg dich hin, wenn du magst«, sagte er und deutete auf die Couch, die an der Längswand stand. »Du hast doch kein Öl an deinen Sachen, oder?«

Sie legte sich wortlos hin und meinte nach einer Weile: »Dir scheint es nicht schlecht zu gehen.«

Auf dem Schreibtisch standen frische Rosen, ein dicker Teppich bedeckte den Boden, und die Luft war angenehm kühl. Hinter dem Schreibtisch gab ein Fenster den Blick auf verbranntes Niemandsland frei.

»Ich besorge dir etwas zu essen. Was möchtest du?«

»Würstchen, Bohnen, Kartoffeln und eine Tasse Tee.«

»Ich glaube, es gibt Cassoulet oder auch Steak, wenn dir das lieber wäre«, meinte er fürsorglich.

»Ach, das ist alles nicht so wichtig«, wehrte Una ab. Und sie dachte plötzlich: *Wer hat die Bombe überhaupt in jene Gasse gebracht?*

Er gab ihre Bestellung per Telefon durch.

»Ich wußte gar nicht, daß du mit dem Zeug da umgehen

kannst.« Sie deutete auf die Computer-Ausdrucke auf dem Schreibtisch.

»Ich habe nie darüber geredet«, meinte er. »Aber ich wurde streng erzogen und bekam eine ausgezeichnete Ausbildung. Was mich in die Gosse zog, waren die Frauen.«

»Allerdings.« Una erinnerte sich an den berühmten Kampf zwischen Nadja Jessop und der Herzogin d'Agravaine am Dessertwagen im Restaurant *Georges Cinq*.

Er zuckte die Achseln. »Das ist jetzt alles vorbei. Ich muß mit dir sprechen.«

»Was für eine Art von Forschung betreibt ihr hier?« Ein Servierwagen kam vor der Tür zum Stillstand, und ein Mann brachte ihr Essen auf einem Tablett herein.

»Es geht um all diese Bomben«, sagte er. Er wandte den Blick ab, während sie das Essen hinunterschlang.

Wer hat das schwarze Kästchen mit der Bombe abgestellt? Dieser Gedanke ließ sich nicht verdrängen. »Habt ihr rausgebracht, wer es war?« fragte sie.

Das Telefon summte, aber er hob nicht ab. »Deshalb freue ich mich ja so, dich zu sehen. Übrigens – Johnny kommt«, stellte er ohne jeden Zusammenhang fest.

»Gut«, meinte Una und aß eine Wurst mit den Fingern. Sie sah den grünen Landrover durch die zerstörte Landschaft vor dem Fenster pflügen.

»Dieser Wagen taucht ständig in meiner Nähe auf«, sagte sie.

»Ich weiß. Paß auf – du mußt jetzt verschwinden, Una. Du hast noch einen weiten Weg vor dir.«

»Wie immer, Antoine, wie immer«, sagte sie und wischte sich die fettigen Finger am Overall ab. »Nun spuck schon aus – was spielt sich hier ab? Und was hat Johnny damit zu tun?«

Wieder summte das Telefon, und wieder überhörte er es.

»Manche Leute hier sind der Ansicht, daß man dir Einhalt gebieten muß.« Er tupfte sich den Schweiß von der Stirn. »Geh jetzt lieber, Una!«

»Glaubst du, daß ich die Schuld an diesen Dingen trage ...« Sie deutete auf das Chaos vor dem Fenster. Er nickte.

»Aber in welcher Weise?«

»Diese Bomben hat keiner abgeworfen. Weder die Amerikaner, die Russen, die Chinesen noch die Araber, die IRA oder der Vatikan. Es sind Detonationen der Psyche. Wir alle haben sie hervorgerufen.«

»Und ganz besonders ich?« Una trat hinter den Schreibtisch.

»Du warst immer – außergewöhnlich«, erklärte Antoine, während sie bereits das Fenster öffnete.

Una schwang einen Fuß über das Fensterbrett. »Eine Theorie besagt demnach, daß so etwas nie wieder geschehen wird, wenn ich erst mal beseitigt bin?«

»Mehr als das – daß man die Dinge vielleicht rückgängig machen kann, mein Schatz!«

Una sprang aus dem Fenster. »Danke, Antoine«, rief sie ihm zu. »Vielen Dank für alles!«

Das Tuch, mit dem er sich den Schweiß von der Stirn wischte, war ein Stück Seide von ihrem ersten Abendkleid.

»Was soll ich tun?« fragte sie ihn.

»Was immer sich ergibt. Johnny ...« – er machte eine Pause – »Johnny wird dir helfen.« Er schlug das Fenster zu und sagte durch die geschlossene Scheibe: »Es tut mir leid, Liebes. *A bientôt!*«

»Bis später«, entgegnete sie und rannte um die Ecke, als die ersten Schüsse aus einem der oberen Fenster fielen. Sie versetzte einem Mann, der eben die Schlüssel ihres Landrovers abziehen wollte, einen Handkantenschlag ins Genick. Er kippte zur Seite, sie stieg ein und steuerte zurück auf die Hauptstraße.

Sie fuhr mitten durch London und sah, wie sie durch den Schutt rund um den Marble Arch nach Tyburn gekarrt wurde, die Hände auf dem Rücken gefesselt. Sie sah sich, begleitet von einem hübschen Dragoner, auf einem eleganten Roß durch die Rotten Row reiten, sah, wie eine junge Frau in einem gestärkten Häubchen einen altmodischen Kinderwagen schob. Sie suchte nach Johnny, aber sie erblickte nur Gestalten, die in den Trümmern wühlten, ein Kind, das allein im Park inmitten der geknickten Bäume stand, Wahnsinnige, die durch die Verwüstung taumelten, schreiend und die geballten Fäuste gen Himmel geschüttelt. Ein alter Mann neben der Straße kreischte mit zahnlosem Mund: »Beeil dich, Una, um Himmels willen!«

Sie kehrte um, in kalten Schweiß gebadet, und fuhr durch die Pfützen der über die Ufer getretenen Themse zum *Savoy Hotel*.

Sie lag in einem Marmorbad, das bis zum Rand mit lauwarmem, abgestandenem Wasser gefüllt war, und rauchte die Zigarre eines Unternehmers oder Spekulanten, der das breite Bett vor ihr benutzt hatte und nun verschwunden war. Er hatte einen scharlachroten Abendanzug, ein goldenes Feuerzeug und eine Reitpeitsche auf der zerwühlten Liegestatt hinterlassen. Und sie dachte nach.

Der Instinkt sagte ihr, daß es nötig war, mitten im Sturm zu ankern, aus dem Flugzeug zu springen und zu hoffen, daß sich der Bremsschirm öffnete, vertrauensvoll im freien Fall dahinzuschweben ...

Seit Monaten, vielleicht auch seit Jahren fuhr sie nun, geschützt durch ihren Landrover, über die ausgebrannte, zerfetzte und zerfallene Ruinenwelt, beobachtete Einzelphänomene, ohne Zusammenhänge zu erkennen, hatte nichts auf sich bezogen, ihre Gegenwart kaum und ihre Vergangenheit und Zukunft überhaupt nicht beachtet. Nun wurde ihr klar, daß sie die unsicheren, schwindelerregenden Welten, in denen sie lebte, erkennen und anerkennen mußte, die einzelnen Teile zusammenholen, Zeit und Raum, durch die sie sich bewegte, festigen, die Koordinaten bestimmen, einen Augenblick der Stase, der Lösung erreichen mußte, eine Pause in ihrer Welt, in ihrem Innern. Die Schlüsselgestalt, um die sich aus dem einen oder anderen Grunde, vielleicht auch aus gar keinem Grunde alles drehte, war offensichtlich die Una von einst, das Schulmädchen, der Motorradfan, die Pommes-frites-Verkäuferin in der Barracuda-Fisch-Bar.

Jetzt, dachte Una, während sie sich im Bad kämmte, kam es also zur Entscheidung. Jetzt mußte sie sich stellen.

Sie begann ganz ruhig. War es 1916, dachte sie, als ich diesen Streit mit Trotzki hatte? Hatte ich dem schnurrbärtigen Mann geraten, in Polen einzumarschieren oder in Rußland – oder gar in beiden Ländern? Bin ich Caesar im Traum erschienen? Habe ich nicht die Legionen nach Afrika begleitet? Ja, ja, das war ich, Una; ich träumte durch Äonen, ich war der König, ich war der König von Babylon (du der ägyptische Sklave), ich kam mit Montezuma nach Mexiko, mit Scott in die Antarktis, mit Clive nach Indien, mit Moses ans Rote Meer, mit den Spartanern an den Paß von Thermopylae. Ich brachte die Botschaft von Gent nach Aix, ich übermittelte den Sieg von Mazedonien, den Untergang von Atlantis, die Legende des Alten Matrosen.

Ich sah die grauen Anfänge der Geschichte, ich trug die erlöschende Flamme der Kultur von Griechenland nach Rom und Avignon, von Avignon nach Byzanz, von Byzanz nach Akkra, ich lud die Kanonen bei Balaklawa, ritt mit Dschinghis Khan und Rommel, schuftete mir die Finger blutig beim Bau der Pyramiden, bei der Eisenbahn von Burma, bei der Pazifik-Linie in Kanada, beim Schiefen Turm. Ich riet ihnen, das Trojanische Pferd nicht in die Stadt zu holen, ich beschwor sie, nicht die Bombe über Hiroshima abzuwerfen, ich erstach Caesar im Forum, blendete Harold in Hastings, erwürgte Ug vom Großen Bären, tötete Cock Robin ... – oh, die Tränen, das Gelächter, die Schmerzen – und Unas Verstand zersplitterte in tausend Bilder: wiehernde Rosse, das lange Warten auf das Morgengrauen, zerwühlte Betten, Nachtflüge, das heimliche Eindringen und die Flucht durch offene Fenster, Verstecke in Dielen, Horchen hinter der Tür, Angriffe in dunklen Gassen, Höfen und Gerichtsgebäuden, Gefängnisse und Irrenhäuser, Kindbetten und Hurenhäuser, Züge, Boote und Flugzeuge, Erschießungskommandos, Dschungel und Wüsten, Stiefel, Stiefel, Stiefel, Stiefel, die auf und ab marschierten, stille Reisen durch den Raum, kreischende Reisen durch die Zeit, Farben, Laute, Gerüche, das eisige All, die glühende Zeit, viel Lärm, Verwirrung, Turbulenz und Chaos – eine Vision der Leere, eine Reise durch Himmel und Hölle, ein böser, ein wahnsinniger Trip.

Und sie legte den Kamm auf den Rand der Badewanne, kletterte heraus, schwach wie ein neugeborenes Kind, und warf sich auf das Bett des Spekulanten. Einen Moment lang verdunkelte sich das Zimmer, und die Geräusche, die Farben kamen zurück. Dann entspannte sie sich und schlief.

Später stand sie auf und warf alles aus dem Fond des Landrovers auf die Straße. Sie spritzte das Innere mit einem Schlauch aus, säuberte die Fahrerkabine und wusch den Wagen außen. Die kastanienbraune Perücke schwamm den Rinnstein entlang bis zum Fluß. Sie zog einen weißen Anzug an und verließ London in Richtung Norden. Sie sah und hörte nichts. Der grüne Landrover tauchte vor und hinter ihr auf und verschwand wieder. Sie registrierte diese Tatsache ohne Neugier. Sie war taub, sie war blind, sie war ohne Bewußtsein.

In jener Nacht loderten auf allen Hügeln in Yorkshire Feuer. Zehntausende kampierten auf einer welligen Fläche, die sich über vierzig Meilen erstreckte, in Wohnwagen, Zelten, unter Notdecken und Plastikplanen. Essen dampfte, Menschen kämpften sich mit Wassereimern die Hänge hinauf und herunter. Gitarrenklänge, Gesang, Rufe und das Wimmern von kleinen Kindern durchdrangen das heiße Dunkel.

Una stand am unteren Ende der steilen Straße, die hinaufführte zu jener herrlichen Pension, wo sie einst Urlaub gemacht hatte. Eine Schlange von Autos, Kombis und Kleinlastern wand sich den Hügel hinauf, einige im Schneckentempo, andere neben der Straße stehend. Bereits am Fuße des Hügels begann das Kreischen der Hupen. Sämtliche Wagen, die noch rollten, drängten zur Seite. Una tat das gleiche, weil sie vermutete, daß ein großes, schnelles Gefährt heranpreschte. Aber das Hupen, das Ausweichen galt ihr.

»Los, Una! Fahr schon!« rief ein Mann, der sich aus seinem Kombi beugte. Die Hupen schrillten weiter, Scheinwerfer blinkten im Dunkel, als Una langsam den Berg hinauffuhr.

Die Pension war hell erleuchtet. Auf dem Boden lagen Matratzen, an den Wänden lehnten Proviantbeutel. Campingsachen waren überall verstreut. Um den stets geheitzten Küchenherd standen hohe Stiefel. Man hatte Stühle in die Wärme gerückt, auf denen Anoraks, Socken und Strickjacken trockneten. Als Una hereinkam, schwiegen die Gäste unvermittelt. Sie zogen sich zurück und ließen sie durch.

Die Wirtin, im allgemeinen eine abgehetzte, überarbeitete Frau, kam jetzt langsam durch die Menschengasse auf sie zu und sagte dumpf:

»Ich habe Ihnen das Turmzimmer reserviert.«

»Aber – das ist nicht nötig, wenn die Räume knapp sind«, entgegnete Una.

»Sie müssen es nehmen«, sagte die Frau. Mit einer Spur ihrer gewohnten Bitterkeit fügte sie hinzu: »Selbst der Keller ist vollgepfropft mit Schriftstellern – oder wie sie sich sonst nennen.« Sie machte eine Pause. »Kommen Sie!«

Als sie durch das Haus gingen, starrten ihnen die Männer und Frauen schweigend nach, umgeben von Gepäck, schlafenden Kindern und Thermosflaschen mit Tee.

Aus den Fenstern des drückend heißen Turmzimmers, das sauber war, aber keine Möbel außer einer Matratze mit weißem Laken besaß, konnte sie die Lagerfeuer auf der weiten Ebene im Westen und den allmählich ansteigenden Hügeln der drei anderen Himmelsrichtungen erkennen. Es war wie ein Heerlager am Abend vor der Schlacht.

»Ich kann Ihnen eine Mahlzeit bringen lassen«, erklärte die Frau.

»Ich würde lieber eine Weile allein bleiben«, erwiderte Una. Es schien nicht ihre Antwort zu sein. Das klang, als habe ihr jemand die Worte diktiert.

Sie saß im Halbdunkel auf der Matratze und horchte auf die fernen Laute der Menschen auf den Hügeln. Sie zündete sich eine Zigarre an.

Immerhin wußte sie jetzt Bescheid. Sie hatte das oft genug gesehen, soviel stand fest. Aber der Ebene von Salisbury, am Oberlauf des Sambesi, in Peru, übrigens auch in Jerusalem, als sie Glogauer entfernten. Die Art, wie die anderen zurückwichen. Dieses Gemisch aus Hochrufen und tiefem Schweigen, der eigens hergerichtete Raum – alles deutete auf das eine hin. Sie war Besiegte oder Siegerin; allem Anschein nach sogar beides. Una ließ die Asche auf das weiße Laken fallen und stand auf. Hier war die Zeit, hier war der Ort, die Glocke läutete, die Priesterin erschien, und wo, zum Teufel, blieb Johnny?

Sie ging wieder nach unten. Die Gruppen im Saal unterbrachen ihre Gespräche. Eine Gabel, eben noch zum Mund geführt, senkte sich. Die in Schlafsäcke gekuschelten Kinder starrten sie an.

Sie schaute geradeaus und stieg den Hügel hinauf. Es war sehr heiß. Die Menschen, die um die Feuer kauerten, wandten den Kopf nach ihr um.

Aus dem Augenwinkel sah sie den grünen Landrover einen Nebenweg herauffahren; er war etwa dreihundert Meter entfernt und hielt ihr Tempo. Una ging weiter, und noch einmal brandete ihr die Geschichte entgegen, schrie in ihrem Kopf – Euphrat, Tigris und Nil, der Große Wagen, Orion, Beteigeuze, die Gaswolken, Nebel, Urkunden, Grenzen und Verträge, Aufruhr, Schüsse auf dem Mond, die Galaxis, Sümpfe und Dschungel, Könige und Königinnen und geifernde Bestien.

»Die Zeit hat mich genarrt«, murmelte sie und stapfte weiter. Am Fuß der Bergflanke schaute sie nach oben und sah im Mondlicht auf dem Gipfel eine Gruppe von Menschen, die sie nicht auseinanderhalten konnte. Das Blut rauschte ihr in den Ohren.

»Die Zeit steht still«, sagte sie.

Der erste Blitz flackerte an ihr vorbei. Donner begann zu grollen. Und nun hörte sie Schritte hinter sich auf dem Weg. Der nächste Blitz erhellte den Berg, und droben auf dem Gipfelplateau wurde sie von einer Gruppe erwartet, die sie nur verschwommen wahrnahm. Unablässig rollte nun der Donner, dumpfe Trommeln, die in ihren Ohren dröhnten. Die Blitze zuckten und sanken in sich zusammen, tauchten die Gruppe auf dem Berg abwechselnd in Licht und Dunkelheit. Dann steigerte sich das Tempo, die Blitze umschlossen sie wie Natternfänge, ihr grelles Licht umflimmerte die Gruppe so rasch, daß das Auge kaum folgen konnte; Una kämpfte sich den immer steileren Pfad nach oben, Steine rollten bergab, und ihre Finger suchten Halt an den Felsblöcken. Die Menschen auf dem Gipfel wurden immer größer, und als sie aufschaute, konnte sie die Wartenden klar erkennen.

In der Mitte stand Johnny Weatherman.

Una empfand lähmende Furcht. Der Pfad war zu Ende. Vor ihr ragte schroffer Fels auf, bedeckt von der Grasnarbe des Plateaus. Während sie noch dastand und nach oben schaute, wurde der Donner immer lauter, und die Blitze umpeitschten sie unablässig. Johnny beugte sich vor, nahm ihre Hand und zog Una nach oben. Sie fiel auf die Knie und preßte den Arm vor die Augen.

Sie konnte spüren, wie die Gruppe sich um sie scharte.

»Mach die Augen auf, Una!« sagte er.

Vor ihr stand die Priesterin mit einer Krone aus lebenden Schlangen und das Mädchen im Motorradanzug und das Kleinkind mit dem Sonnenhut und die Bäuerin mit ihrer zipfeligen Schürze, die Priesterin und die Dame in weißem Sammet, die Nonne, die alte Vettel im zerrissenen schwarzen Kleid, die Marketenderin mit der Muskete und die Märtyrerin im blutverschmierten weißen Hemd, die Wahnsinnige mit ihrem zerquälten Gesicht, die Hure mit den Löckchen und dem grell übermalten Mund, die glatte, brave Hausfrau – und sie kniete da und sah mit Entsetzen, daß alle Unas Züge trugen. Selbst das plappernde Baby im Kinderwagen war Una. Sie starrte umher, sah ihr Gesicht jugendsanft, altersverzerrt, gezeichnet von Wahnsinn, Demut, Macht, Weisheit, Leidenschaft und Ruhe. Unas Augen brannten im Antlitz der Priesterin, leuchteten still im Gesicht der Nonne. Und selbst in dem plumpen Weib aus der Urzeit mit den finster vorgewölbten Brauen, das von Ungeziefer starrte, erkannte sie noch ihr eigenes Gesicht.

»Ist es das?« fragte sie.

»Dreh dich um, Una!« befahl Johnny Weatherman.

Dicht unter dem Felsen stand mit tränenüberströmtem Gesicht eine Gestalt im weißen Anzug, die flehend die Hände hob.

Una stand auf. Sie umfaßte eine Hand der anderen und

zog. Johnny nahm die andere Hand, und gemeinsam holten sie die Zwillings-Una auf das Plateau.

Als das Unwetter seinen Höhepunkt erreichte und die Blitze den Berg taghell erleuchteten, nahm Una die Hand ihrer Schwester, und sie umarmten sich. Mit dem letzten Donnerschlag versanken die Blitze, und der Tag wich der Nacht. Es begann zu regnen.

Una und Johnny trugen ihre Rucksäcke im strömenden Regen zu Tale. Der Morgen zog herauf.

»Pah!« sagte Una, als sie über das glitschige Gras wanderten. »›Johnny wird dir dabei helfen!‹ Reichlich spät und nicht gerade überwältigend kam diese Hilfe. Vielen Dank! Ich mußte wie gewöhnlich fast alles selber tun.« Ihre Stiefel fielen vom Rucksack in den Schlamm.

»Warum bindest du sie nicht ordentlich fest?« fragte Johnny, der seinen sprichwörtlichen Charme hauptsächlich zu professionellen Zwecken einsetzte. Er rauchte ihre letzte Zigarette.

Una kauerte im langen Gras, band die Stiefel wieder fest und hievte den Rucksack auf die Schultern. Mühsam erhob sie sich, und sie schleppten sich weiter.

»Vergiß nicht, daß ich deinetwegen eine ganze Nacht Schlaf versäumt habe«, sagte er. »Ich bin müde.«

»*Du* bist müde!« fauchte sie, aber er fuhr unerbittlich fort: »Und ich hatte keine Ahnung, worum es ging. Ich finde, es war riesig nett von mir, daß ich überhaupt kam.«

»Ich versuche es dir doch ständig zu erklären«, meinte Una verärgert. »Es hat damit zu tun, daß ich durch Zeit und Raum wandere, um Heldentaten zu vollbringen.« Ihre Stiefel, immer noch zu schlampig festgebunden, fielen erneut zu Boden. Sie hob sie auf, und der Regen lief ihr in den Hals. »Alles war im Fluß. Das Zentrum hielt nicht still, solange Zeit und Raum in meinem Innern verschoben waren. Es mußte alles erst wieder ins rechte Lot kommen.«

»Klingt plausibel.« Das war alles, was er sagte.

Während sie die Schuhbänder löste – was ihr nicht leicht fiel, weil sie mit Wasser vollgesogen waren – kam ihr plötzlich ein Verdacht. Sie schaute ihn an. »Hör mal, Johnny – das hast du mir angetan, stimmt's?« fragte sie. »Es ist offenkundig. Und es wäre logisch. Da genieße ich einen ruhigen Urlaub in der Sonne, an der Seite eines Seemanns ...« – sie hörte deutlich ein Paar Riemensandalen auf die Steinplatten klatschen, sah eine Standarte mit Adler gegen eine Wand gelehnt – »oder sonst was, und dann bricht alles zusammen. Ich weiß, daß du etwas damit zu tun hattest.«

»O nein!« widersprach er.

»O doch!«

»Nein, wirklich nicht ...«

»Du warst es! Du warst es!« schrie sie und dachte einen Moment an die Gasse in Nordirland. »Ich erinnere mich jetzt. In der Falls Road oder dicht daneben, das warst du! Du hast die Bombe in die Außenmauer der Kneipe geschoben! Plötzlich flog alles in die Luft. Ich fiel hin, und dann kam das Militär und schnappte mich. Mich!« schrie sie. »Dabei warst du es!«

Er nahm ihr die Stiefel weg, löste die Knoten, band sie wieder fest und legte sie Una sanft um den Nacken. »Nun hör mal zu, Una! Die Zündung war eingestellt. Du hast das gewußt, die ganze Zeit über, während du dich mit diesem Legionär auf Capri betrankst!«

»Centurion«, sagte sie. »Ich mußte drei Wochen in einem Straflager absitzen. Du dagegen bist einfach abgehauen. Und überhaupt, ich weiß nicht, wovon du redest. Was hast du denn in Irland gemacht?«

»Die Lunte gezündet«, sagte er.

»Willst du damit sagen, daß alles dein Werk war? Einmischung! Unruhestifterei! Sinnlose Zerstörung! Alles wegen nichts und wieder nichts?« schrie Una, während sie im Regen stand. »Und nach dem ganzen Chaos – sieh doch nur!« Sie deutete auf die dunklen, nebelgekrönten Hügel, die nassen Felsen und das harte, tropfende Gras. »Es hat sich nichts geändert!«

»Aber es hätte sich geändert«, sagte Johnny. »Alles war aus dem Gleichgewicht geraten, im Zusammenbruch, für immer und ewig. Das Ende. Was machst du, wenn ein Kinderkreisel zu torkeln anfängt? Du fängst ihn auf! Du hältst ihn fest! Du richtest ihn auf und gibst ihm einen neuen Schubs!«

»Das also hast du alles getan!« fauchte Una. »Ha – ich erkannte dich gleich, als du in den Seiteneingang des *Ritz* gehumpelt kamst wie ein alter Landstreicher! Wer hat dir denn den Auftrag erteilt, alles zu steuern? Das würde ich gerne wissen!«

»Keine Ahnung«, sagte er.

Una trat zur Seite und warf ihn unvermittelt in den Dreck. Dann ging sie pfeifend allein weiter. Lügen, dachte sie. Lügen, alles Lügen. Aber in diesem Moment hörte es zu regnen auf, und einen Augenblick später drängte die blasse Sonne durch die Wolken. Ein Vogel flog vor ihren Füßen auf.

Auf der Hügelkuppe winkte sie gutgelaunt der Pensionswirtin zu, die gerade die regenschweren Bettlaken von der Leine nahm.

»Miß Persson!« rief ihr die Frau nach.

Una beschleunigte ihre Schritte. Sie ahnte, daß die Wirtin eine Übernachtung plus Abendessen von ihr fordern würde.

Dicht vor dem Landrover holte Johnny sie ein und begann zu keifen.

»Ich gehe nach Ur, Johnny«, erklärte sie bestimmt.

»Das ist verständlich. Sieh mal – ich brauche dringend eine Pause nach all der Aufregung! Und ich habe noch eine Woche frei, ehe ich im Club Méditerrannée bei Lady Hamish von Hamish antreten muß. Was hältst du vom Médoc?«

Während der Landrover davonbrauste, verwischten sich die Laute, bis man im Führerhaus nur die Worte: »Urmédoc, Urmédoc!« verstand. Und draußen begann es wieder zu regnen, und es pißte wie immer über die stille Landschaft, die nun unversehrt, geordnet und heil in einer gleichmäßig rotierenden Welt verankert lag.

Copyright © 1980 by Hilary Bailey

Es geschieht nicht zum erstenmal, daß Avram Davidson, der Weltbürger aus Yonkers im Staate New York, und die Kalifornierin Grania Davis zusammenarbeiten. Eines ihrer Gemeinschaftsprodukte ist fünfzehn Jahre alt und in der Schule gar nicht so schlecht. Dagegen haben die Kinder, um die es in dieser Story geht, mit Bildung nicht allzuviel am Hut.

AVRAM DAVIDSON & GRANIA DAVIS

Die neuen Zombies

Alex hatte Hunger. Es war ein herrlicher Frühlingstag in Berkeley, der Abend rückte immer näher, und er brauchte etwas zu essen. Er zog einen zerknitterten Kalender aus der Innentasche seines fleckigen, zerrissenen Umhangs, der aus Heeresrestbeständen stammte, und überflog ihn. Dann nickte er befriedigt.

In dem Kalender waren sämtliche Kirchenfeste der Gegend um San Francisco eingetragen, und dieser Abend erwies sich als ausgesprochener Glückstreffer: Die griechisch-orthodoxe Kirche der Heiligen Spyridon und Simeon veranstaltete ihr jährliches Bankett. Er hatte sich schon im Vorjahr daran beteiligt, und das Ding war ein absoluter Hammer! Gefüllte Weinblätter, Spinatpudding, Käsepastete, Schischkhebab, Bakhlava und Retsina-Wein! Alles Geschenke von Griechen. An diesem Abend würde Alex ausgezeichnet speisen.

Ein herzlicher, ein warmer Gedanke überkam ihn. Warum sollte er nicht Leslie einladen? Damit sie es mal richtig nett hatte und einen angenehmen Abend verbrachte! Leslie war hin und wieder seine Puppe. Echt und wahrhaftig an der berühmten Universität von Berkeley eingeschrieben, wo sie im Hauptfach Ethnische Webkunst und nebenher Fingermalerei als Soziale Ausdrucksform studierte – mit regelmäßigen, nicht zu knappen Schecks von daheim. Leslie hatte ihn schon so manches Mal mit durchgefüttert, wenn es ihm dreckig ging. Er dachte an Leslie mit ihrem rotblonden Haar und dem schmalen Körper. Ein paar Delikatessen taten ihr bestimmt gut.

Außerdem betrachteten die Kirchenleute verliebte junge Paare, die an ihren Futterkrippen auftauchten, mit besonders milden Augen, während ein einsamer Schnorrer schon mal schwach angeredet wurde.

Alex rieb sich die hellen Stoppeln an Wangen und Kinn und überlegte, ob er zum Rasiermesser greifen sollte. Letzte Woche hatte er das vor lauter Anschaffen total vergessen. Leslie aber besaß eine Schwäche für glatte, gepflegte Wangen, und die orthodoxen Griechen teilten dieses Vorurteil vielleicht.

Na, er konnte ja mal auf piekfein machen. Dusche. Und Haarewaschen. Womöglich band er sogar das lange blonde Haar zu einem richtigen Spießer-Pferdeschwanz zusammen. Saubere Jeans. Und so weiter. Er hatte noch ein paar Klamotten bei Leslie liegen. Vielleicht guckte er bei ihr vorbei und benutzte rasch ihr Bad. Danach ein Festmenü mit freundlicher Genehmigung der orthodoxen Griechen. (Ganz nebenbei überlegte er, ob es auch reformierte Griechen gab.) Und dann – eine lange Nacht in Leslies Bett.

Das schmale, unter der Dreckschicht etwas blasse Gesicht von Alex spiegelte Zufriedenheit und Vorfreude wider, als er die Telegraph Avenue entlangschlenderte, jene berühmte Spießer-Allee von Berkeley, die an einem Ende nach Oakland ging (Getrude Stein hatte einmal verärgert festgestellt, daß es kein *Da* gab, wenn man erst mal da war.) und am anderen Ende ins Universitätsgelände mündete. Alex schätzte weder das eine noch das andere. Er wanderte von *Moe's Books* zu *Shambala Books,* wo all die Religionsspinner einkauften. Und er kam an einer Handvoll kaputter Typen vorbei, die auf dem Gehsteig hockten, vor sich hin brabbelten und ihm in der Hoffnung auf ein paar Münzen die schmutzigen Hände entgegenstreckten.

»Mann, ich dachte, die hätten alle schweren Fälle von der Telegraph Avenue verbannt!« rief ihm einer zu.

»Haben sie auch«, meinte Alex. »Da stehen noch überall die Schilder rum – *›Heroin-Dealer nicht erwünscht!‹* und so ...«

Der andere war auch ein Anmacher; er hatte einen schlechten Atem und eine schlechte Haut. Alex wollte sich nicht aufhalten, aber der Kerl ließ nicht locker.

»Wie kommt es dann, daß täglich mehr von diesen Zombies auf der Telegraph rumlungern?« fragte er. Eine echte Plage, der Mann. Wenn man den ließ, fragte er einem Löcher in den Bauch.

»Ich hab' sie nicht gezählt«, meinte Alex und versuchte an dem Typen vorbeizukommen. »Außerdem ist Koks besser ...«

»*Wäre* es«, entgegnete der Klugscheißer, »wenn diese Kapitalistenschweine den Preis nicht voll unter Kontrolle gebracht hätten ...« Die Stimme des Klugscheißers verebbte, als Alex einen Laternenpfosten umrundete und seinen Weg fortsetzte.

Wenn sich der Typ wenigstens einmal in der Woche die Zähne putzen und nicht ständig im Gesicht rumpuhlen würde, fand er vielleicht genug Weiber, die ihn aushielten. Dann brauchte er sich weder um die Politik noch um die Zombies zu kümmern.

Alex schlenderte um die Ecke und eine ruhige Seitenstraße entlang, wo die Blütenblätter der Pflaumenbäumchen durch den Rinnstein wirbelten. Er erklomm die Stufen einer alten, mit braunen Schindeln gedeckten Villa, die man in viele Studentenbuden aufgeteilt hatte.

Er klopfte an Leslies Tür. Das Schild *Fair Play for Ereguay* wirkte allmählich leicht angeschimmelt. Nirgends brannte Licht, und alles schien ungewöhnlich still. Alex klopfte lauter, aber er hörte nur das schwache Maunzen ihres Siamkaters Mao.

Scheiße! Traf sich die Schlampe etwa mit einem anderen Kerl? Nun ja, Alex hatte auf einem lockeren, freizügigen Verhältnis bestanden. Das war sein *Recht.* Er ließ sich nicht gern festnageln. Von nichts und niemand.

Aber heute feierten die orthodoxen Griechen, und es gab

ein kostenloses Festbankett. Das hätte sie wissen müssen. Wo blieb denn die Telepathie? Warum war sie nicht daheim?

Aber wenn sie nicht wollte, dann war es ihre eigene Schuld. Er würde allein Bakhlava essen und die Nacht (zumindest einen Teil davon) damit verbringen, sich mit honigverpappten Fingern selbst zu befriedigen. Er konnte sich nicht mal bei ihr waschen und umziehen. Ach was, wenn den Kirchenvätern seine dreckigen Fetzen und der Stoppelbart nicht gefielen, dann sollten sie sich ihre gefüllten Weinblätter gefälligst in den Arsch stecken.

Alex blieb ungeduldig vor einem Rotlicht stehen. Ein schnieker weißer Lieferwagen hielt neben ihm auf der Straße. An der Seite war ein säuberlicher Schriftzug angebracht: RE-VITA. Ein Haaröl? Ein Gesundheitsbrot? Nein.

Er hatte den Wagen schon öfter in der Gegend gesehen. Kenner der Szene behaupteten, er gehörte einer noblen Firma, die reichen alten Trotteln Hormone oder sowas spritzte. Es ging sogar das Gerücht, daß die Leute jungen Kerlen eine bestimmte Summe dafür zahlten, wenn sie Stichproben oder sowas ähnliches durchführten. Aber zwischen Leslie, Kirchenfesten, Anmachen und wieder Leslie hatte Alex noch keine Zeit gefunden, diese Geldquelle unter die Lupe zu nehmen.

Nun wechselte das Licht auf Gelb. Der RE-VITA-Wagen ließ den Motor aufheulen. Plötzlich hörte Alex sonderbare Geräusche aus dem Laderaum. Das klang nach Kampf und gewaltsam erstickten Schreien. Als der Wagen um die Ecke bog, erschien einen Moment lang ein Gesicht am Heckfenster. Das Gesicht eines hübschen Mädchens mit langem rotblonden Haar.

Es war Leslie. Und sie schrie um Hilfe.

Aber mit leerem Bauch konnte er keine Entscheidungen treffen. Wenn alle Kapitäne von früher diese Regel beachtet hätten, wäre dann je auf einem Schiff Skorbut ausgebrochen? (Nein!) Alex begab sich zum Gemeindehaus, schluckte in aller Hast ein paar gefüllte Weinblätter, ein wenig Spinatpudding, ein Stück Käsepastete und einen Spieß Schischkhebab, den er mit einem Glas Retsina herunterspülte. Wo, zum Teufel, befand sich die Zentrale von REVITA? Er hatte, klug wie er war, das Telefonbuch im Vorraum studiert, aber das brachte ihn nicht weiter. Es war keine Adresse angegeben. Genau genommen war nicht einmal die Firma angegeben.

»Verzeihung, mein Freund«, lächelte eine dicke und offensichtlich griechische Dame in einem glänzend schwarzen Kleid. »Sind Sie bereits Mitglied unserer Gemeinde?«

Alex hatte für solche Gelegenheiten meist ein paar flotte Sprüche – daß er der Sohn eines verstorbenen Mitglieds sei, daß er das Licht des Heils erblickt habe oder daß schon in der Bibel stand, man solle die Hungrigen speisen (oder war das aus der Unabhängigkeitserklärung?) An diesem Abend allerdings war es mit seinen Nerven nicht zum besten bestellt.

»Die Erzdiözese beabsichtigt nämlich, für einen Beitrag von nur zehn Dollar pro Jahr ...«

»Das ist der lausigste Fraß, den ich je runtergewürgt habe!« fauchte er die liebenswerte Matrone an, die mit weit aufgerissenen Augen die leeren Teller betrachtete; damit knallte er das Tablett auf einen Tisch und verließ das Gemeindehaus.

Was, zum Teufel, suchte Leslie, *seine* Leslie in diesem Lieferwagen? Was für eine Nummer zog sie ab? Und wie konnte er die Wahrheit herausfinden?

Alex stach mit dem Zeigefinger aggressiv gegen den dahinströmenden Verkehr, erkannte dann, daß dies die falsche Geste war, und hob statt dessen den Anhalter-Daumen. Er hatte gegessen und somit den gefürchteten Skorbut um einen weiteren Tag hinausgeschoben; nun brauchte er Zeit zum Ausruhen, Verdauen und Nachdenken. Vielleicht sogar Zeit zum Meditieren (allerdings war ihm beim Betrachten seines Nabels bisher nur immer bewußt geworden, was für eine Fusselfalle das Ding war). Wo konnte er diese Nacht landen? Leslies Apartment war fest verschlossen. Und er war nicht in der Stimmung, einsame Sekretärinnen anzuquatschen und sich im Bett dann lange, traurige Geschichten über Stiefmütter, Psychiater und die Intrigen im Schreibsaal anzuhören.

Gonzalez! Das war es. Peter S. *Gonzalez,* ein sanfter Schwuler, der schon auf die fünfzig zuging und immer froh war, wenn sein kleiner Freund Alex kam. Besorgte ihm bereitwillig eine warme Mahlzeit, eine heiße Dusche, saubere Shorts und ein sauberes Laken, wenn er dafür ein bißchen mit ihm fummelte. Gonzalez benutzte eine Menge seltsam altmodischer Ausdrücke (›phallische Erektion‹ zum Beispiel und ›Zeugungsorgan‹), aber Alex machte es heute nichts aus, dem antiquierten Kerlchen einen Gefallen zu erweisen. Besser, als sich in einer feuchten, leeren Garage rumzuplagen; so was konnte zu Rheumatismus führen. Und zu Hautkrankheiten.

Vielleicht sogar zu Skorbut.

»Was ist denn, ihr Arschlöcher, nimmt mich keiner von euch mit?« schrie Alex den Autos entgegen, die gleichgültig an ihm vorbeiflitzten. Nicht einer dieser Fettsteiße hielt an, nicht ein einziger! Kein Wunder, daß es in Berkeley zu Bürger-Unruhen kam! Eines Tages würden die Fußgänger den Aufstand proben, und dann ...

He! Da fuhr doch glatt einer an den Randstein. Ein Lieferwagen, blitzweiß, mit einem eleganten Schriftzug an der Seite: RE-VITA.

Der Fahrer trug eine weiße Uniform und lange Koteletten. Er winkte Alex freundlich zu. Neben dem griechisch-orthodoxen Menü machte sich Angst in seinem Magen breit.

»Wo soll's denn hingehen, Freund?« erkundigte sich der Fahrer.

»Oakland«, erklärte Alex, nachdem er einen Moment lang angestrengt nachgedacht hatte. Irgendwas mußte er schließlich sagen, oder?

»Gut, ich bring dich rüber«, meinte der Mann. »Ich muß aber erst noch was droben auf den Hügeln abliefern, okay?«

»Okay.« Die Neugier kämpfte gegen die Angst, als Alex in den Wagen stieg.

Sie gelangten immer weiter in das Hügelgebiet von Berkeley, vorbei an der ›Schleich-Zone‹, wo einem schon vom Anblick der Bodenwellen schlecht werden konnte. Schließlich hielten sie vor einem der großen eleganten Häuser im Maybeck-Stil, die noch aus der Blütezeit der Stadt stammten. In der Ebene und am Fuße der Hügel hatten sich die Universität und das Gesundheitsministerium wie Krebs ausgebreitet, die kleineren schönen Bauwerke abgerissen und dafür größere häßliche hingestellt; aber hier in den Hügeln besaß die Eleganz noch ein Reservat. Ein sauber getrimmter Garten in der ersten Frühlingspracht umgab das Haus, und auf dem Briefkasten stand in ordentlichen Buchstaben RE-VITA.

Der Spüreifer ließ Alex geradezu tollkühn werden. »Mann, was bedeutet dieses RE-VITA eigentlich?«

Spannte sich der Fahrer eine Sekunde lang an? Wenn ja, dann war es wirklich nur eine Sekunde. Dann lachte er schallend los. »Ehrenwort, daß du's nicht weitersagst? Die meiste Zeit über kutschiere ich Urinproben durch die Gegend!«

»Ohne Quatsch? Na ja, einer muß auch das tun. Äh ... angenehme Arbeit?«

»Nicht schlecht, sobald man sich daran gewöhnt hat. Bis auf das Image – brunzblöd!« Alex stimmte in sein Gelächter ein. »Na, komm ruhig mit!« meinte der freundliche Fahrer. »Kannst 'ne Kleinigkeit essen, während ich das Zeug abgebe, und dann bringe ich dich nach Oakland.«

»Klingt nicht schlecht.« Alex strahlte tapfer.

Sie gingen nach drinnen.

»Ist da wo ein Lokus?« fragte Alex mit hinterhältiger Unschuld.

»Äh, ein Lokus?« Der Fahrer schien zu zögern. »Am Ende des Korridors, dort an den Türen vorbei – aber mach schnell! Wir dürfen uns eigentlich nicht in diesem Teil des Hauses aufhalten.«

»Bin gleich wieder da!« Alex flitzte davon. »Vielleicht«, murmelte er, als er die Tür hinter sich schloß.

Er pinkelte nervös, während er Pläne schmiedete. Das

hier nannte man Karma. Schicksal. Leslie mußte sich irgendwo in diesem Haus befinden. Er würde sie suchen. Retten. Ganz bestimmt war sie ihm unendlich dankbar. Sie würden in ihre Bude gehen und eine Supernacht verbringen! Er konnte es kaum erwarten. – Aber um die Vision in die Tat umzusetzen, mußte er Leslie erst mal finden.

Alex spülte, drehte den Wasserhahn auf, um das Geräusch seiner Schritte zu dämpfen, und begann den Korridor entlangzuschleichen. Er kam um eine Ecke mit Glasfenstern im Jugendstil und dann wieder in einen Korridor.

»Leslie?« rief er leise.

Keine Antwort. Nur das leise Plätschern von Wasser aus dem Lokus. Gänge, Treppen, jede Menge bunte Glasfenster. Hatte das nicht was mit Kunst zu tun? Er entdeckte eine Reihe verschlossener Räume. Das Haus schien leerzustehen.

»Leslie?« rief er wieder. Dann hörte er ein leises Schluchzen um die nächste Kurve.

»*Leslie!*« rief er lauter. »Antworte! Ich bin es – Alex!«

»Oh, Alex!« wimmerte die Stimme. »Ich bin hier – nein, hier!«

Er schlug die Tür eines leeren Zimmers zu, rannte in den nächsten Raum: Da lag sie, auf ein Krankenbett gefesselt, mit einem lächerlichen weißen Kittel bekleidet, Medizinflaschen und Plastikbehälter rundum verteilt und mit unheimlichen Röhrchen und Schläuchen in den Armen und an anderen Stellen.

»Mein Gott, was machst du hier, Schätzchen? Bereiten die dich für die Klapsmühle vor, oder was?« Bei dem Gedanken zuckte er zusammen. Aber nein – nur jetzt kein brennender Schmerz ...

»Die haben mich entführt!« schluchzte sie. »Vielleicht eine Terroristenbande, die dahintergekommen ist, daß mein Vater heimlich immer noch zu Nixon hält ...«

Klang ausgesprochen logisch. »Schiet, ich glaube, die haben mich auch entführt«, stöhnte er. »Mein Vater hat mal Eisenhower gewählt. Wir trennen uns am besten«, drängte er. Doch dann sah er die Umrisse ihres Körpers durch den dünnen Kittel und setzte hinzu: »Oder wir bumsen erst mal richtig, ich meine, wir haben ein Bett, und auch sonst fehlt nichts ...«

»Bitte, verschwinden wir von hier, Alex!« flehte sie. »Ich habe Angst.«

Er seufzte. Ausgerechnet jetzt Angst zu kriegen! Hm, sie war noch gefesselt. »Na schön, vielleicht hast du recht«, meinte er zögernd. Vorsichtig löste er die Fesseln und zog die Schläuche heraus. Er und Leslie schlichen aus dem Zimmer und durch Korridore und Treppenschächte mit Massen von Buntglas. Himmel, der Kasten konnte ein Vermögen einbringen, wenn jemand auf dieses Zeug stand!

»Weißt du, wie wir ins Freie kommen?« flüsterte sie und klammerte sich an seinen Arm.

»Sicher. Äh ... nein. Du vielleicht?«

Aber nun hörten sie schnelle Schritte die teppichbelegten Stufen heraufkommen. Er packte sie an der Hand, und sie huschten in einen anderen leeren Raum, der ebenfalls ein Krankenbett enthielt. Zum Glück lag niemand drin. Wieder Karma! »He, das ist genau richtig für uns«, strahlte er. »Ich meine, so als Zeitvertreib, bis die vorbei sind. Wir haben ein Bett, und auch sonst fehlt nichts ...«

Doch bevor sie antworten konnte, ging die Tür auf, und drei Männer stürmten herein. Einer war der Fahrer. Ein anderer schwenkte eine Pistole.

»Aus dem Fenster!« schrie Alex und ließ den Worten die Tat folgen.

Er war seit Jahren nicht mehr Ski gelaufen, und es gab auch keinen Schnee; aber der Sprung auf den feuchten, kurzgeschnittenen Rasen gelang. Alex legte einen eleganten Slalom hin, hechtete über die Gartenmauer und stand auf der Straße.

»Spitze, Mädchen, einfach Spitze!« rief er und wandte sich zu Leslie um.

Leslie war nicht da!

Von weiter hinten und oben hörte er ein kurzes, schrilles Wimmern; dann schlug ein Fenster zu, gefolgt von einem mehrmaligen Klicken.

Eine schöne Scheiße!

»Oh, Alex, mein junger Freund voller Saft und Kraft! Komm herein, komm herein!« Gonzalez rülpste herzhaft. »Entschuldige, ich habe heute abend in einem nahen Schlemmer-Restaurant gespeist – pochierten Lachs in Weinsauce. Aber allein. An einem traurigen kleinen Einzeltisch. Ah, wie Gonzalez es haßt, allein zu speisen! Aber meine Gemahlin ist schon vor Jahren verschieden. Cholera morbus, zu schade! – Nun, es ist schön, daß mein wilder kleiner Freund von der Avenue vorbeischaut, um mir Gesellschaft zu leisten. Ich glaube, du kennst meinen gelehrten Gast noch gar nicht?« Er deutete mit der gepflegten Hand.

»Doktor A. V. Vong«, stellte sich der gelehrte Gast vor. Man konnte das wahre Alter eines Chinesen unmöglich schätzen, aber der hier war sicher fast so alt wie Gonzalez. Mindestens fünfzig. Wenn nicht mehr. Er hatte die Hände in den Taschen vergraben.

»Eine kleine Delikatesse?« fragte Gonzalez gastfreundlich. »Dr. Vong war so liebenswert, mir eingelegte Enteneier mitzubringen.«

»Leider kaum zehn Jahle alt«, entschuldigte sich Dr. Vong. »Aber ich konnte dazu ein feines Fingel-Poi* elstehen.«

»Wessen Finger?« fragte Alex unschuldig.

Die beiden älteren Männer lachten herzhaft. Nebenan kläffte ein Hund. Gonzalez zuckte zusammen und entspannte sich dann. »Ich bin ein friedfertiger Mensch«, sagte er. »Ich habe, soviel ich weiß, nicht einen einzigen Feind auf der Welt, und es gibt nur wenige Menschen, die ich ablehne. Aber *drüben* wohnte mal neben mir eine Familie mit einem teuflischen Köter. Bellte den ganzen Tag, wenn man ihn einsperrte, und war ein bösartiges Ungetüm, wenn man ihn freiließ. Ich wandte mich in höflicher Form an die Besitzer, aber sie waren taub gegenüber meinen inständigen Bitten. Ich begab mich sogar zu dieser neumodischen Menschenrechts-Gesellschaft, und was bekam ich dort zu

---

* Hawaii-Delikatesse aus vergorenen Pflanzen und Teig; wird mit den Fingern gegessen. – *Anm. d. Übers.*

hören? Daß man nicht eingreifen könne, weil das Geschöpf eine Steuermarke habe und bis jetzt nichts davon bekannt sei, daß es jemand gebissen habe!«

»Wie entsetzlich«, bedauerte Dr. Vong.

»In der Tat. Früher konnte man Leute anheuern, die so ein Tier erschossen oder ihm Gift ins Futter mischten. Aber heute bekommt man mit solchen Methoden Schwierigkeiten, wenn man nicht aufpaßt. Deshalb ...«

»Wilklich?« staunte Dr. Vong. »Wie melkwüldig!«

Ein Gedanke durchzuckte Alex. »He, Mann, im Moment sind mir Köter echt egal. Die haben mein Mädchen entführt. Und weil du ziemlich nahe an dem Schuppen wohnst, wo sie festgehalten wird, bin ich mal rübergekommen. Ich brauche deine Hilfe!«

»Entfühlt?« rief Dr. Vong. »Um Land ... äh, ich meine Lösegeld zu elplessen? Wie in Klimis?«

»Es ist schön, daß du zu mir kommst. Ich werde sofort die Polizei verständigen, die wahren Freunde und Helfer aller gesetzestreuen Bürger.« Er griff nach dem Telefon.

»Äh, also das lieber nicht.« Alex wand sich verlegen. »Ich hab' mir mal 'n VW ausgeliehen und bin damit voll gegen einen Polizeiwagen gekracht, der mir in der Einbahnstraße entgegenkam – auf meiner Seite! Außerdem konnte sich der VW-Besitzer nicht mehr dran erinnern, daß er mir die Karre geborgt hatte ...«

Gonzalez senkte die Hand. »Nun gut. Was hältst du davon, uns die ganze Geschichte zu erzählen, junger Freund?« meinte er. »Wir werden aufmerksam zuhören.«

Sie hörten aufmerksam zu, und dann erklärte der chinesische Dr. Vong mit großem Ernst in der Stimme: »So geht das nicht! Wil müssen das sofolt legeln! Schließlich leben wil nicht im Dschungel!«

Gonzalez nickte. »Siehst du die Vitrine dort, mein starker kleiner Alex? Faß in die obere Schublade links!«

Alex tat, wie ihm geheißen. Er holte etwas hervor. Schaute es an. Sagte: »Na, ich weiß nicht so recht, Gonzalez! Das ist doch kein Showdown im Okay Corral! Ein *Derringer* – also wirklich!«

Gonzalez wirkte ein wenig gekränkt. »Okay Corral – wo denkst du hin! Emin hat damit ein anstürmendes Nashorn auf drei Schritt Entfernung erlegt. Aber gut. Eine Schublade tiefer findest du eine Luger-Automatik. Danke.« Er schob die Waffe in die Tasche. »Außerdem hatte ich nicht an eine Schießerei gedacht. Einschüchtern reicht vielleicht. Was? Du zögerst immer noch?« Ein schwaches Leuchten kam in seinen Blick. »Aha. Ich verstehe. Du findest, daß uns vielleicht noch Zeit für ein kleines Spiel bleibt? Sado auf die Schnelle, ja? Warum nicht? Auf ein paar Minuten hin oder her kommt es sicher nicht an, und das Sofa steht gleich im Nebenraum ...«

Alex glitt hastig auf die Tür zu. »Später vielleicht, Mann«, sagte er. »Im Moment bin ich nicht in Stimmung. Wer weiß, was diese Typen inzwischen mit Leslie anstellen!«

»Gut, gut«, meinte Gonzalez etwas gekränkt. »Wenn du nicht in Stimmung bist, kann man eben nichts machen.« Sie traten in die kühle Nachtluft hinaus. »Es ist so nahe, daß wir kein Taxi brauchen. Gehen wir zu Fuß!«

Im RE-VITA-Gebäude brannte Licht, aber niemand öffnete auf ihr Klingeln. »Brechen wir doch einfach ein!« sagte Alex. Kaum hatte er die Worte ausgesprochen, da zog Gonzalez den Schuh aus, schlug damit die Glasfüllung der Tür ein, fuhr mit der Hand nach innen und ließ sozusagen die Zugbrücke herunter. Eine Sekunde später waren sie im Innern des Hauses. Die Tiffany-Fenster schimmerten.

»Saugut, das bunte Glaszeug!« stellte Alex fest. Einen Moment lang war er von seinem eigentlichen Ziel abgelenkt.

»Gefällt es dir?« Gonzalez schien erfreut.

Die gleichen drei Männer, die Alex schon einmal gesehen hatte, kamen um eine Ecke gelatscht und hielten unvermittelt an. Sie schauten verwundert zwischen Alex und seinen Begleitern hin und her. »Deck mich, Gonzales!« sagte er. »Ich gehe nach oben. Na los, nun mach schon!« Und er rannte die teppichgedämpften Stufen hinauf. »Leslie! Leslie!« schrie er.

Hinter sich hörte er Gonzalez sagen: »Das wird nichts nützen! So hör doch – das wird nichts nützen!«

»Oh, Alex!« schrie Leslie, als er erneut in das Zimmer eindrang. »Diese Mistkerle haben mich wieder gefesselt! Binde mich los, Alex – worauf wartest du noch?«

»Könnten wir nicht erst mal eine Runde bumsen? Ich meine, anstatt wieder die Zeit zu vertrödeln ... Das Bett sieht gut gefedert aus und ...«

Aber er hatte vergessen, die Tür abzuschließen, und im nächsten Moment stürmten die (inzwischen) fünf Männer herein. Einer von ihnen schwenkte eine Zwangsjacke, und er kam, flankiert von seinen beiden Gefährten, auf Alex zu. Diesmal hatte sie sich zwischen ihn und das Fenster geschoben. »Gib's ihnen, Gonzalez!« schrie er. »Wozu hast du die Knarre?«

»Aber, aber!« entrüstete sich Gonzalez. »Mir scheint, daß beide Seiten ein wenig zu stürmisch vorgehen. Alex, ich kann diese jungen Leute nicht erschießen, denn sie arbeiten für mich. Jack, Ned und Snake, die Zwangsjacke ist nicht nötig – ich bin sicher, daß mein lieber Alex bei dieser reinen Routine-Sache freiwillig mitmachen wird!«

Alex verstand die letzten Worte nicht, aber er verstand etwas anderes. »Gonzalez! du steckst hinter diesem REVITA-Schwindel?« Es war wie die berühmte helle Kerze, die direkt in seinem Kopf aufflackerte.

Gonzalez hob bescheiden die Schultern. »Nun, sagen wir mal, ich bin einer der Hauptaktionäre – und einer der Hauptnutznießer. Aber die grundsätzlichen Patente verdanken wir den Entdeckungen meines hochgelehrten Freundes Dr. Gustavus A. Vasa Vong.«

Jack, Ned und Snake drängelten Alex zum Bett hin. Er war zu verblüfft, um Widerstand zu leisten.

Dr. Vong winkte bescheiden ab. »Ich habe mich gründlich mit del klassischen chinesischen Alchemie befaßt«, stellte er fest. »›Del Magische Pfilsichbaum des Langen Lebens‹ und ›Del zinnobellote Stein del Unstelblichkeit‹, wie die Weisen sie nannten. Aufpolielt, wie Sie vielleicht sagen wülden, dulch meine Albeit an del Univelsitätsklinik von Upsala wählend del Hellschaft von Kall XII., den man nicht zu Unlecht den Löwen des Noldens nannte; es folgten fluchtbale Jahle an del Seite des belühmten Doktol E. Swedenborg ...« Erstmals nahm er die Hände aus den Taschen und öffnete sie in bescheidenem Stolz. Wie lang seine Fingernägel waren!

»Alex!« piepste Leslie. »Ich fürchte mich!«

»Na, na!« beschwichtigte Gonzalez. »Es ist alles völlig harmlos. Oh, der Überschwang der prallen Jugend! Ach, Jugend, Jugend – nicht länger muß sie an Kinder verschwendet werden! Wir regen lediglich die wichtigen Salze an, die bei einem bestimmten physischen Prozeß entstehen, zapfen die jugendlichen Hormone ab, die ein weiterer Prozeß freisetzt, verbinden beide mit Hilfe einer Katalyse und entnehmen die winzige Menge, die wir für uns und unsere Kunden benötigen, während wir den Rest sorgfältig wieder zurückleiten. – Danach könnt ihr beide gehen. Natürlich zahlen wir das übliche Spender-Honorar von fünfzig Dollar.«

»*Fünfzig* Dollar!« rief Alex.

»Aber ich brauche die fünfzig Dollar nicht!« wimmerte Leslie, die sich wie immer beschweren mußte. »Ich will hier raus!«

Darauf wußte Alex eine Antwort. Sie hatte ihm zwar gelegentlich Essen und ein Dach über dem Kopf gewährt, und es war ihm freigestanden, ihr Bad samt Wasser, Seife und Handtüchern zu benutzen; dazu hatte sie ihm stets die Schenkel geöffnet. Aber so richtig *bezahlt* hatte sie ihn nie! Jetzt bekam sie die Chance dazu. »Du kannst sie ja mir geben!« Schicke Fummel vom St. Vincent de Paul Secondhand-Shop! Unmengen Brathuhn! Ganze Meter Hasch und Koks!

Er umrundete Jack, Ned und Snake und hechtete ins Krankenbett. »Nun komm schon!« lud er sie ein.

»Mein lieber Freund!« meinte Gonzalez geziert. »Das finde ich im Moment unpassend. Sicher gibt es noch manch andere Gelegenheit. Ich habe in dreihundert Jahren Geduld gelernt. Während sich die beinahe schmerzlose Nadel in deinen Arm schiebt, darf ich den Katheder hier – na, na, das kitzelt, was? Vielleicht fühlst du dich danach ab und zu ein wenig müde, aber versuch das Ganze von der philosophischen Seite zu betrachten!«

Gonzalez' Finger an den verschiedensten höchst intimen Körperteilen lenkten Alex so ab, daß er kaum etwas spürte. »Oh, hör auf, hör auf, du sollst das lassen!« lachte er. »Oho-ho, hör auf, Gonzalez, du bringst mich um!«

»Dich nicht«, sagte Gonzalez. »Der Hund – den ließ ich umbringen!«

»Hundert Dollar«, murmelte Alex. Wo war er? Ach so. Telegraph Avenue.

»Was?« fragte Leslie neben ihm.

»Hundert Dollar. Hab' ich.« Er blieb stehen. »Hatte ich mal«, verbesserte er sich.

»Hmm.« Das war alles, was Leslie erwiderte.

Sie redete wenig in letzter Zeit. Alex ging es nicht anders. Sie hatten sich kaum was zu sagen, wenn sie beisammen waren. Ihr verfilztes, einst rotblondes Haar neben seinem verfilzten, einst hellblonden Haar ... He, da kam jemand ...

Jemand sagte: »Himmel, sieh dir mal diese Zombies an!«

Jemand sagte: »Tja, und täglich kommen ein paar dazu. Ausgeflippte Typen. Werden daheim rausgeschmissen und landen alle hier. Scheußlich.«

»Glaubst du, daß das der Grund ist?«

»Was denn sonst?«

Alex verstand ihre Worte nicht richtig. Er verstand überhaupt recht wenig. Aber er wußte, was er tun mußte, wenn Leute vorbeikamen. Also tat er es auch jetzt.

Er zog die zerfetzte, dreckige Decke enger um seine zerfetzten, dreckigen Kleider, hielt die schmutzstarrende Handfläche auf und sagte die wenigen Worte, die ihm immer noch einfielen: »Ha'm Sie Kleingeld? Nur'n paar winzige Münzen! Ha'm Sie Kleingeld?«

Copyright © 1980 by Avram Davidson & Grania Davis

Das Buch Earthwind *gab den Anstoß zu untenstehender Story. Robert Holdstocks Erstlings-Roman* Eye Among the Blind *war bereits vor einiger Zeit in den Vereinigten Staaten herausgekommen; inzwischen ist sein drittes Werk,* Necromancers, *erschienen. Seine intellektuelle Ernsthaftigkeit und emotionale Kraft sind beispielhaft für die neue Generation britischer SF-Autoren.*

ROBERT HOLDSTOCK

Stein und Erde

Die Sonne schenkt der Erde Licht,
Aber ich mein', daß diesem Schein
es gegen einst an Kraft und Glanz gebricht.

WORDSWORTH: *Intimations of Immortality*

Obwohl der Transmissionsknall laut über das wellige Grasland dröhnte, unterschied er sich kaum von dem Knall beim Auseinanderbrechen der großen Steinblöcke, jener Megalithen der Grabhügel-Erbauer, welche seit siebenhundert Jahren dieses Land bewohnten.

Der Mann auf dem gedrungenen schwarzen Pferd erschien wie aus dem Nichts. Er war in Häute und Beinkleider aus Fell gehüllt und hatte das Haar in feste, schulterlange Zöpfe geflochten. Bart und Schnurrbart waren gelockt und steif von einer rötlichen Paste. Die Satteltaschen stellten in diesem dritten Jahrtausend vor Christus einen Anachronismus dar, aber sie waren wenigstens primitiv aus Leder gefertigt; die eckigen Umrisse ließen sich nicht vermeiden, denn die Ausrüstung, die sie enthielten, brauchte der Mann unbedingt, damit er in sein eigenes Zeitalter zurückkehren konnte. Das Pferd, die Ledertaschen und ihr Inhalt wurden vernichtet, sobald sie ihren Zweck erfüllt hatten. Darin stimmte der Mann mit den anderen überein; nur beim Zeitpunkt gingen die Meinungen auseinander. Er hatte nämlich nicht die Absicht, wieder heimzukehren. Er wollte hier bleiben, bei den Menschen im Boyne-Tal, mit denen er – in akademischer Hinsicht – während seiner kurzen Lebensspanne so eng verwachsen war.

Der Mann hieß John Farrel. Er war knapp dreißig Jahre alt, und seine Lebenserwartung in diesem Stein- und Erde-Zeitalter betrug höchstens weitere zehn Jahre.

Als er durch das Transmissionsfeld kam, wendete er sein Pferd und blinzelte in das vage Licht, das die Zukunft darstellte. Es verblaßte, und der letzte Lufthauch einer anderen Zeit sickerte fünftausend Jahre in die Vergangenheit. Ein säuerlicher Geruch haftete ihm an – der Geruch nach Maschinen, künstlichem Aroma und synthetischen Kleidern; ein Odeur, ein Gestank der erfolgreichen Anpassung.

Kalte Böen, der letzte Trotz des Winters gegen die plötzliche Frühlingswärme, rissen den Geruch der Zukunft mit, verteilten ihn über ein Land, das weiter war, als Farrel je geahnt hatte. Maschinen, Parfums und Kunststoffe versickerten in die Erde, wurden in die Tiefe und in die Ferne gezerrt, verschwanden aus der Grasfrische dieses Blut- und Steinzeitalters.

Farrel ritt eine kleine Anhöhe hinauf, die dicht vor dem Transmissionsfeld lag; als er sie erreicht hatte, wandte er sich erneut um und spähte ins Tal hinunter. Der Boyne wand sich träge durch die Landschaft, ein Silberfaden, der exzentrisch zwischen den flachen Hügeln glitzerte, bis er den Blicken entschwand. Vor Farrels geistigem Auge standen einen Moment lang die Backsteinhäuser, die eines Tages die dichten Wälder an der großen Krümmung des Flußlaufes verdrängen würden. Einen Moment lang glaubte er ein Auto auf der Hauptstraße zu sehen – Sonnenlicht auf blitzendem Chrom. Aber die Sonne schimmerte auf den ausgebreiteten Schwingen einer Möwe, die sich vom Wind über den Fluß zurück zum Meer tragen ließ.

Wo sich das Transmissionsfeld zögernd auflöste, war der Fluß verwischt und das Land ein grüner Schleier, der immer schärfere Konturen annahm. Wind fing sich in Farrels Haaren, fächelte den Schweiß von seinen Wangen und ließ ihn blinzeln. Das Gras unter seinen Füßen schien zu wispern; der Wind selbst stammelte und schwätzte geistesabwesend. Graue Wolken fegten über die blasse Sonne, und Schatten flohen über das Tal, gehetzt von Helligkeit. Endlich zerrann das Transmissionsfeld und verschwand.

Einen Moment lang glaubte Farrel ein rundes, alterndes Frauengesicht vor sich zu sehen, das blonde Haar perfekt frisiert, aber die Lidschatten verschmiert und zerlaufen von Tränen und bitterem, bitterem Zorn. *Warum du? Warum du? Warum du?*

Ihre Worte waren das Fauchen der Windstöße und das Schnauben seines Pferdes, das unruhig und begierig darauf wartete, daß er ihm in diesem wilden Land die Zügel freigab.

Wie laut die Stille nach der Hysterie ist, dachte er. Er hatte nicht gewußt, daß es solche Qualen bereiten konnte, einem anderen das Herz zu brechen. *Du kommst nie mehr zurück! Lüg mich nicht an, du kommst nie mehr zurück! Ich kenne dich zu gut, John! Das ist dein Schlupfloch, dein Fluchtweg! Mein Gott, mußt du mich hassen! Mußt du uns alle hassen!*

Letzte Worte, untergegangen im Branden des Straßenverkehrs. Die Treppe hatte unter ihm gezittert. Die Haustür schlug zu, eine Explosion, die sie für immer trennte.

Ich bin jetzt hier. Ich bin hier. Ich habe mich abgesetzt, von allen abgesetzt, und sie glauben – die meisten zumindest – daß ich zurückkehren werde, wenn meine Arbeit getan ist. Aber das stimmt nicht! Ich gehe nicht zurück. Ich bin hier, ich habe alles hinter mir gelassen, und ich gehe nicht zurück!

Endlich verblaßten die Geister der Zukunft, folgten dem Transmissionsfeld durch die Jahrhunderte nach vorne. Das Land um Farrel nahm Schärfe an. Seine Gedanken ordneten sich. Er atmete tief durch. Eine Sekunde lang verspürte er den Drang zum Weinen, aber er unterdrückte diese Regung und sah sich um, betrachtete die unverfälschte Landschaft.

Kleine Hügelgräber lagen am Fuß des Hanges verstreut und wurden zum Fluß hin dichter (damit die Toten der

Flußgöttin näher waren, wie Burton bei seinem letzten Transmissionsbericht angedeutet hatte). Der älteste Tumulus zählte vermutlich nicht mehr als zweihundert Jahre. Der jüngste? Farrels Blicke schweiften umher: Vierhundert Meter entfernt ragte ein Hügel auf, doppelt mannshoch und mit einem Durchmesser von vielleicht fünfzehn Metern. Er besaß eine Einfassung aus grauen Steinen, die das stumpfe Grün der Hügelflanke abgrenzten gegen den dunklen Wall aus Erde, der noch nicht überall mit Gras bewachsen war. Ein Grab, wohl nicht älter als ein halbes Jahr; so frisch, daß die verbrannten Überreste in seinem Innern noch durchsetzt sein mußten vom beißenden Geruch des Feuers.

Ihm wurde schwindlig vor Erregung, als er dieses frische Grab mit dem flachen Grasbuckel in Verbindung brachte, der sich fünftausend Jahre später an dieser Stelle befand, völlig verwittert und eingesunken; nur der Fund der zerbröckelten Einfassungssteine bestätigte, daß es sich um ein altes Hügelgrab handelte. Ein Häuflein verkohlter Knochenreste, erhalten geblieben in einer natürlichen Höhlung zwischen zwei Steinen der Grabkammer und identifiziert als menschliche Überreste, weckten tausend Fragen bei jenen Leuten, die das Geheimnis der rätselhaften Boyne-Kultur zu ergründen suchten. Und noch ein Jahr zuvor hatten diese verkohlten Knochensplitter vielleicht zu einem lebendigen Menschen gehört, der über dieses Land gewandert war.

Ein Starenschwarm kreiste hoch über ihm im Wind. Eine Elster schoß in dem Pulk hin und her, bis sich die Stare gegen sie wandten; nun tauchte der große Vogel in die Tiefe und verschmolz mit dem Schimmern des Flusses. Das schrille Lied der Vögel war eine kurze Sinfonie der Panik; Farrel zügelte sein Pferd, wandte sich um und warf einen Blick auf den fernen Wald und das langgestreckte Hügelland, das eines Tages seine Heimat werden sollte.

Hinter einem niedrigen, von Regen und Wind glattgeschliffenen Felsblock kauerte ein Junge und beobachtete ihn.

Erster Transmissionsbericht – erster Tag

Meine Ankunft erfolgte in den ersten Tagen des Frühlings, also wenn ich es recht berechne, sieben Monate später als erwartet und nicht etwa fünf Monate zu früh. Ich verstehe, daß Burton nicht zur Stelle war, um mich in Empfang zu nehmen. Er bekam das Warten sicher bald satt, besonders, da sich etwas ›Großartiges‹ anbahnte. Was immer es war, das ihn so in Erregung versetzte – im Moment gibt es keine Spur von ihm und von den Tuthanach. Halt! Ein Tuthanach ist da ... – ein Junge! Es muß der seltsame Junge sein, den Burton in seinem letzten Transmissionsbericht erwähnte, und er ist das einzige Menschenwesen, das ich in den ersten Stunden hier sah, wenn man von Spuren menschlicher Aktivität (in Form von Rauchsäulen) gegen Tara zu absieht. Den Jungen schien das Pferd nicht sonderlich zu verblüffen, und er zeigte auch keine große Neugier, als es verschwand. Heute aß er ein wenig von dem Fleisch; obwohl der Geschmack sicherlich ungewohnt für ihn war, sagte er das nicht. Übrigens bin ich allen dankbar, die mir zu dem Pferd rieten. Ich hätte nie und nimmer eines der wilden Tiere einfangen können, und ich mußte fast vier Kilometer zurücklegen, ehe ich einen zufriedenstellenden Unterschlupf fand. Das Dorf – Crog-Tutha *wäre wohl richtiger – ist verlassen und weist deutliche Verfallsspuren auf. Ich gestehe, daß ich ein wenig verwirrt bin. Coffeys Ausgrabungsquadrat K ist übrigens ganz frisch, eine Tatsache, die Burton zu erwähnen vergaß. Mir kam ein erschreckender Gedanke: Könnte Burton selbst dort begraben liegen? Noch gibt es keine Gräber in den Feldern L und B, aber ich habe so viele andere entdeckt, die nicht bis in unsere Zeit überdauerten, daß ich kaum weiß, wo ich anfangen soll. Burton deutete dies bereits an, nicht wahr? Ich frage mich, weshalb er keine Einzelheiten berichtete. Der Tumulus bei J wirkt bereits gealtert; das läßt darauf schließen, daß wir ihn nicht ganz richtig datierten – um etwa vierhundert Jahre zu spät. Und der große Tumulus von Newgrange ist, wie bereits Burton feststellte, noch nicht errichtet. Ich verließ das Transmissionsfeld übrigens genau an der Stelle, die der Grabhügel einmal einnehmen wird. Mir fiel das zunächst überhaupt nicht auf, aber dann überkam mich ein ganz sonderbares Gefühl. Näheres in meinem zweiten Transmissions-Bericht. Momentan tun mir die Finger vom Schreiben weh, und ich mache Schluß.*

Zwei Nächte lang schliefen Farrel und der Junge in der geräumigen Nische eines großen Felsenüberhangs, der vom Äste- und Wurzelgeflecht mehrerer niedriger Ulmen abgeschirmt wurde. Am dritten Tage besiegte Farrels Neugier an dem wider Erwarten verlassenen Crog sein Zögern, ein Lager in dem halbverfallenen Dorf aufzuschlagen. Das Unbehagen blieb. Wenn nun die Tuthanach nachts zurückkehrten und Anstoß nahmen an dem Fremden, der ihre Zelte bewohnte? Burton hatte in seinem Bericht zwar nicht erwähnt, daß der Stamm des Boyne-Tals irgendwie kriegerisch oder gewalttätig war, aber die Jungsteinzeit war eine Ära des Aufbruchs, in der ein Stamm den anderen ablöste. Äxte und Speerspitzen sorgten oft für das drastische Ende eines ganzen Stammes. So kannten die Angehörigen der Megalith-Kultur in der Bretagne diesen Teil der irischen Küste. In ihren großen Korakeln aus Weidengeflecht umfuhren sie die Südküste Englands, bis die heftigen Strudel in der Gegend von Lands End sie um die Scilly-Inseln und hinauf in die warme Strömung der Irischen See trugen. Von dort ruderten sie nordwärts, und das seichte Wasser lenkte sie unweigerlich an die irische Küste oberhalb von Dublin, entlang jener malerischen Strände, an denen sich die ersten Siedler sieben- bis achthundert Jahre zuvor niedergelassen hatten.

In einem seiner Transmissionsberichte hatte Burton kurz eine Gruppe von ›Steindieben‹ erwähnt, die ein Crog weiter südlich in der Nähe von Fourknocks *(Crog-Ceinarc)* überfallen hatten. Die Räuber hatten die Bewohner getötet, waren jedoch selbst getötet worden – nicht von den Ceinarc, sondern von Wölfen.

Die Wölfe fürchtete Farrel am meisten. In seinem Zeitalter waren Wolfsrudel ängstlich und leicht in die Flucht zu schlagen. Hier in der Jungsteinzeit verhielten sie sich jedoch völlig anders – wild, hartnäckig und todbringend. Er zog es vor, an die Friedensliebe der Tuthanach zu glauben, anstatt die scharfen Zähne solcher Wolfsrudel zu riskieren. Wenn er sich von den Felsen und Steinen im Umkreis des Crog-Tutha fernhielt und sie nicht durch Einritzen des eigenen

Seelen-Geistes ›stahl‹, konnte ihm wohl nicht allzuviel zustoßen.

Er erklärte sein Vorhaben dem Jungen, der Ennik-tig-en' cruig hieß (Tig-der-nie-Frauen-nie-Erde-berührt). Der Junge legte eine Hand an seine Hoden und hielt den Kopf schräg. Unsicherheit? Ja, schloß Farrel – eine Art Achselzukken, aber überlagert von Angst.

»Würde uns das Volk von Tig töten, wenn es zurückkäme?« fragte er und hoffte nur, daß er auch zum Ausdruck brachte, was er meinte. (Mann-Frau diesen Tig und diesen Farrel in den Wind – morgen, viele morgen, Mann-Frau näher diesem Tig diesem Farrel?)

Tig huschte zum Ausgang des Felsenunterschlupfs, spähte über das windgepeitschte Hügelland und schaute in die Höhe, wo die Ulmenzweige vor den dahinziehenden Wolken zitterten und schwankten. Er spuckte kräftig nach oben und kam lachend zu Farrel zurück.

»Der Tod (– Wind –) hat keinen Platz für Tig. Wenn der Fremdling Farrel mein Freund (– Liebender? Erdumwender? –) ist, wird der Tod auch auf Farrel spucken.«

»Hatte der Tod Platz für Burton?«

Tig setzte sich aufrecht hin und schaute Farrel tief in die Augen. Zwei Tage lang hatte der Junge jedes Wissen über Burton geleugnet, hatte vorgegeben (eindeutig vorgegeben), er verstünde die Frage nicht. Nun versuchte Farrel seinen Vorteil auszubauen.

»Will Tig den Fremdling Farrel zum Freund? Dann muß Tig Farrel berichten, wo Burton lebte oder starb.«

Tig rollte sich zusammen und vergrub den Kopf unter den Armen. Er wimmerte laut. Farrel wollte seine Fragen eben wiederholen, da sagte Tig:

»Jener Fremdling-Mann Burton berührt die Erde. Alle Tuthanach berühren die Erde. Nicht Tig. Nicht Tig. Nicht Tig.«

Farrel dachte lange über diese Worte nach. Er wollte den Jungen nicht so bekümmern, daß er davonlief. Er spürte, daß dieses ›Erde berühren‹ etwas ungeheuer Wichtiges für die Tuthanach war, und er wußte, daß man Tig sein Geburtsrecht, die Erde zu berühren, irgendwie streitig machte.

Tig konnte keine Frauen berühren, er konnte keine Erde berühren. Keine Liebe, kein Verschmelzen mit dem Land. Keine Kinder für Tig, und keine Frühjahrsernte als Ergebnis seiner Liebe zur Erde. Armer Tig, man verwehrte ihm die beiden herrlichsten Erfüllungen dieser frühen Ackerbau-Epoche. Aber warum?

»Wo berührt Burton die Erde?« fragte er.

Der Junge schaute ihn verständnislos an.

»Wo?« drängte Farrel.

Wieder kroch Tig zum Höhleneingang und spuckte in den Wind.

»Tig ist nur ein Tier!« schrie er. »Jener Fremdling-Mann hat gesagt, Tig ist nur ein Tier!«

Und mit einem lauten, schmerzerfüllten Wimmern floh er. Er lief über das wellige Land, eine winzige, in Felle gehüllte Gestalt, das mit Lehmpaste gefärbte Haar stand steif nach außen, und der mit Fett eingeriebene Körper schimmerte im schwachen Sonnenlicht.

Dritter Transmissionsbericht – fünfter Tag

Immer noch keine Spur von dem Jungen, der vor drei Tagen weglief, als ich ihn nach Burton fragte. Ich vermute, daß Burton ihn irgendwie in Erregung versetzte, vielleicht nur durch ein paar Schimpfworte. Burton berührt ganz offensichtlich die Erde, aber ich hege den Verdacht, daß er dies von unten her tut – daß er tot ist. Hoffentlich täusche ich mich. Aber Tig – der Junge – hat erzählt, daß sein ganzes Volk die Erde berührt. Was kann das bedeuten? Ich sehe kaum Anzeichen für einen Ackerbau. Deshalb vermute ich, daß ihre Felder weiter entfernt liegen oder daß sie andere Siedlungen ihrer Epoche überfallen. Die Zeit wird es an den Tag bringen. Ich muß allerdings gestehen, daß ich unruhig bin. Es gibt nicht die geringste Spur von Burton, auch nicht von seinen Geräten oder irgendwelche Aufzeichnungsbänder. Ich werde weiterhin die Augen nach solchen Dingen offenhalten und auch nach Burton selbst suchen, unabhängig davon, ob er am Leben ist oder nicht.

Ich habe mein Lager nun im Crog selbst aufgeschlagen. Ein Rudel von Hunden belästigt mich, aber die Köter lassen sich einigermaßen einschüchtern. Daraus schließe sich, daß sie zum Dorf ge-

hören. Einen Nutzen haben sie – sie helfen mir, die Wölfe zu vertreiben. Ich sah Wölfe durch die Grabhügel nahe dem Fluß streifen. Sie scheinen etwas zu wittern und buddeln gelegentlich einen flachen Graben ins Erdreich, aber stets fliehen sie mit deutlichem Entsetzen. Sie streichen auch um den Häutewall des Crogs, aber die Gebeine und verschrumpelten Kadaver ihrer Artgenossen, die von Baumästen hängen, schrecken sie wohl ab. Die Hunde vertreiben sie dann, und sie bleiben eine Zeitlang weg, kommen aber stets wieder zurück. Ich bin selbst nicht sicher vor den offensichtlich ausgehungerten Tieren, die manchmal meine Wächter sind. Wenn nur Tig hier wäre! Er könnte sie vielleicht verjagen.

Mein Hauptquartier ist die größte Hütte; vielleicht wohnte hier der Stammeshäuptling. Die Innenwände sind mit wunderlichen Symbolen bemalt, die aufs Haar den in Stein gemeißelten Bildern in und um die vielen Tumuli gleichen. In den anderen Hütten fehlen diese Malereien; es ist daher gut möglich, daß ich mich im Heim des Schamanen befinde.

Wenn ich von Hütte spreche, so stimmt das nicht ganz. Zelt wäre wohl richtiger. Es besteht aus Häuten, die von Lederschlingen zusammengehalten werden. Man sieht nirgends Webarbeiten, aber Matten, Türränder und Lichtlöcher im Innern der Zelte bestehen aus Riemen, die auf merkwürdig vertraute Weise miteinander verflochten sind. Wie bei einem Wigwam halten vier oder fünf geschnitzte Pfosten die Zeltbahnen in die Höhe. Jedes Zelt besitzt eine Umfriedung aus geschnitzten Knochenspitzen; in der Mitte des Crogs befindet sich eine Gruppe aus vier niedrigen Zelten, bei denen die Häute über bogenförmige Holzrahmen gespannt sind; im Innern dieser Räume kann man nicht stehen. Ein tiefer Graben trennt sie von den Wohnzelten. Felsblöcke, in die konzentrische Kreise gemeißelt sind, ragen zu beiden Seiten einer schmalen Erdbrücke auf, die über den Graben führt. Ist es ein Heiligtum? Ein leerer Kornspeicher? Ich weiß es nicht. Ich habe die Zelte gründlich durchsucht und fand darin nichts außer ein paar Perlen aus geschliffenen Steinen, einige schlegelförmige Anhänger mit Spiralmustern und ein Stück Leder, in das fünf Amphibolit-Mörser gehüllt waren – allem Anschein nach unbenutzt. Vielleicht könnt ihr damit etwas anfangen. (Ist es nicht ironisch, daß wir bei unseren Ausgrabungen mehr entdecken als in der Jungsteinzeit selbst?)

Die Phantasie ist immer noch mein ärgster Feind – ich hatte gehofft, diese besondere Plage in der Zukunft zurückzulassen. Nun ja. Der Graben könnte übrigens leicht die kleine Vertiefung zwischen den Bäumen in Streifen 20 sein. Wir befinden uns etwa in diesem Gebiet, wie ich bereits in meinem zweiten Transmissions-Bericht erwähnte. Andere Merkmale lassen sich nicht erkennen; sie haben vielleicht auch nichts mit dem Neolithikum zu tun. Ich bin so gut wie überzeugt davon, daß es sich um die Newgrange-Siedlung handelt. Es gibt keine anderen Dörfer in der Gegend, und aus dieser Gemeinde dürften alle drei großen Tumuli hervorgegangen sein, auch wenn sie jeweils durch mehrere Meilen getrennt sind. Im Moment sieht man auf dem Newgrange-Gelände nur kleinere Grabhügel. Ich frage mich, wann die Leute mit dem Bau beginnen werden.

Artefakte? Tausende durchbohrte Steine und Anhänger; Äxte und Pfeilspitzen; Steinschleudern, natürlich aus Leder. Und zwei Zelte, in denen man Töpferwaren aufbewahrte. Ich entdeckte ein paar prachtvolle Schnurkeramikgefäße, die zum Brennen in kleinen Lehm- und Steinöfen vorbereitet waren. Die meisten Waffen und Steine befinden sich im Innern des Häutewalls - einsatzbereit? Der Wall selbst besteht aus einer Innen- und einer Außenwand, langen Bahnen, die von Holzstangen herabhängen. Zwischen die beiden Schichten sind Menschenschädel eingenäht; man hat Löcher in die Außenhäute gebohrt, damit die toten Augen herausschauen können. Burtons Kopf konnte ich nirgends entdecken, obwohl einige der Schädel (männlich wie weiblich) erst kurz zuvor vom Rumpf getrennt worden waren. Noch flackert leise Hoffnung.

Die Kopfjagd scheint es bereits vor den Präkelten gegeben zu haben, außer es handelt sich bei den Schädeln um Ritualopfer. Da jedoch noch keinerlei Muster in die Schädel gemeißelt sind, ist das ganze im Moment wohl nur ein Nebenaspekt dieser Kultur.

Gott, wo mögen die Bewohner dieses Dorfes sein?

Ringsum ist herrlicher Frühling. Ich habe noch nie im Leben so viele Vögel gesehen – und so viele Insekten!

Am Morgen nach seinem dritten Transmissionsbericht stoben die Lerchenschwärme, die bereits am Westrand des Crogs trillerten, plötzlich davon. Farrel rannte zwischen die verlassenen Zelte. Er sah den huschenden grauen Schatten, erkannte Tig und rief seinen Namen. Der Junge kroch ängstlich aus seinem Versteck und starrte Farrel mit stumpfen Augen und schlaffen Lippen an.

»Ich freue mich, dich wiederzusehen«, rief Farrel. Tig lächelte und klatschte in die Hände.

»Tig hat Hunger.«

»Farrel hat auch Hunger. Kann Tig mit einer Steinschleuder umgehen?« Er schwenkte die Lederschlaufe, mit der er geübt hatte. Der Junge rannte mit leuchtenden Augen und vorgestrecktem Kinn auf ihn zu. Er riß die Waffe an sich und streichelte das Leder. Dann schaute er zu Farrel auf.

»Lerche oder Hase?«

»Was schmeckt besser?«

Tig grinste, patschte sich mit den flachen Händen auf den Bauch, kniete nieder und küßte den Boden. Dann sprang er wieder hoch und lief hinter den Häutewall, wo er bald an einem bewaldeten Hang verschwand. Nach einer halben Stunde kehrte er zurück. Seine Knie bluteten, und sein Gesicht war schmutzig, aber er trug zwei fette, hellbrüstige Hasen. Farrel entfachte in einer Grube im Freien ein Feuer; es sah so aus, als habe sie allen Zelten der Umgebung als Kochstelle gedient. Als das Holz knisterte und ein scharfer Wildgeruch von dem Fleisch aufstieg, begann Tig winzige Steine auf die Glut zu werfen. Farrel holte einen davon heraus und betrachtete die eingeritzten Zickzacklinien. Das Muster, das man häufig in der Gegend des Boyne-Tales gefunden hatte, erinnerte an Flammen; Tig bestätigte diese Vermutung. Wir nehmen Feuer von der Erde, erklärte er, deshalb müssen wir die Erde mit einem kleinen Seelenstein wieder ganz machen.

»Aber Farrel hat die Muster nicht geritzt. Tig auch nicht. Ist das richtig?«

Tig wurde sofort ängstlich. Er kroch vom Feuer weg, setzte sich in einiger Entfernung nieder und starrte den Rauch an. Farrel zog sein Pseudo-Steinmesser heraus, kratzte eine Zickzacklinie auf das gleiche Steinchen und warf es in die Flammen. Tig grinste und kam wieder an die Feuergrube.

»Tig kann nicht meißeln. Tig kann nicht die Erde berühren und nicht Seelen in den Stein schneiden. Aber Farrel ist ein guter Seelenschnitzer.« Er deutete in die Luft, und Farrel sah, daß der Wind plötzlich abgeflaut war und der Rauch senkrecht aufstieg. Er verstand die Bedeutung nicht, aber er vergaß, den Jungen danach zu fragen, weil er sich um das Fleisch kümmern mußte. Fett tropfte prasselnd in die Flammen, und der herrliche Duft ließ Mann und Jungen näher ans Feuer rücken. Ihre Augen leuchteten erwartungsvoll.

»Ee-Tig cranno argak ee-eikBurton en-en na-ig?« *Hast du Burton gekannt?* (Dieser Tig augenfühlt wind-fühlt jenen Fremdling-Mann Burton?)

Tig spuckte einen kleinen Knochen in die Glut. Einen Moment lang betrachtete er Farrel mit Mißtrauen, dann ging er in Hockstellung und ließ einen lauten Wind fahren. Er schien diese anstößige Geste äußerst lustig zu finden. Farrel lachte ebenfalls, erhob sich und ahmte ihn nach. Tig riß den Mund weit auf und wieherte vor Gelächter. Farrel wiederholte seine Frage, und Tig spuckte ins Feuer. Der Speichel zischte und dampfte, und Tig lachte. Farrel fragte ein drittes Mal.

»Kok.« *Ja.*

»Ee-eikBurton 'g-cruig tarn baag?« *Ist Burton tot und begraben?* (Jener Burton ißt Erde, kalte Haut?)

Tig zögerte. Dann berührte seine Hand die Genitalien, und er senkte den Kopf. Er wußte es nicht, aber ihm war unbehaglich zumute.

»Ee-eikBurton pa-cruig pronok dag?« *Lebt er?* (Jener Burton küßt die Erde, Urin warm?)

Tig meinte, er wüßte es nicht.

»Ee-Tig ganaag ee-Farrel olo ee-eikBurton ee-Farrel ka'en-ka'en?« *Hast du vor mir Angst, weil du glaubst, daß ich Burtons Freund war?* (Dieser Tig fürchtet diesen Farrel, weil jener Burton dieser Farrel Nichtfremdlinge sind?)

»Kok.«

»Ee-Farrel cranno orgak ee-eikBurton. Ee-Farrel en-Burton. 'n nik Farrel.« *Ich kannte ihn, aber ich mochte ihn nicht. Ich habe eine Frau.* (Dieser Farrel augenfühlt windfühlt jenen Burton. Dieser Farrel nicht/nie berührt jenen Burton. Dieser Farrel eng/berührt Farrel-Frau.)

Was würde sie wohl davon halten, daß er sie im Gespräch mit einem zwölfjährigen Schwachsinnigen als Sexualobjekt benutzte? Ein Witz. Wie viele Jahrtausende mußten vergehen, bis man darüber lachen konnte? Bei den Tuthanach, bei allen Stämmen des Boyne-Tales mußte die Absage an eine Männerfreundschaft mit der Erklärung gekoppelt sein, daß man eine Frau berührte. Es schien unrealistisch logisch, daß ein Mann keinen engen männlichen Freund besaß, wenn er eine Frau mit großem Sexualhunger hatte ... (*nik*, Frau, bedeutete eine sexuell aktive Frau; eine Frau oder ein Mann ohne ausgeprägte Triebe nannte man *crum-kji* – steinerne Schenkel.) Ein bizarrer Unsinn – und doch beschwichtigte so etwas. Wie das Tier, das dem Angreifer das Hinterteil entgegenstreckt – Unterwerfung. Das war der wesentliche Punkt.

Tig strahlte glücklich. Er klatschte wiederholt in die Hände und kaute dazwischen an dem abgebrochenen Fingernagel seines linken Zeigefingers herum.

»Ee-Tig en-Burton. Ee-eikBurton en-Tig. Ee-Tig tarn ee-eikBurton gaab na-yit.« *Ich mochte Burton auch nicht, und er mochte mich nicht. Aber ich habe ihn vor einiger Zeit getötet.* (Dieser Tig nie/berührt jenen Burton. Jener Burton nie/berührt diesen Tig. Dieser Tig Burton-Haut kalt viele gestern.)

»A-Tig tarn ee-eikBurton baag?« *Du hast ihn getötet?*

»Ee-Tig ...« Augen niedergeschlagen, Stimme gesenkt. »Kakok.« *Ich hoffe/wünsche/glaube es.* Was traf nun zu? Farrel war wütend über sich selbst. Was hatte Tig gemeint?

»Orga-mak ee-eikBurton m'rog?« *Wo ist Burtons Leiche?* (In all dem Wind Burtons Kopf?)

»Ee-Tig-ee-Farrel cranno na'yok.« *Ich werde sie dir bald zeigen.* (Dieser Tig augenfühlt dieser Farrel hohe Sonne.)

Vierter Transmissionsbericht – sechster Tag

Die einfache Struktur der Sprache ist trügerisch, dessen bin ich sicher. Ich kann mich ohne weiteres mit Tig unterhalten, aber ich werde das unbehagliche Gefühl nicht los, daß er mich bei den subtileren Dingen mißversteht. Eines scheint jedoch festzustehen: Burton ist in Schwierigkeiten, womöglich tot, umgebracht von dem zurückgebliebenen Jungen, der für mich im Moment soviel bedeutet. (Solange er im Crog weilt, wagen sich die Hunde nicht in unsere Nähe.) Alle Dorfbewohner ›berühren die Erde.‹ Man könnte das als etwas Unwichtiges abtun – bestellen sie irgendwo ihre Äcker? Pflanzen sie? Nichts dergleichen.

Tig führte mich einige Kilometer vom Fluß weg über die Hügel. Hin und wieder breitet sich Wald aus, aber er schafft es nicht, das Land in seinen Griff zu bekommen – große, dichte Baumgruppen bedecken hier die Kuppen und da die Täler, aber man sieht beim Durchwandern der Landschaft immer wieder kahle Buckel, die sich durch das Laub schieben. Tig selbst hat übertriebene Angst vor den Wäldern und meidet sie so entschieden, daß ich das Gefühl nicht loswerde, den armen, idiotischen Kerl quält eine dunkle Erinnerung.

Nach etwa einer Stunde überquerten wir einen kleinen Bach und liefen rasch durch ein spärlich bewaldetes Gebiet (Tig preßte dabei die Hände vor die Augen und wimmerte ununterbrochen), bis wir die Flanke eines jener kahlen Buckel erreichten, von denen ich eben berichtete. Felsbrocken schoben sich durch das Erdreich, das vielleicht zu dünn war, um Baumwurzeln festzuhalten. In viele der Steine waren flache Zeichnungen eingeritzt, und Tig berührte einige geradezu ehrfürchtig. Was mich an diesem baumlosen Buckel am meisten verunsicherte und verwirrte – ja sogar beängstigte – war eine Vielzahl kleiner Erdhügel, die man aus der Ferne gar nicht wahrnahm, weil sie von einer spärlichen Grasschicht überwachsen waren. Tig rannte zu diesen flachen Erhebungen, die vielleicht fünfzehn Zentimeter höher als das umliegende Terrain waren, und setzte sich schließlich auf einen großen Stein, der fast keine Einritzmalereien aufwies. Da kauerte er nun starr, scheinbar überwältigt von Angst und Reue; die Haare standen wie eine bizarre Dornenkrone von seinem Kopf ab, die mageren Beine waren von Schmutz und dem eigenen Kot besudelt. Er schaute mich mit einem

Ausdruck völliger Verwirrung an, und ich versuchte ihn zu beruhigen, aber er wandte sich halb von mir ab und begann die Lerchen nachzuahmen, deren Gesang den Frühlingshimmel ringsum erfüllte.

Ich fragte ihn nach Burton, aber er klatschte nur in die Hände und kreischte um so lauter.

Ihr werdet die Aufnahme bekommen – ich konnte mich des Eindrucks nicht erwehren, daß ich auf einem breiten, unregelmäßig angelegten Friedhof stand. Ich beugte mich über den Erdhügel, der mir am nächsten war, und scharrte mit den Händen die Erde ein wenig beiseite. Nur ein paar Zentimeter tiefer gruben sich meine Fingernägel in Fleisch – und zuckten blutverschmiert hoch.

Ich weiß nicht weshalb, aber ich geriet völlig in Panik. Ein furchtbares Entsetzen erfaßte meinen ganzen Körper, eine namenlose Angst vor dem, was ich hier sah. Ich ließ Tig mit den Lerchen und Staren um die Wette singen und rannte zurück zum Crog. Ich zitterte stundenlang an allen Gliedern und fand in dieser Nacht keinen Schlaf. Das Blut unter meinen Nägeln trocknete zu schwarzen Klumpen, und als ich sie wegwaschen wollte, blieben sie haften. Bei meinen fieberhaften Säuberungsversuchen riß ich einen der Nägel bis ans Fleisch ein, und dieser plötzliche, heftige Schmerz brachte mich wieder zur Besinnung. Ich kann es nicht erklären. Meine Reaktion war Panik. Etwas hatte da draußen einen Moment lang Besitz von mir ergriffen, und ich war psychologisch nicht vorbereitet auf diese Kraft. In diesem baumlosen Buckel schlummert etwas – und es hat nichts mit den eingegrabenen Menschen zu tun.

Ich werde morgen an die Stelle zurückkehren und dann erneut berichten.

Farrel verließ das Crog im Morgengrauen. Das Gras unter seinen Füßen war feucht, und über dem Tal hingen Nebelschwaden, düster und schwer. Die Vögel schienen an diesem Tag stiller, als würden ihre Lieder erstickt vom Rauschen der Bäume und dem beunruhigenden Wimmern des Windes.

Seltsam, dachte er, wie der Nebel sich im Wald verfilzt und von den Zweigen hängt wie Watte.

Er schlug sich wieder zu der absonderlichen Grabstätte

auf dem Hügel durch. Hin und wieder blieb er stehen und horchte in die Stille, in der Hoffnung, Tigs Schritte oder Stimme zu hören. Als er den Buckel erreichte, war der Nebel höher gestiegen, und er konnte weiter hinten den Boyne und die verstreuten Tumuli der Tuthanach erkennen. Er sah die niedrigen Kämme, wo schon in naher Zukunft der Bau des gigantischen, steilwandigen Grabhügels von Newgrange beginnen sollte. Welchem Wesen, so überlegte er, würde man dieses gewaltige Bauwerk weihen? Und welchem Wesen würde man den zweiten und dritten Riesen-Tumulus weihen, die fast zur gleichen Zeit östlich und westlich von Newgrange entstanden (nicht etwa Jahrhunderte früher, wie man in seiner eigenen Zeit annahm!).

Von Tig war keine Spur zu entdecken. Ganz plötzlich begannen die Lerchen zu singen, und Sonnenlicht durchdrang die Nebelschichten des Morgens. Der Wald fing zu leuchten an. Farrel kam es so vor, als habe unvermittelt eine Macht der Finsternis und der Kälte das Feld geräumt. Und nun ging alles normal weiter ...

Wo er am Vortag eines der Menschengräber aufgewühlt hatte, war nichts mehr von seinem Eingreifen zu erkennen. Das Erdreich war glatt und festgestampft. Vermutlich hatte Tig den Schaden behoben.

Farrel buddelte den Liegenden wieder frei. Ein kaltes Unbehagen erfaßte ihn, als er das Erdreich wegscharrte, das gleiche Aufwallen von Entsetzen wie zuvor – aber diesmal hatte er sich besser in der Gewalt. Er warf die Erde mit beiden Händen aus dem flachen Graben, bis er den Tuthanach vom Kopf bis zu den Hüften ausgegraben hatte. So wie er dalag, das Gesicht in den Boden gepreßt, mußte man ihn für tot halten; seine Haut war kalt und fahlgrau, totenblaß. Er hatte die Arme zu beiden Seiten ausgestreckt; aus einem Impuls heraus räumte Farrel das Erdreich von einer Hand weg. Und er entdeckte, daß sich die Finger fest in den Boden krallten.

Als er den Kopf des Mannes herumdrehte, durchzuckte ihn Ekel, eine flüchtige Übelkeit. Erde war überall – im offenen Mund, auf den Augenlidern. Sie fiel von den bleichen

Lippen, ein großer Klumpen, bröckelig und von Würmern durchsetzt. Sie rieselte aus Nasenlöchern und Ohrmuscheln – sie verkrustete seine Lider wie eine ansteckende Blindheit.

Gewiß war der Mann tot; aber das Fleisch wirkte fest – kalt und doch nicht von jener Starre, die man mit dem Tod verbindet; auch nicht verflüssigt und halb aufgelöst von den Kräften der Verwesung. Farrel ließ den Körper wieder zu Boden gleiten und legte das Ohr an den nackten Rücken. Er horchte nach dem Herzschlag.

Lange Zeit hörte er nichts. Minuten vergingen, und er war sicher, daß das Herz nicht mehr schlug. Dann ...

Ein einzelnes kraftvolles Pochen! Ganz deutlich!

Während der nächsten halben Stunde vergewisserte sich Farrel, daß das Herz des Beerdigten alle vier Minuten einmal schlug, eine starke, unnatürlich langanhaltende Kontraktion, als pumpe das Organ anstatt des gewohnten, dünnflüssigen Blutes einen zähen Stoff durch den Körper ...

Ein erschreckender Verdacht überkam Farrel, und eine Sekunde lang war er gewillt, die Vene am Handgelenk des Mannes zu durchtrennen – aber eine irrationale Furcht vor der Substanz, die aus dem Körper quellen könnte, hielt ihn zurück; dann fiel ihm das Blut unter seinen Fingernägeln ein, und er spürte eine seltsame Erleichterung.

Er stand aufrecht da, starrte den Nicht-Toten an und ließ seine Blicke dann über die Landschaft schweifen. Die Frühlingsbrise fing sich in den mit Lehmpaste eingeriebenen Haarsträhnen. Seine Kopfhaut juckte. In diesem Moment wünschte er, daß er die Maskerade beenden und normale kurze Jeans sowie ein loses Baumwollhemd anziehen könnte, anstatt sich in stinkende Felle zu hüllen, die Schwärme von Fliegen anlockten.

Alles bis auf diesen Friedhof war so normal.

Die Tumuli, das Crog, die Waffen und Tonwaren, die Jagd, die Sprache – alles hatte den Erwartungen entsprochen! Eine Jungsteinzeit-Siedlung, die ihre Religion, ihren Ahnenkult, ihre Zukunft und ihren Ackerbau besaß, eine Kolonie, die erst seit wenigen Generationen in diesem grünen, üppigen Land gedieh! Weiter im Norden und Süden lagen noch mehr Dörfer. Farrel hatte die Spuren gesehen, hatte Berichte früherer Expeditionen in dieses Zeitalter gelesen. Manche waren größer als das Crog der Tuthanach, manche zeigten bereits kulturelle Abweichungen. Es hatte den Anschein, daß sich die anderen Stämme gelegentlich trafen und vermischten (wie Tig sagte), um Gedanken auszutauschen, im Winter gemeinsam auf die Jagd zu gehen und um neue Kunstformen und Meißeltechniken zu vergleichen. Sie waren im wesentlichen friedliebende Ackerbauer. Sie fürchteten die Stöhnenden im Erdinnern und die Steindiebe, die über das Meer gekommen waren und nun ein paar Kilometer weiter im Osten lebten. Aber die meiste Zeit waren sie ohne Angst, machten hie und da Fortschritte und wuchsen dem neuen Bronzezeitalter entgegen, das noch etwa achthundert Jahre in der Zukunft lag, in einer Epoche, wo der Friede dieses Landstrichs durch den neuen spröden Klang von Streitäxten ein Ende finden würde.

Burton hatte berichtet, daß Bewohner von allen Siedlungen ringsum in den ersten vier Tagen in das Tal geströmt waren, um ihn willkommen zu heißen. Er hatte ihnen nicht gesagt, woher er kam (er war an der gleichen Stelle aufgetaucht wie Farrel), denn die Ceinarc und die Tagda flohen zwar vor den Stöhnenden und den bretonischen Räubern, aber sie besaßen eine gesunde und durchaus aktive Feindseligkeit gegenüber den Crog-Tutha, den verrückten Siedlern jenseits des Waldes. Sie mochten nicht mit ihren Korakeln durch die breite Kurve des Boyne rudern, die sie an den Fuß der Tuthanach-Hügel brachte, und sie scheuten die verstreuten Grabhügel und die kreischenden Weiber dieses Stammes. Es war eine Gegend zum Fürchten, ein Gebiet, aus dem man besessen zurückkehrte.

Farrel, der die Berichte fünftausend Jahre später las, hatte sie anfangs als typische Waldfrucht abgetan: Man brachte die Siedlungen jenseits dichter Wälter gern mit dunklen Mächten in Verbindung. Er war lässig darüber hinweggegangen.

Nun erkannte er, daß dies falsch gewesen war.

Den Stamm von Crog-Tutha umgab in der Tat eine

fremde Macht. Farrel war mehr als fünftausend Jahre durch die Zeit gereist und hatte mit Überraschungen gerechnet – aber keineswegs mit solchen tiefen Geheimnissen. Das hier war nicht das schlichte Leben eines primitiven Volkes – hier wirkten Kräfte aus den finsteren Winkeln des Übernatürlichen!

Niemand in der Zukunft würde ihm Glauben schenken, dessen war er sicher.

Fünfter Transmissionsbericht (Auszug) – siebenter Tag

... und als ich das Grab wieder schloß, erschien Tig am Waldrand. Er kam den Hang heraufgerannt, kauerte sich nieder und sah gebannt zu, wie ich den Körper des Tuthanach mit Erde bedeckte. Ich glaube, daß Tig nie sehr weit weg ist, wenn er verschwindet. Ich werde das unbehagliche Gefühl nicht los, daß mich jemand beobachtet, und ich hege den Verdacht, daß Tig mir auf Schritt und Tritt nachschleicht. Was stelle ich wohl für ihn dar? Er hat immer noch Angst vor mir und weigert sich, mir Burtons Grab zu zeigen (wenn er überhaupt begraben ist). Andererseits kann ich um eines vagen Verdachts willen nicht sämtliche Gräber öffnen. Deshalb muß ich warten, bis mir der Junge mehr vertraut.

Ich saß etwa eine Stunde lang auf einem Felsblock und schaute über den Wald hinweg: Über dem großen Crog von Tara stieg eine schwarze Rauchspirale auf. Ein Zaun aus Holzpfählen umgibt das Dorf, wie mir Tig erzählt, und es erscheint wehrhafter als die anderen Crogs. Tig meint, daß sie gerade Erde hinter den Holzbarrikaden aufschütten; bedeutet das etwa, daß im Moment der erste Wall errichtet wird? Faszinierend! Ich habe keine Ahnung, woher Tig das alles weiß. Tara liegt vier Tagesmärsche im Süden. Ob er so lange Strecken zurücklegt?

Während ich nach Tara hinüberschaute, saß Tig still da und kaute versonnen an den Überresten unseres letzten Hasen. Ich stellte ihm keine Fragen über Burton. Ich hoffe, er wird mir die Geschichte aus eigenem Antrieb erzählen. Mit einem Male riß er die Augen weit auf, und der Knochen fiel ihm aus der Hand. Er starrte den Hang hinauf, und ich folgte seinen Blicken, um zu sehen, was ihn so erschreckt hatte. Auch mich erfaßte Entsetzen, und ich kann es Tig nicht verdenken, daß er die Flucht ergriff.

In einem der Gräber bewegte sich etwas – so als ob der Mensch, der darin lag, sich aufzurichten versuchte. Als ob ...? Zuerst stießen die Hände durch das Erdreich, blutende, schmutzverkrustete Finger. Dann geriet die Erde am oberen Ende ins Rutschen, ein Kopf tauchte auf, und der ganze Körper folgte. Der Mann richtete sich auf, schwärzlich verschmiert, aus seinem Mund und den Ohren rieselten Erdbrocken. Er spuckte heftig, schüttelte sich und rieb die Erdkrümel von Brust und Armen. Ich verbarg mich hinter einem Felsen. Die unheimliche Gestalt drehte sich langsam um und starrte mit immer noch schmutzverklebten Augen zum Himmel hinauf. Der Penis war zerschunden und blutig, aber starr erigiert. Ich wurde das gruselige Gefühl nicht los, daß er den Schoß der Erde selbst befruchtet hatte.

Nachdem sich der Mann ein paar Minuten lang geschüttelt und abgeklopft hatte, kam seine helle Haut wieder zum Vorschein. Er wischte Augen und Nasenlöcher frei und schien die Orientierung zu finden. Nun strich er das Haar zurück, das blond durch den Lehm schimmerte, und rannte mit langen Sprüngen den Hang hinunter. Er setzte über Felsbrocken hinweg und drang mit schrillem Geschrei und lautem Krach in den Wald ein.

Ich folgte ihm bis zu einem kleinen Bach, der in den Boyne mündet. Er kauerte in der Strömung nieder, wusch sich und entleerte aus seinem Darm eine gewaltige Menge Erdreich. Er ahmte Vogelstimmen nach und stieß dazwischen immer wieder ein trockenes, beinahe hartes Lachen aus. Er schien sich stundenlang zu waschen, aber dann erklomm er doch die Böschung und saß eine Weile still da; ganz offensichtlich nahm er mit großer Freude die Landschaft ringsum in sich auf. Dann erhob er sich, durchwatete den Bach und verschwand zum Crog hin.

Das alles hat sich vor wenigen Minuten ereignet, und es bedeutet, daß ich selbst das Dorf nicht mehr aufsuchen kann. Ich bin sehr verwirrt und, das gestehe ich offen, sehr verängstigt. Ich habe meine Transmissions-Ausrüstung bei mir, aber die Medikamente und das Feldgerät sind noch im Crog. Das bedeutet, daß ich hier eine Zeitlang in der Falle sitze und darauf achten muß, daß ich mich nicht verletze.

Als Farrel wieder zum Hang zurückkehrte, beugte sich Tig gerade über einen Erdhügel, den einzigen, der mit einer dichten Grasnarbe bewachsen war. Er stocherte darin herum. Als er Farrel näherkommen sah, rannte er davon, sprang auf einen Felsblock und klatschte in die Hände.

Farrel starrte ihn einen Moment lang an, dann wanderten seine Blicke zum Grab, und eiskaltes Unbehagen erfaßte ihn. O nein, dachte er. Mein Gott, das ist der Augenblick der Enthüllung!

Der Junge stammelte etwas Unverständliches.

»Ee-eigBurton 'n cruig pad-cruig?« *Ist Burton hier begraben?* (Berührt die Erde, Füße auf der Erde?)

»Weiß ich nicht.«

Farrel spürte die Lüge. Er kniete nieder, räumte das Erdreich beiseite und stieß kurz danach auf den schwarzen Haarschopf von Burton.

»Gott sei Dank!« rief Farrel und grinste den Jungen erleichtert an.

Was sollte er tun? Es war vielleicht gefährlich, den Mann zu bewegen – am besten ließ er Burton in Ruhe, bis der sonderbare Prozeß vollendet war und er von selbst »auferstand«.

Aber Farrel konnte nicht widerstehen. Er mußte seinen Kollegen auf die gleiche Weise untersuchen wie zuvor den Tuthanach. Er schob die Erde von Burtons Kopf und Schultern weg ...

Ein merkwürdiger Geruch.

Einen Moment lang zögerten die Hände; er starrte schweigend und reglos die Gestalt an, die zu seinen Füßen lag. Die Haut war grau und kalt – das schien nach allem, was er gesehen hatte, normal. Aber etwas anderes stimmte nicht, da war ein vages Gefühl, daß ...

Er bückte sich und drehte Burtons Kopf zur Seite. Erdbrocken rieselten aus leeren Augenhöhlen, Würmer flohen aus dem weit aufgerissenen Mund. Wo noch Hautreste zu sehen waren, wirkten sie verschrumpelt und pergamentdünn. Durch die Schädelhöhle stank es nach Verwesung. Farrel sprang mit einem entsetzlichen Schrei auf.

Als er die Erde vom Oberkörper wegräumte, fand er den Hüftknochensplitter, der Burtons Herz durchbohrt hatte; die Waffe ragte aus dem Rücken; sie hatte die Haut und das Fleisch zerfetzt und zwei Rippen beschädigt. Die geballten Fäuste des Kollegen erlangten mit einem Male eine neue Bedeutung. Er war in Agonie gestorben.

Einen Moment lang schrie Farrel dem Jungen die übelsten Schimpfworte entgegen, doch dann verebbte seine Wut. Etwas lag in Tigs Blick, in seinem Ausdruck ... Farrel spürte, wie Entsetzen in ihm hochkroch. Er streckte Tig die Hand entgegen und schüttelte den Kopf.

»Es tut mir leid, Tig. Burton hat dich ein Tier genannt ... ich verstehe ...«

»Nicht nur einmal, viele Male«, entgegnete Tig. »Ich habe Burton gehaßt. Ich habe Burton das gegeben, was er verdiente!«

Vorsichtig legte Farrel dem Jungen die Hand auf die Schulter, und als Tig nicht zurückzuckte, verstärkte er den Griff und lächelte. »Burton war nicht mein Freund – aber ich kannte ihn, und er war wichtig für mich. Es hat mich erregt, ihn tot zu sehen. Verzeih mir, Tig! Ich habe meine Worte nicht ernst gemeint.«

»Ich habe sie gar nicht verstanden.«

Schuldbewußt erkannte Farrel, daß er in seiner Muttersprache losgeschrien hatte. Er lachte leise, beinahe dankbar. Es wäre nicht gut gewesen, wenn der Junge ihn verstanden hätte. Er brauchte seinen Schlaf, und der Junge stellte eine potentielle Lebensgefahr für ihn dar.

Farrel kehrte zurück zu Burtons Leichnam und bedeckte ihn wieder mit Erde. Ein paar Schritte entfernt begann sich erneut ein Grabhügel aufzuwölben. Farrel und Tig rannten davon und beobachteten die Szene aus einem Versteck.

Sechster Transmissionsbericht – achter Tag

Burton ist tot. Tig brachte ihn um, vermutlich schon vor Monaten. Ich habe jetzt Angst vor Tig und wage es nicht, ihm nähere Fragen nach Burton zu stellen. Wenn ich nur wüßte, wo Burtons Ausrüstung versteckt ist! Tig weiß Bescheid, davon bin ich überzeugt. Er hat sie beiseitegeräumt. Ich bete, daß er mich in der gleichen kompromißlosen Art zu Burtons Aufzeichnungen führen wird, in der er mir Burtons Grab zeigte. Burton durchschaute die Vorgänge, die ich hier beobachtet habe – er muß sie durchschaut haben, denn er nahm daran teil.

Inzwischen lebe ich wieder in der Höhle, und alles hängt von Tig ab. Ich schlafe unruhig und schrecke immer wieder hoch, ich habe Angst, daß er dann angreifen könnte, wenn meine Abwehr am schwächsten ist. Letzte Nacht wachte ich auf und merkte, daß er sich über mich beugte. Er beobachtete mein Gesicht ganz aus der Nähe. Ich würde ihn gern bitten, mich nicht derart zu erschrecken, aber ich wage es nicht. Mein Kopf schmerzt, und mein Herz verkrampft sich, als erwarte es jeden Moment, von einem Knochenpfahl durchbohrt zu werden.

Ich kann mein Feldgerät nicht holen. Das Crog ist wieder zu Leben erwacht. Während des letzten Tages kehrten viele Tuthanach aus ihren Gräbern heim – Männer, Frauen und Kinder. Sie sprühen vor Energie, und ihr Alltag unterscheidet sich in nichts von dem der Ceinarc oder Tagda. Was taten sie im Schoß der Erde? Was haben sie dabei gewonnen? Welchen Sinn hat das alles?

Siebenter Transmissionsbericht – zehnter Tag

Der Strom der Tuthanach, die in ihr Crog zurückkehrten, ist verebbt. Nun sind wieder alle daheim. Ich bleibe in der Höhle, erfüllt von Unruhe und Unsicherheit. Tig jagt für mich, aber er teilt die Mahlzeiten nicht mehr mit mir. Er verrät große Zuneigung, aber hinter all seiner Freundlichkeit steckt oft unterdrückter Zorn, den ich wahrhaft fürchte. Manchmal steht er im Höhleneingang und lacht schrill. Die wirren Worte, die er schreit, beziehen sich auf Burton und mich; ich verstehe ›steinerne Schenkel‹ und ›verdrehter Kopf‹, zwei der schlimmsten Schimpfworte bei den Tuthanach. Er beendet seine Tiraden unweigerlich damit, daß er seine Notdurft im Höhleneingang verrichtet, sich vielsagend die Nase zuhält und davonrennt. Und ein paar Stunden später bringt er mir einen Hasen oder zwei fette Tauben, irgendein Geschenk, eine Entschuldigung für seinen Zornausbruch. Ein merkwürdiger Junge – und keineswegs zurückgeblieben, wie ich jetzt erkenne – aber irgendwie verrückt! Hört euch das an! Weiß ich überhaupt noch, was ich sage? Was heißt verrückt? *Ist denn mein Verhalten normal? Tig ist nicht irgendein Junge. Ich hege den Verdacht, daß man ihn für seine Rolle erwählt hat – Tig-der-nie-Frauen-nie-Erde-berührt. Der einzige Tuthanach, der nicht in dieser seltsamen, bereits geschilderten Weise die Erde berührt ...* warum? *Warum Tig? Oder sollte ich fragen: Warum* ein einziger Tuthanach? *Was bewachte er? Was wollen sie jetzt von ihm? Welche Aufgabe kommt ihm zu?*

Tig scheint sich bewußt, daß irgend etwas dem Ende entgegengeht. Bei seinem jüngsten Besuch brachte er ein großes Stück Fleisch mit – Reh, glaube ich. Tränen standen ihm in den Augen, als er mir die Keule reichte und selbst nur ein kleines Stück nahm. Wir aßen schweigend. Dabei beobachtete er mich, und Tränen liefen ihm über die Wangen. »Farrel, mein Freund, mein lieber Freund«, sagte er immer wieder. Die Wärme war unermeßlich. Die Tuthanach haben keine Möglichkeit, einer tiefen Freundschaft Ausdruck zu verleihen, und er rang so sehr nach Worten für seine Gefühle, daß ich schließlich abwehrte. Ich hatte verstanden. »Farrel und Tig sind die einzigen, die nicht die Erde berühren«, sagte er. »Tig kann es nicht, aber Farrel ...«

Immer wieder begann er diesen Satz und starrte mich bedeutungsvoll an. Und jedesmal spürte ich seine Intensität und meine eigene Furcht. Der Gedanke bereitet mir Entsetzen, tiefes Entsetzen.

Dann der Zorn des Jungen, das schrille Geschrei. Er stürzte in die Dämmerung hinaus und war rasch verschwunden. Ich werde wieder eine Nacht allein verbringen und vor Angst kaum die Augen schließen – nicht nur wegen Tig, obwohl auch das eine Rolle spielt. Aber da ist die Vergangenheit – meine Vergangenheit. Erinnerungen und Gesichter quälen mich; sie erfüllen meine Träume, und ich spüre meine eigene Zeit in allem, was ich hier rieche oder sehe. Es ist die Unsicherheit, die meine Trauer um die Wärme der Zivilisation weckt, und ich werde keinem noch so starken Rückkehrverlangen nachgeben. Aber manchmal schmerzt es. Manchmal schmerzt es sehr.

Drei Tage nach dem siebten Transmissionsbericht kamen zwei männliche Tuthanach zur Höhle, kauerten im Eingang nieder und beobachteten Farrel. Sie waren beide dunkelhaarig, in mittleren Jahren und hatten sich mit blauer und grüner Farbe bemalt; Kreise um die Augen, Streifen quer über die Wangen, verschlungene Muster auf Brust und Bauch. Die Männer wirkten grimmig. Farrel sagte kein Wort. Er versuchte seine Furcht zu verbergen.

Dann kam Tig in die Höhle gerast, ungestüm und laut wie immer. Farrel versuchte dem aufgeregten Geschwätz des Jungen etwas zu entnehmen, aber er verstand nur ›Frau‹ und ›steinerne Schenkel‹.

Farrels Magen verkrampfte sich, und wirre Gedanken durchzuckten sein Gehirn. Was hatte Tig vor?

Als nächstes jagten ihn die beiden Männer aus der Höhle. Tig grinste ihn an und blinzelte immer wieder. »Seelenheiler«, meinte er und deutete auf die Neuankömmlinge. »Machen Farrel-Seele gut. Machen Farrel-Seele bereit für die Erde.« Und er schlug sich gegen die Lenden.

Farrel hatte Angst.

Sie brachten ihn zum Dorf und führten ihn durch den Häutewall, vorbei an der Feuergrube zu einem kleineren Wall, um den sich mehrere Frauen und Kinder gelagert hatten. Vor einem niedrigen Zelt stießen sie ihn zu Boden. Dann gingen sie. Die ganze Zeit über hatten sie weder ein Wort gesprochen noch das geringste Erstaunen über seine Anwesenheit ausgedrückt. Nach einer Weile stand eine der jüngeren Frauen auf und gesellte sich zu ihm.

Farrel bemerkte, daß sein sexueller Trieb viel stärker war, als er sich in den letzten Tagen einzugestehen gewagt hatte, und er verlor sich in Gedanken an sein früheres Leben.

Er nahm die Tuthanach-Frau verschwommen wahr, halb verdeckt von bekannten Gesichtern, trägen Körpern und schwach federnden Betten. Er roch sie durch einen Schleier von Parfum, Zigarettenrauch und erotisch-salzigen Schweißausdünstungen. Er empfand Schmerz, als er sich an diese Dinge erinnerte, einen tiefen Schmerz, den er doch nicht lokalisieren konnte. Die Frau hatte sich vor ihm niedergekauert und den Wollkittel über die Knie hochgeschoben, so daß Farral ihre weißen, unglaublich dicken Schenkel vor Augen hatte. Er zwang sich, nicht allzu genau über das nachzudenken, was er sah.

Dann streckte sie die Hand aus, hielt den Kopf schräg und lächelte breit. Er stellte fest, daß ihr nur zwei Zähne fehlten.

Farrel nahm ihre Hand, drückte die kühlen, festen Finger und merkte, daß die Frau schweißnasse Handflächen hatte wie er selbst. Die Vergangenheit strömte auf ihn ein. Agonie.

Ein Mädchen, das er jahrelang gekannt hatte. Er hatte sich vor ihrer kleinen Zweizimmerwohnung verabschiedet, in dem Wissen, daß sich seine Frau bald Sorgen machen würde. Wie gewohnt streckte er noch einmal betont schüchtern die Hand aus und drückte ihr mit gespielter Nervosität die Hand. »Laß doch das ewige Händeschütteln!« meinte sie, und so, wie sie es sagte, spürte er, daß sie diesen Gedanken schon lange loswerden wollte. »Umarme mich lieber!« Also umarmte er sie, und sie preßte ihn an sich. Sie war groß und knochig und fühlte sich komisch gegen seinen untersetzten, muskulösen Körper an. Aber es war ein langer und ein schöner Augenblick gewesen.

Er merkte, daß er erregt war, und die Tuthanach-Frau zeigte sich erfreut. Ihr Atem roch säuerlich, als sie sich über ihn beugte und ihm sanft zwischen die Beine griff und sein Glied streichelte; sie küßte ihn auf die Wangen und dann auf die Nasenspitze. Schließlich erhob sie sich und zog auch ihn hoch, zerrte ihn mit ins Zelt und begann aus ihren Kleidern zu schlüpfen.

Sie nahm ein geglättetes Steinplättchen in die Hand und ritzte darauf etwas mit einer Feuersteinspitze ein. Farrel sah zu, wie sie sich auszog. Sie hatte schwere Brüste, die wie Säcke pendelten. Er haßte das. Sie roch nach Talg und Rauch wie er und nach etwas anderem – scharf, aggressiv, sexuell. Sie spuckte auf den Stein, lachte Farrel an und bedeutete ihm, das gleiche zu tun. Als er den Stein nahm, sah er, daß sie mit primitiven Strichen einen Phallus eingeritzt hatte. Sie verrieb die Spucke mit dem Daumen und legte sich lachend auf das Fell, das den Boden bedeckte. Dann fuhr sie sich mit dem Stein über den Bauch. Sie sprach immer noch nichts.

Als Farrel sich über sie legte und in sie eindrang, bemerkte er, wie sie den Stein in den Mund schob und verschluckte.

Sie blieben etwa zehn Minuten zusammen. Danach war sie offensichtlich enttäuscht, und Farrel hätte am liebsten geweint, ohne zu wissen, weshalb.

Achter Transmissionsbericht – fünfzehnter Tag

Sie haben begonnen. Mit Newgrange, meine ich – mit dem Bau des Tumulus. Gestern machte ich einen großen Bogen um das Crog und wanderte zu den Hügeln oberhalb des Boyne, wo sich der Friedhof befindet. Unten am Fluß herrschte ein reges Treiben. Männer und Frauen sammelten die vom Wasser angeschwemmten Granitbrocken für die untere Einfassung des Hügelgrabes. Sie schleppten die Blöcke in einer langen Kette den Hang hinauf. Die Vorräte werden immer gewaltiger. Man hat an verschiedenen Stellen damit begonnen, die Erde auszuheben. Kleinere Gräber in der Nähe wurden aufgerissen, weil man das Erdreich und die Steine allem Anschein nach weiterverwenden will. Die Vergangenheit spielt keine Rolle mehr. Nur das große Hügelgrab scheint sie jetzt zu beschäftigen. Die fünf mächtigen aufrechten Steinplatten sind bereits an Ort und Stelle gehievt, und ein Steinmetz bearbeitet allem Anschein nach den schmalen Quersims, der später über dem Eingang liegen wird. Die Arbeit, ganz besonders die Ausschmükkung, wird noch viele Monate in Anspruch nehmen. Die Luft ist erfüllt vom harten Schlag der Meißel, die Symbole und Muster in die Felsblöcke treiben; die Steine sind bereits aufgerichtet und müssen nur noch in das Grab eingepaßt werden. Die Leute arbeiten erstaunlich schnell, aber noch liegen gewaltige Mühen vor ihnen. Wer wird hier seine letzte Ruhestätte finden? Wem mag diese Ehre zuteil werden?

Ich schlich noch ein Stück näher, und es gelang mir, mich hinter einigen Bäumen dicht vor der Baustelle zu verbergen. Stellt euch mein Staunen vor, als ich sah, daß Tig das Eingravieren der Symbole überwachte! An die dreißig Männer, alle alt, alle gebrechlich, kauerten neben oder über ihren Steinplatten und arbeiteten nach den Anweisungen des Jungen, der hin und her flitzte, alles begutachtete und gelegentlich laute Rufe ausstieß.

Eine Zeitlang sah ich wie gebannt zu, bis mir die Sonne heiß auf den nackten Rücken brannte und ich mich an eine schattigere Stelle zurückzog. Tig hatte mich wohl erspäht, denn als ich den Hügel hinunterschlich, in Richtung des noch nicht begonnenen Hügelgrabs von Knowth, kam er hinter mir hergerannt und rief mich.

»Es wird ein großer Erdhügel«, meinte er schweratmend. »Ein gewaltiger Tempel!«

»Ein Tempel für wen, Tig?«

Aber er lachte nur und klatschte in die Hände. »Sie haben alles vergessen, alle Symbole, die Zeichen von Erde und Wind, Feuer und Wasser«, schwatzte er glücklich. »Deshalb mußte ich zurückbleiben. Um sie zu erinnern, sie zu lehren ...« Er war offensichtlich entzückt darüber. »Bald ist Tig nicht mehr Tig-der-nie-Frauen-berührt.«

»Wird Tig auch die Erde berühren?« fragte ich ihn.

Seine Miene verdüsterte sich, aber gleich darauf lachte er wieder. »Tig wird immer nie Erde berühren ... aber Farrel ... Farrel wird bald Erde berühren ... Farrel wird die Symbole begreifen und erlernen.«

»Tig könnte mich töten«, wandte ich vorsichtig ein. »Wie er Burton getötet hat.«

Er schlug sich mehrmals gegen die Genitalien, nicht allzu hart, aber doch so, daß er sichtbar zusammenzuckte. »Wenn Tig Farrel tötet, sollen seine Beine zu Stein werden.«

Und in diesem Moment ... überkam mich der Zwang, die Faszination des Entdeckens, der Wissensdurst, der mich erfüllte wie eine unbezähmbare Ekstase, ein psychologischer Magnet, der mich hinabzog zur Erde. Tig tanzte selig umher ... wußte er um meine Besessenheit? Dann lief er fort und schrie über die Schulter zurück. »Farrel weiß, wohin er gehen muß!«

Ich bin hin und her gerissen zwischen dem sehnlichen Wunsch, alles zu erfahren, und der Angst, es zu erfahren. Ich sehe immer noch Burtons verwesten Leichnam vor mir liegen. Ihm wurde das gleiche Wissen durch einen Knochensplitter in der Hand eines rachsüchtigen Kindes verwehrt. Aber ich erinnere mich auch an den Lockruf der Erde, spüre noch einmal die Zauberkraft und den Glanz, das Ahnen (denn ein Ahnen war es) einer gewaltigen Macht, die unter dem Gras verborgen liegt ...

Ich werde meine Entscheidung bald treffen müssen.

Farrel wußte in der Tat, wohin er gehen mußte. Er dachte über den kahlen Buckel nach, dessen Gräber nun leerstanden, und im Laufe der Nacht, als heftiger Regen auf das Land prasselte und eisige Wasserbäche über den unebenen Felsboden seiner Höhle flossen, schien ihn der Buckel, der dunkel und unsichtbar dalag, magisch anzuziehen. Tig wand sich vor ihm, ein Kind im Banne, in der Gewalt von erlöschenden Kräften, die aber immer noch mächtiger waren als alles andere, das der Mensch in dieser Zeit oder in Farrels ferner Zukunft kannte. Aber vielleicht war das auch falsch – vielleicht *hatten* die Menschen dieser Zeit von den Söhnen und Töchtern der Erde empfangen, die irgendwie, auf unerklärliche Weise, das Geschick der Tuthanach lenkten. Vielleicht vergaß die Menschheit erst im Laufe der Zeit und mit wachsendem Rassenbewußtsein die Geister und Wächter all dessen, was ihn umgab – Felsen und Steine, Bäume und Wind, die Erde, die große Erde; die Mutter ...

Sie rief ihn, und Farrel spürte Angst. Sie hatten ihn schon eine Weile begleitet, seine Gedanken gelenkt, aber ihre Berührung war flüchtig, unsicher. Farrel zog sich in seine Höhle zurück, vergrub den Kopf in den Armen, hielt sich die Ohren zu und schloß die Augen ganz fest. Er wollte nicht sehen, hören oder fühlen, was zu ihm kam: Er wollte nicht darüber nachdenken, aber er konnte sein Inneres nicht von ihrer Gegenwart befreien.

Er schrie, verwirrt und erschreckt durch die Fremdheit des Kontaktes. Mit dunklen Augen, vor Kälte und Entsetzen zitternd, kauerte er in der Höhle, bis der Morgen kam und er wieder seinen Frieden fand.

Er lief über das sturmgepeitschte Land, stapfte durch das regenschwere Gras und erwartete den nächsten Wolkenbruch. Tig kam ihm entgegengelaufen, und er spürte eine unendliche Erleichterung.

Der Junge erkannte seine Furcht und lachte, sprang hoch in die Luft und klatschte vergnügt in die Hände.

»Was bedeutet das?« rief Farrel.

Tig-der-nie-Frauen-nie-Erde-berührt kauerte nieder und vergrub die Finger tief in der dichten Rasenmatte.

»Farrel wird vorbereitet, die Erde zu berühren«, sagte er. »Hab keine Angst!«

»Farrel hat aber Angst. Farrel hat entsetzliche Angst.«

»Das ist nicht nötig«, sagte Tig, der mit einem Mal alles Kindliche abgestreift hatte. Er beobachtete Farrel mit glänzenden dunkelbraunen Augen. Fett und Farbe waren auf seinen Wangen und seinem Kinn verschmiert, ein sinnloses Mosaik von bunten, halbfertigen Mustern. Der Wind blies mit einem Mal heftiger, und Tig fuhr zusammen. Er stand auf und schaute zum Himmel, die dünnen Arme um den nackten Oberkörper geschlungen. Auch Farrel zog die Schultern hoch. Er folgte dem Blick des Jungen zum Himmel, wo dunkle Wolken von Sonnenspeeren gejagt wurden.

»Was wird mit Farrel geschehen?« fragte er.

Tig lächelte beinahe herablassend. »Herrliche Dinge.«

»Was ist unter dem Gras? Was liegt dort verborgen?«

»Farrel wird es bald erfahren. Er braucht keine Angst zu haben. Farrel wird nichts verlieren, das er nicht bereits verloren hat.«

Farrel starrte ihn an. Er fühlte sich mit einem Mal alt, wie aus einer fremden Welt.

»Was hat Farrel denn verloren?«

Tig grinste. »Seine Vergangenheit, sein Volk, seine Träume, seine seltsamen Bilder. Tig hat sie nie verstanden, nie die Worte verstanden. Das war immer zwischen uns. Wenn Farrel die Erde berührt hat, werden sie verschwunden sein. Wir werden den Tempel zusammen aufbauen: Wir werden unsere Träume und auch unser Volk zusammen aufbauen.«

»Das klingt großartig«, sagte Farrel. »Aber Farrel hat immer noch Angst.«

Tig lachte wieder. »Angst vor der Erde?« Er fuhr mit den nackten Sohlen über den Boden. »Angst vor den Wolken? Angst vor der Sonne?«

»Angst vor ...« Er zögerte. »Farrel weiß nicht, wovor er Angst hat.«

Tig klatschte in die Hände und schüttelte den Kopf. »Farrel sollte zurück zur Höhle gehen und dort warten! Wenn sie dich rufen, geh zu ihnen! Geh zu ihnen!«

Ohne eine weitere Frage drehte sich Farrel um und kehrte zurück zu dem Felsüberhang. Er hatte sich abgefunden mit seinem sonderbaren Geschick.

In der Abenddämmerung begann es wieder zu regnen.

Sie rief ihn, und Farrel gehorchte auch diesmal. Er hatte immer noch Angst, aber Tigs beruhigende Worte und Haltung halfen ihm, diese Angst zu überwinden und sie aus seinem Innern zu verdrängen.

Er wanderte durch den peitschenden Regen, die Lehmpaste aus den Haaren lief ihm in Augen und Mund und vermittelte einen Vorgeschmack auf die große orale Erfüllung. Er schluckte den Lehm, schmeckte sein Gefüge, während er schluchzend durch den Regen und durch das Ächzen der Wälder lief. Hinter ihm schimmerte hoch auf einem Hügel Fackellicht im Schutze einer Zeltbahn; ein Künstler bearbeitete bis spät in die Nacht hinein den Stein, meißelte die Erdsymbole, die er vergessen und von einem Jungen neu erlernt hatte. Er war ein Künstler, der seine Seele zum Stein fügte und den Stein zum Tempel ... einem Tempel für die Erdgötter, die Mächtigen, die Stöhnenden, die in den Felsen wohnten und im Wind, in den Wolken, im weichen Schlamm und im Grasteppich weiter Flächen unberührten Landes.

Durch die Nacht und den Regen rannte Farrel, ohne nachzudenken, bis er sich auf dem Buckel wiederfand, der über den Wald aufragte, an jener großen Quelle der Erdenergie, die er vor ein paar Tagen einen Moment lang so erschreckend gespürt hatte. Hier nun warf er sich auf den Boden, schmiegte sich in die Furche, die einer der Tuthanach hinterlassen hatte, und breitete die Arme aus ...

Umklammerte das Fleisch der Mutter ...

Drang ein in den fruchtbaren Schoß der Mutter, vergoß seine Samen in der Ekstase der Berührung ...

Verschlang ihre Brüste, trank die kalte, körnige Milch ihrer Drüsen, spürte, wie sie durch die Öffnungen seines starren Leichnams drang und ihn erfüllte. Sie trieb seine Körpersäfte vor sich her, ersetzte seine Wärme durch ihre liebende Kälte. Erde häufte sich auf seinem Rücken, Regen sickerte durch, rieselte an seiner Haut entlang und sickerte tief ins Gewebe des Bodens darunter. Seine Lungen füllten sich mit Schlamm – er atmete tief, und kurz darauf blieb sein Herz stehen, stockte sein Atem ... in der Schwebe, in Kontakt mit der Erde.

Beinahe unvermittelt waren sie da: Sie kamen aus der Tiefe des Gesteins, durchflossen die Erde und die Poren des Bodens, drangen durch Farrels Fingerspitzen und Penis in den Körper ein, über die Erdbrücke, die sich entlang seiner Darmschlingen spannte. Er wurde von ihnen verzehrt und verzehrte sie, hieß sie willkommen und hörte ihren ersterbenden Gruß, die Worte, die während der vergangenen Wochen durch die Gehirne der Tuthanach geströmt waren ...

Ich bin Erde, Farrel, ich bin die Erde, ich bin aus Erde, die Erde ist in mir und um mich, ich bin Erde und Stein, Diamant und Jade, Rubin und Lehm, Glimmer und Quarz, ich bin der Zerfall der Toten, die im Kristallecho der Sedimente von Fluß und Meer weiterleben, ich bin der Grund, ich bin das Weib, das Mensch und Tier säugt, ich bin Schoß und After, Mund, Nase und Ohr des großen Weltliebhabers, ich bin Höhle und Tunnel, Brücke und Hafen, ich bin der saugende Sand, das blühende Feld, ich bin Wurzel und Lehm, ich bin der Mensch vor der Fleischwerdung, ich bin der Staub, der Nooma und Shaan genannt wird, der Tutha und Cein ist und Ga-Tum-Dug und Nisaba sein wird. Ich werde Geshtin sein und Tammuz, und meine Zweige werden sich als Erde gegen den Himmel recken, und alles wird eins sein, ich werde Faunus sein, und ich werde Consus sein, ich werde Pellervoinen und Tapio sein, ich werde Luonnotar sein, der auf weißem Wasser treibt und den Wind berührt, ich werde Asien und Asien-Bussu sein, Lug und Jesus, ich werde Kohle sein und Erz, und ich lebe seit Anbeginn der Öde, des Donners und der Unfruchtbarkeit – du, Farrel, der all dies weiß, du sollst auch wissen, daß dies der Augenblick unseres großen Sterbens ist, da der Atem des Sturms den Leib der Erde verläßt und ins Gedächtnis der Menschen fährt …

Eine zweite Stimme: Ich bin der Wind, Gottsänger genannt von den Kalokki, welche die ersten Menschen waren, auch Feng-po, Tag und Huaillapenyi genannt, ich bin Atem und Leben, ich bin Tod, ich bin der Geruch der Verwesung, ich bin Sturm und Wut, Licht und Dunkel, ich bin Donner und Angst, ich bin der Wechsel der Jahreszeiten, ich zerwühle Meere und glätte Gefieder. Man wird meiner gedenken als Taranis und Wotan, als Thor und Zephyrus, als Ga-oh und Hino, und mein Donner wird zu hören sein bis zum letzten Feuer, aber du, Farrel, der all dies weiß, du sollst auch wissen, daß dies der Augenblick unseres großen Grams ist, da wir unser Reich verlassen und eindringen in den Geist des Menschen, denn nur im Geist des Menschen können wir weiterleben …

Und schon drängten andere herbei, verschufen sich Gehör: Ich bin das Feuer namens Tinedia, und man wird mich Swarogitsch nennen und Sonne und Steropes … Ich bin das Wasser namens Uiseg … ich bin der Himmel … ich bin die Schlange …

Farrel hörte sie alle und nahm sie in sich auf, und dann kehrten sie zurück in den Stein, schwangen sich hinauf in den Wind und ließen nur ein Fragment von jedem Gott, einen Splitter von jedem mächtigen Geschöpf in seinen wirren Gedanken zurück.

Er erhob sich aus der Erde, schüttelte sich und spürte, wie Erdbrocken und Lehm von seinen Gliedern rieselten und aus Mund und Augen fielen. Der Tag war kalt; er bemerkte den Regen, die schweren Wolken, das Grau über der wassergetränkten Landschaft: Er liebte das. Ein großer oder auch ein kleinerer Teil seines Wesens sagte ihm, daß er die Erde zwei volle Jahreszeiten hindurch umschlungen gehalten hatte. Aus dem gleichen großen oder auch kleineren Teil seines Wesens kam ein fremder Gedanke, ein letzter, tränenerstickter Aufschrei seiner toten Zukunft: *Eine wahrhaft große, edle Herrlichkeit wird verschwunden sein, wenn mein Zeitalter aus Glas und Stahl heraufzieht!*

Das neugeborene Kind wandte sich um und betrachtete das unberührte Land. Regen trommelte auf ihn nieder und wusch ihn. Er öffnete den Mund, um zu trinken, und sein Lachen verschmolz mit den sanften Lauten der Natur.

Ich habe das Leben gefunden, endlich, endlich ...

Die großen Götter sind noch da, dachte er, als er den Regen fortblinzelte und das Grün ringsum anstarrte. Aber sie starben nun bald, begingen ihren großen Selbstmord und überlebten nur in den Tuthanach, deren Kindern und Enkeln und so fort, bis sie überall Verbreitung gefunden hatten ... Das war eine Geste der Ergebung gegenüber dem Menschen, aber der Mensch namens Farrel konnte die Götter noch sehen, konnte sie fühlen, riechen und hören, wenn er durch den Regen, durch die unverstellte Weite starrte.

Und als er den Hügel hinunterlief, konnte er sie in seinem offenen Geist spüren. Sie hatten ihn als Erbe der Zeit hierherbegleitet, aber nun waren sie selbst gekommen, und er geriet in Ekstase über die tiefen Einsichten, die sie ihm in so vielen Dingen gebracht hatten ... Im Laufe der Jahrhunderte würde sich ihre Gegenwart verwaschen und abschwächen; vielleicht hatten sie damit nicht gerechnet.

Sie hatten Zeit genug, ihn zu erforschen und zu begreifen, was einst sein würde. Was Farrel selbst betraf, so hatte er wichtigere Dinge zu tun, als sich über einen Tag und eine Epoche Sorgen zu machen, da er Staub und Asche sein würde.

Er war jetzt ein Teil der Erde, ein Mensch der Erde, ein Tuthanach. Sein Volk erbaute der Erde einen Tempel, und er wußte, wie herrlich dieser Tempel sein würde, denn er hatte ihn gesehen. Er würde den Steinen des Tempels seine Seele aufprägen, die Mauern des Tempels mit seinem Schweiß errichten und das Innere des Tempels mit seiner Ekstase erfüllen. Er lief schneller über das regendurchtränkte Land, bis er das Hämmern der Steinmeißel hören konnte.

Die Erde begleitete ihn.

Copyright © 1980 by Robert Holdstock

Michael Bishop, der in seiner Jugend in der ganzen Welt herumkam und heute im amerikanischen Bundesstaat Georgia lebt, ist vor allem wegen seiner Atlanta-Romane, A Little Knowledge, A Funeral for the Eyes of Fire *und* Catacomb Years *bekannt. Daß sein Themenkreis aber weit über den Planeten Erde hinausreicht, beweisen seine meisterhafte Erzählung ›Death and Designation Among the Asadi‹, die er inzwischen auch in der Romanfassung unter dem Titel* Transfigurations *veröffentlichte, seine total irre Geschichte ›Rogue Tomato‹ und nicht zuletzt die vorliegende Story.*

MICHAEL BISHOP

Das Fahrrad – Ein kurzer geschichtlicher Abriß von 401 v. Chr. bis 2677 n. Chr.

Für Barry Malzberg

Der Planet Draisienne war eine Welt der sanft gewellten Savannen, durch deren knöcheltiefes Gras da und dort Wege aus gepreßter organischer Materie führten, eingebettet in einen Untergrund, der sowohl in seiner Farbe wie in seiner Konsistenz verwirrende Ähnlichkeit mit Asphalt aufwies. Und auf diesem Planeten gelangte Praeger zu der Erkenntnis, daß man die Geschichte des Fahrrads völlig neu schreiben mußte. Als einziger Mensch im Umfeld von hundert Lichtjahren (zumindest wußte er von keinem anderen) saß Praeger unter dem Vordach seines Zeltes und versuchte, die Fülle sich überstürzender Ereignisse zu einem Geschichtsbild zu verweben, das für das Fahrrad die gleiche Bedeutung haben würde, wie sie einst die Gobelin-Wirkereien von Bayeux für die Schlacht von Hastings gehabt hatten. Vergangenheit auch das, ferne Vergangenheit. Hin und wieder schaute er von seinem Mikrofilmprojektor auf (das Zelt hinter ihm barg in seinem kühlen Leinwandschatten mehr Geschichtskassetten als Konservendosen) und betrachtete sinnend die umherrollenden Geschöpfe, die er nun seit einem knappen Standard-Erdenjahr studierte.

»Da das Fahrrad die Rohstoff- und Energiereserven kaum belastet, wenig zur Umweltverschmutzung beiträgt, sich positiv auf die Gesundheit auswirkt und höchst selten zu Verletzungen oder gar Todesfällen führt, kann man es als die freundlichste aller Maschinen bezeichnen.« [1]

Eine Brise verfing sich in Praegers blonder, von grauen Fäden durchzogener Stirnlocke, blies durch seine Buschjacke und fächelte kühle Luft an seine Hüften und Achseln. Die Draisies trieben weiter ihre Spiele. Ein Rudel, dachte Praeger. Ich habe mir angewöhnt, eine Gruppe dieser Geschöpfe als ›Rudel‹ zu bezeichnen, obwohl ›Herde‹ vermutlich der bessere Ausdruck ist – besonders, da ›Herde‹ mehr Gewicht auf die Geselligkeit legt, ohne ein Raubtierverhalten anzudeuten, das ihnen zweifelsohne fremd ist. Dann wandte sich Praeger an den paradigmatischen Geist von S. S. Wilson, den Schriftsteller aus dem 20. Jahrhundert und Verfasser von ›Fahrrad-Technik‹, jenem Artikel, mit dem er sich eben eingehend befaßt hatte, und sagte laut: »Jawohl, S. S., sie *sind* freundlich! Aber sie sind keine Maschinen, sie sind einfach keine Maschinen, zumindest nicht hier!« Die Brise nahm seine Worte mit, und weit in der Ferne, bläulich verschwommen im Dunst und doch schimmernd nahegerückt durch die graziösen Gestalten, die sich im Vordergrund tummelten, ragten die gletscherbedeckten Gipfel eines Berges auf – ein ergrauter Olympier, der seine Schultern absichtlich breit machte, um stark und kriegerisch zu wirken. Praeger, der ein paar Brocken der alten Masai-Sprache beherrschte, nannte den nächstgelegenen Gipfel des Berges

---

[1] S. S. Wilson, »Fahrrad-Technik«, *Scientific American*, Bd. 228, Nr. 3 (März 1973), S. 84

Ngàjẹ Ngài oder Gottes-Haus. Auch sonst erinnerte Draisienne in vielen Dingen an das alte Tansania, und die Draisies, die so sanftmütig auf den gepreßten Pfaden dieser Savannen-Welt dahinrollten, hatten Ähnlichkeit mit den Zebras oder Weißschwanzgnus auf der Erde. »Herden«, murmelte er noch einmal vor sich hin. »Nicht Rudel. Warum habe ich sie nur Rudel genannt?«

Trotz aller gegenteiligen Behauptungen [schrieb Praeger] *wurde das Fahrrad nicht im 19. Jahrhundert erfunden. Obwohl Männer wie Freiherr von Drais de Sauerbrun, der Schotte Kirkpatrick Macmillan, die Gebrüder Michaux in Paris und die Starleys in Coventry legitim den Status als Wiederentdecker und Weiterentwickler des Fahrrads in Anspruch nehmen können, hat keiner der eben Genannten die Maschine tatsächlich erfunden. Diese Ehre gebührt einem griechischen Söldner namens Polybices. Im Jahre 402 v. Chr., beim ›Rückzug der Zehntausend‹ aus Cunaxa in Persien (ein Abenteuer, von dem womöglich etwas übertrieben in Xenophons Anabasis berichtet wird), leitete Polybices die Grundform des Fahrrads von dem platonischen Ideal des perfekten reitergesteuerten Gefährts ab. Während seine Mitsöldner die rachsüchtigen Mannen des Artaxerxes in den Hügeln von Kurdistan und Armenien bekämpften, errichtete Polybices seinen Prototyp aus kaputten Schwertheften und weggeworfenen Speeren, aus den Lederüberzügen und -schlaufen der Schilde toter Gefährten sowie diversen Gegenständen, die er während des hart bedrängten Rückzugs erbeutet hatte. Es schneite. Die Nahrung wurde knapp. Die Flanken und die Rückhut – ja sogar die Vorhut – litten unter ständigen Überfällen. So blieb dem geschickten und zielstrebigen Polybices, den seine Gefährten als Drückeberger und lahme Schnecke schmähten, nichts anderes übrig, als einen Großteil der Maschine während des Marsches zusammenzubauen. Er tat dies, und sechzig oder siebzig Kilometer vom Schwarzen Meer entfernt realisierte er sein in Fieberträumen erblicktes platonisches Paradigma – wenngleich ohne Kettenantrieb zum Hinterrad, der für ein Gefährt von absoluter Perfektion ein Muß gewesen wäre. Unter extrem harten Bedingungen hatte Polybices jedoch erreicht, was menschenmöglich war; überdies erwies sich das Fehlen des Kettenantriebs nur als gringfügiges*

Hindernis, denn er fuhr sofort los und überwand in anderthalb Tagen die restlichen sechzig oder siebzig Kilometer nach Trapezus, einer griechischen Stadt, wo seine Sicherheit gewährleistet war. Dies gelang ihm trotz widrigen Wetters, feindlicher persischer Spähtrupps und ungünstiger Straßenverhältnisse, so daß er mehrere Tage vor seinen fußkranken und halbverhungerten Gefährten in Trapezus ankam. (Viele starben übrigens vorher an Hunger oder Entkräftung und erreichten das Schwarze Meer gar nicht mehr!) Eine Gruppe von Soldaten, denen Polybices fröhlich entgegenfuhr, um sie zu begrüßen, fiel aufgebracht über ihn her und prügelte ihn zu Tode. In ihrem Zorn zerlegten sie auch sein Veloziped und verstreuten die diversen provisorischen Bestandteile in den Straßen des Seehafens. Gut 2300 Jahre mußten vergehen, ehe Freiherr von Drais des Sauerbrun der Welt sein zweirädriges ›Fußgänger-Steckenpferd‹ schenkte, eine alles andere als perfekte Verwirklichung jenes Ideals, das Polybices entgegen aller Erfolgsaussichten um ein Haar in Reichweite einer noch weniger perfekten Menschheit gebracht hätte. Und der Verlust ... der Verlust war ohne jeden Zweifel ein unermeßlicher.[2]

Praeger schaute auf und formulierte im Geiste weiter: ›Und wieder sind 750 Jahre seit der teilweisen Wiedererfindung des Polybices-Rades durch den Freiherrn vergangen. In dieser Zeit wich das Fahrrad dem Automobil, das Automobil dem Heli, der Heli dem Einmann-Sonden-Kapselpult und das Sonden-Kapselpult der autogenen Qual der Materie-Transmission.‹ Mittels letztwelcher Praeger samt Mikrofilm-Bibliothek und Feldausrüstung nach Draisienne gelangt war, über den Äther aus Nacht, Zeit und Raum der Teaneck-Plattform in New Jersey: blippiti-blip, blippiti-blip, blip, blip! Die Draisies auf der Savanne – die gerade mit blit-

---

[2] In ›The Flying Machine‹, einer als Parabel kaschierten historischen Anekdote, berichtet ein gewisser R. Bradbury, wie im Jahre 400 n. Chr. der Kaiser von China aus ganz anderen Gründen als die Gefährten des Polybices den Erfinder eines Flugzeug-Prototyps enthaupten und den Prototyp selbst vernichten ließ. Dieser Vorfall erhält im Rahmen unserer Belange eine merkwürdige Bedeutung, wenn wir bedenken, daß auch die Wiedererfinder der Flugmaschine, Orville und Wilbur Wright, Fahrradhersteller waren.

zenden Speichen allerlei Fangspiele und Kunststückchen vollführten – hatten nicht einmal die Lenkstangen herumgeschwenkt, um seine Ankunft zu beobachten. Nun war Praeger natürlich auf einen Sonden-Shuttlebob angewiesen, der ihn und seine Geräte wieder abholte und zu einer Materietransmissions-Raumstation beförderte, da es auf Draisienne keine Möglichkeit zur Rück-Transmission gab; nur orangegelbes Gras, ein paar gut ausgefahrene Wege und ›Rollhöfe‹, hin und wieder einen Baum (baobabähnlich und komisch) und die ständig umherkurvenden bunten Geschöpfe, die Praegers Zeit, Aufmerksamkeit und gequälte Bewunderung in Anspruch nahmen. Mühsam riß er sich los und wandte sich wieder seiner Geschichtsabhandlung zu …

Im Jahre 2204 entdeckte ein Wissenschaftler-Team am Forschungsinstitut von Ganymed das transuranische Element Nummer 237, das eine Halbwertszeit von 1,00872 Nanosekunden besaß. Der Leiter des Forschungsprojekts, Dr. J. K. Kolodny, bestand auf der Bezeichnung Polybicium für das neue Element. Warum? wollten seine Kollegen wissen. Angeblich erwiderte Kolodny, der begrenzte telepathische Kräfte besaß: »Weil wir so ziemlich alle Leute, denen eine solche Ehre gebührt, bereits berücksichtigt haben und weil Polybicium (Py) irgendwie gut klingt.« Die anderen beugten sich diesem Urteil, und seitdem ist Element 237 unter dem Namen des wahren Fahrraderfinders bekannt. Auf diese Weise sorgt oft das Leben selbst für eine späte Gerechtigkeit.

Fahrräder. Organische Fahrräder. Und wie man es auf einer Welt, die so unheimlich an die fruchtbaren afrikanischen Ebenen erinnerte, nicht anders erwarten konnte, gab es die verschiedensten Gattungen. Ein Jahr lang hatte sich Praeger auf ein ›Rudel‹ von französischen Rennern konzentriert, deren Revierinstinkte sie oft auf den Weg und den Rollplatz unter dem baobabähnlichen Baum führten, der zwanzig Meter von seinem Zelt entfernt wuchs. Aber der Evolutionsreichtum auf Draisienne ließ ihn auch Gruppen von Hochrädern beobachten, Klapperkisten, Royal-Salvo-Dreiräder, Zweisitzer, Rover-Sicherheitsräder und die höchst unheimlichen Ptero-Räder, die große Schatten warfen, wenn sie mit dem Wind von Draisienne dahinschwebten und aus dem dünnen, opalisierenden Himmel herunterstießen wie eine Kreuzung aus Reptil und Marabu. ›Uns blieb die Entdekkung vorbehalten‹, murmelte Praeger, ›daß die philosophischen Idealformen, die Plato postulierte und die der unglückliche Polybices in einem Fiebertraum erblickte, im materiellen Universum *tatsächlich* auf eigenen Welten existieren. Und stets sind diese Idealformen lebende Geschöpfe – selbst wenn das, was sie auf unserem Planeten versinnbildlichen, zufällig aus einem Klumpen Lehm ist, ohne Seele und ohne Leben.‹ Das stimmte. So war die Menschheit auf Planeten gestoßen, die bevölkert wurden von atmenden, auf unterschiedlichen Evolutionsstufen befindlichen Aschenbechern, Wassertürmen, Fußbekleidungen, Pogo-Stöcken, Wolkenkratzern, Unterwäsche, Bumerangs, Brotkästen, alkoholischen Getränken [3] und so weiter *ad infinitum*. Abarten von diesen Dingen gab es auf allen Welten, weil selbst die unvollkommene Manifestation einer bestimmten Idee ein ›perfektes‹ platonisches Ebenbild in ihrer ›Vielfalt der Nichtperfektion‹ besaß und innerhalb der Gattungen Individuen zu finden waren, welche die diversen ›perfekten‹ Manifestationen aus der möglichen ›Vielfalt der Nichtperfektion‹ den *Komponenten* entnahmen, aus denen sich die einzelnen Einheiten zusammensetzten. Tiefgründig, jawohl; äußerst tiefgründig sogar. Nicht einmal Praeger verstand den Gedankengang bis zum Ende. Dennoch bot diese Theorie eine Erklärung für die vielen Abarten des gleichen Gegenstands, die man unweigerlich auf den jeweiligen platonischen Norm-Welten antraf. Daher also existierten auf Draisienne die perfekt plumpen Gefährte des alten Freiherrn Seite an Seite mit den Rover-Rädern von absolut ma-

---

[3] In seinem spekulativen Roman *Solaris* schuf der polnische Schriftsteller St. Lem im 20. Jahrhundert eine Welt, auf der ein intelligenter Ozean den gesamten Planeten umspannte. Auf der Platonischen Normwelt *Vier Rosen* (gelegentlich auch Beteigeuze-IV genannt) trifft man dagegen eine verwirrende Vielzahl denkender Flüssigkeiten an, die voneinander durch Isthmen aus kristallinen Gittern getrennt sind. Leider war eine Kommunikation mit den Eingeborenen wegen ihrer Stoffwechselprobleme – irreversible, ständige Trunkenheit – nicht möglich.

kelloser Formgebung, die J. K. Starley 1885 auf der Erde ›erfunden‹ hatte. ›Das Universum‹, dachte Praeger, ›erfüllt uns immer wieder mit Staunen.‹

In den letzten dreißig Jahren dieses Jahrhunderts (um genau zu sein, von 2644 bis 2673) hat das Fahrrad wieder stark an Popularität gewonnen, ein Aufschwung, vergleichbar mit der Periode Ende 1960, Anfang 1970 in der damaligen politischen Gemeinschaft der Vereinigten Staaten von Amerika auf der Erde, Sektor 2J-21LP. Leider führte die jüngste galaxienweite Rezession als Folge der Vernichtung von neun nichtplatonischen, menschenbesiedelten Welten der Lichtsonden-Allianz mittels Kobalt-Desintegratoren zu einem starken Absinken der Verkaufsziffern – eine Entwicklung, die wiederum Ähnlichkeit hat mit der sogenannten ›Inflations-Spirale‹ im Anschluß an jene fast vergessene Erden-Ära. Hier auf Draisienne spürt man beim Betrachten der Stromlinienform und der liebenswerten Gewohnheiten des französischen Renners – sowie der übrigen Gattungen organischer Mechanik, die zweifelsohne einen Einfluß auf die Entwicklung und Evolution des Renners nahmen – erneut die dringende Notwendigkeit zum Vereinfachen, Vereinfachen, Vereinfachen. Dem Fahrrad selbst ist dies gelungen. Wie sein früher Chronist S. S. Wilson scharfsinnig bemerkte, »hat es sich so entwickelt, daß es vom ergonomischen Standpunkt aus das optimale Design besitzt«[4] (eine Ansicht, die ich voll unterstreiche!). In diesem Sinne ist Draisienne mein Walden geworden.[5]

Praeger schaute wieder auf. Wich sein Geschichtsabriß hier vom Thema ab? Der letzte Satz enthielt ein Possessivpronomen in der ersten Person Singular. Wenn er so weitermachte, würde er bald ohne jedes Schamgefühl schildern, wie er und seine Frau einmal auf den verdammten Autostraßen des einstigen New Jersey dahingeradelt waren, die beiden Kinder in Plastikschalensitzen auf den Gepäckträ-

---

[4] Wilson, op cit., S. 82

[5] Ein kleiner See nahe Concord in Massachusetts, früher USA, Erde, Sektor 2J-21LP, einst gerühmt von dem romantischen Naturschriftsteller H. D. Thoreau; heute der Name einer Teergrube, aus der Archäologen eine Reihe halb verfaulter Artefakte gebaggert haben, die man für die Verkleidungen und Möbelreste von ›Wohnmobilen‹ hält.

gern. Knallgelb, diese Sitze; wie die Sonne mitten im Mai. Nein, es hatte keinen Sinn, diesen Weg einzuschlagen und durch Zeiten und Gefühle zu kurven, die auf Draisienne lediglich Realität in den Erinnerungsblitzen besaßen, die zwischen den stroboskopischen Speichen seines Gehirns hervorzuckten. Und wer, zum Teufel, außer seiner Frau Daisy, seinem Sohn Maserati und seiner Tochter Gitane würde den tragischen Humor der ›Folkballade‹ verstehen, die er komponiert und ihnen gewidmet hatte: *Ich stürzte vom Fahrrad der Liebe?*[6] ›Darüber schreibst du nichts!‹ ermahnte er sich streng und beobachtete zwei Einräder, die gefährlich auf einem der oberen Äste des großen Baumes vor seinem Zelt balancierten. ›Bemüh dich um eine streng wissenschaftliche Geschichtsgrundlage, Praeger! Du hast den Auftrag herauszufinden, ob das organische Fahrrad von Draisienne möglicherweise einen Ausweg aus der Katastrophe bietet, die im Moment alle Welten der Lichtsonden-Allianz bedroht. Eine neue und exakte Geschichtsschreibung kann, so meine ich, sehr wohl der Schlüssel zu dieser Erkenntnis sein!‹ Wann aber würde er die anderen Dinge niederschreiben? Wann Daisy, Maz und die kleine Gitane wiedersehen? Während er über diese Fragen nachdachte, spürte Praeger mit einem Mal, wie ein Lenkstangengriff sanft den Khakistoff an seinem Ellbogen berührte. Es war die Draisie, die er Daisy nannte, eine ledige Tandem-Dame, die gleich zu Beginn bis in sein Camp geradelt war und durch ihre Zutraulichkeit Praeger so manche Gelegenheit zur genaueren Beobachtung der Renner auf der Ebene verschafft hatte. Darüber hinaus hatte sie ihn bei seiner Grundlagenforschung für das Projekt unterstützt. Durch gelegentliches liebevolles Abschmieren war es ihm gelungen, sie an das Camp zu gewöhnen. Nun streichelte er Daisys Hintersattel und sagte laut: »Sekunde, Mädchen, Sekunde! Ich habe noch ein wenig zu tun!« Er wandte sich wieder seinem Notizbuch zu. Nein, um das Possessivpronomen kam er nicht herum; es hatte wenig Sinn, authentische Quellen anzuführen, ohne seinen Vor-

[6] *Anm. d. Hrsg.:* Neben seinen Fähigkeiten als Exobiologe und Schriftsteller hatte sich Praeger einen Namen als Folklore-Experte erworben.

gesetzten die Wahrheit zu schildern. Die *ganze* Wahrheit. Mit einem großen ICH …

Viele von euch werden fragen: »Wie kann ein Xenobiologe, der völlig abgekapselt auf dem Planeten Draisienne haust und nur mit einer Mikrofilm-Bibliothek ausgerüstet ist, das Geheimnis der eigentlichen Fahrrad-Erfindung ergründen? Ist diese Geschichte mit dem griechischen Söldner nicht eine Verrücktheit, mit der er uns aus der Ferne anschmieren will?« Nein, mitnichten! Tatsache ist vielmehr, daß ich mit Hilfe der Zeitverschiebe- und Umweltfaksimilier-Talente einer Draisienne-Eingeborenen (vom Tandem-Typ) in das Jahr 401 v. Chr. und nach Trapezus gelangte, wo ich die tatsächliche Ankunft des Polybices und seines Fahrrads in jener Stadt mit eigenen Augen beobachtete. Um diesen chronolastischen Transfer durchführen zu können, mußte ich mich zuerst in persona *von der Savanne meines Lagerplatzes in jene Breiten begeben, die dem Schauplatz des ›Rückzugs der Zehntausend‹, also der Euphrat- und Tigris-Ebene auf der Erde, entsprachen. Mein zahmes Tandem Daisy, das zuvor durch Lenkerschwenken und heftiges Klingeln die Notwendigkeit einer solchen Reise unterstrichen hatte, brachte mich in zwanzig Tagen an die erforderliche Stelle im Norden; offenbar verlieh uns ein Phantom auf dem Vordersattel die nötige Pedalkraft, so daß wir die große Entfernung in dieser knappen Zeitspanne schafften. Als wir 41°N, 38°E erreicht hatten (das war um einiges von den exakten Koordinaten des antiken Trapezus entfernt, aber nahe genug, um Daisys ZV- und UF-Fähigkeiten nicht zu beeinträchtigen, begann meine Tandem-Dame mit dem Anpeilen der richtigen Epoche. Die Zyklotronbeschleunigung ihrer Räder schuf dabei die Raumverzerrung, aus der später die geographische Umgebung jenes antiken Seehafens*[7] *entstehen sollte. Mein Gefährt – oder meine Gefährtin – versuchte, genau den Moment anzusteuern, in dem Polybices sich jenes Fahrrad-Ideal vorstellte, von dem die Geschöpfe auf Draisienne ihre Existenz ableiten; au-*

[7] Eine etwas abweichende Erklärung der Zeit-Effekte (ohne jeden Kommentar zur gleichzeitigen Bildung der zugehörigen Raum-Umgebung über interstellare Entfernungen hinweg) findet sich in Herbert George Wells' *Die Zeitmaschine.* Allerdings befaßt sich dieses Werk fast ausschließlich mit der Verschiebung in die Zukunft von einem Ausgangspunkt, der exakt mit dem Ziel übereinstimmt.

ßerdem reichen die zeitverschiebenden und umgebungsfaksimilierenden Talente der ›Maschinen‹ nur bis zu diesem Zeitpunkt, weil ihre physische Evolution auf einer platonischen Welt erst mit der Intuition einsetzt. Vorher waren sie als ätherische und körperlose Wesen durch Draisiennes Atmosphäre geschwebt wie alle noch nicht verwirklichten abstrakten Konzepte.[8] *Immerhin, Daisys Anpeilen hatte den Erfolg, daß das Fahrrad und ich (auf dem hinteren Sattel) – übrigens nur als undeutlicher und schwach blitzender Luftwirbel auf der Erde wahrnehmbar – Polybices und seine Maschine in die Stadt fahren sahen; ich übersprang dann zwei Tage, um den Mord am Erfinder und die Zerstörung der Erfindung mitzuerleben, und sauste anschließend wieder dreitausend Jahre in die Zukunft, während Sonne, Sterne, Wolken und Landschaft bläulich an mir vorbeijagten, als verdunste der Kosmos selbst zu einem abstrakten Konzept, zu flüchtig, um je wieder durch Intuition in die Realität umgesetzt zu werden. Als wir zu guter Letzt festen Boden unter den Füßen hatten, brachte mich Daisy mit Hilfe des Phantomfahrers auf dem Vordersattel die tausend Kilometer südwärts zu meinem Lagerplatz auf der Savanne. Ich versuche nun die Erfahrungen zu rekonstruieren, die mir der seltsame vierdimensionale Ausflug, von dem ich eben erst zurückgekehrt bin, so plastisch vermittelt hat. Ich bin sozusagen meine eigene Dokumentation.*[9]

---

[8] Die Erkenntnis, daß der bloße menschliche Gedanke die Bedingungen von Planeten beeinflussen kann, die Lichtjahre entfernt sind, bedeutet natürlich eine Umkehr der dreitausendjährigen wissenschaftlichen Hauptströmung, daß die Menschheit nicht mitten auf der Bühne des Geschehens steht, sondern am fernen Rande der ontologischen ›Belange‹ des Universums. Wenn man von den Werken eines Kopernikus, Einstein oder des in unserer Epoche hochgeschätzten Thornapple einmal absieht, sind heutzutage wieder viele Leute davon überzeugt, daß der Mensch ›das Maß aller Dinge‹ sei. Die daraus resultierende übertriebene Selbsteinschätzung hat sich, um es milde auszudrücken, nicht immer als Segen erwiesen.

[9] *Anm. d. Hrsg.:* Hier sei erwähnt, daß Praeger nicht nur Folklore-Experte, Xenobiologe, Historiker und Freizeit-Radsportler war, sondern auch Linguist, der Altgriechisch in Wort und Schrift beherrschte und daher die besten Voraussetzungen besaß, sich sofort in den Geschehnissen des antiken Trapezus zurechtzufinden. Manche mögen einwenden, daß beim Aufspüren des ›wahren‹ Fahrrad-Ursprungs einfach zu viele günstige Zufälle zusammenspielten. Was, so fragen diese Skeptiker, wäre geschehen, wenn sich etwa ein Hindustani als erster die Maschine vorgestellt hätte? Man kann dagegenhalten, daß Praegers Griechischkenntnisse ein Beweis für die sorgfältige Agenten-Wahl der Lichtsonden-Allianz sind.

Es gab jetzt nicht mehr viel zu tun. Was noch fehlte, war eine Analyse der Geschichte: Praegers Vorschläge zur Lösung der zahlreichen Krisen, die so verderblich in der Zukunft der Allianz lauerten. Nahezu alle waren nach Praegers Einschätzung die Folge angeborener menschlicher Schwächen oder ergaben sich aus einer inzwischen universell tolerierten Dissoziation der Gefühle. Konnte das Fahrrad eine Rettung herbeiführen? Auf der einen Seite Machtstreben, Ehrgeiz, Habgier, Egoismus. Auf der anderen Entfremdung, Mißtrauen und die heimliche Sehnsucht nach Alleinsein. War er etwa selbst ein Opfer dieser neuen Gefühls-Dissoziation? Nein, ganz sicher nicht; er befand sich auf Draisienne, um einen Auftrag zu erfüllen! Er hatte sich nicht freiwillig von Daisy und den Kindern getrennt. Und er dachte oft an sie, ganz bestimmt tat er das, er war noch nicht dieser Seuche der Sozialfeindlichkeit verfallen, die zumindest indirekt zur Kobaltdesintegration von neun Planeten und einem Absinken der Fahrrad-Verkaufsziffern geführt hatte. ›Ich nicht!‹ murmelte Praeger. ›Ich nicht!‹ Die Lektion, die das Fahrrad erteilte, war selbstverständlich: Vereinfachen, vereinfachen, vereinfachen! Und man konnte ohne weiteres von der positiven Seite des Herdentriebs lernen. Selbst Daisy (das Fahrrad, nicht seine Frau) hatte sich einen Gefährten gesucht, nachdem sie von ihrem Nomadenstamm der Tandems getrennt worden war. Vielleicht lag hier die Lösung: Radfahren bedeutete Gesundheit. Frische Luft, Sonnenschein und körperliche Ertüchtigung würde der Menschheit erneut (›Erneut?‹ fragte er ins Nichts.) zu einem seelischen Gleichgewicht verhelfen. Dem Absinken der Fahrrad-Verkaufsziffern mußte daher entgegengearbeitet werden. Eine Zeitlang sah Praeger zu, wie die französischen Renner fröhlich um die Wette fuhren und die Einräder auf den Ästen des baobabähnlichen Baumes zirkusreife Kunststückchen vollführten. Dann: ›Habe ich meine Analyse so vereinfacht, daß ich simplifizierend wirke?‹ Aber da Daisy ihm nun zärtlich mit den Lenkstangengriffen in die Brust bohrte, konnte er dieser drängenden Frage nicht weiter nachgehen. »Ist ja gut«, sagte er laut. Um sein Interesse zu bekunden, rieb er Daisies beide Sättel mit einem Lederpflegemittel ein, ölte und fummelte ihre Naben und erweckte ihre Reifen oral zu prallem Leben. Danach sagte er Gute Nacht, trug sein Notizbuch ins Zelt und übermittelte die ersten Abschnitte seiner sorgfältig redigierten Geschichte per Lichtsonde an die Behörden im Hauptquartier. Nachts im Schlaf sammelte er weiter Material, schrieb und versah das Geschriebene mit Fußnoten ...

Viele von uns sehnen sich unbewußt danach, Fahrräder zu sein. Wieviel einfacher wäre dann alles! Da nun eine solche Umwandlung leider nicht möglich ist, betrachten eine Menge Leute das Fahrrad mit ungerechtfertigtem Mißtrauen und halten es – selbst auf menschenbesiedelten Planeten, wo es eindeutig eher eine Maschine als ein organisches Geschöpf ist – für eine Art Ungeheuer, das sie entweder zu betrügen oder zu vernichten sucht.[10] *Auf Draisienne habe ich mich oft dabei ertappt, daß ich versuchte, Gestell und Haltung eines Fahrrads nachzuahmen, obwohl ein solches Unterfangen aufgrund der anatomischen Unterschiede höchst schmerzhaft ist. Ich bin auch überzeugt davon, daß diese mißlungene Imitation der Planetenbewohner mich in mancher, vielleicht nicht ohne weiteres nach außen sichtbarer Weise gezeichnet hat.*[11] *Ich möchte beileibe kein Misanthrop werden, schon gar nicht, weil ich hoffe, daß meine Forschungsergebnisse dazu beitragen werden, jenen epidemischen Haß abzubauen, den andere unserer Rasse empfinden und der im Moment den Zusammenhalt der Lichtson-*

---

[10] Siehe z. B. A. Davidson ›Or All the Seas with Oysters‹, eine psychologische Monographie, in der eingehend geschildert wird, wie ein Fahrradhändler Selbstmord begeht, weil er davon überzeugt ist, daß sich eine seiner Maschinen selbst repariert hat und ihm nun aus Rache dafür, daß er sie zuvor praktisch zu Schrott gehämmert hatte, nach dem Leben trachtet. Dieses richtungweisende Werk enthält übrigens die interessante, wenngleich anzuzweifelnde Beobachtung: »Schon mal darüber nachgedacht, daß Fahrräder wie Menschen sind? Ich meine, von allen Menschen der Welt gibt es nur bei Fahrrädern die Unterscheidung zwischen männlich und weiblich.« (Deutsch: ›Oder alle Meere voll Austern‹, in: Isaac Asimov [Hrsg.]: *Das Forschungsteam,* Bibliothek der Science Fiction Literatur, Band 13, S. 219–234.)

[11] Vergleiche ›Eine Reise zu den Houyhnhnms‹, in: *Reisen in verschiedene ferne Länder der Welt* von L. Gulliver

den-Allianz zu sprengen droht. Daran können wir einfach nicht dem Fahrrad die Schuld geben; nein, ganz gewiß können wir nicht dem Fahrrad die Schuld daran geben ...

Am nächsten Morgen erwachte Praeger von einem ausdauernden Klingeln, dem gezielten Rattern von Zahnkränzen und dem Klicken verbogener Speichen. Als er den Zipfel des Zelteingangs zur Seite schlug, sah er eine Abordnung französischer Renner mit Daisy in ihrer Mitte, die sich vor ihm aufreihten wie eine lynchgierige Meute. Praeger spürte, wie er aschgrau wurde; salziger Angstschweiß brach ihm aus den Poren. Daisy rollte ihm ein Stück entgegen, bremste scharf, hielt die Lenker (beide) schräg und klickte mit der Kette. Als zwei oder drei der französischen Renner das gleiche taten, erkannte er mit einem Gefühl dankbarer Erleichterung, daß sie ihn keineswegs zerlegen wollten, sondern seine Begleitung bei irgendeiner dringenden Fahrt wünschten. »Na schön«, erklärte er. »Ich komme mit!« Und die Tandem-Dame gestattete ihm sofort, sich auf den hinteren Sattel zu schwingen. Sie verließen den Lagerplatz an der Spitze eines Trupps rot, grün, gelb und blau lackierter Fahrräder. Neben den Asphaltwegen wuchs Gras, eine Brise umspielte Praegers starren, aufrechten Körper, und die Renner fuhren in seinem Windschatten. Dann sausten sie mit schmalen Reifen, glitzernden Rahmen und surrenden Ketten über die Savanne selbst in Richtung Osten, unbehindert von den hohen Grasbuscheln. Bei Einbruch der Abenddämmerung hatten sie einen Gebirgszug oberhalb eines schmalen Küstenstreifens erreicht, und dort, im letzten Tageslicht, sah Praeger Geschöpfe seiner eigenen Gattung! Sie trieben eine Gruppe primitiver Draisies (die allem Anschein nach noch Vorderrad-Tretkurbeln besaßen) zusammen und scheuchten sie zu einer Fertigteile-Plattform, die sie in aller Eile am Rande des Wassers montiert hatten. Von dieser Plattform wurden die armseligen, nichtsahnenden Fahrrad-Ideale in ihre Materieteilchen zerlegt und per Lichtsonde auf eine fremde Welt gestrahlt. Das Kommando führte ein Bandenchef, dessen Gestalt aus der Ferne verkürzt wirkte; sein zweifellos symbolträchtiger schwarzer Umhang flatterte heftig im Meereswind. »Sklavenhäscher«, murmelte Praeger. »Fahrradsklavenhäscher!« Jetzt erst merkte er, daß ihn Daisy und die französischen Zehngang-Renner hergebracht hatten, damit er etwas unternehme. Sie wollten, daß er den ungeheuren Frevel, der da von seiner eigenen Rasse begangen wurde, irgendwie abstellte. Also stieg er ab, trat an die Felsenkante, auf der sie angehalten hatten, und rief in den Wind: »Hört auf damit! He, ihr da, hört sofort auf damit!«

Im Standard-Erdenjahr 2677 [schrieb Praeger eine Woche später] *wurden auf der platonischen Normwelt Draisienne mehrere Fahrrad-Arten bis zur Ausrottung gejagt. Bereits verschwunden von dem Planeten sind das Fahrrad mit Vorderrad-Tretkurbel, das Coventry-Hebeldreirad, das Bambus-Veloziped und die fernöstliche Fahrrad-Rikscha. Täglich rücken die erbarmungslosen Häscher weiter landeinwärts vor, und es macht wenig Unterschied, daß die Kerle ihre Opfer nicht töten, sondern per Materietransmission auf andere Welten bringen, um ihre ZV- und UF-Talente kommerziell auszubeuten.*[12] *Ich fürchte, das alles wird in einer totalen Ausrottung enden. Ich fürchte darüber hinaus, daß die Schuldigen dieses mechologischen Völkermordes Agenten der gleichen Behörde sind, die ursprünglich mich hierhersandte, um die Draisies zu studieren.*[13] *Schließlich tauchten sie erstmals auf, kurz nachdem ich den Anfang meiner Fahrrad-Geschichte per Lichtsonde übermittelt hatte. Und trotz meiner wiederholten dringenden Bitten um Hilfe hat die Lichtsonden-Allianz bisher keine Anstalten getroffen, die Schurken, die hier mit ihrer Fertigteile-Plattform ihr Unwesen treiben, in die Schranken zu weisen. Auf mich hören die Übeltäter nicht, und ich bin nicht geeignet – was sie vermutlich aus meiner Personalakte entnahmen – mit Gewalt gegen sie vorzugehen. Inzwischen zeigen mir Daisy und die französischen Renner kalt und verständlicherweise voreingenommen ihre blinkenden Rücklichter. Und ich spüre, wie das allzu menschliche*

---

[12] Siehe S. 8–10 in R. Praegers ›Das Fahrrad – ein kurzer Geschichtlicher Abriß von 401 v. Chr. bis 2677 n. Chr.‹
[13] *Anm. d. Hrsg.:* Blühender Unsinn!

Nervensystem in mir ausfranst gleich einem zerrissenen Netzwerk aus Träumen. Dies ist fürwahr ein schwarzer Tag für Roald Praeger und die Xenobiologie. Dies ist fürwahr ein schwarzer Tag in der Geschichte des Fahrrads …

Als Praeger am gleichen Nachmittag aus seinem Zelt kam, merkte er, daß Daisy verschwunden war. Hatte sie ihn verlassen? War sie eingefangen und per Materietransmitter auf eine Allianz-Welt gebracht worden? Die Renner unter dem Baobab waren gleichfalls fort, ebenso die verspielten Einräder, die ihn so oft mit ihren Kapriolen erfreut hatten. Von der kleinen Herde (nicht ›Rudel‹ – dieses Wort paßte besser zu den Geschöpfen einer anderen Rasse!) waren lediglich zwei elegante, glänzendschwarze Gefährte zurückgeblieben, die wie Leoparden auf dem Rollfeld vor seinem Zelt lauerten. »Was wollt ihr?« fragte Praeger, und Angst stieg in ihm auf. »Was ist los?« Er merkte bald, daß die Fahrräder seine Begleitung wünschten, aber sie ließen nicht zu, daß er sich in den Sattel schwang. Bei Einbruch der Abenddämmerung wanderte er also zwischen den beiden mitternachtschwarzen Rennern dahin wie ein Verbrecher auf dem Wege zum Galgen. Bin ich denn etwas anderes? dachte er. Nein, ganz sicher nicht! Denn sie näherten sich nun über das ansteigende Gelände jenem schroffen Gipfel, den Praeger *Ngàje Ngài* genannt hatte, kamen auf den geröllübersäten Serpentinen des Hanges zum Hause Gottes, das im Dämmerlicht dalag. Einmal während des Aufstiegs hob er den Kopf und sah, wie ein verstörtes Pterorad im Höhenwind abschmierte. Einen Moment lang wanderte der Schatten des großen Gefährts über sein Gesicht, dann verschwand es hinter einer Felswand. Auf dem Gipfel ließen die Renner Praeger allein. Sie wirbelten herum und schossen hinab in die dunklen Tiefen. Der Xenobiologe blickte von einem Felsenband des Gipfels in ein enges, granitgesäumtes Tal und sah verschwommen die verbogenen Gestelle von Milliarden toter Fahrräder; er sah die letzte Ruhestätte von allen verbrauchten, fahruntüchtigen, total kaputten Fahrrad-Idealen, die je über Draisiennes Savannen gerollt waren – denn auch sie schienen sterblich zu sein. Und obwohl Daisy und die Renner Praeger als Vertreter der Menschheit verdammten, bestätigten sie zugleich seine persönliche Unschuld an dem unfreiwilligen Verrat, den er geübt hatte, als er seinen Bericht an die Allianz-Welten schickte: Während sie ihrem eigenen Untergang entgegenrollten, gestatteten sie, daß er auf einem geweihten Felsensims starb, oberhalb der letzten Ruhestätte ihrer in alle Ewigkeit als Teil-Ideale fortlebenden Gefährten. »O Polybices!« sagte Praeger laut. »Mein Aufstieg an diesen Ort ist eine Anabasis parallel zu deiner eigenen, ein Erklimmen der ewigen Anonymität!« Und obwohl er mit seinem Schicksal ausgesöhnt war, schrieb er im Geiste weiter, während Hunger und Entkräftung sein Leben auslöschten, ordnete seine Gedanken und versah sie mit Fußnoten ...

Mindestens einmal [formulierte Praeger im Geiste den endgültig letzten Absatz seiner Geschichte des Fahrrads] *verwendet ein Dichter das Fahrrad als Gleichnis für den Tod.*[14] *Das stimmt weder dem Inhalt nach, noch wird es, um es einmal so auszudrücken, dem Vehikel der Analogie gerecht – denn das Fahrrad hat nur wenige große Dichtungen inspiriert, und der Tod war nie ein so populäres Fortbewegungsmittel wie das Fahrrad.*

Den Agenten der Lichtsonden-Allianz gelang es, auch die letzten Exemplare von Draisienne von ihrem Heimatplaneten zu entführen und zu schwindelerregenden Preisen zu verkaufen. Die Menschen warfen ihre mechanischen Fahrräder samt und sonders auf den Schrottplatz. Die organischen Räder jedoch verkümmerten in der Sklaverei und weigerten sich, die ZV- und UF-Talente einzusetzen, die ihre habgierigen Besitzer auszubeuten versuchten. In drei Standard-Erdenjahren war jedes einzelne – vom einfachen Fußgänger-Steckenpferd bis hin zum stromlinienförmigen

---

[14] Siehe *Schnee auf dem Kilimandscharo,* wo E. Hemingway schreibt: »Er lag still, und der Tod war nicht da. Er war wohl in eine andere Straße eingebogen. Er fuhr paarweise auf Rädern und bewegte sich lautlos auf dem Pflaster.«

Zehngang-Renner mit allen Schikanen – gestorben. Kurz darauf fand man Praegers Habseligkeiten auf Draisienne und schaffte sie zum Hauptquartier. Eines Morgens brachte ein kleiner Angestellter ein verschlissenes Notizbuch ins Büro seines Vorgesetzten und erklärte mit skeptischer Miene: »Hier ist Roald Praegers Geschichte des Fahrrads, Sir.« Darauf blickte sein Vorgesetzter auf und fragte geistesabwesend: »Was ist ein Fahrrad?«

Copyright © 1980 by Michael Bishop

Vonda N. McIntyres zweiter Roman Dreamsnake, *der 1978 erschien, stellt eine Fortsetzung der mit dem Nebula Award bedachten Story ›Of Mist, Grass and Sand‹ dar. Es gibt wohl kaum jemand, der seine Karriere und sein Lebenswerk so rein und vollständig – und so erfolgreich – der SF verschrieben hat wie diese junge Künstlerin.*

VONDA N. MCINTYRE

Schatten, die wandern

Fünf, in der Frühe. Mir war nie zuvor aufgefallen, wie schön die Wüste kurz vor Tagesanbruch ist. Das Licht reicht nur für Formen, nicht für Schatten. Alles ist kalt und fremd, und der Sand gleitet trügerisch unter meinen Füßen. Vor Jahren hätte ich Angst empfunden, aber ich bin zu alt, um mich noch zu fürchten. Was kann die Wüste Schlimmeres bringen als den Tod?

Ich habe nicht geschlafen, aber ich bin nicht müde. Während der langen letzten Jahre habe ich wenig Schlaf gebraucht. Ich brauchte weniger Schlaf und weniger Nahrung als in meinen jüngeren Tagen. Ich schlafe selten mehr als ein paar Stunden im Morgengrauen, in der Zeit, die mich jetzt umgibt. Ich habe die Wüste selten betrachtet, weder bei Dunkel noch am Tage. Ich dachte bisher immer, sie sei häßlich, und blieb in meinem kleinen Zimmer, vernachlässigte die Realität, um nachgeahmtes Leben zu begaffen. Ich saß stundenlang vor dem Bildschirm, ein vergeblicher Versuch, meine Einsamkeit zu lindern. Manchmal döste ich ein und erwachte von einem schrillen Signalton, zu einem bunten, symmetrischen Muster. Die Sender gehen viel zu früh aus dem Äther, jedenfalls für die unter uns, die allein sind. Sie scheren sich nicht um uns, diese jungen Leute, die in den frühen Morgenstunden Besseres zu tun haben. Warum sollten sie auch? Sie waren es, die uns hierherbrachten.

Es ist jetzt dunkler, aber in einigen Minuten wird die Sonne aufgehen. Ich bin allein, völlig allein, wie so oft, wenn ich in meinem Zimmer saß und das Pfeifsignal des Fernsehers nach Menschendienern zu rufen schien, die ihn ausschalten sollten. Der Laut könnte besänftigend wirken, wenn er eine Spur leiser wäre, wenn die Obertöne etwas weniger durchdringend wären. Aber er soll gar nicht besänftigen. Meist saß ich da und sagte mir vor, daß ich eigentlich aufstehen und das Gerät abschalten müßte, bis selbst das Signal verstummte und nichts blieb außer weißem Rauschen. Vielleicht war ich einfach zu träge. So schlimm ist die Gebrechlichkeit nicht, trotz meiner steifen Gelenke: denn bei aller Pflege, die man uns angedeihen läßt, alt werden wir. Wir werden alt, aber wir freuen uns nicht darüber. Das Leben dehnt sich endlos vor uns, leer, und nur die Glückspilze unter uns sterben rasch.

Gestern ist einer gestorben. Oft, wenn man mir die Gesellschaft meiner unnahbaren elektronischen Gefährten nahm, saß ich da und starrte hinaus auf die leeren Straßen. Letzte Nacht sah ich den Leichenwagen kommen, ein schwarzes Raubtier, das geduckt heranschlich. Sie glauben, wenn sie das Totenauto spät in der Nacht schicken, sieht es keiner, und keiner erfährt, welches Glück einige von uns haben. Ich sah es kommen und murmelte mit meiner quengeligen alten Stimme Flüche gegen den, der gestorben war. Ich hoffte einen Moment lang, daß nur mein Geist die Szene beobachtete, daß sich das Glück zu meinen Gunsten gewendet hatte und meine Seele nun auf die Zerstörung der leiblichen Hülle wartete, ehe sie zu einer letzten Friedensstätte weiterwanderte. Aber als ich an mir herunterblickte, war ich immer noch in meinem Körper, schwebte über keinem verlassenen Leib. Der Wagen fuhr lautlos weiter, im Mondschimmer die Straße entlang, mit abgeblendeten Lichtern, bis er den Blicken entschwand. Er war nicht für mich bestimmt.

Der Sonnensaum steigt funkelnd über den Horizont. Ich kann nun so gut sehen, daß ich nicht mehr stolpere. Ich stapfe durch den tiefen Sand. Die Sonne wandert höher, scharlachrot; in der Luft schweben Staub, Schmutz und Gifte, die das Licht röter erscheinen lassen. Das stört mich nicht mehr. Es tut mir leid, daß die Vögel und wilden Tiere sterben, aber alles, was den Menschen tötet, läßt mich seit vielen Jahren kalt.

In meiner isolierten Zelle war dies die einsamste Zeit des Tages oder der Nacht. Die Planer hielten sich wohl für großzügig, weil sie jedem von uns ein eigenes Zimmer zugestanden, aber diese Großzügigkeit fördert das Alleinsein. Wir sind alle alt und häßlich und hegen nicht den Wunsch, unsere physischen Makel vor der Welt oder auch nur voreinander auszubreiten. Wenn man uns nicht nur das Leben, sondern auch die Schönheit erhalten könnte, hätten wir vielleicht mehr Kontakte. Aber wenn man uns die Schönheit erhalten könnte, müßte man uns auch nicht fortschaffen an den Rand der Wüste, die man als ebenso steril und häßlich empfindet wie uns.

Durch den Sand gehen ist schwerer, als ich in Erinnerung hatte. Meine Fersen sinken tief ein. Meine Waden beginnen zu schmerzen. Die Sonne steht über dem Horizont, direkt vor mir, hell und gleißend, und wirft meinen grotesken Schatten nach hinten, während ich mich vorwärtskämpfe. Ich spüre allmählich die Hitze. Nur einen Moment lang, vielleicht aus Schwäche, drehe ich mich um und schaue zu dem Ort, den ich verlassen habe. Ich bin überrascht, wie weit ich gekommen bin. Die Häuser stehen dichtgedrängt, abgekapselt, lediglich tangiert von einer dunklen Straßenschleife und einer Linie aus Masten und Drähten. Hie und da kämpft sich ein armseliger Fleck Grün an dem schwarzgemusterten Wall aus Grau in die Höhe. Die lebenden Dinge sind eine kleine, brutale Konzession an unser Menschsein. Auf der anderen Seite, zwischen den Häusern und Straßen, besteht das Gras aus Kunststoff, aber die winzigen Bäumchen sind echt. Wasser ist zu teuer für etwas so Statisches wie Gras, die Bäume dagegen wachsen und verändern sich. Mich erinnerten sie stets daran, daß ich nicht mehr wachsen oder mich verändern konnte.

Im Weitergehen betrachte ich die Wüste und sehe, daß sie

weder ganz leer noch ganz gleichförmig ist. Im Sand glitzern scharfe Kanten und Glimmerkörnchen, und wenn ich mich bücke, kann ich erkennen, daß die verwischten graugrünen Flecken kleine Stachelpflanzen mit fleischigen Blättern sind.

Der Sand rieselt mir allmählich in die Schuhe. Man braucht Stiefel, wenn man die Wüste durchquert, aber ich habe keine Stiefel, und es war weder die Zeit noch die Möglichkeit, welche zu beschaffen. Ich hatte nichts vorbereitet, ich ging einfach davon.

Die Laute der Wüste sind sanft: Wind, der zwischen den Felsen dahinstreicht und den Sand zu Mustern zusammenschiebt, dazu das Knirschen und Schlurren meiner eigenen Füße. Ich merke, daß meine Spur nicht ganz gerade verläuft, aber die Sonne dient mir als Wegweiser. Hier wird sie bestimmt nicht hinter Wolken verschwinden.

Ich stamme aus einer Gegend, wo es oft Wolken und Regen gab, und es fiel mir schwer, am Rande einer Wüste zu leben. Ich sehnte mich nach dem Anblick dunkler Bäume und weißer Berge und nach der Nähe von Freunden. Nur noch wenige Freunde waren es die letzten Jahre, ehe ich hierherkam. Einige hatten das Glück oder den Mut zu sterben, sei es durch Unfälle oder durch Selbstmord. Viele wurden weggebracht, ehe auch meine Gestalt und mein Gesicht den jüngeren Leuten zur Last fielen. Meine Familie ist weit verstreut; meine Kinder haben keine Zeit, mich zu besuchen – ah, klingt das nicht wie das ewige Lied der Eltern: Wo habe ich etwas falsch gemacht? Wie das Betteln um die Antwort: Es war nicht deine Schuld! Nicht deine! Wir haben schlimme Zeiten, die Moralbegriffe von einst gelten nicht mehr. Es spielt kaum noch eine Rolle; woran immer es liegen mag, sie kommen nicht. Ich tat meinen Eltern damals das gleiche an, ohne mich für einen schlechten Menschen zu halten.

Die Hitze steigt auf, die Luft liegt in Wellen vor mir, der Sand spiegelt den Himmel wider, so daß der Eindruck von Wasser entsteht. Früher, als ich noch jünger war, ging ich gern zum Segeln. Ich fühlte mich – frei ...

Die jungen Leute, die uns versorgen, werden jetzt ihre fröhlichen Mienen aufsetzen und durch die Gänge marschieren, um die wenigen unter uns, die noch schlafen können, zu wecken. Frühstück! rufen sie und stellen es ins Zimmer. Wir können uns nicht einmal die Mahlzeiten selbst zubereiten; sie bringen das Essen auf einem Tablett aus Plastik, unterteilt in mehrere Fächer, und lassen uns damit allein. Vielleicht gehen sie heute an meinem Zimmer vorbei. Ich habe in den letzten Tagen das Frühstück verweigert, und ich wurde wütend, als sie fürsorglich die Tür öffneten, ohne anzuklopfen. O ja, wir werden gut versorgt, von schnellen jungen Menschen, die wie die Gezeiten wechseln. Sie können es sich leisten, zu lächeln und fröhlich miteinander zu scherzen; ich bin sicher, daß man sie für ihr kurzes Opfer gut bezahlt. Ich frage mich, ob wir je ihr Inneres berühren. Sie verändern uns nie; wir sehen sie kommen und gehen, wir aber bleiben die gleichen.

Der Horizont rundum ist flach. Ich bin erstaunt, daß die grauen Häuser außer Sicht sind. Soweit bin ich gekommen? Die Sonne steht hoch. Der Wind atmet heiß auf meine Fußspuren und schmilzt sie. Die Welt ist leer, aber die Einsamkeit hier draußen tut mir nicht weh.

Ich drehe mich wieder um und gehe weiter. Durch die tiefen Furchen in meinem Gesicht rinnt der Schweiß bis zum Kinn, in den Hals, in meine Kleider. Ich fühle mich klebrig, heiß, sonderbar, wie unter einer schweren Last, getrieben, vergänglich. Ich könnte mich nach der sorgfältig regulierten Temperatur des Heimes sehnen, das ich verlassen habe, aber als ich dort war, haßte ich sie. Ich hatte keine Möglichkeit, sie zu regulieren; sie war immer gleich, zu kühl tagsüber und zu warm in der Nacht.

Ein dunkler Fleck gleitet über den Rand meines Gesichtsfeldes. Ich drehe den Kopf nach hinten, aber die Landschaft ist leer bis an den Horizont. Ich hätte nicht gedacht, daß mich die Sonne schon jetzt verwirren würde. Ich fürchte, das sind die ersten Halluzinationen.

– Wie lange bist du …

Ein Laut jetzt, eine Stimme, die erstirbt, noch während ich

ihr lausche. Ich schaue um, will antworten und halte wieder inne: Natürlich ist keiner da. Ich scheine in der Tat an Halluzinationen zu leiden. Seltsam, daß sie ausgerechnet jetzt kommen, so dicht vor meinem Lebensende. Sie verwirren mich, aber sie jagen mir keine Furcht ein, wie ich gedacht hatte. In meiner Jugend führte ich sie absichtlich herbei, mit Drogen, wie fast alle, die ich kannte. Ich war zu kontaktarm, zu verschlossen, vielleicht auch – zu ängstlich.

Am Rande der Wüste dachte ich dann jeden Tag daran, Drogen zu nehmen, aber ich habe es nie getan. Statt dessen betäubte ich mich mit einem bunten Elektronik-Schirm und sehnte mich nach noch bunteren Pillen, die fremde Welten in meine Zimmer bringen würden. Andere nehmen die Drogen: sie sitzen in ihren Räumen, stumm, selbstvergessen, gleichgültig, umgeben von ihren Träumen, und lassen sich völlig gehen. Unsere Wärter besorgen uns hilfsbereit solche Ablenkungen; wir sind ruhiger, machen weniger Mühe, sterben vielleicht etwas früher. Wir scheinen zufriedener. Aber ich glaube, daß es wichtigere Gefühle gibt als die Zufriedenheit.

Ich habe das immer so empfunden. Ich bin zu alt, um mich noch zu ändern. Aber ich klammerte mich an meine Verzweiflung; sie hat mich hierhergebracht.

Ich muß rasten. Mein Atem geht schwer, obwohl ich mich ganz langsam bewege. Die Luft dörrt mir Mund und Kehle aus und wie es scheint, auch die Lungen. Der Wind saugt den Schweiß von der Haut. Ich sehne mich nach Wasser – nein, ich wollte erst Wasser mitnehmen, entschied mich dann aber dagegen. Welchen Sinn hätte es, meine Leiden zu verlängern? Dennoch, einen Moment lang bedaure ich meinen Entschluß. Ich kann keinen Schatten sehen, nur den, den ich selbst werfe. Mein Körper juckt und schmerzt von der Hitze und der ungewohnten Anstrengung. Ich setze mich hin, und der Sand verbrennt mir die Finger. Ich fühle mich nicht länger klebrig, sondern pergamentdünn und zerbrechlich.

– Bitte, sprich mit mir!

Die Hitze verwirrt meine Sinne.

Die Sonne erscheint noch heißer, wenn ich mich nicht rühre, als sei der Rastplatz, den ich gewählt habe, der Sammelpunkt einer Linse. Ich stehe auf. Die Zeit ist rasch vergangen; vielleicht habe ich geschlafen oder das Bewußtsein verloren, vielleicht bin ich auch tiefer in Erinnerungen zurückgefallen, als ich dachte.

Es ist sehr still. In meinem Zimmer haßte ich die Stille; sie schien mich einzuschließen und zu erdrücken.

Wenn ich eine Richtung hätte und nicht bloß wegginge, wäre es leichter.

Ich könnte umkehren; weil ich das weiß, gehe ich weiter. Der Verlust der Entscheidungsfreiheit nahm uns die Menschlichkeit und weckte in uns den Wunsch nach dem Tod. Ich glaube, ich hätte das Abgeschnittensein von der Umwelt ertragen, wenn meine Freunde bei mir geblieben wären. Einer nahm sich das Leben, bevor er oder ich richtig alt waren. Er brachte sich wohl um, weil er den Beginn seines Zerfalls sah oder zu sehen glaubte. Ich kannte ihn sehr gut. Ihm war deutlich bewußt, daß er in einer Welt lebte, die keine Häßlichkeit duldete.

Dann war da noch eine Freundin, die ich Dreiviertel unseres Lebens gekannt hatte. Sie arbeitete in der Forschung, und man nahm ihr die Arbeit weg. Es hieß, sie sei zu alt, um den Anforderungen noch gerecht zu werden. Einige Kollegen nahmen sie gegen diese Lüge in Schutz, aber auch sie fühlte sich neben dem Alter unbehaglich. Man brachte sie einen Monat nach mir ins Seniorenheim; keiner von uns konnte dem anderen helfen. Sie – starb. Sie starb einfach. Sie konnte nicht leben, also legte sie sich hin und nahm keine Notiz mehr von ihren Pflegern und ihrer Umgebung – nicht einmal von mir. Man hielt sie mit Schläuchen und Pumpen und blinkenden Lichtern am Leben, aber sie war längst tot, ehe man sie sterben ließ. Ihr Geist war tot, und für sie zählte nur der Geist. Wäre ihr Geist auch für andere wichtig gewesen, könnte sie heute noch in völliger Frische leben.

Nach ihrem Tod blieb mir nur noch ein Freund; ich hatte ihn im Heim kennengelernt. Wir unterhielten uns leise und verstummten, wenn die jungen Leute in die Nähe kamen, wie Kinder, die Geheimnisse vor ihren Eltern haben.

– Sie hätten uns sicherlich nicht verstanden.

Die Haut über meinen Wangen spannt; Sonnenbrand, vielleicht sogar ein Sonnenstich, denn die Stimme ist wieder da. Sie klingt vertraut. Meine Halluzinationen kreisen um einen bestimmten Punkt – aber selbst das könnte eine Sinnestäuschung sein.

Wir sprachen über unser Leben, das nicht langweiliger und nicht aufregender gewesen war als das anderer Leute. Wir plauderten, wir saßen beisammen, wir liebten uns, und wenn die jungen Leute hinter unserem Rücken lachten ... – wir waren zwar alt, aber noch nicht tot. Meine Generation ist doppelt verflucht. Wir hatten Eltern, die uns bißbilligend betrachteten, als wir jung waren, und wir haben Kinder, die uns mißbilligend betrachten, nun da wir alt sind. Aber vielleicht war das immer so.

Und eines Tages verschwand er. Er hätte mir geschrieben, wenn er in ein anderes Heim gekommen wäre, wie sie behaupteten.

– Das haben sie gesagt?

Er hätte geschrieben. Deshalb vermute ich, daß er starb und daß sie ihn mit dem Leichenwagen fortbrachten. Ich war lange Zeit eifersüchtig auf seinen Tod, als habe er ihn vorbereitet, ohne mich in seine Pläne einzuweihen.

– Manchmal gibt es Dinge, die kann man dem anderen nicht mitteilen. Sie geschehen einfach.

Ich weiß, das blaue Wasser, das immer im gleichen Abstand vor mir flimmert, ist nur die Spiegelung des Himmels, und die dunklen Flecken am Rande meines Sichtfelds sind Staubpartikel in meinen Augen, aber die Stimme klingt so real.

– Macht es denn noch etwas aus, wenn du dich mit der Irrealität unterhältst?

Vielleicht nicht.

Mein Schatten fällt lang nach vorne, und der Horizont ist immer noch flach. Ich bin lange Zeit benommen dahingewandert. Ich würde gern wissen, welche Strecke ich zurückgelegt habe. Der Himmel ist leer, leer das Land. Vielleicht bin ich weiter gelaufen, als sie es für möglich hielten, und sie schicken die Suchtrupps nicht bis hierher. Es kann auch sein, daß keinem meine Abwesenheit auffiel. Anderswo ist das leicht möglich, aber ich hatte nicht zu hoffen gewagt, daß es hier geschehen würde.

– Es geschieht überall.

Man schickte mich ins Heim, weil ein alter Mann, der allein in meiner Nachbarschaft lebte, erst Tage nach seinem Tod aufgefunden wurde. Ein großer Aufschrei war die Folge, und während der ersten Woge von Schuldgefühlen besuchte man diejenigen unter uns, die bis dahin die sterilen Altenheime gemieden hatten, um uns Hilfe anzubieten.

– So nannten sie es: Hilfe.

Geh weg! Ich brauche keine Visionen!

– Kannst du mich denn nicht sehen?

Das Land ringsum wird bald dunkel und voller Schatten sein. Die bedrückende Hitze hält an. Die Gegend erscheint jetzt weniger eben; die Schatten betonen jede Kuhle und jeden Buckel. Wenn es nicht so heiß wäre, wenn der Sand mir nicht die Füße wundriebe, wenn Mund und Lippen nicht so ausgedörrt wären, könnte ich glauben, daß ich von sanften Wiesenhängen umgeben sei.

– Ja, am Abend entstand dieser Eindruck.

Ich habe die kleinen Pflänzchen seit Stunden nicht mehr gesehen, ich weiß nicht genau, wann sie zurückblieben. Die Schatten um mich bewegen sich, obwohl ich das einzige Lebewesen in der Wüste bin.

– Das einzige Lebewesen.

Ich fühle mich einsam. Es ist eine andere Einsamkeit als die in meinen düsteren Zimmern. Es ist die Einsamkeit des Alleinseins und nicht die Einsamkeit des Verlassenseins; sie schmerzt nicht so sehr. Es ist, als sei ich nicht richtig allein.

Die Hitze versickert aus der Luft. Meine Lippen sind spröde und rissig, und die Schwärze um mich funkelt; die Sonne hat meine Augen überanstrengt. Die Dunkelheit tut mir wohl.

– Die Wüste meint es gut mit uns. Komm, setz dich zu mir, und wir plaudern wieder!

Ja, ich werde mich setzen. Der Sand, von der Dunkelheit verändert, ist weich wie Staub und warm gegen die heranschleichende Kälte. Der Vollmond steigt vor mir auf. Nach dem Sonnenschein ist sein Licht sanft, und ich bilde mir ein, daß es warm auf mich herunterstrahlt.

– Ich erinnere mich noch gut daran.

Das Mondlicht wirft Schatten von mir und von anderen Wesen, die selbst unsichtbar sind. Als kleiner Junge hatte ich Angst vor dem Dunkel. Ich habe inzwischen die Erfahrung gemacht, daß sie nicht so schlimm ist, wie ich dachte; ich konnte in meinem Zimmer sitzen und in das Dunkel reden, als seien meine Freunde bei mir. Manchmal ließ ich sie sogar antworten, um mich gleich darauf wegen meiner Senilität zu schelten.

– Ah, ich muß dir sehr weh getan haben.

Vielleicht hätte ich damals in der Hoffnung auf Trost auch zu Halluzinationen gesprochen.

– Bitte, verzeih mir! Ich konnte nicht anders. Eines Nachts hielt ich es nicht mehr aus und lief weg. Ich dachte nicht, daß du …

Ich bin sehr müde. Sicher kann ich eine Weile rasten.

– Nein, das ist falsch. Ich dachte überhaupt nicht. Wir sind alle ein wenig verrückt, wenn wir hier herauskommen. Ich bereute es, als es zu spät war. Ich kehrte noch um – aber es war zu spät.

Ich bereue manches in meinem Leben. Aber mit vielen Abschnitten bin ich zufrieden. Ich habe Fehler begangen, aber zum Glück besaß ich Freunde, die mir verziehen. So vieles bleibt unverziehen, von Leuten, die nicht das Recht haben, ein Urteil zu fällen – über das Alter beispielsweise …

– Heißt das, daß du mir verzeihst?

Die scharfen Sandkörnchen haben mich den ganzen Tag gequält, sind mir in die Schuhe gerieselt, an der feuchten Haut geklebt, in die Augen geweht. Aber jetzt fühlt sich der Sand weich und warm an. Ich muß mich ein paar Minuten hinlegen.

– Es ist schön, nicht wahr?

Ich habe nie bemerkt, daß die Sterne so hell strahlen und der Himmel so dunkel sein kann.

– Wir lebten stets in der Nähe von Städten; ihre Lichter bleichen den Himmel aus.

Ich muß wohl länger verweilt haben, als ich dachte. Der Mond ist bereits ein Viertel seines Weges über den Himmel gewandert. Sein Antlitz ist aus Altsilber, unpoliert; er breitet funkelnde Ornamente über die Wüste. Ich wäre gern hinaufgeflogen, aber sie stellten die Mondreisen allzubald wieder ein, und als sie dann wieder damit anfingen, war ich zu alt.

– Wir können hin. Wir können überallhin, wenn du mich nur siehst und mit mir kommst!

Die Schatten gleiten näher, scheinen mich mit ihren dunklen Schwingen zu bedecken. Ich beneide sie um ihre Freiheit.

– Wir sind frei, aber ich habe mich einsam gefühlt. Ich habe gewartet.

Vielleicht sind sie einsam, hier draußen in der Wüste, aber ich glaube nicht, daß sie so einsam sein können, wie ich es war. Ich sollte mein weiches Sandnest verlassen und weiterwandern, solange es kühl ist, aber ich habe so lange nicht geschlafen, daß mein alter Körper bei dem Gedanken ans Aufstehen zusammenzuckt.

– Leg dich hin, schlaf, und ich will dir über die Stirn streichen!

Der Mond steht über mir, und die Schatten kauern wartend im Kreis. Der Schlaf kommt rasch, meine Träume sind angenehm. Der Wind streicht mir durch das schüttere, wirre Haar.

– Nicht der Wind.

Ich fühle mich so sonderbar, nicht mehr erschöpft, weder hungrig noch durstig. Nur leicht, als könnte der Wind durch meinen Körper wehen, als könnte der Sand sich über mir häufen und zu Boden sickern. Der Mond steht hoch, aber die Schatten sind irgendwie dunkler und größer geworden.

– Wir warten auf dich.

Der Mond leuchtet stärker als gewohnt, und der Himmel wird hell. Ich spüre unter meinen Fingern kühles Gras, aber zugleich den Sand. Ich höre, wie ein Meer sanft die Küste umschmeichelt und zugleich das Seufzen von Sand, der seit Äonen trocken ist. Ich verstehe das nicht …

– Das ist das Land, wie es früher war. Wir alle werden jünger.

Ich kann die Schreie der Meeresvögel hören, obwohl ich weiß, daß alle tot sind. Der Himmel ist blau, die Wolken leuchten orangefarben im Frühlicht. Die kühle Luft schmeckt nach Salzgischt. Ich setze mich auf, und mein Körper wehrt sich nicht mehr mit den Schmerzen des Alters. Ich sehe mich suchend um und finde, wonach ich Ausschau halte.

– Kannst du mich jetzt sehen?

Hallo!

Copyright © 1980 by Vonda N. McIntyre

VK machte die Bekanntschaft von Laurence Josephs, als er noch in Columbia studierte und für Renascence, *das kleine Magazin von James Blish, schrieb. 1978 kreuzten sich ihre Wege erneut in Skidmore, wo er seit fünfzehn Jahren als Lehrer tätig war. Er veröffentlichte Beiträge in Magazinen wie* Poetry, Southern Review,

LAURENCE JOSEPHS

Two Poems

The Trumpeter Swan

How silent now like the merest
Thin relief high on a wall
Of wind driven sculpture! and who
Has heard that sound or seen,
Raised, that head swift in flight?–

Those webbed feet standing in air,
The soaring, in love, of two,
The dance they made below,
Who photographed before ending?

Now all manner of the beautiful
And fragile stricken ones,
Their wings no longer setting
Cloud, sky and sunlight
Into concentric motion,

Have been forced away from life:
Their places fouled, their nests
Dislodged for no reason but
That the furious flightless desire it.

Here thoughtfully their small
Cousins take what I feed them, but
Gravely reject my offer to friend:
Knowing that if the wild can be slain
For nothing, then surely the tame too.

Shenandoah *und* Southwest Review. *Aber er beschränkt sich nicht auf seinen Lehrauftrag und die Schriftstellerei. Er teilt ein 190 Jahre altes Haus mit einer Katze, »der das alles hier eigentlich gehört«; er kocht hervorragend, und er sammelt alte Grammophonplatten.*

LAURENCE JOSEPHS

Zwei Gedichte

Der Trompeterschwan

Verstummt nun, als habe der Wind
Hoch in den Fels ein Relief gehaucht,
Ein zartgeschliffenes Bild! Wer hat
Ihren Schrei noch gehört, wer sah,
Wie den Hals sie streckten im eiligen Flug? –

Wer photographierte, eh' es zu spät,
Die Schwimmfüße, in die Luft gestemmt,
Den Paarungstanz auf der Erde,
Den Liebesflug in der Höh?

Ausgelöscht sind die Riten
Der Zartgefiederten;
Nicht länger wirbeln die Schwingen
Wolken und Himmelslicht
Zu konzentrischen Kreisen;

Verdrängt aus dem Leben sind sie –
Ihre Heimstatt verschmutzt, das Nest
Zerstört, ein sinnloses Opfer
Jener, die keine Flügel besitzen.

Zwar nehmen ihre kleinen
Verwandten versonnen mein Brot,
Doch meine Freunde woll'n sie nicht sein,
Wissend, wer die Starken, die Wilden erschlägt ohne
  Grund,
Wird die Zahmen nicht schonen.

Lose, Place and Show

All monuments are related
To love. Joy mortars them, or grief
Holds them cemented; triumph or
The defeat of strangers builds them.

Arch, dolmen, pyramid or slab;
Palace, sun-dial, obelisk, herm.
Cities too, whole monumental
Stone diaries we inhabit.

Wordsworth at dawn once found each stone
Gold and invented Turner: light
Memorized; God without humans.
But I know love is Colossus.

Everywhere now is almost my
Tomb-city though glazed by spit
Of irreligious passersby
And worn away by their full speed

Ahead into meaningless life.
An everywhere of solid stone
Is where I live down streets seven-
Wondered into my eyes which, like

The fly's, see forgotten dangers
Everywhere at once. Now where once
I lived with you is cenotaph.
I accept all monuments are

Related to love, though hurting much
When nothing lies buried beneath
But memory; more when lives they
Celebrate continue elsewhere;

Most when they show you living
Worlds away with someone else
Now carving your legend in stone
Of monuments I shall not see.

Stein, Sein und Schein

In allen Monumenten steckt
Liebe; Glück fügt sie fest; Leid
Ist ihr Mörtel. Triumph oder
Der Sieg über Fremde läßt sie entsteh'n.

Bogen, Dolmen, Pyramide, Block;
Palast, Sonnenuhr, Herme, Obelisk.
Städte auch, gewaltige
Steintagebücher, die wir bewohnen.

Wordsworth sah einst im Frühlicht Gold
In jedem Stein und nahm Turner vorweg: Licht
Für immer gebannt; Gott ohne Menschen.
Doch die Liebe trägt den Namen Kolossus.

Überall fast ist jetzt meine
Gräberstadt, wenn auch bespuckt
Von gottlosen Wanderern
Und schäbig geworden durch ihr hastiges Flieh'n

In ein Leben ohne Sinn.
Ein Überall aus festem Stein
Zieht sich die Straßen entlang, wo ich wohne,
Sticht mir mit sieben Wundern ins Auge,

Das wie die Fliege vergeß'ne Gefahren sieht,
Lauern ringsum. Wo ich einst mit dir
Lebte, steht heute ein Ehrenmal.
Ich weiß, in allen Monumenten

Steckt Liebe, doch der Schmerz ist groß,
Wenn nichts mehr ruht unter dem Stein als
Erinnerung; größer noch, wenn das Leben,
Das sie ehren, anderswo weitergeht;

Am größten, wenn sie dir lebende
Welten zeigen weit entfernt,
Wo andere deine Legende meißeln in den Stein
von Bauten, die ich nicht sehen werde.

Copyright © 1980 by Laurence Josephs

Die erste SF-Story von Philippa C. Maddern erschien in The Altered I. *Während sie sich auf ihr Geschichtsexamen an der Universität von Melbourne vorbereitete, fand sie hin und wieder Zeit für Stories von einmaliger, geradezu visionärer Kraft. Seit sie eine Assistentenstelle erhielt, kann sie sich öfter einmal an die Schreibmaschine setzen. Ein Roman ist unterwegs.*

PHILIPPA C. MADDERN

Bilder der Vergangenheit

Es war Winter und sehr kalt, als sie an den See kamen. Jeden Abend brannten die Feuer rot und hell, wenn man sie entfachte, doch sie wären bald zu kalter Asche verglommen, hätte sich nicht die Hälfte der erwachsenen Stammesangehörigen darin abgewechselt, sie während der Nacht zu schüren. Jeden Morgen war das Gras gebräunt und schrumpelig von der trockenen Kälte. Hauchdünne Eisplatten bildeten sich an der Oberfläche des Sees, als wollten sie die Wasser in eine reglose Ebene zwingen.

Während der ersten Tage an jenem Orte saß die Seherin von früh bis spät am Seeufer. Sie schaute über die grauen Wasser hinweg, die sie nie zuvor gesehen hatte und die ihr doch vertraut waren durch die Augen längst verstorbener Männer und Frauen. Von Zeit zu Zeit kam der eine oder andere Stammesangehörige und fragte sie aus. »Ayanti Seherin, wird der See ganz zufrieren?« »Ayanti, wie sieht es mit dem Fischfang aus?« Allen Spuren nach zu schließen, gab es nämlich in der Umgebung des Sees wenig Wild; der Stamm war somit entweder darauf angewiesen, sich größtenteils von Fischen zu ernähren, oder er mußte bald weiterziehen. »Seherin, kann man das Wasser trinken?« »Ayanti, hat es in dieser Gegend je *Beht*-Pflanzen gegeben?« »Seherin, wo befindet sich der nächste Feuersteinbruch?«

Aus irgendeinem Grunde ließ sich die Vergangenheit des

Sees leicht heraufbeschwören; sie war voll von stark ausgeprägten Geschichten. Die Seherin konnte ohne Zögern antworten: Nur zweimal in all den Jahren, da die Stämme hier geweilt hatten, war der See zugefroren; auch Fische mußte es geben, denn die Geschichte vom Fischer Teren hatte ihren Ursprung hier; das Wasser war gut, sonst hätten es Asa'an und ihr Baby nicht getrunken; *Beht*-Pflanzen tauchten nirgends in den Bildern auf, auch nicht, wenn sie weit zurücktastete; und Feuerstein gab es an der nördlichsten Seespitze, wo der große Jäger Nara das harte Material für seine Speerspitzen gefunden hatte.

Später, nachdem die vordringlichen Fragen beantwortet waren, wanderte sie rund um den See und beobachtete die Veränderungen seit dem letzten Aufenthalt der Stämme vor langer Zeit. Gewiß, sie hätte diese Aufgabe auch dem Stammesrat überlassen können, da sie nur die beiden einfachen Formen des Sehens erforderte – man mußte sich einprägen, was man sah, sowie die Geschichten der früheren Seher in Erinnerung behalten und nacherzählen können. Aber es schien Ayanti, als vereinigten sich alle Formen des Sehens zu einem unauflöslichen Ganzen. Sie war die Erbin und Hüterin der dritten Form, des echten Sehens in die Vergangenheit, das sie befähigte, die Geschichten früherer Stammesangehöriger aus der Tiefe des Geistes hervorzuholen und nachzuvollziehen. Aus diesem Grunde fühlte sie sich für alle Bereiche des Sehens verantwortlich und stellte persönlich ihre Vergleiche am See an.

Der See und seine Umgebung waren so erfüllt von berühmten Geschichten, daß sie nur schwer entscheiden konnte, welche sie zuerst erzählen sollte, als sich der Stamm abends versammelte, um ihr zu lauschen. An diesem See wurde die Erzählung von Teren, dem Fischer – bis dahin Worte ohne Wurzeln – zu einer echten Geschichte mit einem richtigen Hintergrund. Hier hatte Teren den Riesenfisch gefangen, der die halbe Länge seines besten Speeres besaß – ein Speer, der beim Kampf mit dem Tier zerbrach. Hier hatte er auf der Felsenzunge am Ende des Sees gelegen und die Schatten der Fische beobachtet, die dreißig Handspannen tiefer durch das Wasser huschten. Hier hatte er, wenn sich keine Beute blicken ließ, stundenlang geduldig bis an die Hüften im Wasser gestanden und die Oberfläche mit einem Grasbüschel bewegt, bis die Fische heraufkamen und sein Speer sie erlegte.

Eine andere Geschichte, die der Stamm noch nie zuvor gehört hatte, erklärte, weshalb es keine *Beht*-Pflanzen gab. Die Seherin erzählte von den Heuschrecken, die in einem Jahr scharenweise aus dem Norden vorgedrungen und hier am Rande der Südlichen Wüste eingefallen waren, alle an einem Streifen Land, wo sie jegliches Grün bis an die Wurzeln abnagten. Später, als die Heuschrecken tot waren, wuchs das Gras nach; doch die *Beht*-Pflanzen blieben verschwunden und kamen nicht wieder.

Natürlich kannte der ganze Stamm die Legende von Asa'an bis hierher an den See, denn sie folgten ihrem Pfad nun seit vielen Monaten. Inzwischen konnten selbst die Kinder den Beginn der Sage anstimmen. An diesem Abend war Tulyan an der Reihe. Er sprach ohne Stocken und ohne Fehler: Die Geschichte, wie Asa'ans Stamm an einem Wasserloch auf einen anderen Stamm stieß, wie es zum Kampfe kam und wie Asa'ans Mann in Gefangenschaft geriet, stellte sich den lauschenden Stammesangehörigen in einer Folge klarer Bilder dar. Der Seherin fiel auf, daß Tulyan trotz seiner Jugend ein besonderes Talent besaß, die Vergangenheit wiederzugeben. Unvermittelt kam ihr der Gedanke, daß er vielleicht die Sehergabe besaß und sie ihn darauf vorbereiten sollte, ihren Platz im Stamme einzunehmen, wenn sie einmal starb.

»Und Asa'ans Stamm wurde geschlagen und geriet während der kopflosen Flucht in die Wüste, wo er unterging«, fuhr Tulyan fort. »Asa'an jedoch, die nicht glauben wollte, daß ihr Mann tot war, nahm ihr kleines Kind, ihren Feuerquirl und die Wasserkörbe und machte sich allein auf, den Stamm zu verfolgen, der ihren Mann gefangengenommen hatte.« Die Geschichte beschrieb die mannigfachen Gefahren und Schwierigkeiten Asa'ans, während die Seherin darüber nachdachte, ob es möglich war, Tulyan ihre Kunst beizubringen. Es wurde in der Tat höchste Zeit, daß sie einen Nachfolger ausbildete, damit der Stamm nach ihrem Tode nicht ohne Führung blieb. Obwohl Tulyan vielleicht noch zu jung für einen strengen Lernprozeß war ... Sie schaute auf und merkte, daß er die Geschichte beendet hatte. Der Stamm wartete darauf, daß sie fortfuhr.

Sie erhob sich und schilderte, wie sich Asa'an bis auf einen Tagesmarsch dem See hier genähert hatte, mit leeren Wasserkörben und so schwach, daß sie ihr Kind nicht mehr zu tragen vermochte. »So legte sie ihren Feuerquirl nieder und setzte das Kleine ins trockene Gras. Sie nahm einen Korb und schleppte sich allein weiter, in der Hoffnung, Wasser zu finden, ehe ihre Kräfte schwanden. Und als sie endlich an den See kam, glaubte sie, er sei nichts weiter als ein Trugbild, das die Sonne auf die Ebene warf.« Die Stammesangehörigen nickten mitfühlend; sie alle kannten die Enttäuschung beim Anblick von Luftspiegelungen. »Als sie aber in den See stieg und das Wasser kühl an ihrem Körper spürte, da wußte sie, daß er Wirklichkeit war. Sie schöpfte den Korb voll und kehrte zu ihrem Kind zurück; und sie lagerte viele Tage an dem See, ehe sie weiterzog.«

Ayanti setzte sich, und der Stamm schwieg eine Weile; alle dachten an die Gefahr, die Asa'an bezwungen hatte, und an ihren Mut.

»Woher kannte sie den Weg?« fragte ein Kind. »Sie war doch keine Seherin, oder?«

»Nein«, erwiderte Ayanti, »aber ihr Stamm hatte den See in vergangenen Zeiten aufgesucht, und sie erinnerte sich an die Geschichten der früheren Seher.«

»So wie du dich später an diese Geschichte erinnern sollst«, warf der Vater des Kindes ein.

»Fand Asa'an ihren Mann wieder?« erkundigte sich ein anderes Kind.

Die Seherin war versucht, die Frage zu bejahen, aber sie spürte Zweifel, ein Entwurzeltsein in ihrem Innern. Es geschah leicht, daß man seine eigenen Wünsche in die wahren Berichte einbrachte; deshalb vermengte man Legenden besser nicht mit den verwurzelten Geschichten. Sie war froh, als Eren vom Stammesrat ihr die Antwort abnahm: »Wir werden es erfahren, wenn wir Asa'ans Weg weiter folgen.«

»Gibt es Geschichten aus der Zeit, ehe Asa'an hierherkam?«

»Natürlich!« erwiderte ein anderer verächtlich. »Oder glaubst du etwa, daß Teren allein hier weilte?«

»Oder Nara ...«

»Es könnten andere Stämme gewesen sein ...«

»Aber du hast gefragt ...«

Ein kleiner Streit erhob sich, ob nun der erste Sprecher etwas Dummes gesagt hatte oder nicht. Ayanti achtete kaum darauf. Sie saß bis spät in die Nacht hinein da und erlebte im Geiste noch einmal die zahllosen kleinen Geschichten des Sees – die Kämpfe, die Lieder, die Jagdzüge, die Stürme, die Todesfälle, die Tänze.

Der See war gut. Man konnte seines Lebens sicher sein in einem Land, das eine so reiche Vergangenheit besaß.

Einmal spielte eine Kinderschar auf der freien Ebene nördlich der Feuersteinfelsen. Grashaufen lagen herum, teilweise zu Bündeln geschnürt; allem Anschein nach hatten die Buben und Mädchen für den Augenblick ihre Arbeit vergessen. Als die Seherin um den Felsvorsprung bog und in seinem Schatten stehenblieb, um sie zu beobachten, hatten sie gerade zwei Reihen gebildet. Jedes der Kinder hielt einen langen Schilfhalm wie einen Speer gezückt.

»Los!« schrie der Älteste, und die ersten beiden Kinder traten vor und warfen ihre Spielzeugspeere. Die Halme segelten langsam durch die Luft und fielen zu Boden, ohne Schaden anzurichten. Eines der beiden Kinder warf sich dramatisch zu Boden und tat, als müsse es den Speer aus einer tiefen Wunde im Bein reißen. Das andere rieb die Hände zusammen und vollführte einen kurzen Freudentanz. Die Reihe des Siegers schrie und lachte und verhöhnte die gegnerische Linie.

Ayanti lachte ebenfalls bei dem Anblick. Sie erkannte mit einem Mal, weshalb ihr die Szene vertraut und doch irgendwie verfälscht schien. Die Kinder führten eine der Geschichten aus der Vergangenheit auf, den Wettkampf, bei dem Nara, damals noch ein Kind, als letzter den Speer geworfen und damit für seine Partei den Sieg errungen hatte. Verglichen mit dem Bild, das die Seherin in ihrem Innern fand, stimmte die Spielszene nicht ganz; aber es war keine schlechte Annäherung.

»Los!« rief der Anführer wieder, und der Kampf ging weiter. Die Treffer verteilten sich gleichmäßig auf die beiden Lager. Zweimal wichen die jeweiligen Gegner rasch genug aus, um einem Speer zu entgehen, und beide Reihen schrien einander Schmähungen zu.

Etwa in der Mitte des Spiels begann einer der älteren Jungen nach einem Treffer zu schwanken und griff sich ans Bein. Die Seherin schüttelte flüchtig den Kopf. Die Reihe des Siegers stieß wie gewohnt ein Jubelgebrüll aus; alle bis auf Tulyan, der neben dem Werfer stand. Er rief: »Das stimmt nicht! So war es nicht!«

Sofort versuchten ihn die anderen niederzuschreien.

»Natürlich stimmt es! Wir haben diesen Wurf gewonnen, so wird es berichtet!«

»Schon, aber er hat die Szene falsch gespielt. Es hätte der Arm sein müssen ...«

»Das spielt doch keine Rolle! Ob Arm oder Bein ...«

»O doch! Wenn wir schon spielen, dann richtig ...«

»Tul hat recht, aber ...«

»Woher weißt du denn das?«

»Ich höre eben genau hin, wenn die Seherin erzählt!«

»Sie hat mit keinem Wort gesagt, daß ...«

»Jedenfalls hat er recht.«

»Und woher will er es wissen?«

Tulyan schrie wütend: »Ich weiß es eben. Ich werde selbst ein Seher sein, wenn ich groß bin, der beste, der je einen Stamm geführt hat ...«

In diesem Augenblick erreichte Ayanti, die aus dem Schatten getreten war, um einen ernsthaften Streit zu verhindern, die weiter entfernte Gruppe. Die Kinder verstummten bei ihrem Anblick. Nach und nach traten alle beiseite, bis Tulyan allein vor der Seherin stand. Eines der jüngeren Kinder sagte wichtigtuerisch: »Ayanti Seherin, er hat gesagt, daß er auch Seher werden will!«

»Ich habe es gehört«, erwiderte Ayanti. Tulyan schwieg. Die Kinder flüsterten und kicherten. Ayanti ließ die Blicke geistesabwesend an Tulyan vorbeischweifen und betrachtete den Himmel. Schließlich zitierte sie ein altes Sprichwort: »Der Fisch rühmte sich, daß er an Land laufen könnte – bis er merkte, daß er keine Beine hatte!«

Die jüngeren Kinder starrten sie lange verständnislos an. Die älteren stupsten sich gegenseitig und lachten. Tulyan senkte den Kopf und zupfte an einer Schorfstelle auf dem Handrücken herum. »Es war nicht richtig«, beharrte er. »Ich meine, es stimmte zwar, daß er getroffen wurde und den Zweikampf verlor, aber das geschah anders, als er es vormachte.«

Ayanti hob die Hand, als die übrigen Kinder selbstgerecht zu zischeln begannen. »Was war denn nicht richtig?«

»Er bekam einen Treffer in den Arm. So hat es sich abgespielt.«

Die Kinder rückten noch weiter von Tulyan ab. Er wirkte einsam in dem großen Kreis. Die Seherin wandte sich an die Gruppe und sagte: »In diesem Punkt hat Tulyan recht. Es war eine Armwunde. Also, spielt die Szene noch einmal und diesmal ohne Fehler!«

Aus der Ferne beobachtete sie, wie die Kinder wieder ihre Plätze einnahmen; die meisten wirkten lustlos und schienen Tulyan zu meiden. Manche schlugen sogar nach ihm.

Vielleicht bedeutet es nichts, dachte die Seherin. Kinder nahmen oft große Worte in den Mund, und sie glaubte sich schwach zu entsinnen, daß sie einmal von einer Speerwunde im Arm gesprochen hatte. Immerhin, Tulyan war unnachgiebig geblieben, so, als wüßte er genau Bescheid. Wenn sie wieder aufbrachen, konnte sie vielleicht die Zeit der Wanderschaft nützen und ihn fragen, ob er die Kunst des Sehens erlernen wollte.

Als der Frühling nicht mehr fern war, wußte die Seherin, daß der Stamm bald weiterziehen mußte. Eine Reihe schlimmer Frosttage hatten die Pflanzen vernichtet, und in der Umgebung des Sees gab es kaum noch Wild. Das Feuerholz ging zur Neige, und die Fische, träge von der Kälte, schliefen ganz in der Tiefe des Wassers und ließen sich nicht einmal durch Terens Künste an die Oberfläche locken. So versuchte sich die Seherin ins Gedächtnis zu rufen, welchen Weg Asa'an und Asa'ans Vorfahren genommen hatten, damit ihr eigener Stamm ihm nun folgen konnte.

Dies war der Beginn der seltsamen Erscheinungen. Denn obwohl sie einen Moment lang deutlich sah, wie Asa'an in den Morgen hinausschritt, so daß ihr Schatten lang und schwarz nach vorne fiel, schrumpfte und schwand das Bild plötzlich, ehe sie zehn Schritte gegangen war. Statt dessen erstand in ihrem Innern die weite Leere der Südlichen Wüste; noch nie hatte sie bei ihrem Tasten in die Vergangenheit einen Stamm dorthin wandern sehen. Und damit nicht genug: Zwar war der Ort in ihrem Geiste so unbewohnt wie in Wirklichkeit, eine Öde aus grauen, scharfkantigen Felsen und windgepeitschten Sandkörnchen, aber noch während das Bild auf sie wirkte, sah sie Phantomgestalten darin erstehen, schlank, starr, fremdartig; die flüchtigen, unkenntlichen Geister – wohin? In plötzlicher Furcht erhob sie sich und unterbrach die Bilder. Sie merkte, daß sie in die Wüste hinausstarrte, aber die war wieder leer, und keine fremden Schemen bewegten sich darin. Sie schüttelte beunruhigt den Kopf. Hatte sie es zugelassen, daß der Alltag in die Bilder der Vergangenheit eindrang? Aber wenn das stimmte, was waren dann die Dinge, die sie in der Wüste gesehen hatte? Und abgesehen davon, welchen Weg sollte der Stamm in der nächsten Zukunft einschlagen?

Diese Frage stellten ihr auch die Ratsmitglieder, die einen Tag später bei ihr vorsprachen. Bisher hatte sie stets entweder als erste zum Aufbruch geraten oder zumindest eine Antwort bereit gehabt, wenn die Ratsmitglieder zu ihr kamen. Nun mußte sie gestehen, daß sie den Weg noch nicht kannte, aber sie fügte hinzu, daß sie ihr Inneres befragen und dann wieder zu ihnen sprechen wollte.

Viele der Ratsmitglieder wirkten erstaunt und unsicher.

»Ist es noch nicht an der Zeit, daß wir weiterziehen?« fragte Gerral.

Ehe jemand antworten konnte, entgegnete Degon heftig: »Natürlich müssen wir weiterziehen! Woher sollen wir Nahrung und Feuerholz nehmen, wenn wir bleiben?«

»Aber wenn die Seherin den Weg noch nicht erblickt hat ...«

Eren versuchte zu beschwichtigen. »Der Lagerplatz ist schön. Gewiß fiel manchen unserer Vorfahren der Aufbruch schwer, und die Bilder der Vergangenheit erreichen uns deshalb nur zögernd.«

Die Seherin mußte für diese Worte dankbar sein.

In dieser Nacht saß sie mit verbundenen Augen in ihrem Zelt und arbeitete sich bewußt langsam durch die Schichten ihres Innern hinunter zu den wahren Visionen der Vergangenheit. Zu ihrer großen Erleichterung wich das Dunkel hinter ihren Augen dem Bild des Sees im Abendlicht. Neben ihr war Asa'an, vor ihr Asa'ans Schatten, und gemeinsam wanderten sie dahin. Zehn Schritte, und ihre Selbstsicherheit wuchs, zwanzig, und sie standen vor dem knorrigen Baum, um den das Volk im Moment lagerte, ein paar hundert Schritte, und sie hatten die Anhöhe des kleinen Hügels erklommen, der vom See aus den Horizont bildete. Dann verschwand die Szene plötzlich. Ayanti bemühte sich mit aller Kraft, die Vision zurückzuholen, aber statt dessen drängte sich unerbittlich das Bild von der Südlichsten Wüste in ihr Inneres. Sie hörte ein Kreischen in der Luft, das an die großen Sandstürme aus dem fernen Süden erinnerte; aber der Himmel war klar, und in der Luft erschien ein silbernes Messer, blitzend wie Wasser und schnell wie ein Vogel. Es jagte mit immer lauterem Dröhnen der Erde entgegen, und der Staub wirbelte hoch, so daß er die Landung verbarg. In den Flanken schoben sich Löcher auf, und schimmernde Klauen kamen zum Vorschein; über die Klauen strömten kleine Geschöpfe ins Freie; sie besaßen einen Kopf, zwei Arme und zwei Beine wie die Stammesangehörigen, waren aber ameisenklein im Vergleich zu dem Himmelsmesser. Dann quollen eine Reihe schimmernder

Gegenstände aus den Löchern an den Seiten des Messers; spitze Umrisse wuchsen in der Wüste empor und bildeten die Geisterformen, die sie in ihrer früheren Vision gesehen hatte. Mächtige Blöcke aus fremdartigem Stein sprossen aus den Wüstenfelsen, breiteten sich aus und drängten immer näher an das Seeufer heran, wo sie saß. Mit ihnen kamen die Ameisenmenschen in unbeschreiblichen silbernen Dingern; und Ayanti erkannte, daß sie nicht klein waren, sondern mindestens so groß wie die Stammesangehörigen. Nur das Messer und die spitz aufragenden Formen und die Blöcke waren riesenhaft, größer als der Feuersteinfelsen, höher als die Berge, die sie in ihrer Kindheit gesehen hatte. Sie türmten sich bedrohlich über der Wüste und dem See entgegen, als wollten sie alles erdrücken.

In panischem Entsetzen zuckte sie vor den näherrückenden Gestalten und Formen zurück, und die plötzliche Bewegung durchbrach ihre Versenkung. Sie merkte, daß sie sich gegen die Zeltwand aus geflochtenem Gras preßte, schwitzend und von Angst geschüttelt; die Binde drückte auf ihre Augen. Sie riß das Tuch herunter, aber wie gewohnt verharrte die Vision eine Zeitlang auf der Netzhaut. Dennoch – konnten das Bilder von einst sein? fragte sie sich verwirrt. Eine richtige Seherin holte Dinge aus der Vergangenheit, welche dem Stamme nutzten; aber das hier ...

Sie kroch aus dem Zelt und lief hinunter zum See, um einen Blick auf die Wüste zu werfen. Fast erwartete sie, die Monsterformen ihrer Vision zu erblicken. Aber die flache, steinige Weite lag still im Mondlicht; nichts regte sich außer einem kalten Wind, der lautlos über das Wasser huschte und sie in Gesicht und Hände biß. Das war gut, selbst die Leere und der scharfe Wind schienen vertraut und wohltuend im Vergleich zu dem, was sie zu sehen fürchtete.

Sie beugte sich nieder, brach das Eis am Rande des Sees auf und spritzte sich Wasser in die Augen. Die Kälte prickelte, und Eisnadeln klebten ihr an den Wangen, aber die entsetzlichen Bilder verblaßten allmählich, und sie konnte in ihr Zelt zurückkehren, um darüber nachzudenken.

Daß sie sich wie Bilder der Vergangenheit anfühlten, war

klar; sie kamen aus dem gleichen Teil ihres Innern und verharrten eine Zeitlang im Auge, wo sie die Wirklichkeit überlagerten und ersetzten. Aber zugleich waren sie anders als alle Visionen der Vergangenheit. Das Wissen der Vergangenheit drehte sich um die Stämme und half, das Volk zu führen. In der neuen Vision sah sie keinen der bekannten Stämme und erhielt auch keinen Ratschlag. Außerdem – (sie überflog im Geiste alle Legenden und Geschichten, die sie selbst aus der Vergangenheit geholt hatte oder von anderen kannte) – war die Vision auf den ersten Blick völlig anders als alles, was sie bisher in die Gegenwart geholt hatte. Noch nie zuvor war sie beim Eintauchen in die Vergangenheit auf Dinge gestoßen, für die sie keinen Namen hatte.

Wenn es sich um echte Eindrücke von einst handelte, weshalb hatten sich dann keine Spuren in den übrigen Bildern des Sees erhalten? Und weshalb hatten frühere Seher nichts davon berichtet?

Sie fand keine Antwort auf diese Fragen.

Die Ratsmitglieder hockten mit ernsten Mienen im Kreise, sichtlich unzufrieden und besorgt über die Mitteilung, daß sie ihnen keinen eindeutigen Weg weisen konnte. Das Palaver zog sich bereits eine ganze Weile hin, doch sie schienen jetzt ebensowenig in der Lage, einen Entschluß zu fassen wie zu Beginn der Zusammenkunft.

»Aber du hast Asa'ans Weg gesehen, nicht wahr?« hakte Degon nach. »Warum können wir ihm nicht folgen?«

»Ich sah ihn nur ein kurzes Stück. Der größere Teil der Bilder hatte nichts mit Asa'an zu tun.«

»Irgendeinen Weg müssen wir einschlagen!« meinte einer von Degons Freunden. »Schon entfernen sich die Jäger einen Tagesmarsch von hier, und was sie erbeuten, reicht kaum zum Leben. Sollen wir ausharren, bis wir verhungern – oder erfrieren?«

Erens Bruder Gerral warf ein: »Das verlangt Ayanti Seherin doch gar nicht von uns. Sie bittet nur um etwas Aufschub ...«

»Aufschub! Wie lange denn noch? Wir haben den Weitermarsch bereits um fünf Tage hinausgezögert. Ich bin dafür, daß wir Asa'ans Pfad nehmen – und zwar sofort!«

»Aber Ayanti sagte, daß sich die Vision von Asa'an abkehrte«, meinte Eren. »Das kann bedeuten, daß Asa'an in die Irre ging und wir ihr nicht länger folgen sollen.«

Nicken und beifälliges Gemurmel. Degon sagte rasch: »Dann folgen wir eben dem neuen Pfad. Das spielt keine Rolle, wenn wir nur überhaupt losziehen, ehe es zu spät ist. Warum verschweigt uns die Seherin den Weg?«

»Weil er in die Südliche Wüste führt«, sagte Ayanti und beobachtete das Entsetzen, das sich auf allen Gesichtern abzuzeichnen begann. So weit die Erinnerungen ihres Volkes zurückreichten, hatte noch niemand die Wüste durchwandert. Es gab ihres Wissens nach keinen Stamm, der ein solches Handeln überlebt hatte.

Lange schwiegen sie. Dann meinte Gerral ungläubig: »Du sahst die Stämme in die Wüste ziehen?«

»Nein.«

»Aber du hast gesagt ...«

»Ich sah die Wüste. Die Stämme kamen in meiner Vision nicht vor.« Angesichts der Verblüffung in Erens Zügen, dem Mißtrauen Degons und der allgemeinen Ungläubigkeit brachte es die Seherin nicht fertig, die Bilder zu beschreiben, die sie erblickt hatte. Alle begannen laut durcheinanderzureden, und alle drückten Zweifel und Befremden aus.

»Das können keine Bilder von einst sein. Wer hätte je von einer Vision gehört, in der Menschen keine Rolle spielten?«

»Aber die Seherin muß es wissen ...«

»Es gab bereits Seher, die sich täuschten.«

»Wie könnten wir durch die Wüste wandern?«

»Ich sage euch, das Beste wäre es, Asa'ans Weg zu folgen ...«

»Wenn wir wüßten, wohin sie sich wandte.«

Neben sich hörte die Seherin Eren murmeln: »Ist es nicht gleichgültig, wohin wir uns wenden, wenn uns niemand führt? In diesem Falle gibt es kein ›besser‹ oder ›schlechter‹!« Angst durchzuckte Ayanti bei dem Gedanken, was dem Stamm bevorstehen konnte – kein Kontakt mehr mit der Vergangenheit, eine Leere, der Untergang.

Sie erhob sich unvermittelt und sagte: »Wir reden im Kreise. Ich habe euch berichtet, was ich sah, und ich glaube nicht, daß sich die Bilder ändern werden, obwohl ich nicht einmal in die Vergangenheit schauen werde, falls ihr das wünscht. Aber ihr müßt jetzt entscheiden, ob ihr es wollt, und wenn ihr es nicht wollt, dann müßt ihr ebenfalls sofort über den künftigen Weg entscheiden.«

Wieder richteten sich die Blicke voller Erstaunen auf sie. Eine Seherin erteilte höchstens Ratschläge, aber niemals Befehle. Das wußten sie alle. »Was ich auch tue, ist anders als sonst«, dachte Ayanti verstört.

Allmählich fanden die Ratsmitglieder die Sprache wieder, und sehr viel später, als alle bereits sehr müde waren, faßten sie ihren Entschluß. Die Seherin sollte noch einmal nach dem richtigen Weg suchen; man gewährte ihr dafür (obwohl Degon murrte) fünf Tage Zeit. Sollte nach dieser Frist ihre Antwort immer noch gleich bleiben, würden sie Asa'ans Pfad folgen.

Gewissenhaft beschwor Ayanti einen Tag um den anderen die Visionen der Vergangenheit herauf; aber mit jedem Male wuchs ihre Furcht, denn sie erblickte stets die furchtbare Wüste, aus der die unbekannten, riesenhaften Formen aufragten. Und mit jedem Tag wurden die Feuer niedriger und die Rationen knapper. Nachts konnte sie die Kinder vor Kälte und Hunger wimmern hören. Zwei oder drei kranke Säuglinge starben. Die Totenklagen der Eltern hielten Tag und Nacht an.

Eines Abends, als sich der Stamm um die spärlichen Feuer drängte, bat eines der Kinder die Seherin um eine neue Geschichte ›von Asa'ans Stamm‹. Da Ayanti dachte, daß so etwas alle ein wenig aufmuntern würde, schloß sie die Augen und konzentrierte sich.

Nichts kam.

Zwar erinnerte sie sich an die Geschichte, die sie zu Beginn des Winters aus der Vergangenheit geholt hatte; aber nun drang der düstere Schatten des Silbermessers in der Wüste aus den Tiefen ihres Geistes und überlagerte alles. Sie sagte hastig: »Nein, nicht heute abend!«

Sie spürte die Verblüffung – und den Vorwurf? – im Dunkel ringsum. Es entstand eine Pause; dann meinte Eren: »Nun, dann werden wir eine der bereits bekannten Geschichten wiederholen. Tulyan, könntest du ...?«

Tulyan saß der Seherin beinahe gegenüber; sie sah, wie er den Kopf schüttelte; seine Augäpfel leuchteten weiß in der Dunkelheit. Jetzt erst bemerkte sie, daß sein Gesicht selbst im Vergleich zu der hungrigen, hohlwangigen Schar ringsum hager und eingefallen wirkte; und er wollte nicht erzählen, auch nicht, als Eren ihn mehrmals dazu drängte. Am Ende begann Eren selbst mit einer der bekannten Legenden, und einige Kinder lösten sie ab – aber nicht Tulyan.

Von da an versuchte Ayanti nicht mehr in die Vergangenheit zu schauen. Statt dessen verbrachte sie ihre Tage damit, sich sorgfältig alle Geschichten ins Gedächtnis zu rufen, die sie je gesehen oder gehört hatte, und sie nach Spuren ihrer Wüsten-Visionen zu untersuchen. Mit dieser Arbeit aber festigte sich ihre Überzeugung, daß es solche Bilder noch nie gegeben hatte. Kein Seher hatte sie je erwähnt, nicht einmal in den großen Erzählungen, die nur an den jeweiligen Nachfolger weitergegeben wurden und von denen der Stamm selten erfuhr.

Während sie über das Problem nachdachte, verstärkte sich ihre Furcht und faßte Wurzeln. Denn die Dinge, die in ihrer Vision auftauchten, besaßen die Größe und Mächtigkeit von Bergen. Wenn es sie tatsächlich in der Vergangenheit gegeben hatte, so mußte das viele zehn mal zehn Jahre her sein, denn wie sonst hätten sie spurlos verschwinden können? Und selbst dann mochte sie nicht glauben, daß kein einziger der früheren Seher sie entdeckt hatte. Wo waren sie also, wenn nicht in der Vergangenheit?

Es sei denn, sie existierte nur in ihrem Innern.

Der Gedanke, daß ihr Inneres gestört und krank sein könnte und deshalb die Visionen verzerrt wiedergab, erleichterte und befreite sie. Wenn das zutraf, war es wie bisher möglich, in die Vergangenheit zu sehen, konnte der Stamm wie bisher geführt werden, blieb die Welt, was sie gewesen war. Sie wußte von Sehern, die im Alter ihr Talent verloren hatten und deren Stämme dennoch nicht untergegangen waren. Ihr Nachfolger konnte sich in die Vergangenheit versenken ...

Ihr Nachfolger.

Der einzige, der dafür in Frage kam, war Tulyan, und ihn hatte sie immer noch nicht ausgebildet. Freilich, wenn die Gabe des Sehens in ihm wohnte, konnte er sich selbst schulen, sich vorantasten, langsam aus seinen Fehlern lernen. Aber währenddessen würde der Stamm leiden, vielleicht viele Jahre lang. Sie dachte verzweifelt: »Alles, was ich getan habe, war falsch. Ich kann nicht richtig in die Vergangenheit schauen, und ich habe Tulyan nicht rechtzeitig beigebracht, es für mich zu tun.« Sie schlug mit der Handkante hart gegen den steinigen Boden. Sie wollte sich für ihr Versagen Schmerzen zufügen.

Aber was nützte es, wenn sie sich selbst bestrafte? Am besten begab sie sich auf der Stelle zu Tulyan und erklärte ihm, welche Aufgabe ihn erwartete. Wenn er schon durch Fehler lernen mußte, dann war es besser, er beging die Fehler bald und brachte die Phase der Irrtümer rasch hinter sich.

Sie machte sich auf die Suche nach ihm. Er war nicht bei den anderen Kindern, er angelte nicht, er half weder beim Anfertigen von Speeren noch beim Sammeln von Gras. Als sie Eren sah, rief sie ihr zu: »Wo ist Tulyan?« Eren wirkte überrascht. »In seinem Zelt, glaube ich«, entgegnete sie. »Es heißt, er sei krank.«

Ayanti sog scharf die Luft ein. Wenn Tulyan nun starb ...

»Woran leidet er? Ist es der Hunger? Haben wir keine Nahrung mehr für ihn übrig?«

»Nein, es ist nicht die Hungerkrankheit. Ich weiß nicht, was ihm fehlt. Sein Vater berichtet, daß er seit vielen Nächten nicht mehr schlafen kann, und wenn er dann doch vor Erschöpfung einnickt, wacht er schreiend wieder auf. Er stammelt etwas von der Südlichen Wüste, glaube ich, von riesigen Dingen in der Südlichen Wüste.« Sie musterte die

Seherin aus dem Augenwinkel. »Du mußt ihn nachts gehört haben.«

»Ich habe viele Schreie gehört«, entgegnete Ayanti langsam. »Ich achtete nicht auf die einzelnen Stimmen.« Sie drehte sich um und ging langsam zurück zu ihrem Zelt.

Also bedeutete der ohnehin holprige Ausweichpfad kein echtes Entkommen. Die Gabe des Sehens offenbarte sich, wie sie wußte, anfangs oft in Träumen. Das hieß, daß ihr Inneres gesund war, daß größere Dinge auf dem Spiel standen – es ging um ein Nachlassen der Sehergabe überhaupt.

Sie erwog die Möglichkeit, daß Eren sich getäuscht hatte. Vielleicht waren Tulyan lediglich Gerüchte von einer neuen Vision ans Ohr gedrungen, und er hatte daraus einen Alptraum entwickelt. Aber das mochte sie selbst nicht glauben. ›Riesige Dinge in der Südlichen Wüste‹ – das lag zu nahe an ihrer eigenen Vision. Ihr blieb keine andere Wahl, als Tulyan aufzusuchen und ihn selbst zu fragen, was er gesehen hatte.

Sie fand ihn zusammengekauert im Zelt, den Blick von der Wüste abgekehrt, mit geröteten Augen und zitternd vor Kälte und Erschöpfung.

»Ich hörte, du hattest einen schlechten Traum«, begann sie ohne lange Vorreden.

Tulyan starrte zu Boden. »Nein.«

Die Seherin wartete.

»Ich habe – vom Jahr der Heuschrecken geträumt«, sagte er schließlich.

Stille.

»In der Wüste.«

»Heuschrecken«, murmelte die Seherin. »Heuschrecken, die wie Wasser schimmern. Messerförmige Heuschrecken, die mit Staub und Lärm durch den Himmel jagen. Habe ich recht?«

Tulyan schaute auf, und in seinen Zügen spiegelte sich unendliche Erleichterung. »Wo hast du sie gesehen?« fragte er drängend. »In den Bildern der Vergangenheit? Ich dachte ... aber wenn du sie kennst ...«

Um Zeit zu gewinnen, sagte Ayanti: »Ich sah die Heuschrecken in der Vergangenheit, ja. Du hast doch zugehört, als ich die Geschichte erzählte.«

Tulyan machte eine ungeduldige Handbewegung. »Es waren keine Heuschrecken. Das meinte ich nicht. Sie schimmerten, wie du gesagt hast, und andere Dinge kamen aus ihnen und bedeckten die Wüste, und einige waren wie ... wie Felsen, aber groß, größer, als du dir vorstellen kannst.« Er schaute Ayanti an und fuhr fort: »Sie waren – ich weiß nicht – anders, und sie jagten mir Angst ein. So versuchte ich wachzubleiben, weil sie vor allem nachts kamen. Ich dachte, es sei mein Verstand, der die Träume hervorrief. Aber wenn du sie auch kennst, müssen sie aus der Vergangenheit stammen, nicht wahr?«

Er schaute sie voller Eifer an, voller Hoffnung, und wartete auf die Antwort, die seine Furcht und Unsicherheit zerstreuen sollte, die ihm bestätigen würde, daß er die Gabe besaß, in die Vergangenheit zu schauen. Als Ayanti das merkte, brachte sie es nicht fertig, ihm zu erzählen, was sie selbst befürchtete. Sie wollte ihn nicht zurück in das Elend schicken, aus dem sie ihn eben erst gerissen hatte. Wenn er glaubte, daß die Visionen normale Bilder der Vergangenheit waren, dann störte es ihn vielleicht nicht, wenn sie auftauchten – dann war er womöglich stolz auf seine neue Gabe. »Ich habe diese Dinge gesehen, als ich in die Vergangenheit einzudringen versuchte«, sagte sie und beobachtete, wie sich Erleichterung und wachsendes Selbstvertrauen in seinen Zügen widerspiegelte.

An diesem Abend nahm Eren neben ihr Platz und sagte: »Morgen ist der fünfte Tag, und Degon hat bereits sein Zelt abgebaut. Wir werden Asa'ans Weg folgen müssen, wenn du keinen anderen gesehen hast.«

»Ich habe keinen anderen Weg gesehen«, erklärte Ayanti.

»Aber du hältst Asa'ans Weg für den richtigen?« fragte Eren nach einer Pause.

Ayanti entgegnete ärgerlich: »Ich bin Seherin, aber ich gehöre nicht dem Rat an. Ich sage euch, was ich in der Vergangenheit erblicke, und an euch liegt es, Entschlüsse zu fassen. Wenn du von mir Entscheidungen verlangst, wer soll dann in die Vergangenheit schauen? Degon vielleicht?«

Eren zuckte zurück, als habe Ayanti sie geschlagen.

Nachts herrschte strenger Frost, und das Eis auf dem See breitete sich weiter aus. Als Ayanti am Morgen ihr Zelt verließ, stürzte sie beinahe über ein Bündel, das dicht neben dem Eingang lag. Einen Moment lang durchzuckte sie die Angst, daß sie auf einen Menschen treten und ihm weh tun könnte; dann sah sie, daß es ein totes Kind war, mit steif ausgestreckten Armen und Beinen, den Kopf weit nach hinten gekippt. Jemand hatte es hier abgelegt und nicht einmal in eine Grasmatte gehüllt. Sie hörte nirgends eine Totenklage.

Ayanti hob die Hand, um die Familien, die ihr am nächsten standen, herbeizuwinken. Sie starrten einen Moment lang herüber und wandten sich dann ab, um ihre Zelte zusammenzurollen und das Gepäck zu verteilen. Ayanti machte keinen Versuch mehr, sie anzusprechen.

Es gab nur eine Matte in ihrem Zelt; sie war gerade groß genug, daß die Seherin den mageren kleinen Leichnam darin einwickeln konnte. Eine Begräbniszeremonie würde zu lange dauern; so trug sie das kleine Bündel zum See hinunter und ließ es dort liegen.

Als sie zurückkehrte und ihr zusammengerolltes Zelt mit dem Feuerquirl aufhob, sah sie, daß einige Familien bereits nach Westen aufbrachen, ohne auf ihre Führung zu warten. Die meisten Ratsmitglieder standen ungeduldig umher. Während sie ihr Zelt auf die Schultern nahm und losging, bildeten sie einen stummen Kreis um Ayanti, so daß sie abgeschnitten war von den übrigen dahinziehenden Stammesangehörigen. Langsam wanderten sie dahin, und der eisige Südwind ließ sie erschauern.

Die Sonne warf langgestreckte Schatten vor ihnen auf den Weg, und Ayanti entsann sich, daß sie all dies bereits an Asa'ans Seite gesehen hatte; die Schatten, den knorrigen Baum, die Anhöhe weiter vorn. Schon erklomm die vorderste Gruppe den Hang. Sie beobachtete, wie sie der Hügelkuppe zustrebten, langsam, im Zickzack, wie sie zögerten und anhielten. Zwei Gestalten (eine davon Degon, wenn sie sich nicht täuschte) begannen auf der anderen Seite ins Tal abzusteigen, blieben aber bald stehen. Man sah nur ihre Köpfe, aber es war offenkundig, daß sie sich nicht einigen konnten. Ärgerliche Wortfetzen erreichten den Rest des Stammes. Eine der Gestalten kehrte um, beinahe im Laufschritt. Die Seherin merkte, wie die Stammesangehörigen ringsum anhielten, ziellos ein paar Schritte weitergingen, stehenblieben und wieder loszogen. Ein unruhiges Gemurmel breitete sich in der Gruppe aus. Die Ratsmitglieder scharten sich eng um sie.

Inzwischen hatten sie fast die Hügelkuppe erreicht. Degon, der ein paar Schritte vorausgegangen war, schaute zurück und rief betont laut: »Welchen Weg sollen wir nehmen, Seherin?«

Als sie über die weite Grasebene zu ihren Füßen hinwegblickte, drängte unvermittelt das Bild der Wüste aus ihrem Innern empor und breitete sich vor ihren Augen aus. Die glitzernden Silberformen und die drohend aufragenden Blöcke schienen sie zu erdrücken. Mit einem Aufschrei riß sie den Arm hoch, um ihr Gesicht abzuschirmen; sie wich hastig zurück, spürte, daß sie fiel, und schlug mit dem Hinterkopf hart auf den Boden. Einen Moment lang wirbelten Dunkel und sonderbare Farben vor ihren Augen. Dann merkte sie, daß sie flach auf dem Rücken lag. Über ihr war der Himmel, Gesichter tauchten auf, und ein verängstiges Stimmengewirr drang an ihr Ohr. Verwirrt sagte sie: »Nein, nicht dorthin – das führt zu keinem Ziel!« Aber die Stimmen redeten und stritten weiter durcheinander. Sie schloß wieder die Augen.

Sehr viel später, als der Lärm nachließ, schlug sie die Lider auf. Eren saß neben ihr; ringsum hatte der Stamm eine Art Notlager errichtet. Die Sonne stand hoch am Himmel. Als sie sich umwandte, konnte sie sehen, daß vereinzelte Gestalten zum See hin strebten.

Eren, die ihrem Blick gefolgt war, meinte hart: »Wohin sollten wir sonst gehen? Du hast uns befohlen, nicht weiterzuziehen, und das hier ist kein Platz für ein Lager.«

Zögernd fragte Ayanti: »Was – hat der Rat beschlossen?«

Eren schaute sie nicht an. In ihrer Stimme schwang Bitterkeit mit. »Der Rat ist geteilter Meinung. Degon beharrt darauf, daß wir weiterziehen, aber er will die Führung nicht übernehmen. Einige der anderen meinen, wir sollten zum See zurückkehren, obwohl sie wissen, daß wir verhungern werden, wenn wir das tun. Warum können sie nicht begreifen, daß uns keine Entscheidungsfreiheit bleibt, nun, da der Blick in die Vergangenheit verlorenging?«

Ayanti zog die Beine unter den Körper und richtete sich vorsichtig auf. »Ich werde zum See zurückkehren«, sagte sie. »Aber ich gehe allein. Oder nein – such Tulyan und schick ihn zu mir!« Das Zeltbündel lag neben ihr, aber sie ließ es liegen und machte sich stolpernd auf den Weg den Hang hinunter. Keiner schaute sie an, aber aus den Augenwinkeln sah sie, daß die Köpfe sich nach ihr umwandten, als sie vorüberging.

Der See schien weit weg. Sie hatte Zeit, über die Dinge nachzudenken, sie immer wieder in ihrem Innern zu betrachten. Die Wüsten-Visionen waren wie Bilder der Vergangenheit und doch anders. Nicht von einst, nicht von jetzt – also konnten sie nur Eindrücke künftiger Zeiten sein; furchtbare Bilder davon, was mit dem Land südlich des Sees geschehen würde, was mit dem Stamm geschehen würde, wenn er hierblieb. Die Visionen waren zu stark für sie, zogen sie nach Süden und wollten sie nicht in eine andere Richtung gehen lassen. Und da die Visionen sie festhielten, hielten sie auch den Stamm fest, aber der Stamm mußte fortziehen, ehe die Menschen verhungerten oder von der künftigen Zeit überwältigt wurden.

»Seherin!« rief eine Stimme hinter ihr, und als sie sich umdrehte, erkannte sie, daß Tulyan im Laufschritt näherkam. Er holte sie ein und fragte: »Wohin gehst du? Sollen wir nach Süden? Dorthin weisen die Bilder der Vergangenheit, nicht wahr?«

»Ich sehe keine Bilder der Vergangenheit«, sagte Ayanti, und Tulyan blieb wie angewurzelt stehen.

»Du siehst keine . . .«

»Diese Visionen von der Wüste – du hast gesagt, daß sie anders sind als alles, was du kennst ...«

»Ja, aber ...«

»Weißt du auch, warum?«

Tulyan starrte sie ratlos an.

»Sie stammen nicht aus der Vergangenheit. Ich habe über jede Geschichte und jede Sage nachgedacht, die ich kenne, und sie kommen nicht darin vor. Es gibt sie nicht in der Vergangenheit. Sie sind aus – der Zeit, die noch vor uns liegt.«

Tulyan klappte langsam den Mund zu. »Aber du hast es mir selbst bestätigt«, sagte er. »Du hast gesagt, daß ich Bilder der Vergangenheit gesehen hätte.«

Plötzlich wallte Ungeduld in Ayanti auf. Was bedeutete die Gabe denn noch? Es konnte sein, daß sie verschwunden war, zerstört von der künftigen Zeit. Sie zwang sich weiterzusprechen, ohne Tulyans anklagenden, verständnislosen Blick zu beachten.

»Und falls das zutrifft, dann will ich nicht, daß der Stamm hier ist, wenn das Messer aus dem Himmel herabjagt und seine Ungeheuer entläßt. Du hast vielleicht die Gabe des Sehens. Ich weiß es nicht. Aber du mußt auf alle Fälle sagen, daß du sie hast. Du mußt dem Stamm – oder besser Eren – berichten, daß mich die Gabe verlassen hat, daß ich erschöpft bin und noch eine Weile hierbleiben und rasten will. Und du mußt sie zum Weiterziehen bewegen. Folgt Asa'ans Pfad! Geht über die Hügelkuppe und folgt ...« – einen Moment lang weigerte sich ihr Verstand, selbst diese dünne, fadenscheinige Geschichte herzugeben – »folgt meinetwegen den Schatten des Morgens, geht in die Richtung, in die sie fallen!«

Sie wandte sich ab, doch Tulyan hielt sie am Arm fest. »Aber die Gabe? Besitze ich nun die Gabe?«

»Was weiß ich?« fauchte sie ihn an. »Vielleicht gibt es diese Gabe überhaupt nicht!« Damit riß sie sich los und ging weiter. Sie hörte ihn *»Seherin!«* rufen, aber sie drehte sich nicht um. Wieder ein paar Schritte, und ein Stein sauste dicht an ihrer Schulter vorbei; ein zweiter traf sie am Arm.

Sie wandte sich um, aber Tulyan rannte bereits zum Stamm zurück. Sie beobachtete, wie er sich einen Weg zu Eren bahnte, die immer noch auf der Hügelkuppe wartete. Die beiden steckten die Köpfe zusammen und redeten. Ein Menschenkreis bildete sich um sie – wohl die Ratsmitglieder. Ayanti setzte sich nieder und betrachtete die Szene. Nach und nach versammelte sich der ganze Stamm. Die Zeit verstrich, und allmählich kam Bewegung in die Gruppe. Langsam zogen die Leute dem Horizont entgegen, verschwanden jenseits des Hügels. Auf dem Hang, der dem See zugewandt war, wurden die Menschen immer weniger; sie verharrte, bis auch die letzten Gestalten davoneilten.

Dann wandte sie sich nach Süden und betrachtete die leere Wüste. Die neue Vision quälte ihr Inneres, zog sie an, den künftigen Zeiten entgegen. Da sie nicht allein am See sitzen wollte, begann sie nach Süden zu wandern.

Jetzt, nachdem sie die Gabe verleugnet hatte, stürmten die farbigen Bilder der Vergangenheit wieder klar und vertraut auf sie ein. Nara, der Jäger, ging an ihrer Seite, wog den Speer mit der Feuersteinspitze in der Hand und lachte wie die übrigen Stammesangehörigen, die in einer langen Reihe vorbeizogen. Einen Moment lang umschwirrte ein Heuschreckenschwarm ihren Kopf. Teren kam, den zerbrochenen Speer in der einen Hand, die Finger der anderen in die Kiemen des erbeuteten Riesenfisches gehakt. Zuallerletzt erschien Asa'an, die wie Ayanti selbst allein gewandert war, durch ein Gebiet, in dem es keine klaren Wege gab; breitschultrig und voller Gleichmut schritt sie dahin, die Wasserkörbe am Arm, den Feuerquirl in der Hand und ihr Baby an der Hüfte. Sie ging von links nach rechts an Ayanti vorbei, ohne sich ein einziges Mal umzublicken; aber das Baby drehte den Kopf und schien sie aus seinen runden, dunklen Augen traurig anzustarren.

Sie wanderte nach Süden weiter, und die Bilder der Vergangenheit verblaßten.

Copyright © 1980 by Philippa C. Maddern

Gary Weinberg ist ein junger Mann aus dem Süden Kaliforniens, der hier seine erste Story vorstellt. Er arbeitet außerdem als Filmemacher.

GARY WEINBERG

Hunger und der Computer

Du kriechst raus in aller Frühe,
Und du schuftest brav,
Schmeißt dich abends auf die Pritsche,
Hörst die Ratzen noch im Schlaf.

Er drehte sich um und betrachtete sein Spiegelbild im aquariumgrünen Computer-Terminal. Er musterte das langgestreckte Gesicht mit der künstlich gebräunten Haut, die so gar nicht zu den hohlen Wangen und den tief eingesunkenen Augen paßte. Er bemühte sich um eine strenge Miene, als er in seine Augen starrte.

»Hörst die Ratzen noch im Schlaf!« erklärte er den Augen. Er artikulierte sorgfältig Wort für Wort, fast zu sorgfältig, wie er feststellte, und er schaute den Mund an, schuldbewußt ob seiner affektierten Sprechweise. Wieder setzte er eine strenge Miene auf, wollte den Mund zur Odnung rufen, ließ es dann aber und vergab ihm in einem Ausbruch von Mitgefühl. Schließlich hatte er seit dem Unfall nichts als Worte zu beißen bekommen. Da war es nur natürlich, daß Worte eine überragende Bedeutung annahmen.

»Braver alter Mund!« sagte er und übertrieb absichtlich die Bewegung der Lippen.

Er hatte den Arm auf die silbrige Arbeitsplatte gestützt und vergrub nun den Kopf darin, versuchte sich vor den allgegenwärtigen fluoreszierenden Lichtern zu verbergen. Er blickte herab auf die harten Konturen unter dem weißen Coverall. »Wir geben ein gutes Paar ab, der Computer und ich.« Er lächelte und tippte dem Terminal ein:

Wir geben ein gutes Paar ab, du und ich.

Der Computer zeigte keine Reaktion.

Gibt es Ratten hier auf dem Schiff?

– Es gibt hier niemanden außer uns beiden. Das Schiff wurde nach Lebewesen abgesucht. Man hätte ihre Anwesenheit noch vor Verlassen des Erd-Orbits entdeckt. Welche Gründe hast du für deine Frage? –

Ich könnte eine Ratte verdrücken. Weißt du, wie lange ich schon an Ratten denke?

– Nein. Wie lange denkst du schon an Ratten? –

Das war keine rhetorische Frage. Ich will wissen, welche Zeitspanne verging, ehe ich erstmals an Ratten dachte.

– Um das abzuschätzen, benötige ich Zusatzdaten. –

Dann hör mir gut zu! Wenn ein Mensch die Erde hinter sich läßt, ist in seinem Innern kein Platz für Ratten. Er denkt an die schönen Dinge zurück. Ein Raumfahrer muß schon ein krankes Gehirn haben, wenn in seiner Erinnerung Ratten auftauchen.

– Stellst du damit die These auf, daß du ein krankes Gehirn hast? –

Er begann im Kontrollraum umherzuwandern. Er betrachtete die Instrumenten-Anzeigen. Sie gaben Auskunft, in welchem Teil des Alls er sich befand, sie gaben Auskunft über andere bewegte Körper im Sonnensystem, sie gaben Auskunft über Treibstoff, Wärmeverlust, Rotation, Solar-Schirme, Antennen-Ausrichtung und den Zustand des Kuwoaa-Antriebs. Sie gaben Auskunft, daß der Hunger in spätestens zwei Tagen zu einer Dauerschädigung seines Gehirns und in spätestens einer Woche zu seinem Tod führen würde.

Er blieb vor dem Instrumenten-Paneel stehen und sah nach, ob sich etwas verändert hatte, ob er vielleicht Hoffnung schöpfen konnte. Es gab keine Hoffnung. Er nahm einen schwarzen Stift und malte alle Skalen zu, die Daten über ihn selbst enthielten.

Er schlug die Augen auf und hatte Hunger. Er lag unter der Arbeitsplatte des Computer-Terminals und betrachtete die

Konsole. Er hatte sie noch nie zuvor aus diesem Winkel gesehen, und der Anblick reizte ihn.

»Ich bin zu schwach zum Sterben«, sagte er und schämte sich gleich darauf seiner Worte. Er schaute sich um, ob ihm jemand zugehört hatte. Niemand hatte ihm zugehört. Es war niemand da. Der Raum war leer. Seine Ohren dröhnten von der Stille des Raumes. Er horchte angespannt, versuchte zu hören, wie die Stille klang, woher der Lärm der Stille kam. Er konnte es nicht erkennen. Eine Ratte huschte über das Computer-Terminal oberhalb seines Kopfes. Er sprang auf, um nach ihr zu suchen.

»Ich kann gar nicht glauben, wie leicht sich mein Kopf anfühlt«, dachte er und tippte diesen Satz in den Computer.

– Hattest du diesen Zustand schon öfter? –

Ja. Als sich der Kontrollraum vom Schiff löste. Ich sah, wie das Schiff verschwand, und mein Kopf fühlte sich leicht an. Beschissen leicht.

Er las die Worte auf dem Sichtschirm. »Beschissen leicht!« wiederholte er. Das Eingeben von ordinären Sprüchen schien keine Erleichterung zu bringen.

»Scheiß-Computer!«

Er begann auf und ab zu gehen. Zwei Schritte, kehrt, zwei Schritte. Zwei Schritte, kehrt, zwei Schritte.

Als ihm zu Bewußtsein kam, daß er immer noch auf und ab wanderte, konnte er nicht mehr sagen, wie lange er das bereits tat, wie lange er schon Kalorien verbrannte. Das beängstigte ihn. Er streckte die Hand nach einer Wand aus, suchte Halt beim Raum selbst. Er warf einen Blick auf das Computer-Terminal. Er trat langsam näher, unterwarf jede Bewegung seinem Willen, um genau das Ergebnis zu erreichen, das er im Sinn hatte.

Es gibt keine Ratten auf dem Schiff.

– Ich weiß –

Ich habe Hunger!

– Ich weiß –

Weißt du auch, wonach ich mich jetzt sehne? Nach einem Frühstück im Bett. Nach einem Frühstück im Bett und nach einer Stange Weißbrot, die ich bei einem ausgiebigen Spaziergang essen kann. Und nach einem Picknick-Korb. Ich würde spazierengehen und einen Picknick-Korb mitnehmen. Roastbeef-Sandwich müßte drin sein, Mayonnaise und Kartoffeln.

Er begann laut zu sprechen, zu schnell zum Eintippen. »Und Eiersalat und Lachs und Schinken und Thunfisch und Kuchen und Huhn. Huhn! Huhn vom Grill. In Weinsoße. Gebacken. Barbecue-Huhn. Curry-Huhn. Kaltes Huhn für den Tag nach dem Festessen, wenn man noch satt ist und einfach ein wenig nascht, weil man den Geschmack von kaltem Huhn liebt.«

Gib mir ein Huhn, gib mir ein Huhn, gib mir ein Huhn!

Auf dem Sichtschirm leuchtete die Digitalabbildung eines Huhns. Er starrte das Terminal an und begann an seinem Daumen herumzukauen. Er biß zu, daß es schmerzte. Er erhob sich langsam, wich von dem Schirm zurück, ohne ihn aus den Augen zu lassen. Er wich bis ans andere Ende des Kontrollraums zurück. Er drehte den Kopf, betrachtete den Computer erst aus dem einen, dann aus dem anderen Augenwinkel. Er schloß die Augen, er öffnete sie, er sprang den Schirm an.

»GIB MIR ZU ESSEN, GIB MIR ZU ESSEN, ICH WILL ESSEN!«

Er bearbeitete den Schirm mit den Fäusten. Er suchte in seinen Taschen nach etwas, womit er ihn zerstören konnte. Er fand nichts.

»Nichts. Nicht einmal ein paar Münzen. Ich habe kein Geld.«

Ich habe kein Geld.

Er ging an die drei Spinde, die sich im Kontrollraum befanden, wühlte darin herum, verstreute die weißen Coveralls auf dem Boden. »Ich habe kein Geld!«

Ich habe kein Geld. Ich kann mir nichts zu essen kaufen.

– Auf diesem Schiff ist kein Geld. Und kein Essen. Ich verstehe nicht, wie du Essen kaufen wolltest, selbst wenn du Geld hättest. –

Wenn ich ganz viel Geld hätte, würde ich auch was zu essen kriegen. Du kennst die Menschen nicht! Wenn ich genug Geld hätte, wäre was zu essen da. Ich beschaffe mir das Geld. Ich werde es gewinnen, beim Poker. Wir beide werden pokern.

– Ich habe kein Geld. Du sagst, daß du kein Geld hast Wie ...? –

Auf der Erde habe ich Geld. Ich erwarte einen Gehaltsscheck. Um den pokern wir. Ich leihe dir Geld und gewinne es zurück. Dann bin ich reich und kaufe mir was zu essen. Bau einen Zufallszahlen-Generator für 52 Karten auf! Dann ordnest du meine Karten und deine getrennten Speichern zu. Gib! Erst mal fünf Karten für jeden! Der Einsatz beträgt einen Dollar.

– Möchtest du ...? –

Gib endlich!

– Ist bereits geschehen. Die Karten liegen vor dir ... –

Copyright © 1980 by Gary Weinberg

Es gibt kaum jemand, der sich seine Zeit so genau einteilen muß wie Daphne Castell. Will sie etwas zu Papier bringen, so muß sie eine Ecke des Küchentisches freimachen, die Schreibmaschine hinschleppen und dann, sagen wir eine Dreiviertelstunde lang wie eine Wahnsinnige tippen. Danach gilt es, alles wieder abzuräumen und loszuflitzen – entweder zu dem Sender, bei dem sie arbeitet, oder zu der Kirche, in der sie das Mesneramt versieht, oder um eines ihrer zahlreichen Kinder zu einer der zahlreichen Musikstunden zu bringen, beziehungsweise von dort abzuholen. Ohne ihre Stoppuhr wäre sie vermutlich glatt aufgeschmissen.

DAPHNE CASTELL

Haushaltsgötter

Das Haus von Miß Morris hob sich wie ein etwas störrisch vorgerecktes Kinn von den seltsam niedrigen Konturen ringsum ab. Die Vibras hatten über dem Erdgeschoßbereich kaum etwas stehen lassen – keine Kamine, keine Antennen, keine Masten.

Das Haus war ein Wunder der Widerspenstigkeit, das in gut einer Meile Umkreis seinesgleichen suchte. Wie die Ruinen in der Nachbarschaft besaß es einen von unzähligen feinen Sprüngen durchzogenen weißen Email-Überzug, die Glätte, die entstand, wenn die Vibras Staub aufwirbelten und die Körnchen mit unglaublicher Geschwindigkeit über alle Flächen jagten. Glas sah man natürlich kaum. Eine Woche lang etwa waren glitzernde Scherbenhäufchen umhergelegen, aber die Schneemänner liebten Glas. Sie hatten selbst die kleinsten Kristalle aufgelesen. Keiner wußte, was sie damit taten, ob sie die Splitter benutzten oder nur behielten, um sie anzusehen und damit zu spielen. Ihr Tun ließ sich selten mit Menschen-Logik erklären. Fest stand nur, daß sie das Glas nicht verzehrten. Sie liebten Menschenkost – und die in gewaltigen Mengen.

Ein Schneemann brauchte etwa dreimal soviel Nahrung wie einer der besiegten Erdenmenschen.

Der Vordereingang zum Haus von Miß Morris stand offen – eines der Scharniere schien beschädigt. Major Barry hatte versprochen, etwas dagegen zu unternehmen. Aber das kostete Zeit, Energie und Material. Zeit hatten sie genug; an den beiden anderen Voraussetzungen dagegen fehlte es.

Nicht weit entfernt stieg eine Nachschub-Fähre auf, von der großen, eisglatten Ebene, die früher eine Rollbahn und mehrere Häuserreihen beherbergt hatte. Die Fähre brachte ihre Schätze zu einem Raumschiff, das sich in einer Parkbahn um die Erde befand.

Die losen Tapetenfetzen in Miß Morris' Wohnzimmer raschelten in dem gewaltigen Windstoß, den das Schiff auslöste.

»Der Kleister hat nicht lange gehalten, Liebes«, meinte Miß Beavis, die mit überkreuzten Beinen auf einem Mattenstreifen saß. Sie gehörte zu den frühen Gästen. Miß Morris antwortete nicht sofort. Klang da nicht eine Spur von Bosheit in Miß Beavis' Worten mit? Miß Morris musterte sie kritisch. Aber man konnte nach allem, was geschehen war, niemanden von den Parties ausschließen. Und Miß Beavis liebte Parties, auch wenn sie die Rolle der Gastgeberin der des Gastes vorgezogen hätte.

Nur weil ihr Haus stehengeblieben war, erlebte es Miß Morris nun gelegentlich, daß man sie stillschweigend als Autorität behandelte. Die wenigen Männer, die noch Reparaturen ausführen konnten, wandten sich an sie und fragten sie um Rat, etwa dann, wenn ein unerwarteter Sturm Schäden angerichtet hatte, die man in Ordnung bringen mußte. Major Barry, der sie vor der Invasion gern als ›tüchtige kleine Frau‹ bezeichnet hatte, benützte jetzt die respektvollere Anrede ›unsere tapfere kleine Heldin des Widerstands‹. Dabei hatte nicht sie Widerstand geleistet, sondern das Haus.

»Es lag wohl am Mehl«, meinte sie schließlich. »Ich war ... wir waren alle froh, daß noch etwas übrigblieb. Hoffentlich hat jeder genug abbekommen. Aber der letzte Rest bestand, soviel ich weiß, hauptsächlich aus gemahlenen Buchäckern.«

Cathy kam aus ihrer Ecke getrippelt und stellte sich auf die Zehenspitzen, um ein Ende der herabhängenden Tapete in einen Schlitz zu stopfen. Das ungesunde Essen ließ sie schlaksig erscheinen, und die langen, wirren Strähnen rahmten blasse, pickelige Teenager-Wangen ein.

»Wir müssen das *Haus* und die *Dinge* instandhalten, so gut wir können, Miß Morris. Wir müssen und wollen es. Es ist ein ... ein ... mir fällt das Wort nicht ein. Etwas, woran sich die Leute festklammern ...«

»Ein Symbol? Ein Zeichen?« fragte Miß Beavis. Jetzt konnte sie die Bosheit nicht mehr verbergen. Ihr spitzes, hageres Gesicht mit dem dunklen Teint war ganz verkniffen.

Cathy, zu lieb und naiv, um Bosheit als solche zu erkennen, nickte dankbar. Sie betete Miß Morris an, sie ging ihr in allen Dingen zur Hand, sie war manchmal sogar ihr Sprachrohr.

Sie wußte stets, welche Leute vermißt, fortgezogen oder gestorben waren. Sie erzählte von denen, die verhungert waren oder bald verhungern würden, und sie gab auf die Kinder acht, damit sie nicht unter die rätselhaften, stumpf dahinrollenden Maschinen der Schneemänner gerieten.

»Kann ich schon anfangen?« fragte sie beinahe ehrfürchtig, und Miß Morris nickte. Zwei Männer verdunkelten den ohnehin düsteren Eingang, und die Gastgeberin erhob sich anmutig, um sie zu begrüßen.

»Major Barry! Mister Davids! Wie reizend!« Genau die rechte Mischung von Freude und gelinder Überraschung.

Der Major verbeugte sich steif wie eine Marionette, und das Blut schoß ihm von der Anstrengung ins Gesicht. Mister Davids lächelte nur liebenswürdig. Dabei wanderten seine Blicke prüfend über die Anwesenden.

Cathy war in den Keller hinuntergehuscht.

»Sie holt die Sachen herauf? Soll ich ihr helfen? Nicht auszudenken, wenn sie einen Stapel fallen läßt!« Mister Davids hatte einen scherzhaften Ton angeschlagen, aber seine kaum verhüllte Angst verdüsterte einen Moment lang die Mienen der anderen.

Cathy brachte den ersten Stapel mit Tellern, Tassen und Schüsseln. Sie trug die Sachen mit der Konzentration einer Priesterin.

Miß Morris half ihr beim Austeilen. Spode, Rockingham, Wedgewood für den Tisch der Gastgeberin. Mutters wunderschöne Sammlung.

Die anderen – Überreste von einem Dutzend verschiedener Service – schlichtweiß, geblümt, abgestoßen, in allen Formen, allen Größen, wurden für die übrigen Gäste sorgfältig entlang der Seiten verteilt. Heute gab es weder Wellpapier noch Blätter, weder Karton noch Blech- oder Pappereste, denn heute war *Party,* und heute aßen alle von richtigen Tellern. Noch konnte man die Gedecke nicht füllen, denn selbstverständlich brachten die Besucher ihr Essen selbst mit – das wenige, das sie entbehren konnten.

Auf einem Teller lagen die letzten Erbsen aus dem Garten. Ungekocht, natürlich, denn Miß Morris hatte heute schon einmal gespeist, und es gab kein Heizmaterial mehr bis morgen. Aber immerhin ein Luxus. Sie würde darauf achten, daß jeder ein paar davon bekam.

Eine angeschlagene Sauciere enthielt ein Stück krümeligen Ziegenkäse. Sie selbst mochte ihn nicht, aber er hatte so viele Vitamine. Schade, daß nicht mehr davon da war. Vielleicht hätte sie ihn beiseitelegen und später an die Kinder verteilen sollen. Aber Cathy hatte gemeint, sie könne noch mehr davon machen.

Mister Deacon brachte Papierservietten mit. Wenigstens an Papier herrschte kein Mangel. Die paar Fabriken, in denen noch gearbeitet wurde, verwendeten als Ausgangsstoff das harte Gras, das zwischen den Ruinen wucherte. Es gab noch mehr Verwendungsmöglichkeiten für Gras; Miß Morris hoffte nur, daß die Kekse einigermaßen genießbar waren. Es bereitete große Mühe, Grassamen zu sammeln und zu mahlen, und sie besaßen kaum Geschmack. Wahrscheinlich mußte man in Zukunft größere Abstände zwischen die Parties legen. Dabei dauerte es jetzt schon ein paar Monate, bis man eine vorbereitet hatte.

Man hörte ein Schlurren und Schleifen und dann ein dumpfes Klatschen, als sei ein schwerer Gegenstand in die Tiefe geschlittert.

Angst ließ die Farbe aus allen Gesichtern weichen.

»Das Dach!« Major Barry entledigte sich mit ernster, entschlossener Miene seines Mantels. »Darum müssen wir uns sofort kümmern, meine Liebste, Party oder nicht. Entschuldigen Sie mich! Wir können das Haus schließlich nicht verlottern lassen!« Er ging nach oben, gefolgt von Mister Deacon und Mister Davids, noch ehe das schwache, anmutige Lächeln auf ihren Lippen erstorben war. Energisch verdrängte sie den Verfall des geliebten Hauses aus ihren Gedanken und begann die Gäste zu begrüßen, die nun nacheinander hereinströmten. Schade, daß die Kinder nicht mitgekommen waren; aber ihre Eltern fürchteten sich davor, alle gleichzeitig an einem Ort zu versammeln. Und ihr selbst fiel es immer schwerer, die verwirrten, schmalen Gesichtchen anzusehen.

»Etwas Neues draußen?« wandte sich Miß Beavis an Mrs. Latham. Miß Beavis schnitt stets als erste bedrückende oder unangenehme Themen an, und Miß Morris spürte mit einem Mal heißen Zorn in sich aufwallen. Warum konnten sie nicht wenigstens auf ihrer Party die verdammten Schneemänner vergessen? Die Schneemänner machten sich bestimmt keine Gedanken über die Menschen, sondern sahen in ihnen bestenfalls die Lieferanten nie endender Lebensmittel und anderer Dinge. Sie waren nicht einmal grausam, es sei denn aus Versehen, oder um ihre Überlegenheit zu demonstrieren. Die Lathams wohnten in der Nähe ihres farblosen, nichtssagenden Lagers, wo sie Tag für Tag die großen Schiffe aufsteigen sahen, in denen die Schneemänner alles fortschafften, was sie essen oder sonstwie verwenden konnten.

»Nichts«, entgegnete Mrs. Latham düster. »Es gibt nie etwas Neues. Wir sind für sie eine Art bewohnte Goldmine oder ein Laden, den sie plündern, um nicht zu verhungern.

Angenommen, wir täten das gleiche – würden wir uns dann um die Ratten kümmern, die zwischen den Mauern umherhuschen? Man muß sich immer wieder sagen, daß es überall so ist, in China, in Paraguay oder in Frankreich. Sie brauchen unsere Vorräte auf, systematisch, aber ohne besonderen Haß.«

»Eine lächerliche Situation!« fuhr Mister Latham auf. »Ich habe versucht, mit einigen ihrer Anführer ins Gespräch zu kommen.« Mister Latham war Universitätsdozent für Fremdsprachen und fungierte in den seltenen Fällen, da die Schnemänner sich zu Kontakten herabließen, als Dolmetscher. »Ich habe ihnen erklärt, daß sie uns am Leben lassen müssen, daß es notwendig sei, eine richtige Landwirtschaft aufzubauen und sei es nur, um ihre eigenen Bedürfnisse zu befriedigen. Sie schauten mich lediglich verständnislos an. Diese weißen Gesichter wirken immer leer. Sie meinten, es seien doch eine ganze Menge von uns am Leben, und worüber wir uns eigentlich beklagten!«

»Bauern, Metzger und solche Leute sind besser dran als unsereiner«, meinte Miß Beavis nachdenklich. »Die bekommen regelmäßige, ausreichende Rationen, nicht wahr?«

Mister Latham nickte. »Auch Kunsthandwerker und Fabrikanten bestimmter Artikel. Sie haben was für Souvenirs übrig, diese weißen Teufel. Aber was uns betrifft – nun, es stört sie nicht, wie mir einer ihrer Offiziere erklärte, daß wir für uns selbst sorgen. Sie stellen uns nichts in den Weg, wenn wir versuchen, am Leben zu bleiben. Aber sie beanspruchen jegliche, in größeren Mengen hergestellte Nahrung für sich. Die Reste, das Zeug, das von der Hand in den Mund geht, dürfen wir behalten. So eine verdammte Verschwendung!« Er schluchzte fast vor Hilflosigkeit. »Sie kommen gar nicht auf den Gedanken, den Planeten oder uns oder sonstwas zu erhalten. Es geht ihnen rein um die eigenen Vorräte! Man kann sich ihnen nicht verständlich machen. In ihren Gehirnen ist einfach kein Platz für Gefühle wie Mitleid. Sie würden nie begreifen, was Altruismus ist, und wenn ich den Rest meines Lebens damit zubrächte, es ihnen zu erklären! Es scheint sie eher zu erstaunen, daß wir von ihnen so etwas wie Rücksichtnahme erwarten. Sie sind die Macher – was in aller Welt haben die kleinen Nichtse ihnen vorzuschreiben?«

Major Barry kehrte zurück. Auf seinen sauberen Manschetten zeigten sich Schmutzspuren. Er sprach mit dem bescheidenen Stolz eines Mannes, der genau wußte, wie man das *Haus* in Schuß hielt.

»Ein loser Dachziegel, meine Liebe, sonst nichts! Er liegt im Moment sicher im Netz.« Es gab natürlich eine ganze Reihe Löcher im Dach, aber emsige Hände hatten in Teer getränkte Säcke daruntergespannt, solange es noch Teer und Säcke gab.

Diesen Notbehelf zu ersetzen, würde schwerfallen. Der Dachziegel selbst stellte kein Problem dar.

»Das ist überhaupt kein Problem«, bestätigte Major Barry. »Das schaffe ich zusammen mit dem guten Mister Davids.« Mister Davids verneigte sich und lächelte bescheiden. »Aber wir sind natürlich froh über jeden Freiwilligen, der sich zur Verfügung stellt!« Ein Seufzer der Erleichterung ging durch die Reihen, und eifrige Helfer lächelten ihn an.

Ein dünner Nesseltee wurde gebraut; man begutachtete die kunterbunte Kollektion von Essensresten und verzehrte sie mit höflicher Zurückhaltung, die nur dürftig den Heißhunger verhehlte.

Aber Mrs. Latham kam wieder auf die Schneemänner zu sprechen. »Du hast noch nicht erwähnt, mein Lieber, weshalb sie keinen Wert darauf legen, daß wir sozusagen ihre Äcker bestellen!«

»Ist doch sonnenklar!« Major Barry redete mit fast vollem Mund und sehr von oben herab. »Als alter Soldat kennt man das. Politik der verbrannten Erde! Eine Methode, die ich persönlich stets verabscheut habe. Es sei denn, man flieht in panischem Entsetzen vor einem überlegenen und sehr aggressiven Feind. Aber selbst dann braucht man Vorräte. Die findet man unterwegs nicht immer.«

»Nein, nein.« Mister Latham schüttelte verdrießlich den Kopf. Sein Auditorium stellte nicht die richtigen Fragen, es wandte seinen Intellekt den Nebendingen zu. »Wenn sie sich auf dem Rückzug befänden, würden sie dann so lange hierbleiben? Sie haben weder versucht, sich einzugraben, noch eine Verteidigung aufzubauen oder die Leute zur Arbeit zu zwingen – von der Nahrungsbeschaffung einmal abgesehen. Sie führen Reparaturen durch, das ist es!« Er machte eine kleine Pause und starrte mit seinen kurzsichtigen Augen triumphierend in die Runde, ein Mann, der wußte, was die Invasoren vorhatten.

»Reparaturen? Achtzehn Monate lang?« Miß Morris zog ungläubig die Augenbrauen hoch und wandte sich dann Mister Akers zu, um ihn zu trösten. Der alte Mann weinte auf Parties immer bitterlich; sein Gaumen schmerzte entsetzlich, wenn das Essen ihn reizte. Außerdem erschöpfte und verängstigte ihn alles, was nur entfernt nach Zwist aussah. Er bekam einen Schluckauf und schniefte, und die Tränen rollten ihm über die runzeligen Wangen in den Schnurrbart, ohne daß er es verhindern konnte.

»Ja, das erscheint seltsam«, murmelte Miß Beavis. Ihr hilfloser Haß auf die Schneemänner ließ sie ständig an anderen Menschen herumnörgeln; sie fand, daß irgend jemand die Pflicht gehabt hätte, sie vor den Plünderern zu schützen. Der Hunger wirkte sich negativ auf ihre Laune und ihre Ausdrucksweise aus. »Sehr seltsam, daß die ausgerechnet Ihnen alles so genau erläutern!«

Mrs. Latham kam ihrem Gemahl sofort zu Hilfe. »Ihm fällt es eben nicht schwer, ihre Sprache zu erlernen; außerdem kann er zwei und zwei zusammenzählen. Das ist alles.«

»Während andere Leute mit ihren Worten nur Unheil anrichten«, setzte Mister Davids unvermutet hinzu. »Seien Sie endlich still, Miß Beavis! Bitte, Latham, sprechen Sie weiter!«

Das auf Kisten und Kartons ausgebreitete Porzellan und Steingut klirrte und klapperte, als in der Ferne erneut ein Shuttle in den Orbit startete. Miß Morris hob die Hand, und das Stimmengewirr wurde leiser.

»Ich glaube nicht, daß sie noch sehr viel länger auf der Erde bleiben. Ein Jahr vielleicht. Das ist kein Wissen, sondern mehr eine Ahnung, die Art von Intuition, die man erlangt, wenn man beobachtet, was sie mitnehmen oder zerstören oder sammeln. Als ob sie zu sich selbst sagten: ›Ach, das lohnt sich nicht, bis dahin sind wir fort!‹ Oder: ›Nein, die Ernte warten wir nicht ab, so lange bleiben wir nicht mehr.‹«

»Ein Jahr!« Aus den glanzlosen Augen von Miß Morris quoll eine Träne und tropfte auf Mister Akers' welke Hand, die sie sanft tätschelte. »Aber das *ist* lang! Zu lang. Nach einem Jahr wird kaum noch jemand am Leben sein. Überall auf der Erde reißen sie an sich; was wir besitzen, um es entweder gleich zu verzehren oder für später aufzuheben. Und wir Menschen siechen dahin und verhungern.«

»Wenn wir wüßten, daß sie eine Kolonie gründen wollen, daß sie Eroberer oder Despoten sind, wäre ein Jahr eine segensreich kurze Zeit, die wir schon in der Vorfreude auf ihr Verschwinden überleben könnten. Wenn wir es *wüßten!* Aber wir wissen es nicht. Wir wissen nur, daß sie nichts von uns persönlich wollen, daß unser Planet für sie eine Art Zwischenstation ist«, sagte Mister Davids leise.

Mister Latham nickte. »Sie legen eine Rast ein. Eine Weile nur bleiben sie – auf einer Welt, die für sie geeignet ist. Sie werden schließlich weiterziehen, zu einem unbekannten Ziel. Ihr Tempo ist so atemberaubend, ihre Technik ist so überlegen, daß uns jede Vorstellung fehlt, auf welche Weise sie sich fortbewegen oder was sie dazu benötigen. Aber irgendwann werden sie aufbrechen. Ihr Weg führte sie bis jetzt zu den dichteren Sternregionen unserer Milchstraße, da, wo die Welten sich im Vergleich zu dem dünn gesäten Materiestaub unseres Raumsektors wie Rosinen in einem Kuchen drängen. Vielleicht sind sie Touristen oder Forscher oder sonstwas, wovon wir keine Ahnung haben. Aber wenn in früheren Zeiten auf der Erde ein Handelsschiff an einer Pazifikinsel festmachte, kümmerte sich auch niemand darum, was die Eingeborenen dazu meinten. Was sie fühlten, wenn ihre Palmen gefällt, ihre Schweine geschlachtet, ihre Schildkröten-Eier geraubt wurden. Der Kapitän eines solchen Schoners verschwendete vermutlich keinen Gedanken daran, ob der eine oder andere von den Eingeborenen, die ihm dankbar von ihrer leergeplünderten Küste nachwinkten, nun verhungern mußte. Die Schneemänner haben einen langen, großartigen Aufstieg in Technik und Wissenschaft hinter sich. Ich würde sagen, daß ihre Ethik und Moral irgendwo als armseliges Häufchen Abfall am Wegrand zurückblieb.«

Major Barry hüstelte dünn; es klang fast verlegen. »Sie halten mich gewiß für einen kindischen alten Militaristen.« Das war keine Frage. »Aber sehen Sie, die machen sowas nicht zum erstenmal. Und irgendwann werden auch sie ihre Lektion erteilt kriegen, überragende Technik hin oder her! Vielleicht sogar von uns. Verzweiflung macht stark.«

Eine Fliege taumelte durch einen Sonnenstrahl und summte schläfrig an der vergilbten Wand entlang. Sie ließ sich auf Dielenbrettern nieder, die nicht ein Krümel enthielten, und Miß Beavis zerstampfte sie mit einer ungeduldigen Geste.

»Sie haben den kleinen Stephen Marriott umgebracht.« Mister Akers' dünne Greisenstimme zitterte, als bemühte er sich vergeblich, auf die Beine zu kommen. Die Gäste rutschten unbehaglich hin und her und schauten zur Seite; der eine oder andere trat sogar vor die Tür hinaus. »Einfach umgebracht, jawohl, das haben sie, mit einer dieser großen Kugeln, die über den Boden rollen und Erdbrocken, Steinchen oder Pflanzen aufsammeln.«

»Eine Art Testgerät«, sagte Mister Davids. »Es hat den Kleinen erwischt. Dabei tat er nichts, nicht das geringste! Er hat nur gespielt. Fünf war er, ein goldiger kleiner Kerl. In diesem Alter denken sie eben nur ans Spielen, sind völlig vertieft in das, was sie gerade tun. Seine Mutter rief nach ihm, und ich rief ebenfalls, aber er hörte uns nicht. Hörte weder unsere Stimmen noch das große Ding, das leise näherkam. Und als es ihn überrollt hatte, hielt es nur einen Moment lang an, als überlegte es: ›He, was war das nun wieder?‹ Und dann setzte es seinen Weg fort, mal hierhin, mal dahin, nahm eine Probe auf und noch eine, als sei nichts geschehen. Dabei lag der Kleine kaum drei Meter entfernt, totgequetscht, zermalmt, und aus seinen Kleidern stiegen noch kleine schwarze Rauchwolken auf. Seine Mutter schrie und schrie und konnte nicht mehr aufhören.«

»O bitte, Mister Davids, nicht!« flehte Cathy und preßte die roten, mageren Finger an die Ohren.

»Das Geschöpf in dieser Maschine hat nicht einmal angehalten, hat gar nichts bemerkt, ist in seiner Arbeit fortgefahren, als befände es sich auf einer anderen Welt – und als seien wir nicht lebendig!«

»Die Kugel wurde von einem Roboter gesteuert«, erklärte Mister Latham logisch.

Aber Mister Davids entgegnete traurig: »Wir sind auch nicht richtig lebendig für sie, Mister Akers – sie sehen bestenfalls Tiere in uns. Und sehr bald, vielleicht, wenn sie wieder fort sind, vielleicht auch schon eher, werden die meisten von uns auch nicht mehr sein als verhungernde Bestien.«

»In Afrika und Indien soll alles noch schlimmer sein«, warf Miß Beavis düster ein. »Die hatten ja schon vorher kaum was zu essen.«

Major Barry räusperte sich mit wachsendem Zorn. »Vielleicht verschwinden sie wirklich bald und lassen die arme alte Erde in Ruhe, aber sie wird dann nicht mehr das sein, was sie war. Nur noch ein großer Staubball, ohne Grün – alles Leben am Ende! Die Menschen werden sich gegenseitig auffressen oder sonstwie zugrundegehen. Diese weißen Schweine! Wenn wir ... wenn wir nur einen Weg fänden, uns zu vereinen! Wenn wir wüßten, woraus sie bestehen, wo ihre Schwachstellen, ihre wunden Punkte sind! Sehen Sie, Latham, ich glaube, daß gerade ihre Gleichgültigkeit uns gegenüber sie verwundbar macht. Habe das schon des öfteren bei Eingeborenen-Despoten erlebt, diese habichtartige Teilnahmslosigkeit, dieses ›Was-geht-mich-die-Herde-an?‹ War schon immer ein Fehler. Wenn sich das Volk dann erhebt, sind sie zu verblüfft, um auch nur einen Finger zu rühren.«

Eine Spur von Verachtung war in Mister Lathams Lächeln zu erkennen. »Möchten Sie wirklich eine aussichtslose Hoffnung nähren, Major?«

»Ich hätte gern das Gefühl, daß ich im Moment des Handelns genug Übersicht und genug Wissen besäße, um das Richtige zu tun«, sagte der Major mit überraschender Würde, und Mister Davids, mit einem Mal ein echter Sohn von Wales, fügte hinzu: »Du liebe Güte, ja! Da brauchten wir einen, der aufsteht und den Oberbefehl übernimmt!«

Miß Morris begann abzuräumen. Sie hatte ihre Hände so geschult, daß ihre sorgsamen, liebevollen Bewegungen über dem Porzellan elegant anzusehen waren. Cathy half ihr mit kindlicher Konzentration.

»Ich wollte, wir könnten einmal einen Nachmittag verbringen, ohne an sie zu denken«, meinte Miß Morris wehmütig. Die Wärme sickerte allmählich aus dem Raum, das Haus begann zu knarren und zu ächzen und war dann wieder still. »Wenn wir sie ein wenig vergessen könnten, wenn wir nicht immer überlegten, weshalb sie hier sind und wann sie wieder verschwinden werden, dann wären wir womöglich eine Spur glücklicher.«

»Aber bestimmt nicht gesünder«, meinte Miß Beavis mit einem bitteren kleinen Lachen. »Haben Sie sich in letzter Zeit einmal echt wohl gefühlt, meine Liebe? So richtig schläfrig satt, mit vollem Magen und den vielfältigen Erinnerungen an Geschmack und Beschaffenheit der genossenen Speisen, an ihre Knusprigkeit und ihr Zerschmelzen, an den letzten heißen oder kalten Schluck, der die Kehle hinunterlief und das Mahl abschloß? Wir haben heute nachmittag zwar gegessen, aber es war kein Genuß dabei.«

Mister Akers rieb sich erneut die Augen.

»Ich weiß nicht, wie lange es her ist, seit ich was Richtiges zu beißen bekam. Brocken, die man kauen konnte. Es scheint, als gäbe es seit einer Ewigkeit kein Fleisch, keinen Fisch und keine herzhaften Pasteten mehr. Und trotzdem war es wie immer eine wunderschöne Party, Miß!« Er verneigte sich liebenswürdig vor Miß Morris.

»Die Party ist jetzt aus, Mister Akers«, sagte Cathy leise. »Hat sie Ihnen gefallen?«

»Und ob, meine Liebe! Ich weiß nicht, was wir anfangen würden, wenn es keine Parties mehr gäbe.«

Das dauert nicht mehr lange, dachte Miß Morris, aber sie sprach den Satz nicht laus aus. Statt dessen fragte sie: »Cathy, könntest du vielleicht Mister Akers heimbegleiten?«

Cathy schob den stolpernden alten Mann liebevoll durch die Tür und schleppte ihn mit kleinen, ermutigenden Ausrufen die Stufen hinunter.

Die meisten Gäste waren inzwischen aufgebrochen. Der Major und Mister Davids blieben noch, ebenso Miß Beavis und die Lathams.

Mister Davids und der Major fachsimpelten über das Werkzeug und die Reparaturarbeiten, die sie am nächsten Tag erledigen wollten, und Miß Morris warf ihnen dankbare Blicke zu. Das leise Schlurren und Scharren von oben löste kein Entsetzen aus, sondern unterstrich nur die Notwendigkeit ihres baldigen Handelns.

»Der nächste Dachziegel«, meinte der Major resigniert. »Sehen wir mal nach, wo er sich gelöst hat, Mister Davids, ja? Vielleicht warten seine Nachbarn nur darauf, ebenfalls in die Tiefe zu schlittern.«

Sie erklommen die Treppe mit der polternden Energie von Männern, die genau wußten, was sie taten. Miß Morris, die eben die letzten Teller stapelte, merkte nicht, daß die Gespräche verstummt waren, bis Mrs. Latham nach oben schaute und meinte: »Was machen die da droben? Es ist merkwürdig still.«

Ihre Worte wurden im nächsten Moment Lügen gestraft. Man vernahm plötzlich ein lautes Scharren, gefolgt von schweren, hastigen Schritten. Jemand rannte rücksichtslos die sorgfältig instandgehaltene Treppe herunter.

Major Barry, mit hochrotem Kopf, und der leichenblasse Mister Davids tauchten gleichzeitig an der Tür auf. Der Major schoß als erster herein.

»Da droben ist einer von ihnen!« keuchte er. »Kam mit einem dieser Flugapparate, die sie manchmal benutzen. Muß auf dem Dach gelandet sein – auf dem *Dach!* – und schnüffelt jetzt herum. Sammelt alles ein, den losen Ziegel und das alte Regenschirmgestell – die Sachen, die Sie im Speicher aufgehoben haben, Miß Morris!«

»Als Souvenirs. Oder als wissenschaftliches Material.« Mister Davids atmete schwer. »Glauben Sie, er geht wieder, wenn wir ihn in Ruhe lassen? Oder möchten Sie mit ihm sprechen, Latham?«

»Wozu denn?« entgegnete Latham mit tiefer Bitterkeit. »Wenn er in dem Haus etwas sieht, das ihm gefällt, dann holt er es sich auch. Welchen Sinn hätte es, mit ihm zu sprechen? Die hören doch nicht auf unsereinen!«

Miß Morris beugte sich erstarrt vor und breitete schützend ihre Arme über die Teller aus. Sie wirkte wie eine verängstigte Glucke, die ihre Küken verteidigt.

»Wir dürfen ihn nicht aufhalten oder ... oder ... sonstwas unternehmen!« kreischte Miß Beavis. »Widerstand können sie nicht leiden. Sie bestrafen alle, die sich ihnen in den Weg stellen!«

»Bestrafen kann man nur jemand, der ein Unrecht begangen hat«, entgegnete Mister Davids düster. »Es ist aber kein Unrecht, sein Eigentum zu schützen, oder?«

Man hörte ein Tappen. Es kam näher. Der Schneemann starrte durch die Tür herein. Er sah für die verängstigten Menschen nicht anders aus als jeder Angehörige seiner Rasse. Er war völlig weiß – selbst seine Augen wirkten farblos. Er hatte einen großen, runden Kopf; sein massiger Körper schien von einem weiten, ausgestellten Regenmantel mit vielen Falten umhüllt. Niemand wußte, ob es sich dabei um die Haut der Schneemänner oder um eine Art Schutzkleidung handelte. Von seiner Schulter hing ein Metallnetz, in dem er einigen Krimskrams gesammelt hatte. In einer Hand trug er ein winziges Vibra, eines der gefürchteten Geräte, die einen Menschen in Sekunden auflösen konnten.

Seine ausdruckslosen Augen schweiften über die Menschen hinweg; dann gab er ein paar hohe, schrille Laute von sich. Latham erbleichte.

»Er sagt, daß Miß Morris zur Seite gehen soll«, flüsterte er. »Wenn ich ihn recht verstanden habe, will er die ... die Artefakte sehen.«

Miß Morris starrte ihn an, ohne seine Worte aufzunehmen. Er faßte sie am Arm und führte sie sanft weg. In einer

Hand hielt sie immer noch die große Teekanne, den Stolz ihrer Großmutter und Mittelpunkt jeder Party.

Der Schneemann stapfte näher und nahm einen der Teller. Latham mußte die Laute, die er von sich gab, nicht übersetzen. Das Vergnügen des Fremdlings war für alle Anwesenden sichtbar. Er schob mehrere Teller in das Metallnetz, wo sie merkwürdigerweise zu schrumpfen schienen. Miß Morris stieß einen gequälten Schrei aus.

Der Schneemann stand still und betrachtete sie gleichgültig. Dann streckte er eine der unförmigen Tatzen aus und sprach von neuem.

»Die Teekanne! Er will die Teekanne«, krächzte Latham, und Mister Davids stöhnte. Miß Morris schüttelte todesmutig den Kopf. Die Geste verstand der Schneemann offensichtlich. Er winkte erneut und streckte gebieterisch die Tatze aus. Als Miß Morris ihn reglos und ungläubig anstarrte, drückte er auf einen Knopf am Vibra. Miß Beavis kreischte hysterisch: »Nun geben Sie ihm schon das Ding, Sie blödes Frauenzimmer! Er bringt uns am Ende alle um!«

Aber der Schneemann richtete das Vibra nur auf den Stapel mit den restlichen Tellern. Sie zerklirrten zu einem Scherbenhäufchen. Ein Exempel war statuiert.

Ein Klumpen stieg in Miß Morris' trockener Brust auf und wurde immer größer. Er schnürte ihr die Kehle zu; dann explodierte er mit scharlachroter Hitze in ihrem Gehirn, und sie warf die Teekanne, die sie immer noch umklammert hielt, mit aller Kraft nach dem Geschöpf.

Die Kanne klatschte gegen den großen Kopf des Schneemanns. Es klang, als schlüge jemand mit einem Holzprügel gegen einen Kürbis. Das Geschöpf ging steif zu Boden und rührte sich nicht mehr. Hände und Füße zerrten mit dem schrecklichen Haß der Unterdrückten an ihm. Große weiße Fetzen, die an dickes Papier erinnerten, flogen durch das schäbige Zimmer, als den Menschen wieder einmal so richtig zu Bewußtsein kam, daß sie das Töten noch nicht verlernt hatten.

»Es ist ein Anfang!« keuchte der Major. »Der Auslöser! Wir werden hingehen und es ihnen zeigen – ihnen allen!

Etwas wird geschehen, wenn sie erkennen, daß sie verwundbar sind. Etwas – ich weiß noch nicht, was, aber irgend etwas wird *geschehen!*«

Miß Morris merkte überhaupt nicht, daß die Revolution begonnen hatte. Sie kauerte auf dem Boden und umklammerte sanft und sehr behutsam etwas, das nicht mehr da war.

Copyright © 1980 by Daphne Castell

D. G. Compton hat zehn großartige, in der Welt der SF angesiedelte Romane geschrieben (und darüber hinaus eine Reihe erfolgreicher Gruselromane unter dem Pseudonym Frances Lynch), dagegen höchstens eine Handvoll Kurzgeschichten. Aber in welcher Form auch immer er SF veröffentlicht, sein Thema sind immer die Zwänge, denen uns die Technik unterwirft.

D. G. COMPTON

Bender, Fenugreek, Slatterman und Mupp

Es war genau vier Uhr – noch eine halbe Stunde bis zum Ende der Nachmittagsschicht. Als Bender zur gesetzlich vorgeschriebenen Oberlichte aufschaute, bemerkte er, daß Regen fiel, der den Blick auf die Natur trübte. Einen Moment lang spürte er Enttäuschung, obwohl er wußte, daß so etwas unlogisch war. Regen gehörte ebenso zur Natur wie der Himmel, den er nun nicht mehr sehen konnte. Er starrte die Tropfen an, die auf dem Glas zerklatschten, ungezähmt und heftig, und er war dankbar.

Ein Summen ertönte und lenkte Benders Aufmerksamkeit auf die Zwei-Kubikzentimeter-Wegwerfampullen hinter der sterilen Trennscheibe, die in einer stummen Prozession durch ihren Kunststoff-Förderkanal glitten. Zehn Sekunden später stockte die Prozession, eine Ampulle wurde von den übrigen abgesondert, ein Stück vorgeschoben, in den Fallschacht bugsiert und zur Überprüfung der Formel an die Test-Konsole gestellt. Benders behandschuhte Finger bewegten sich geschickt und zielbewußt, als sie die Steuerung bedienten, welche die Ampulle jenseits der sterilen Trennscheibe anhob und ihren Inhalt in den Füllstutzen des Serum-Analysegeräts kippte.

Die Serum-Analyse dauerte drei Sekunden – bei dem geringsten Verzug hätte im Hauptkontrollraum ein rotes Licht geblinkt. Dann entquollen der Maschine fünfzig Zentimeter Analysenstreifen, die Benders behandschuhte Finger abrissen, so geschickt und so zielbewußt wie zuvor, um gleich darauf das Formel-Testgerät damit zu füttern. Nebenbei kontrollierte er visuell, ob die Matrix der Tagesformel genau im Zentrum lag.

Die Überprüfung des Serums erfolgte ohne Verzug; die Reaktion des Testgeräts wurde lediglich dadurch verlangsamt, daß sich die mechanisch gesteuerten Bestätigungs-Relais schließen mußten. Bender wartete die dazu nötigen 2,5 Sekunden, ehe er das Wiederauffüllen der Ampulle befehlen konnte. Endlich kam das Zeichen: FORMEL IN ÜBEREINSTIMMUNG MIT VEREINBARTEN PARAMETERN.

Geschickt und zielbewußt drückte Bender die Wiedereingabetaste herunter, spreizte einen Finger ab und betätigte zugleich die Taste zum Nachrücken der Ampullen. Er beobachtete, wie die Glasröhrchen in ihrem Kunststoff-Förderkanal die Lücke schlossen, die nach der Serum-Stichprobe entstanden war, und dann ihre Prozession fortsetzten.

Manuell dauerte der gesamte Testvorgang eine Minute und zweiundzwanzig Sekunden. Bender wußte das, ohne es nachprüfen zu müssen. Und da er kein Idiot war, wußte er auch, daß man den gesamten Ablauf per Automatik in glatten 40 Sekunden geschafft hätte. Eine Einsparung von zweiundachtzig Sekunden für jede der durchschnittlich 53 Stichproben-Untersuchungen pro Schicht – das bedeutete eine Gesamteinsparung von 72,43 Minuten – eine Zeit, in der man die Leistung logischerweise um etwa 25 Prozent steigern konnte. Da er kein Idiot war, wußte er aber auch, daß man den Testvorgang deshalb nicht voll automatisierte, damit er und seine vier Kollegen sich nach ihrem jahrelangen Studium am Staatlichen Pharmazeutischen Ausbildungszentrum nicht überflüssig vorkamen. Und für diese Rücksichtnahme – denn wer fühlte sich schon gern überflüssig? – empfand er tiefe Dankbarkeit.

Nun durfte man nicht etwa glauben, daß sich Benders Pflichten auf die Stichproben-Kontrollen beschränkten. Da die Ampullen mit dem S.A.-Serum auf ihrem Weg vom Einfüllen bis zum Versiegeln an den Innenflächen ihres Kunststoff-Förderkanals einen gewissen Abrieb erzeugten, besaß Bender zusätzlich die Befugnis, etwa alle sechs Monate den Servicetechniker für den Kunststoff-Förderkanal zu bestellen. Außerdem mußte Bender an jedem neuen Arbeitstag die Matrix der Tagesformel mit der entsprechenden Nummer auf der Dienstanweisung vergleichen. Zwar hatte sich die Nummer in den sieben Jahren, die er nun im Institut für Serum-Analyse arbeitete, kein einziges Mal geändert, aber das enthob ihn nicht von seinen Pflichten. Schließlich war der Ausschuß für Soziale Anpassung, dem die schwere Verantwortung für die chemische Zusammensetzung der Formel oblag, sich selbst Gesetz. Und das mit Recht.

In der letzten halben Stunde vor Beendigung seiner Schicht füllte Bender das Tagesberichtsheft aus, der Computer nahm eine weitere Stichprobe vor, und der Regen auf der Oberlichte verstärkte sich. Er unterschrieb das Berichtsheft mit gewohntem Schwung, stellte fest, daß heute Mittwoch war und fühlte einen Moment lang Unbehagen in sich aufsteigen. Der Mittwoch gehörte zu den zwei Tagen in der Woche, an denen Körperliche Erfüllung auf dem Programm standen, und er war nicht sicher, ob er dazu Lust hatte. *Lust hatte* ... das war durchaus wörtlich zu nehmen. Er rutschte unruhig auf dem Stuhl hin und her und bemerkte ein ungewolltes, aber unverkennbares Schrumpfen zwischen den Schenkeln, einen ängstlichen Rückzug der Genitalien. Er dachte an seine Frau, die eben ihren Kurs beim Erwachsenen-Bildungswerk abgeschlossen hatte, und sein Unbehagen wuchs.

Aber schließlich wußte jeder, daß die K. E. durchaus ihren Sinn hatte; sie kräftigte das ganze System und reinigte den Geist für den Rest der Arbeitswoche von Ablenkungen. Sie war außerdem, *wenn* sie gelang, durchaus angenehm.

Um vier Uhr achtundzwanzig öffnete sich die Tür des Kontrollraums, und Fenugreek kam herein. Bender hatte Slatterman erwartet. Fenugreek zog seinen nassen Regenmantel aus und hängte ihn neben den Heizkörper. Dann zog er seine Jacke aus und hängte sie ebenfalls auf. Schließlich trat er an den Steril-Schrank, holte Handschuhe hervor und einen weißen Overall, den er wie immer mit völlig unnötigen Verrenkungen überstreifte. Bender schloß die Augen und sagte sich vor, daß er die Macken seiner unsympathischen Kollegen zum Glück nie länger als fünf Minuten pro Arbeitstag ertragen mußte.

»Es regnet«, berichtete Fenugreek.

Bender öffnete die Augen. »Ich hatte Slatterman erwartet«, entgegnete er.

»Ja, nun ...« Fenugreek holte seinen Schreibstift hervor, schüttelte ihn, griff nach der Anwesenheitsliste und trug seinen Namen ein. Bei vier Uhr dreißig, stellte Bender fest, nachdem er unauffällig auf das Blatt geschielt hatte. Obwohl es genau genommen inzwischen vier Uhr einunddreißig war.

»Sie springen für Slatterman ein, ja?« fragte er.

Fenugreek zögerte. »So könnte man es nennen. Wir haben die Schicht getauscht. Der arme Kerl schien keine Lust zu haben.«

»Was soll das heißen?« Bender klang gereizt. Der Satz weckte unangenehme Assoziationen.

»Sie wissen gar nichts?« Fenugreek legte den Schreibstift beiseite und trat dicht hinter Benders Stuhl. Er wartete darauf, daß sein Platz endlich geräumt wurde.

Bender runzelte die Stirn. Natürlich wußte er nichts. »Doch hoffentlich kein neuer Fall von I.I.?« fragte er.

Fenugreek lachte. »Slatterman und ein Irrationaler Impuls? *Slatterman?* Sie machen Witze!«

Bender erhob sich, begann seine Handschuhe abzustreifen und zog den weißen Overall aus. Fenugreek nahm Platz, holte allerlei Krimskrams aus seinen Taschen und ordnete ihn in Reih und Glied auf der Konsole an: seinen Schreibstift, zwei Büroklammern, einen Folienstreifen mit Magentabletten, ein Set, das aus Nagelfeile, Schraubenzieher und Flaschenöffner bestand, sowie ein kleines Bleimodell von einem Terrier, der an einen Laternenpfahl pinkelte.

Bender wandte sich hastig ab und stopfte Overall und Handschuhe in den Müllschacht. »Was dann?« fragte er, während er in seine Jacke schlüpfte. »Wenn Slatterman keinen I.I. hatte, was fehlt ihm dann?«

So absurd war seine Frage gar nicht gewesen. Alle möglichen Leute bekamen heutzutage I.I.s – Menschen, denen man so etwas nie im Leben zugetraut hätte.

Fenugreek zuckte die Achseln. »Grippe? Lungenentzündung? Eitrige Mandeln? Irgend etwas in der Richtung. Jedenfalls konnte ich kaum verstehen, was der arme Kerl flüsterte.«

Bender bückte sich und fischte seinen Regenschirm hinter dem Mantelständer hervor. Er wollte ja nicht streiten, aber das klang verdächtig nach den Anfangssymptomen eines Irrationalen Impulses. Er zog die Nase kraus. Fenugreeks Mantel begann zu dampfen. Das hatte er gleich geahnt. Er verließ den Raum und schloß sorgfältig die Tür hinter sich.

Bender hatte mit dem Gedanken gespielt, auf dem Heimweg zu Mrs. Bender kurz beim Gemeinde-Klub vorbeizuschauen. Trotz des Regens und trotz der Tatsache, daß heute Mittwoch war, fühlte er sich beschwingter als gewöhnlich. Den ganzen Tag lang hatte er, vor der Konsole sitzend, seine Hände beobachtet, wie sie ihre vielfältigen, wichtigen Aufgaben erfüllten, und er hatte sich über ihr Geschick und ihre Tüchtigkeit gefreut. Was waren Hände doch für erstaunliche Werkzeuge! Ein Wunder an fein abgestimmter Koordination! Er war nützlich. Unter den vielen nützlichen Menschen in dieser nützlichsten aller nützlichen Gesellschaften stand er im Mittelpunkt des Geschehens, dem Serum-Zentrum für Soziale Anpassung! Er war der Nützlichste von allen!

Der Gedanke, daß die Hände von Fenugreek und Slatterman – oder auch die seines vierten Kollegen Mupp – ebenso geschickt und tüchtig sein könnten wie die seinen, beunruhigte ihn nicht weiter, denn offen gestanden glaubte er das einfach nicht. Zwischen dem Wissen, daß das SZSA rund um die Uhr besetzt war, und seinem Glauben, daß *er* das SZSA war, lagen Welten.

Er hatte daher mit dem Gedanken gespielt, auf dem Heimweg zu Mrs. Bender kurz im Gemeinde-Klub vorbeizuschauen. Um seine gute Laune dort zu versprühen. Hatte er nicht erst kürzlich gelesen, daß gute Laune eines der wenigen kostbaren Güter war, die sich vermehrten, wenn man sie verschenkte?

Aber drunten in der Vorhalle des Personal-Eingangs fand er einen Brief, der an ihn gerichtet war. Einen selbstklebenden Brief, der am Selbstklebe-Brett klebte. Er nahm ihn ab, hängte sich den Regenschirm über den Arm, öffnete das Schreiben und las es. Es war warm in der Vorhalle des Personaleingangs, die sogar mehr menschliche Züge aufwies, als das Gesetz vorschrieb: einen hinterhältig dreinblickenden, befehlsgewaltigen Pförtner, eine Stechuhr, einen nachgebauten Paternoster, der sich in nichts von den echten Aufzügen dieser Art unterschied, ein paar mickrige Kletterpflanzen, die gerahmten Gemälde eines Kollegen, einen ungenauen Wegweiser und den schwachen Geruch nach Toiletten. Auch der Brief an Bender enthielt menschliche Züge. Es stand darin in wärmster Form, daß er ab Freitag von seiner Arbeit im SZSA freigestellt sei.

Man habe, so hieß es in dem Schreiben, eine Umbesetzung für sinnvoll erachtet. Unter Berücksichtigung seines langjährigen Studiums am Pharmazeutischen Ausbildungs-Zentrum der Regierung sei man zu der Überzeugung gelangt, daß eine verantwortliche Position bei der Westlichen Regional-Behörde dem Leistungsstand des Beschäftigten optimal entspräche. Selbstverständlich sei man bereit, ihm einen Kalendermonat lang die Fahrtkosten zu seinem neuen Arbeitsplatz zu ersetzen; bis dahin habe er ganz sicher für sich und seine werte Gemahlin ein neues Heim gefunden, das ihm zusage. Der beigefügte Luxusgüter-Bon sei als Prämie für seinen Diensteifer im Serum-Zentrum für Soziale Anpassung zu verstehen.

Bender war verblüfft. Aber der beigefügte Luxusgüter-Bon sagte ihm zu. Ebenso die rücksichtsvolle Erwähnung seiner Gemahlin. Und daß man ihm eine *verantwortliche* Position bei der Westlichen Regional-Behörde zutraute. Dennoch war er verblüfft. So verblüfft, daß ihm der Gedanke, auf dem Heimweg zu Mrs. Bender kurz im Gemeinde-Klub vorbeizuschauen, plötzlich nicht mehr ganz so behagte wie noch vor wenigen Minuten.

Er ging dennoch in den Klub. Schließlich hatte er nun nicht nur seine gute Laune, sondern obendrein wichtige Neuigkeiten zu verbreiten.

Zu seinem Leidwesen gelang Bender im Endeffekt weder das eine noch das andere. An der Bar saß nämlich Mupp, im Mittelpunkt der allgemeinen Aufmerksamkeit. Er genoß einen Augenblick ungewohnter Popularität, da er, wie sich herausstellte, die wahren Hintergründe von Slattermans Irrationalem Impuls kannte. Mit Mupp kam Bender überhaupt nicht aus. Der war noch schlimmer als Fenugreek. Deshalb blieb er nur so lange, bis er die Einzelheiten von Slattermans Fehltritt erfahren hatte, und machte sich dann auf den Heimweg.

Allem Anschein nach war Slatterman über die Sekretärin des hiesigen Squash-Klubs hergefallen und hatte sie mit Isolierband gefesselt – eine Frau, die ihm völlig unbekannt war, da er nicht sonderlich für aktive Ballspiele schwärmte. Als man ihn entdeckte, war er gerade dabei, ihr Backofen-Reiniger einzuflößen. Zur Rede gestellt, täuschte er einen Stimmverlust vor und verbarrikadierte sich im Büro der Sekretärin. Bender nahm an, daß er von dort Fenugreek angerufen und mit ihm den Schichttausch vereinbart hatte.

Bender zeigte sich nicht überrascht. Ehrlich gestanden hatte er Slatterman nie sonderlich gemocht. Der war wie Mupp und Fenugreek, nur noch schlimmer.

Der Regen hielt an. Er strömte immer noch, als Bender den Gemeinde-Klub verließ und die paar hundert Meter zu seinem Wohnblock zurücklegte. In seinem Gang war dennoch federnde Elastizität, und er hielt den Schirm verwegen schräg – es war heutzutage so leicht, den Bezug zu den Elementen zu verlieren, zu den harten Realitäten von Sonne und Mond, Sturm und Gewitter. Leicht, aber gefährlich.

Sobald er seinen Korridor erreicht hatte, schüttelte Bender den Schirm aus, ließ ihn zuschnappen, erklomm rasch die Stufen zu seiner Wohn-Einheit und schloß auf.

»Bist du das?«

»Mehr oder weniger.«

Bender wollte eben die gewohnte Antwort geben, als ihm zu Bewußtsein kam, daß die gewohnte Frage ausgeblieben war. Er unterbrach sich, blieb einen Moment lang stehen und horchte. In der Wohnung herrschte Stille. Daraus schloß er – denn er kannte seine Frau –, daß niemand daheim war.

Er stellte den Regenschirm in den Schirmständer aus portugiesischer Keramik gleich hinter der Tür und ging weiter in die Küche. Der Raum war kalt, die Aussicht vor dem Fenster verwischt und ungewiß. Auf dem Tisch lag nichts außer einem Blatt Papier, einem Blatt Papier aus einem Tagebuch, wie er scharfsinnig erkannte. Er nahm es stirnrunzelnd zur Hand: Man verteilte diese Tagebücher, um das Ich-Bewußtsein der Leute zu stärken, aber ganz sicher nicht, damit sie es als Schmierpapier verwendeten! Er hielt es seitlich ins Licht und las die knappe Nachricht seiner Frau: DER DOKTOR MEINT, ES SEI BESSER, WENN ICH GEHE.

Nachdenklich legte er das Blatt auf den Tisch zurück und richtete es parallel zur Tischkante aus. Sein erster Verdacht war ein I.I. Dann aber fiel ihm ein, daß seine Frau für heute einen Termin beim Bezirks-Gesundheitsamt vereinbart hatte. Sie litt schon länger unter diesen Kopfschmerzen …

Er ging ans Fenster und starrte durch die Regen-Rinnsale hinaus auf ihren Baum. Er fühlte sich versucht, ins Schlafzimmer zu laufen und nachzusehen, ob die Schrankfächer und Truhenschubladen wirklich leer waren, entschied dann aber, daß dies nicht nötig sei. Ihr Baum war patschnaß, wie er sah. Echt menschlich, dachte er, daß sie in dem Beförderungsschreiben vom Serum-Zentrum für Soziale Anpassung seine Frau erwähnt hatten. Im Personalbüro war wohl noch nicht bekannt gewesen, was das Bezirks-Gesundheitsamt ihr raten würde. Oder besser noch: Man hatte es vielleicht erfahren, aber aus Rücksicht ihm gegenüber verschwiegen.

Bender ging zum Kühlschrank. Er entdeckte eine Menge Zutaten für das Abendessen. Gute Sachen. Nicht den Fraß, den man in manchen Ländern vorgesetzt bekam. Während

Bender darauf wartete, daß sich die Dosen erhitzten, trommelte er einen zittrigen kleinen Rhythmus an den Topfrand und dachte über sein künftiges Leben als Junggeselle nach. Es hatte entschiedene Vorteile. Gewiß, es stimmte schon, daß er seine Frau vermißte: Sie waren lange vereint gewesen und hatten wirklich gut zusammengefunden. Nicht zuletzt durch diese Kurse der Erwachsenen-Bildung, die sie belegt hatte. Aber jetzt war er allein – und das hatte ganz entschiedene Vorteile. Er wußte es genau.

Er nahm sein Abendessen zu sich, wusch das Geschirr und saß zehn Minuten lang einfach da. Dann ging er auf die Toilette. Und danach beschloß er, noch einmal den Gemeinde-Klub aufzusuchen. Nun, da er frei war, konnte er viel leichter Kontakte knüpfen. Und am nächsten Morgen trat er dann diesen neuen, verantwortungsvollen Posten bei der Westlichen Regional-Behörde an. Ehe er die Wohnung verließ, band er einen neuen Schlips um, einen mit leuchtendgelben Tupfen. Und er wählte einen richtigen Regenmantel, falls der Niederschlag so stark werden sollte, daß der Schirm nicht mehr ausreichte. Manchmal dosierten sie den Sturm und die Gewitter ein Spur zu heftig.

Er saß bis neun im Bezirks-Klub, erst bei einem und dann bei einem zweiten Glas Bier, und genoß das lebhafte Treiben in den Nischen ringsum. Die Lichter strahlten hell, die Gesellschaft war reizend. Wie er zu seiner Freude feststellte, war Mupp schon früh heimgegangen.

Um Punkt neun ließen die Barkeeper die Theken-Gitter herunter, stellten sich in einer Reihe dahinter und begannen lächelnd die Gläser zu polieren. Bender hatte beabsichtigt, wenigstens bis Mitternacht hierzubleiben. Nun fiel ihm ein, daß heute Mittwoch war, der Tag der Körperlichen Erfüllung; deshalb schlossen alle Lokale um neun. Man hörte ein paar scherzhafte Katerschreie, und die Menge löste sich diskret in Paare auf. An einem K.E.-Tag allein angetroffen zu werden, führte zwar nicht zu ausgesprochenen Problemen, aber Fragen stellten die Leute doch. In der Vergangenheit hatte Bender stets sagen können, er sei auf dem Heimweg zu Mrs. Bender. Der Zentrale Datenspeicher besaß die Möglichkeit, das nachzuprüfen. Aber nun sah alles anders aus. Er überlegte müßig, ob seine Frau in diesem Moment irgendwo gegen die gleichen Schwierigkeiten ankämpfte wie er. Vermutlich nicht – das Bezirks-Gesundheitsamt hatte mit ziemlicher Sicherheit für Ersatz gesorgt.

Plötzlich war die Bar leer. Bis auf die lächelnden Angestellten. Und eine Person am anderen Ende der Theke in Hosen und einem hellbeigen Herren-Trenchcoat mit hochgeschlagenem Kragen.

Er erhob sich und fand noch eine Lücke für sein leeres Glas auf dem Tresen. In diesem Moment wandte ihm die Gestalt im beigen Trenchcoat das Gesicht zu. Es handelte sich allem Anschein nach um eine Frau. Eigentlich war er froh darüber. Er ging auf sie zu, die Nummer seiner Personal-Akte, Untergruppe K.E., auf den Lippen. Sie ergriff jedoch das Wort, noch ehe er etwas sagen konnte.

»Sie heißen Bender?« Sie betrachtete eine Karteikarte. »Gegenwärtig am Zentrum für Soziale Anpassung beschäftigt?«

Er nickte.

Sie steckte die Karte ein. »Das ist schön. Im Bezirks-Gesundheitsamt hieß es, daß ich Sie hier antreffen würde. Ihr Schlips gefällt mir.«

Bender mochte ihren weiten Herrenmantel. Aber er sagte nichts, weil er nicht aufdringlich erscheinen wollte.

Es entstand eine Pause. »Ich heiße Gosport«, sagte sie. Sie reichte ihm die Hand, und er schüttelte sie, erfüllt von einer plötzlichen, ungestümen Freude. Er hätte wissen müssen, daß ihn das Bezirks-Gesundheitsamt nicht vergaß.

Er lächelte sie an. »Gosport«, wiederholte er. »Ein hübscher Name!«

Sie legte ihren Arm in den seinen, und gemeinsam verließen sie die Bar. Der automatische Türschließer rastete hinter ihnen ein. Er fragte sie nach ihrer Adresse. Da er näher wohnte als sie, nahm er sie mit zu sich. Merkwürdigerweise hatte es zu regnen aufgehört. Er trug den Kopf hoch und ließ seinen Regenmantel lässig offenstehen, als sie Arm in Arm durch die feucht glänzenden Straßen schlenderten. Er fühlte sich wohlig warm, eins mit der gesamten Schöpfung.

Sie redeten. Gosport erzählte ihm, daß sie in der Bezirks-Schule Biologie unterrichtete. Er konnte berichten, daß er am Montag einen neuen verantwortungsvollen Posten bei der Westlichen Regional-Behörde antreten würde. Sie waren sich einig darüber, daß so ein Wechsel jedem gut tat. Dann erwähnte er seinen Luxusgüter-Bon und schlug vor, daß sie ihn zusammen verbrauchen könnten, aber davon wollte sie nichts hören.

Später, als sie die Stufen zu seiner Wohn-Einheit erklommen, schienen sie bereits so vertraut miteinander, daß Bender Gosport kühn fragte, was sie sonst an Tagen der Körperlichen Erfüllung machte. Sie erklärte, daß sie zu den freiwilligen Helfern des Bezirks-Gesundheitsamtes gehörte. Sie sei noch nicht lange in dieser Gegend, und so könnte sie am schnellsten nette Leute kennenlernen. Allerdings gäbe es auch schlimme Exemplare. Deshalb habe sie bisher nicht geheiratet.

Bender war entzückt. Es war der originellste Grund für ein Junggesellen-Dasein, denn er je gehört hatte. Sobald sie über die Schwelle traten, half er ihr aus dem beigen Trenchcoat und hängte ihn neben seinen Regenmantel in die Ecke hinter der Tür. Sie wirkten so friedlich, wie sie da Seite an Seite hingen. Er zeigte Gosport die Küche und die Toilette, und dann gingen sie ins Schlafzimmer. Er drehte das elektrische Feuer an, und sie zogen sich aus.

Gosport kniete auf dem Boden neben dem Feuer und wärmte sich. Das Licht des Glimmstabs fiel golden auf ihren Körper. Es war nicht Platz genug für Bender neben ihr; so hüllte er sich in eine Decke und kauerte auf der Bettkante.

Sie schaute zu ihm auf. »Das Serum zur Sozialen Anpassung«, sagte sie. »Ich habe mich schon immer gefragt, was die da eigentlich reintun ...«

Bender hob die Schultern.

»Aber auf der Karte steht doch, daß du damit arbeitest«, beharrte sie. »Du *mußt* wissen, was es enthält.«

»Du meinst die Hauptcharakteristika? Die kennt keiner. Außer dem Komitee.«

Gosport drehte sich um und ließ die Wärme über ihren

Rücken gleiten. »Ich möchte diesen Job nicht haben. Ständig unsere Bedürfnisse einschätzen, ständig die Formel abändern – es ist eine schreckliche Verantwortung!«

Bender zögerte. So wie sie dachten viele Leute. Er wollte ihre Illusionen nicht zerstören, indem er ihr erklärte, daß die Formel nie geändert wurde – zumindest hatte das Komitee sie während seiner siebenjährigen Arbeit im Zentrum kein einziges Mal geändert. Außerdem hatte er einen Treue-Eid gegenüber dem Komitee geleistet. Er beschloß, das Thema zu wechseln.

»Vergessen wir nicht, daß heute Mittwoch ist?« fragte er und lüpfte die Bettdecke ein wenig.

Gosport lächelte. »Ich *mag* die K.E.-Tage«, sagte sie. Aber sie blieb sitzen und wärmte sich den Rücken.

Bender schaute sie an und kam zu dem Schluß, daß sie eine höchst ungewöhnliche Person war. »Ich habe ein Vollstudium am Pharmazeutischen Ausbildungszentrum der Regierung abgeschlossen«, erklärte er. »Und ich weiß zumindest dies: Welche Merkmale auch immer das Serum bestimmen – sie müssen einfach und unkompliziert sein.«

Gosport streckte sich voller Genuß. »Keine christliche Ethik?«

»Ganz sicher nicht.«

»Patriotismus? Verantwortung für das Gemeinwohl?«

»Viel zu kompliziert!«

»Die Achtung vor dem Individuum in einem Sozialstaat?«

»Nie und nimmer!«

Gosport hielt den Kopf schräg und beugte sich zu ihm herüber. »Nun, was denkst du? Du mußt dir doch so etwas wie eine eigene Meinung gebildet haben, wenn du bereits so lange in dem Laden arbeitest.«

Bender wickelte sich fest in seine Bettdecke. Nein, nein, er hatte überhaupt keine eigene Meinung. Es stand ihm nicht zu, eine eigene Meinung zu haben. Er wurde nicht dafür bezahlt, eine eigene Meinung zu haben. Er wollte ganz einfach keine eigene Meinung haben.

Er starrte Gosport aus schmalen Augen an. »Wann hast du deinen letzten Schuß gekriegt?« fragte er scharf.

»Ich bin morgen dran.« Gosport schien einen Moment lang verwirrt. »Welche Gehirne sezieren die eigentlich?«

Bender fühlte die Überlegenheit des Eingeweihten und lockerte sich ein wenig. »Du siehst das völlig falsch«, erklärte er. »Aus der Phase sind wir längst raus. Wir stellen die Formel seit Jahren synthetisch her. Ein bißchen von hier, ein bißchen von da ...« Er hob die Arme. »Das Serum der Sozialen Anpassung ist eine sehr subtile Angelegenheit. Da werden nicht einfach die nützlichen Erfahrungen des einen Wurms in die Ganglien eines anderen Wurms injiziert!«

Gosport stand auf, trat ans Fenster und schloß die Vorhänge. »Ich habe nur Spaß gemacht«, meinte sie. »Ich weiß natürlich, daß sie längst keine echten Gehirne mehr verwenden. Schließlich unterrichte ich Biologie.«

Sie setzte sich neben ihn aufs Bett und kümmerte sich um ihn. Kümmerte sich zärtlicher um ihn, als es seine Frau je getan hatte. Trotz ihrer Kurse in Erwachsenen-Bildung. Gosport probierte es in der normalen und in jeder ander Position. Im Sitzen, Stehen und Liegen. Feucht und trocken. Schnell und langsam. Und das Licht des elektrischen Feuers lag golden auf ihren Körpern.

Aber es hatte keinen Zweck. Es hatte, wenn er ehrlich war, seit mehr als drei Jahren keinen Zweck.

Bender half ihr beim Anziehen. Es war ein langer Tag gewesen, und er fühlte sich allmählich müde. Angenehm müde. Und dankbar. Dankbar für den langen Tag, der ihn angenehm müde und dankbar gemacht hatte. Gosport ließ ihn allein und ging in die Küche, um Tee zu kochen. Es war zu früh zum Schlafen, also zog auch er sich an, langsam und zufrieden. Nur noch zwei Tage im Zentrum für Soziale Anpassung. Und die Fahrtkosten, damit er den verantwortungsvollen Posten an seiner neuen Wirkungsstätte antreten konnte. Dazu der Luxusgüter-Bon ... Er dachte wieder daran, ihn mit Gosport zu teilen. Er mochte sie nicht besonders, aber das war höchstens ein Grund, sie nicht zu heiraten; es war kein Grund, ihr die Luxusgüter vorzuenthalten.

Er betrachtete seine Hände am Reißverschluß und an den

Knöpfen. So geschickt, so zielbewußt. Und plötzlich wußte er, was er tun würde. An einer Wand in der Küche hing ein Beil, ein großes, schweres Fleischbeil. Er würde es holen und sich beide Hände abhacken.

Er ging in die Küche. Gosport stand am Herd und stützte sich auf den Griff des Teekessels. »Es sprudelt gleich«, sagte sie.

»Gut«, erwiderte er, streckte sich und nahm das Beil von seinem Platz. »Ich brauche nicht lange.«

Damit wandte er sich zum Gehen. »Aber du kommst doch, wenn ich rufe?« fragte Gosport.

Er blieb stehen und lächelte sie an. »Natürlich«, sagte er. Dann verließ er die Küche und ging durchs Wohnzimmer ins Bad. Er wählte das Bad, weil er aus seiner Zeit beim Pharmazeutischen Zentrum wußte, daß man die Arme mit Handtüchern abbinden mußte, wenn man sich die Hände abgehackt hatte. Außerdem war der Rand der gußeisernen Wanne die härteste, widerstandsfähigste Fläche in seiner ganzen Wohn-Einheit.

Er zog die Badtür hinter sich zu, versperrte sie aber nicht. Er war kein Idiot. Er wußte, daß er vielleicht das Bewußtsein verlor, wenn das Abhacken der Hände zu stark schmerzte. Den Schmerz konnte er verkraften. Aber er wollte sich nicht der Möglichkeit berauben, daß ihm Gosport, wie durch eine gute Vorsehung in biologischen Dingen ausgebildet, zu Hilfe kam.

Er zog die Jacke aus, hängte sie an den Haken hinter der Tür, rollte die Ärmel hoch und kniete auf dem Boden neben der Wanne nieder. Er spreizte die Finger, ballte sie dann und beschloß, mit der linken Hand zu beginnen. Also legte er das linke Handgelenk auf den Wannenrand und hob das Beil. Er unterbrach sich, als sein Blick auf die Armbanduhr fiel. Er legte das Beil beiseite, nahm die Uhr ab, schaute sich nach einem guten Aufbewahrungsort um – und schob sie schließlich wie gewohnt über den Warmwasserhahn des Waschbeckens. Er legte das Handgelenk erneut auf den Wannenrand, hob ein zweites Mal das Beil und ließ es mit Schwung niedersausen. Er war kein besonders kräftiger

Mann, aber das Beil hatte sein Gewicht und tat einen Großteil der Arbeit von selbst.

Er blieb bei Bewußtsein, obwohl der Schmerz seine Vorstellungen weit übertraf. Er war auch nicht darauf vorbereitet gewesen, daß das Beil so laut gegen den Wannenrand dröhnen würde. Er ließ es fallen, und das Beil polterte neben seinen Knien zu Boden.

Bender hatte erwartet, daß seine Hand in die Badewanne fallen würde, aber statt dessen baumelte sie an einigen Hautlappen. Während er sie beobachtete, zuckten die Finger, plump, nutzlos. In seinen Ohren war ein Summen. Er wußte, daß der Armstumpf bald zu bluten anfangen würde. Genau genommen war er sogar überrascht, daß er nicht längst blutete. Und dann mußte er sich noch um die rechte Hand kümmern. Er nahm das Beil erneut auf und wollte es in den Stumpf schieben. Dann unterbrach er sich. Er entdeckte, daß er sich auf ein logisch unmögliches Unterfangen eingelassen hatte.

Nun begann der Stumpf zu bluten. Die rote Flüssigkeit spritzte in die weiße Emailwanne. Bender kniete völlig reglos am Boden, erstarrt in einem plötzlichen, jubelnden Verstehen. Er konnte sich nicht beide Hände abhacken. Keiner konnte das. Er brauchte nicht länger zu zweifeln. Es stimmte wirklich – sie wußten am besten, was gut für ihn war.

Er kniete immer noch neben der Wanne, als Gosport, aufmerksam geworden durch den Lärm des Beils, die Tür hinter ihm öffnete. Sie hatte gelogen, als sie ihm erzählte, daß sie Biologie unterrichtete. Ihre eigentlichen Fächer waren Handarbeit und Werken, und dafür schämte sie sich ein wenig. Sie schaute auf ihn nieder, auf sein verstümmeltes linkes Handgelenk, aus dem das Blut in Stößen quoll, auf das Beil, das er immer noch schlaff in der Rechten hielt, und sie begann zu schreien. Sie schrie weiter, bis das Blut zu strömen aufgehört hatte und er tot war. Keiner kam. Es war Mittwoch. Tag der Körperlichen Erfüllung.

Copyright © 1980 by D. G. Compton

Edward Bryant, der sich das schriftstellerische Rüstzeug in den Milford-Workshops aneignete, ist heute ein anspruchsvoller Herausgeber und hervorragender Autor, der es sicher allmählich satt hat, als Newcomer bezeichnet zu werden. Er lebt heute in Denver, Colorado; vielleicht hat die dünne Luft dort droben etwas mit der Schärfe zu tun, die in seinen Stories anklingt.

EDWARD BRYANT

Präzession

Losgerissen von Zeit und Raum, griff ich nach verankerten Messerschneiden. Ich klammerte mich verbissen an Splitter und Scherben des Kontinuums. Und was, wenn niemand dich mehr berührt? dachte ich. Ich berührte niemanden ... Ich verlor die Konzentration, und die Zeit begann zu rasen ...

Ich drehte den Sessel weg von den kleinen Sprossenfenstern; hinter den Scheiben flimmerte die Sommerlandschaft. Ich zwang meinen Blick dem Fenster entgegen. Bäume beugten sich unter dem plötzlich losbrechenden Sturm fast bis zur Erde; Äste peitschten und zuckten. Manche brachen ab, und der Wind wirbelte grüne Blätterschwaden durch die Straße, wo der Verkehr stockte. Mit jedem Windstoß prasselte Hagel gegen das Glas. Der Regen folgte, ein sanftes Wispern. Noch leuchtete die Spätnachmittagssonne über den Bergen. Die Gipfelkette war heute blaugrau.

Meine sichere, automatische Phase: Wie das Kamera-Auge in einem Warenhaus schwenkte mein Blick ins Innere des Zimmers zurück.

– ihre Augen waren von einem dunklen Blaugrau –

Ich blinzelte, konzentrierte mich langsam auf die Couch zu meiner Linken. Die Topographie der schäbigen grünen Möbel – in den Buckeln und Dellen der Kissen zeichnete sich eine Form ab, die jetzt nicht mehr war. Ich schwenkte entlang der Wand bis zum surrealistischen Gemälde einer verlassenen Ölraffinerie; grelles Weiß verschmolz mit Blau, Grün, Schwarz. Ich ballte die Hände zu Fäusten und begann im Sessel hin und her zu schaukeln. Ich beobachtete das Spiralen-Mobile, das sich in der Wärme der Tischlampe drehte. Es versprühte Regenbogenfarben. Ich hatte das Gefühl, daß sich die Bewegung der Spirale verlangsamte. Ich schaukelte weiter, spürte, wie mich eine bleischwere Stimmung einhüllte. Ich konnte nicht mehr arbeiten. Nach langer Zeit griff ich zum Telefon.

Ich kann den Wechsel nur auf meine Weise verkraften.

– einst –

Draußen erstarb das Unwetter mit einem schwachen Wimmern des Windes. Die Luft im Zimmer war stickig – ich versuchte die trockenen Lippen mit der trockenen Zunge anzufeuchten. Als ich die Hand aussteckte, um eines der Fenster zu entriegeln und zu öffnen, sah ich, daß draußen Herbst war. Der Himmel hatte sich verdunkelt. Die Blätter, die noch an den Ästen der nahen Ulmen hingen, waren braun und verdorrt. Quecksilberlichter flammten an der Straße auf.

– ihr Haar schimmerte metallisch; kupfern im Glanz der Straße, golden in der Sonne –

Ich konnte nicht genau sagen, wieviel Zeit verstrich, ehe ich den glatten Kunststoffhörer in der Hand spürte. Ich wählte, und beim neunten Klingeln nahm sie ab. »Hallo?« Ich wollte antworten, aber meine Kehle war immer noch trocken. »Wer ist denn da?«

»Ich.«

»Cal?« Ihre Stimme klang gequält.

»Ja. Habe ich dich etwa aus der Badewanne geholt?«

»Nein. Ich stand direkt neben dem Telefon. Ich warte auf einen Anruf meiner Eltern.«

»Ich habe es neunmal klingeln lassen ...«

»Nein, einmal«, widersprach sie. »Ich habe gleich beim ersten Klingeln abgehoben.«

»Beim neunten – ich habe mitgezählt.«

»Vielleicht ein defekter Stromkreis.«

»Beim neunten Mal«, beharrte ich. »Elizabeth ...«

»Dir geht es doch gut?«

»Wie meinst du das?« Ich lockerte ganz bewußt den Griff um den Hörer.

»Ich habe gefragt, ob es dir gut geht.«

»Ich fühle ...«

– ihr Fleisch schien immer wärmer als die normale Körpertemperatur. Ihr Herz schlug immer stärker als meines –

»Also gut, du fühlst dich nicht wohl«, sagte Elizabeth.

»Ich fühle ...«

– sanfte Stimme, Worte wie zarte Finger, die über Wildleder strichen –

Ich wußte nicht, wie lange ich geschwiegen hatte. Ich konzentrierte mich auf ihre Gegenwart; stellte mir die Berührung vor, schuf ihr Gesicht neu, ihre Finger. Ich liebe –

»Cal, bist du noch da? Sag doch etwas!«

»Ich bin da, ich bin da. Bist – du da?« Angst vor der ehrlichen Antwort; die Frage, ob Tränen vielleicht die billigste Erleichterung boten. Keine Lösung jenseits des Augenblicks. Nichts über das Jetzt hinaus –

»Soll ich bei dir vorbeischauen?« fragte Elizabeth. »Ich könnte in einer halben Stunde da sein.«

»Welchen Sinn ...«

»Cal? Deine Stimme klingt immer schwächer.«

»Ich bin hier, ich bin hier, ich bin ...« Die Worte überschnitten sich in der Leitung, hallten wider, verebbten.

»Ich schaue vorbei«, sagte sie mit Nachdruck. »Es macht mir wirklich nichts aus; ich habe gestern die Winterreifen montieren lassen.«

Jetzt schon Winter? dachte ich. Das Telefonkabel spannte sich, als ich den Sessel zum Fenster hin drehte. Winter. Ich sah einen trüben Hof um jede Straßenlaterne. Schritte knirschten über Schnee; hin und wieder rasselten die Reifenketten der Lastwagen. »Seit wann schneit es?« Alberne Frage.

»Hier?« fragte Elizabeth. »Seit etwa zwei Stunden. Wie sieht es in der Stadt aus?«

»Ich kann es noch nicht ... ich kann es nicht sagen.«

Zögern. »Und mein Vorschlag von vorhin?«

»Okay. Ich meine ja. Komm, wenn du willst! Aber es sieht – kalt aus.« In meinem Innern tauchte das Bild eines Rotkehlchens auf, starr wie das gefrorene Gras, vom Winter überrascht in meinem Garten.

»Es *ist* kalt. Das Thermometer stieg den ganzen Tag nicht über Null. Aber keine Sorge! Mein Volvo hat eine gute Heizung. Soll ich unterwegs Wein besorgen?«

Damit wir den Wechsel der Jahreszeiten feierten? Mein Ellbogen schmerzte; ich nahm den Hörer in die linke Hand.

»Cal?«

Es erforderte wieder einen bewußten Entschluß, ehe ich antwortete. »Klar. Aber nimm eine billige Sorte, die ich durch meine Punsch-Zutaten nicht verderben kann.«

»In Ordnung. Bis in einer Stunde.«

»Und alles ist gut?« fragte ich.

Sie wartete zu lange. »Alles ist gut. Bis später, Liebes.«

Dreißig Sekunden, nachdem sie aufgelegt hatte, erinnerte mich der schrille Dauerton daran, daß die Leitung tot war. Ich legte den Hörer auf. In meinem Zimmer wurde es heller. Die Wolken im Westen reflektierten die Rot- und Gelbtöne des Sonnenaufgangs; meine Augen versuchten das Spektrum von Ultraviolett bis Infrarot einzufangen. Ich taumelte vor dem Ansturm des Frühlings, als ich den Ostergesang der Rotkehlchen vernahm.

Die unabänderliche Vergangenheit zurückholen?

Ich erinnerte mich noch gut an abnormale, unnatürliche Zeiten:

Wie gewohnt erhob ich mich um sieben, wenn der Wekker klingelte, schaltete die HEUTE-Schau ein, goß kaltes Wasser in ein Glas, löste zwei Brausetabletten darin auf und trank das Gemisch mit sechs Aspirin. Mein Mund fühlte sich so an, wie das verknitterte Bett aussah. Mit Nylonborsten und grünem Gel begann ich das Morgen-Ritual der Kiefer-Reinigung. Der Mieter einen Stock tiefer stand vor mir auf; deshalb mußte ich warten, bis sich der Warmwassertank (ein einziger für das ganze Haus) wieder gefüllt hatte, um dann die letzten Nebelgespinste des Schlafes fortzuduschen. Ich hörte, wie die Kongreß-Abgeordnete, die sie in der HEUTE-Schau zu Gast hatten, mit ungebrochenem Mut logische Antworten für die Nahrungs- und Treibstoffknappheit aufzählte.

»Aber sind Sie völlig sicher?« fragte der Reporter.

»Die Logik steht hinter uns«, erklärte die Dame. »Sie macht unser System funktionsfähig.«

Der Reporter schien nicht überzeugt. »Viele Regierungskritiker sind der Ansicht, daß sich die gegenwärtigen Krisen noch verschärfen werden.«

Die Abgeordnete entgegnete: »Das ist ein Verstoß gegen unsere National-Philosophie.« Sie lachte. »Noch ein Jahr, und solche Äußerungen gelten vielleicht als Hochverrat.«

Mich konnte sie jedenfalls nicht beruhigen; doch dann überließ ich mich dem Duschstrahl, erleichtert, daß das Wasser wenigstens Zimmertemperatur erreichte. Als ich abgetrocknet war, hatte sich mein Magen so weit beruhigt, daß ich glaubte, ihm etwas Handfesteres anbieten zu können als Alka Seltzer und Frühstücksflocken. Also vermischte ich die Frühstücksflocken mit Traubensaft.

Datum und Thermometer bestätigten, was ein kurzer Blick aus dem Fenster bereits angedeutet hatte: Es war Spätherbst, und ich würde meine dicke Wolljacke brauchen. Zeit zum Aufbruch; am College zählte Pünktlichkeit. Ich wußte, daß man den Campus in durchschnittlich siebzehn Minuten erreichte.

Um neun Uhr dreißig war ich in meinem Büro. Verärgerte Studenten standen bereits Schlange im Korridor. Es war jedes Semester das gleiche; ich kannte den Ablauf schon auswendig. Gegen Mitte des Studienhalbjahrs gab ich ihnen die Prüfungsthemen. Eine Woche später hatten sie den Schock bewältigt und begannen sich zu beschweren. Zu anspruchsvoll, sagten sie mit schmalen Augen und zitterndem Kinn. Nun, pflegte ich zu entgegnen, das mag teilweise stimmen. Die Themen *sind* anspruchsvoll. Manche Schüler gaben auf; andere nahmen sich zusammen und zogen die Arbeit durch. Wenigstens hatten sie die Wahl. Ich hatte sie damals auch noch.

Um elf hielt ich meine Einführung in die Romanliteratur; mittags hatte ich eine Aufsatz-Übung und später eine zusätzliche Sprechstunde für Studenten, die ihr kleines Universum zusammenbrechen sahen. (Hören Sie, ich weiß nicht, ob ich das Thema schaffe, aber wenn ich jetzt aufhöre, fehlt mir der Schein für die Krankenpflege-Schule, und dann sind meine Eltern sauer; wenn ich aber durchfalle, bringen sie mich um, denn dann kriege ich gar keinen Job! Was soll ich machen?«) Schreiben Sie doch die Arbeit, pflegte ich zu erwidern. Entwickeln Sie die Gedankengänge, so gut Sie können! Gehen Sie logisch vor! Denken Sie die Sache von Anfang bis zum Ende konsequent durch! Vergessen Sie nicht die Neben-Aspekte! Konzentrieren Sie sich! Das Universum duldet kein Chaos. Wenn Sie wollen, helfe ich Ihnen gern.

Heute konnte ich bereits um vier Uhr heimfahren. Dankbar betrat ich meine Wohnung und ließ mich auf die Couch fallen. Wie gewohnt gönnte ich mir eine Folge der alten *Orion*-Serie und schlief eine halbe Stunde. Ich wachte auf, schaltete den Fernseher aus und las die Zeitschriften, die im Briefkasten steckten. Heute war es die *New York*. Mein Gewissen drängte mich, die Aufsätze der letzten Woche zu korrigieren. Ich tat das zwei Stunden lang, dann forderte mein Körper Nahrung. Ich gehorchte der beruhigenden biologischen Uhr und machte mir eine Suppe und ein Sandwich zurecht.

Nach dem Essen sah ich einen Fernsehfilm über einen furchtbaren Schneesturm, der eine ganze Stadt vernichtet hatte. Alle Bewohner waren ums Leben gekommen. Ungewohnt düster für eine Sponsor-Sendung. Vage beunruhigt schaltete ich noch vor der Schlußreklame aus. Ich wußte, daß ich eigentlich weiterarbeiten mußte. Wieder war die rechte Zeit dafür. Man mußte sich an den gewohnten Plan halten.

Schade, daß Elizabeth ihre Eltern in Michigan besuchte. Ich wollte sie anrufen, sie treffen, vielleicht mit ihr abends einen Film anschauen. Danach konnten wir zu mir heimgehen und miteinander schlafen. Wir würden einander die ganze Nacht berühren, Hüfte an Hüfte liegen, Hände und Schenkel vereint. Aber ich konnte nicht anrufen. Es war eine andere Zeitzone. Zu spät. Plötzlich lief mir ein Schauer über den Rücken. *Jemand geht über dein Grab,* hätte mein Vater gesagt. Mich fröstelte von neuem. *Jemand steht da ... tippt mit dem Fuß auf, stampft die Erde fest.*

Ich korrigierte nochmals drei Stunden lang Aufsätze.

Und ging zu Bett. Wieder ein Tag vorbei.

Verwirrte, logische Zeiten; ich entsinne mich ihrer.

Das heisere Geschrei von Krähen, die auf der Feuerleiter mit einem Manx-Kater um irgendeine Beute stritten, hallte in meinen Ohren wider. Der Kater legte die Ohren zurück, fauchte und zerriß die Luft mit seinen Krallen.

Das Katzengefauche überlagerte das Schnarren des Türsummers. Durch das Fenster sah ich die Sperlingsbrust in einer Wolke grauer Federn zerstieben. Der verwahrloste Kater nahm das Bündel ins Maul und schlich die Stufen hinunter.

Sonnenlicht sammelte sich um das Blut auf der Leiter. Es war ein herrlicher Tag.

Ich ließ die Wohnungstür offenstehen und lief die vier Treppen bis zum Seiteneingang hinunter; genau einunddreißig Stufen. Ich zählte sie jedesmal.

»Guten Morgen«, sagte Elspeth, als ich die Tür öffnete. Ihre Augen schienen im Halbdunkel des Flurs zu einem helleren Grau zu verblassen. Sie trug eine allem Anschein nach schwere braune Einkaufstüte; lächelnd wechselte sie die Last von einem Arm in den anderen.

Ich lächelte zaghaft zurück. »Elizabeth, ich bin froh ...«

»Wie nennst du mich?«

»Elizabeth, ich ...«

»Kein Mensch sagt so zu mir«, unterbrach sie mich. »Ich heiße Elspeth.«

Mir fiel ein, daß ich das längst gewußt hatte. »Elspeth«, sagte ich. »Ich bin froh, daß du hier bist.«

»Ich auch.« Sie schob sich das lange, rötlichbraune Haar aus den Augen. Die grüne Iris schien zu leuchten. »Ich habe eine Menge Picknick-Sachen dabei. Im Kühlregal des Supermarkts standen ein paar Flaschen *Chenin Blanc.* Ich dachte, wir könnten in den Park fahren.«

»Es ist Feb- ...«

»Juli«, unterbrach sie mich hastig. »Ein herrlicher Sommertag. Kann ich kurz deine Toilette benutzen, ehe wir losziehen?«

»Natürlich«, entgegnete ich, erneut besiegt von Tempo und Zeit. »Die Tür steht offen. Zieh sie einfach hinter dir zu, wenn du zurückkommst. Ich passe inzwischen auf den Wein auf.«

Sie küßte mich leicht auf die Wange, als sie an mir vorbei in den Korridor trat. Eine kühle Brise drang durch die offene Tür und ließ mich frösteln. Aber irgendwie fühlte ich mich stark an diesem Morgen. Im Moment hatte ich Oberwasser. Das Licht von draußen wurde intensiver, und der Wind war wärmer, als hätte die Sonne ein Loch in die Wolken gerissen.

Ich entspannte mich; diesen Tag würde ich schaffen. Den Gedanken an morgen schob ich von mir.

Elspeth kehrte atemlos zurück. »Ich muß wieder mehr schwimmen, damit ich in Form komme. Diese vierzig Stufen machen mich jedesmal kaputt!«

»Zweiunddreißig«, sagte ich automatisch. Zweiunddreißig? Einunddreißig? Die Einzelheiten waren manchmal das Schlimmste. »Knapp.«

Sie achtete nicht auf mich. »Überhaupt keine Luft – vielleicht sollte ich doch das Rauchen aufgeben.«

»Du hast es bereits an deinem Geburtstag aufgegeben.«

»Nein«, widersprach sie. »Aber ich werde es tun.« Sie holte ein Päckchen Marlboro aus der Handtasche. »An meinem Geburtstag werde ich das Rauchen aufgeben.«

Ich stemmte die Einkaufstüte hoch. »Gehen wir in den Park!« In der Ferne schrillte eine Sirene.

»Was für ein herrlicher Tag!« meinte Elspeth. Die Bemerkung klang erzwungen. »Wie fühlst du dich?«

»Besser. Nicht gut.«

»Dachte ich mir.« Wir wandten uns nach Westen, einer

Fußgängerbrücke zu. Elspeth hatte etwas gegen den Umweg. »Gehen wir doch einfach über die Straße!«

»Ich dachte, du brauchst mehr Bewegung.« Die Sirene kreischte vorbei, gellte in unseren Ohren. Die Reifen quietschten, als das Fahrzeug eine enge Kurve zum Park zu schnell nahm. »Da siehst du es – meist endet das so!« Wir warteten auf Grün.

Der Park war nur zwei Häuserblocks von der Straße entfernt. »Sollen wir am See essen?« fragte Elspeth.

»Sicher.«

»Ich glaube, ich weiß jetzt, was los ist.« Elspeth nahm mich am Ellbogen, als wir den Weg verließen und durch das Gras schlenderten. »Möchtest du darüber sprechen?«

Ich nickte langsam. »Deshalb habe ich angerufen.«

Sie schaute mich von der Seite an. »Neue Anfälle von ...« Sie zögerte.

»...von Realität, wie du sie nennst.« Ich nickte wieder.

»Psychische Störungen?«

»Unsere Definitionen unterscheiden sich«, sagte ich. »Aber meinetwegen – ja.«

»Depressionen?«

»Eher Angst. Wenn das hier tatsächlich die Realität ist, dann kann ich sie nicht mehr lange ertragen.« Ich schaute sie prüfend an. »Verstehst du, was ich meine?«

»Nicht ganz, glaube ich, aber ich gebe mir Mühe. Ich vertraue dir.«

Ich spürte ihre Liebe und gewann daraus neue Kraft. Das Zentrum zersplitterte nicht mehr. Eine Zeitlang konnte ich wieder leben.

Wir näherten uns dem Südende des Sees, der den Mittelpunkt des Parks bildete. Direkt vor uns stand ein kleiner Holzpavillon. Er diente als Erfrischungsstand und Bootsverleih. Durch eine Sperrkette gesichert schaukelten bunt gestrichene Boote am Landesteg. Um das Stahltor, wo der Krankenwagen mit laufendem Motor wartete, hatte sich eine Menschenmenge gesammelt.

Viele der Neugierigen waren Kinder. »Was ist geschehen?« fragte ich einen der Zuschauer.

»Da ist einer mitten im See aus dem Boot gefallen«, erklärte der Junge. »In die Schlingpflanzen geraten und ertrunken.«

»Schlingpflanzen?« fragte Elspeth.

»Jeden Sommer ertrinken hier zwei bis drei Menschen«, erklärte ich. »Entweder sie können nicht schwimmen, oder sie werden leichtsinnig, fallen aus dem Boot und geraten in Panik, wenn sie sich in den Schlingpflanzen verfangen.«

»He, jetzt haben sie ihn rausgefischt!« rief jemand in der Menge. Die Masse brandete dem Tor entgegen; der Kampf um die besten Aussichtsplätze begann. Ich sah, wie in der Ferne Gestalten in nassen Taucheranzügen ein formloses Bündel über den seitlichen Bootsrand hievten. Dann, als hätte ich am Okular eines Teleskops gedreht und die Entfernung verstellt, entdeckte ich etwas anderes.

»Mir ist die Lust vergangen, hier ein Picknick zu veranstalten«, sagte Elspeth. Ihre Stimme klang trocken.

»Warte einen Moment!« entgegnete ich. »Weißt du, woran mich das erinnert?«

Sie wandte sich von der Menge ab. »An einen Zirkus.«

»Der See!« beharrte ich. »Er hat verdammte Ähnlichkeit mit einem Gehirn.«

Sie lächelte schwach. »Oder mit einem Blumenkohl. Und?«

»Ich meine es ernst«, sagte ich. »Sieh ihn dir an! Eine genaue Kopie des Zentralnervensystems! Sämtliche Lappen sind da. Die Nedulla – das ist diese Ausbuchtung!« Ich deutete. »Das Stammhirn – der Quellbach, der hier an uns vorbeitließt. Dort drüben befindet sich das Rückenmark.«

»Hm ...«, meinte sie.

»Sieh doch genau hin!«

Ich sah die Neon-Lettern LASS IHN! in ihren Gedanken aufblinken. »Dann gehen wir doch mal zum Schläfenlappen hinüber, ja?« meinte sie.

Ich blieb stehen, die Einkaufstüte immer noch in der Hand, und starrte sie an. »Warum sagst du gerade das?«

»Einfach so«, entgegnete Elspeth. »Ich habe irgendeinen Teil des Gehirns gewählt.« Sie fuhr sich mit den Fingern durch das kurzgeschnittene rote Haar. »Ehrlich!«

»Der Zeitsinn«, sagte ich langsam. »Er wird zum Teil von den Schläfenlappen gesteuert.«

»Hör zu, ich wollte dich wirklich nicht aufregen.«

»Elspeth, ich ...«

»Elise«, unterbrach sie mich.

»Elise, verschwinden wir von hier, ehe ich ...«

Ein Polizist kam auf uns zu und schwenkte seinen Gummiknüppel. »Zurücktreten, bitte! Der Krankenwagen muß hier durch!« Das Rettungsboot hatte an dem schmalen Steg festgemacht. Sanitäter rollten eine Bahre an den Strand. Die Taucher keuchten erschöpft und reichten ihnen eine in Segelplane gehüllte Gestalt, deren Gesicht zugedeckt war. Die Menge drängte. Ihre Neugier war bis jetzt unbefriedigt.

Elise zerrte an meinen Fingern. »Also gut, irgendwo«, sagte sie. »Aber bitte nicht hier.« Ihre Stimme klang betont fröhlich. »Wir gehen zum Ammonshorn.«

»Noch schlimmer«, entgegnete ich und begann mich von ihr abzuwenden. »In der Region des Ammonshorns befindet sich das Kurzzeitgedächtnis. Hast du gewußt, daß im Mittelwesten ein Mann in einer Heilanstalt sitzt, weil vor fünfundzwanzig Jahren die Ärzte bei einer Operation den falschen Teil des Ammonshorns herausschnitten? In seinen Augen ist es seitdem stets zwölf Stunden vor der Operation. Und das wird immer so bleiben. Wenn er ins Bad geht, vergißt er bereits an der Schwelle, weshalb er dort ist.«

»Weshalb sprichst du von ihm?«

»Er hat zumindest eine Art Stabilität gefunden«, erklärte ich. »Ich glaube nicht, daß du das begreifen kannst.«

Ihre Miene wirkte ebenso verängstigt wie ihre Stimme. »Du bist nie einem neurochirurgischen Eingriff unterzogen worden.«

»Nicht mit dem Skalpell. Oder mit einem Mikrodraht.« Ich lachte bitter. »Vielleicht waren es die Chemikalien, Elise. Denkst du noch daran? Du hast ebenso in den sechziger Jahren gelebt wie ich. Hast du alles ausprobiert? Sind dabei Mutationen entstanden? Erinnerst du dich an Katastrophenol, Entropin, Chaosin-25? Seltsame Konjunktionen pharmazeutischer Sterne.«

Sie schaute mich an, als sei ich verrückt; und für kurze Zeit war ich es wohl auch. Ich holte ein paarmal tief, beinahe schluchzend Luft. »Eine Theorie«, sagte ich. »Oder ein Witz.«

Elise nahm mich fest an der Hand. »Kein Picknick heute; es wird kalt. Gehen wir zurück in die Wohnung!«

Als wir den Park verließen, fiel der erste feine Herbstschnee. Elise und Cal, ständig in Veränderung begriffen und doch unverändert. »Wir entfachen ein Feuer«, sagte Elise.

»Du weißt, daß ich keinen Kamin habe.«

»Dann schalten wir die Heizung ein, brauen einen Punsch, machen das Bett.«

Ich liebe dich. Mehr als zuvor strahlte die Wärme aus. Ich ließ die Einkaufstüte ins Gras fallen und nahm Elise in die Arme. Sie umfaßte mein Gesicht mit den Fingern. »Es wird alles gut«, sagte sie.

Wir hörten, wie die Menge hinter uns enttäuscht in Bewegung geriet. Ich drehte mich um. Die Segelplane war zu Boden gerutscht, als sich der Mann auf der Bahre aufsetzte. Sein Gesichtsausdruck war erst entsetzt, dann verwirrt und schließlich erleichtert. Er sah in die Gesichter, die ihn anstarrten. Ein Arzt half ihm auf die Beine.

»Glück gehabt, Mister«, sagte einer der Polizisten. »Das war reichlich knapp.«

»Vielleicht ...« sagte ich.

»Cal?«

Kann ich den Prozeß anhalten? dachte ich. Oder gar umkehren? Vielleicht nur für andere, vielleicht nur vorübergehend, aber vielleicht auch für mich. Ich will nicht nur Pyrrhus-Siege.

Aber etwas geht immer verloren. Schon legte sich Schnee über die Landschaft, klebte auf meinen Brillengläsern. Elises Hand in der meinen war kalt. Wieder griff ich nach verankerten Messerschneiden.

Leben, das zurückkehrt; oder das zumindest in Bewegung ist. »Wie blaß deine Haut ist!« sagte ich. »Und deine hellen

Augen!« Sie erwiderte meinen Blick ausdruckslos. Beth, hast du dich verändert? Das elende Gefühl kehrte zurück.

»Meine Augenfarbe habe ich seit der Geburt«, sagte Beth. »Und die Haut – vielleicht hätte ich letzten Sommer mehr an die frische Luft gehen sollen.« Sie preßte meine Hände gegen ihre Haut. »Stört Blässe deinen Schönheitssinn?«

Ich fuhr mit den Fingern über die Kühle ihrer Schenkel und fand es nicht notwendig, etwas zu entgegnen. Ebenso wortlos bot sie mir jetzt Zuflucht. Ich schauderte, und Beth zog mich eng an sich. Ich mußte sie berühren und berührt werden. Ich vergrub mich in ihr, als könnte ich zu unterirdischer Vulkanhitze vordringen. Sie schrie auf, und wir lagen da, für den Augenblick warm, für den Augenblick sicher, eingesponnen in Daunendecken.

Nach einiger Zeit sagte sie: »Ich habe heute Wilde gelesen. Und ich habe mir etwas für dich gemerkt.«

»Oscar Wilde? Das paßt irgendwie nicht zu mir.«

Sie erwiderte mein Lächeln nicht. »Ich gebe seine Worte frei wieder, weil ich mir genaue Zitate nie merken kann. Sinngemäß sagt er, man könne jemanden, den man einmal geliebt habe, nie mehr auf die gleiche Weise lieben.«

»Das klingt ein wenig zynisch«, erklärte ich. »Nimmst du das wörtlich, oder machst du ein Universalgesetz daraus? Daß sich das All dagegen auflehnt, wenn man jemanden zweimal auf die gleiche Weise oder im gleichen Maße liebt?« Beth gab keine Antwort. »Vielleicht ist es in verschlüsselter Form eine Art zweites Relativitätsgesetz, das nur für menschliche Beziehungen gilt.« Ich wußte, daß mein Lächeln ohne Wärme war. Ich schauderte. Im Halbdunkel ertasteten meine Fingerspitzen, daß auch sie nicht lächelte.

»Ich habe ja nicht behauptet, daß ich all das verstehe. Ich spüre nur ...«

»Willst du es denn verstehen?«

»Das weiß ich auch nicht.« Sie machte eine Pause. »Ja, nein, ich weiß nicht.«

Auf einen Ellbogen gestützt, schaute ich herab auf ihr Haar, das wie heller Champagner auf dem Kissen schäumte und fast mit ihm verschmolz. Blasser noch waren ihre Augen, umschattet und mit dem Dunkel verfließend. »Ich bin nicht mehr in Phase mit all diesen Dingen«, erklärte ich. »Irgendwo bin ich losgerissen ...«

»Ich weiß«, sagte Liz und zeichnete meine Wangenknochen mit der Handkante nach. Ich konnte sie kaum spüren.

»Ich liebe, aber ich liebe nicht genug.« Hatte das wirklich ich gesagt? Ja.

»Nein«, erklärte sie. »Du liebst mich. Ich liebe dich. Aber manche Abläufe kann man einfach nicht umkehren. Das hat nichts mit Tugend oder Liebe oder dem Begriff ›gut‹ zu tun.«

»Alles verliert sich in der Tiefe.«

»Cal?« Das sanfte Flüstern verklang in meinem Ohr. »Ich bin hier.«

Ich schüttelte langsam den Kopf und spürte, wie der letzte Widerstand schmolz. Mir kam der Gedanke – vielleicht eine Ewigkeit lang – daß man Ungerechtigkeit nicht mit einem völlig sachlichen Prozeß verbinden konnte. Es half nicht, überhaupt nicht, nein.

Winter, Sommer, Herbst, Frühling. »Liebe?«

Ja.

»Liz, ich kann dich kaum hören.« Licht strömte von den Fenstern; Photonen fluteten fort von mir, ich war ein Schiff auf dem Trockenen. Dunkel überfiel die Formen und Gestalten und machte sie zu Schattengebilden.

Liebe? Keine Kraft, keine Energie, nur ein letztes Ankämpfen gegen das, was unvermeidlich schien. Aber ich versuchte es.

Die sternenlose Nacht teilte sich für mich; ein Bett ohne Wärme. Leere fletschte die Zähne; ich zuckte zurück. Ich streckte die Hand aus, tastete, suchte, berührte nichts, versuchte meine entropische Liebe festzuhalten.

»Ich bin hier«, sagte sie.

Und dann änderte sich auch das.

Copyright © 1980 by Edward Bryant

Gene Wolfe sieht aus wie Ihr Steuerberater von nebenan, schreibt aber wie ein Gott. Sein Mainstream-Roman Peace *brachte ihm den mit 500 Dollar verbundenen Literaturpreis der Chicago Friends of Literature ein. Sein »Jugendbuch«* The Devil in a Forest *überraschte Rezensenten und junge Leser gleichermaßen durch seine düstere Leidenschaft. Die Tetralogie* The Book of the New Sun *hat ihn mehrere Jahre voll in Anspruch genommen – und das hat sich gelohnt. Er hat mit ihr mehr Preise eingeheimst als je ein Autor zuvor mit einem Romanzyklus. Im übrigen besitzt er einen sprichwörtlich boshaften Humor.*

GENE WOLFE

Der Prozeß

Zwei Tage vor dem Ostersonntag brach um dreiundzwanzig Uhr dreiundvierzig ein Trupp der Polizei von New York und Philadelphia, begleitet von Leuten des Geheimdienstes, des FBI und des Rauschgift-Dezernats, sowie Reportern von CBS, ABC und der *Washington Post,* die Tür zu Brodies Wohnung gewaltsam auf. Am siebenten November, also etwa ein halbes Jahr später, begann die Verhandlung gegen Brodie.

Das Interesse der Öffentlichkeit übertraf von Anfang an alles bisher Dagewesene, vielleicht weil es die erste Festnahme war, die man *live* auf dem Bildschirm mitverfolgt hatte. Am fünften erwähnte der Moderator einer Spätsendung, es gäbe ein Gerücht, demzufolge der Prozeß in aller Stille um einen Tag vorverlegt werden solle. Obgleich der Mann das Gerede nur aufgegriffen hatte, um es lächerlich zu machen, bewirkten seine Worte, daß sich vor dem Gerichtsgebäude ein Mob ansammelte, der nach Schätzungen der Polizei aus vierundachtzigtausend Menschen bestand, darunter eine Reihe Frauen und Kinder.

Am siebzehnten begann die Auswahl der Geschworenen. Der Staatsanwalt konnte ebenso wie Brodies Verteidiger bis zu 300 Personen ohne jede Begründung ablehnen; wenn sie Gründe gegen die Ernennung anzuführen hatten, waren ihnen praktisch keine Grenzen gesetzt. Die zwölf Geschworenen und ihre fünfzehn Stellvertreter sollten aus einer Liste von fünftausend Bürgern ausgewählt werden. Da die Öffentlichkeit die Namen dieser Leute lange im voraus erfuhr, begannen sich unvermeidlich bestimmte Favoriten abzuzeichnen, sei es, weil man sie persönlich kannte, weil sie im Umfeld bekannter Persönlichkeiten anzutreffen waren oder weil sie zu bestimmten populären bis berüchtigten Gruppierungen gehörten beziehungsweise dort verkehrten. *Time* und *Newsweek* veröffentlichten bereits im Juni eine Liste mit siebenundzwanzig ihrer bevorzugten Kandidaten, und der NBC-Computer, der kurz zuvor bei den Präsidentschaftswahlen verblüffend dicht an die tatsächlichen Ergebnisse herangekommen war, ermittelte per Hochrechnung die fünfzig »wahrscheinlichen Sieger«, eine Vorhersage übrigens, die weit von der Realität abwich.

Der siebzehnte war ein Montag, und das Auswahlverfahren zog sich bis zum Donnerstag hin, ohne daß auch nur ein Geschworener feststand; kein einziger der Favoriten war bis dahin in die engere Wahl gekommen. Um fünfzehn Uhr vierzehn wuchs die Spannung – der Name von H. Piper Davis, einem Bauunternehmer, der mit seinem Ausspruch »Schuld oder wie immer sonst das Gesetz es nennen mag« vier Monate zuvor die Aufmerksamkeit der Medien erregt hatte, rückte immer näher. In diesem Moment schlug die Wahl von Emma Munson, einer bis dahin unbekannten farbigen Familienhelferin, im Gerichtssaal wie ein Meteor ein. »Kein Einspruch«, erklärte K. B. Parker, der Stellvertreter des Staatsanwalts. Als Verteidiger Will (Scooter) Clark ebenfalls ›keinen Einspruch‹ anmeldete – anstatt des allgemein erwarteten ›Einspruch aus sachlichen Gründen‹ – war einzig und allein das Public Broadcasting System auf Draht. Die glücklichen dreihunderttausend (Kontinental-Amerikaner), die am Bildschirm saßen und die Berichterstattung mitverfolgten, bekamen Sekundenbruchteile nach der Bandeingabe ein Replay serviert.

Nach der Ernennung von Frau Munson entschied man sich verhältnismäßig rasch für die übrigen Geschworenen und ihre Stellvertreter. Viele Beobachter waren allerdings der Ansicht, daß diese schnelle Abwicklung auf eine stillschweigende Übereinkunft zwischen Anklage und Verteidigung zurückging, die wohl ähnliche Demonstrationen wie die Tumulte vom 12. (bis 27.) Januar in San Francisco vermeiden wollten. Die Ernennung von Charles Hop Sing als dritten Geschworenen kam nach allgemenem Dafürhalten auf den unausgesprochenen Druck der Gemeinschaft Orientalisch-Amerikanischer Gemüsehändler zustande; und erneute Krawalle bei den Wäsche-Näherinnen, die im berühmten BH-Marsch vom 11. Februar auf der Dritten Avenue gipfelten, verstärkten das Gefühl der Dringlichkeit.

Am 16. März war die Wahl der Geschworenen abgeschlossen; der vorsitzende Richter, Frederic K. C. McGrail, ordnete eine Unterbrechung der Verhandlung um eine Woche an. In dieser Zeit sollte der überdachte Komplex des Bronco-Stadions mit zusätzlichen Fernsehkameras ausgestattet werden, mit Garderoben, einem Rohrpostsystem, einer Drehbühne, Einlässen für Pferde und (wenn nötig) Elefanten, Sprinkler-Anlagen für die Mittelsektion bis hinauf zu den Rängen AAC, gepanzerten Polizeirobotern (gesteuert aus der Gondel, die auch die Transmitter für die Panorama-Ansicht des Hohen Gerichtes enthielt, und unter der Aufsicht eines Komitees, das aus Vertretern der fünf wichtigsten Fernsehanstalten, des amerikanischen Senats und der Universität von Chikago bestand), mit einem kleinen Lenkschiff, das die Gondel mit allem Nötigen versorgte, einer Brieftauben-Voliere, drei IBM-380-Computern, Aufzeichnungsgeräten, Küchen zur Entlastung der sieben Restaurants, die ohnehin zum Sportzentrum gehörten, einer Wetterstation und schwarzem Kunstrasen, der einen Kreuzstein umgeben sollte.

Am dritten Mai des folgenden Jahres war die Arena hergerichtet, und der eigentliche Prozeß begann. In den dreizehn Monaten, die dazwischen lagen, war jedoch die Schlacht um die fuchsienroten und goldenen Einlaßpässe nahezu unerträglich hart geworden. Vierundzwanzigtausendsiebenhundert hatte man an die Broncos-Aktionäre verteilt, als Entschädigung dafür, daß man das Stadion so lange wie nötig zur Verfügung hatte. Weitere dreihundert gingen an die Aktiven (beider Mannschaften), die immerhin bis zu sechs Spielzeiten aussetzen mußten. Nachdem man genügend Plätze für die Geschworenen, die Zeugen, die Anwälte und die Presse reserviert hatte, blieben insgesamt noch dreihundertsechsunddreißigtausendsiebenhunderteinundachtzig Plätze übrig. Auf Verlangen der Präsidentin wurden dreizehntausend davon an die Mitarbeiter des Weißen Hauses, den Kongreß mit seinen beiden Häusern, die jeweiligen Abschlußklassen der vier Streitmächte und das Commonwealth of Delaware (ihr Heimatstaat) verteilt. Die Schlacht um die übrigen Karten tobte heftig; und ganz sicher trugen Fälschungen stark zu den Problemen bei, mit denen die Einlaßkontrollen während des gesamten Prozesses zu kämpfen hatten.

Das Gericht sollte um elf zusammentreten, aber der Kampf um die Sitzplätze und die Schlägereien zwischen den New Venue Rangers, einer Catch-as-Catch-Can't-Truppe von Bronco-Fans, privaten Sicherheitsorganen und Mother-Klubs verzögerten den richterlichen Anfangsgong bis um ein Uhr achtundfünfzig.

Der erste Antrag kam von Brodies Anwalt, der unter Hinweis auf gewisse Unregelmäßigkeiten bei der Auswahl der Jury ein neues Verfahren beantragte. Das Gericht unterbrach die Verhandlung, beriet den Antrag und trat am einunddreißigsten Mai wieder zusammen; Richter Hopkins verkündete, daß der Antrag abgelehnt sei. Nach der Mittagspause verlas Staatsanwalt Eli Braincreek die Anklage. Eine Reihe kampferprobter Kritiker stellte fest, daß die ABC-Kamera während der Darstellung des Falles, die sich bis zum fünfundzwanzigsten Juni erstreckte, unverwandt auf die Züge des Angeklagten Stephen Brodie gerichtet war. In den Leitartikeln des *Toledo Blade* und der *Houston Post* klang der Verdacht an, daß diese starre Ausrichtung eine Strategie war, die Brodies Verteidiger mit der Übertragungsanstalt vereinbart hatten. (Wie es hieß, war Brodie, als er sich noch in Freiheit befand, ein treuer Anhänger bestimmter ABC-Beiträge gewesen, so vor allem der Sendung ›Der besondere Film am Montagabend‹.) Ein ältlicher, aber sehr jugendfrisch aufgemachter Kommentator spottete, daß sich vielleicht der Schwenkarm der ABC-Kamera verklemmt habe (das war NBCs einziger Beitrag zu dieser Sache am dreizehnten Juni), und ein anderer Rivale erklärte, daß die CBS-Anhänger im Grunde mehr von Brodie sahen als die ABC-Zuschauer, da CBS zwei Kameras auf den Angeklagten gerichtet hielt (eine *en face* und eine im Dreiviertel-Profil). Dieses ›mehr‹ wurde von der ABC-Fernsehzeitung heftig bestritten.

Ob nun ABCs Bildführung gerechtfertigt war oder nicht, der Streit zeigte deutlicher als alles andere, welchen wachsenden Spannungen Brodie ausgesetzt war. Als Braincreek erstmals die Privatjacht erwähnte, die Antropopos gechartert und mit Thermal-Unterwasser-Suchprojektilen ausgestattet hatte, konnte man beobachten, wie Brodie zusammenzuckte; und als Ethel B. Saltzlust am zwanzigsten Juni vier Stunden über das zerbrochene Aquarium sprach, an dem sich Brodie angeblich beim Fallschirmspringen den Fuß zerschnitten hatte, beobachteten mehr als dreißig Millionen Menschen sein Zögern, ja sogar Zittern, während er Ella Moneypenny-Hubert, der Ziehmutter seiner sieben adoptierten und zu Erben eingesetzten Vietnam-Waisen, die Hand entgegenstreckte.

Im Laufe des Monats September wandte sich die Aufmerksamkeit vom Prozeßgeschehen ab und der Kongreß-Debatte zu, die um die Perkins-O'Farrell-Gesetzesvorlage entstanden war. Diese Vorlage (die einen Monat später auch durchgebracht wurde) forderte rückwirkend die Todesstrafe für die Anklagepunkte Dreizehn, Fünfzehn, Einundzwanzig und Siebenundzwanzig des Verfahrens. Man rechnete allgemein damit, daß die Präsidentin ihr Veto gegen diese Vorlage einbringen würde; aber am Spätnachmittag des einunddreißigsten Oktober unterzeichnete sie das Gesetz auf ihrem Tribünenplatz eigenhändig, nachdem die siebzehn eigens von Disneyworld-Havana eingeflogenen Doubles unter den ebenfalls anwesenden Heckenschützen für einige Verwirrung gesorgt hatten. In jener Nacht verübte Brodie in seiner Zelle einen Selbstmordversuch; er knotete das eine Ende eines Hemdstreifens um seinen Hals und das andere um das Gitter des Zellenfensters und sprang von der Pritsche, nachdem er sich die Handgelenke mit Splittern seines künstlichen Auges aufgeschnitten hatte (ein Überbleibsel jenes Attentats vor drei Jahren, als ihn ein dämonisches Modellflugzeug angriff – eine B-17 aus dem Zweiten Weltkrieg, angeblich ferngesteuert von Hess De-Lobel). Mehr als eine Viertelmillion Menschen meldeten sich freiwillig als Blutspender, die meisten wohl in der irrigen Meinung, daß es zu einer direkten Transfusion käme. (Der tatsächliche Spender war ein Gefangenenwärter namens Raymond R. Swain; Swain starb im folgenden Jahr nach einem Mordanschlag.)

Zwei Wochen vor Weihnachten rief Arnone Harper als Vertreter der Staatsanwaltschaft erstmals eine Person in den Zeugenstand, die angeblich von Brodie und anderen zu gesetzwidrigen Handlungen angestiftet worden war. Die Zeugin Melinda Bettis, unter dem Berufsnamen ›Fayette City Red‹ bekannt, machte einen starken Eindruck auf die Zuschauer. Ihrem Auftritt folgten weitere von Wanda Wood, Jo-Anne Blake, Eve Smythe (Nova Demure), Everett H. White (›Carol Clark‹) und Sonya Plum Blossom; Fräulein Pflaumenblüte bezeugte, daß sowohl der Verteidigungsminister als auch der Generalsekretär der Vereinten Nationen eine Party besucht hatten, die während der Nachwahlen an Bord des Lenkwaffen-Trägers *Mayaguez-Zwischenfall* stattgefunden hatte. (Diese Aussage wurde später von der Generalversammlung bestätigt, allerdings bestritten vom Sicherheitsrat.) Mehrere Zeugen erklärten, daß Brodie und andere gehofft hatten, während oder noch vor dem U.S.S.A.-Debakel die finanzielle und militärische Führung zu übernehmen; und Elizabeth Cushy, eine Zeugin des Staatsanwalts, die aufgrund ihrer wohlgeformten Beine, ihrer schlanken Taille und des aufregenden Dekolletés die bis dahin höchsten Einschaltquoten erreichte, sagte unter Eid aus, daß Brodie ihr im Vertrauen mitgeteilt habe, wenn ihm der Richter nicht zuvorgekommen wäre, hätte er Leute in das Prozeßgeschehen eingeschmuggelt, die ihm oder Giznik verbunden oder zu Dank verpflichtet waren. Nach dieser Aussage ließ Richter Russell das Stadion räumen. Das erforderte eine Unterbrechung von zehn Tagen, in denen siebzehntausend Personen (nach Schätzung des *New Yorker*) verletzt wurden und ein Mausoleum, das Scholla gehörte, in die Hände eines Einbrechers fiel, der sich mit Flammenwerfern einen Weg mitten durch die Seventh Marines und die Pennsylvania Avenue gebahnt hatte. Das Mausoleum galt als Beweisstück C des Staatsanwaltes.

Am fünfundzwanzigsten Januar wurde das Verfahren wieder aufgenommen, aber gleich darauf erneut unterbrochen, als während der Mittagspause unter der Presse-Galerie eine Bombe explodierte. Eine ganze andere Bombe platzte, als am vierzehnten Februar Caleb Cohen III., der zu Brodies Verteidigern zählte, ankündigte, sein Mandant bekenne sich in den Anklagepunkten Acht, Sechzehn und Siebzehn schuldig und wolle sein ›Nichtschuldig‹ in den Punkten Einundzwanzig, Neunundzwanzig, Dreißig und Zweiundvierzig abgeändert wissen in ›Nichtschuldig wegen Unzurechnungsfähigkeit‹. Sämtliche vorgebrachten Änderungswünsche wurden ›im Namen des Volkes‹ abgelehnt, und am zehnten Februar verübte Brodie einen zweiten Selbstmordversuch.

Gegen Mitte März hatte die Staatsanwaltschaft die Beweisaufnahme abgeschlossen. Die Staatschefs von Amerika und fünf ausländischen Regierungen (Ostdeutschland, Westdeutschland, Iran, Schweden und Marokko) hatten ebenso gegen Brodie ausgesagt wie achtzehn bekannte TV-Persönlichkeiten. Die Geschworenen hatten die berühmten ›Superspion‹-Filme zweimal gesehen, ergänzt durch Momentaufnahmen von Brodie: Wie er zu den Sternen (Kassiopeia) aufschaute; wie er den rechten Arm um die

Schultern seiner (Ex-) Frau Angella Brodie-Yuppe legte; wie er in einem Protestzug gegen die Verseuchung der Windward-Passage mitmarschierte; wie er in einem Schaufenster mit einem alten Mann Schach spielte (Stanislas Henryk Chvojka, ein Schwarzer, gewann in achtundzwanzig Zügen); und wie er in Apple City seine Bio-Äpfel ›für drei Dollar den Scheffel‹ eigenhändig pflückte.

Das Resümee der Staatsanwaltschaft dauerte eine knappe Woche, und am vierundzwanzigsten März trat Brodie in den Zeugenstand, um sich selbst zu verteidigen. In einem Überraschungsvorstoß verließ er seinen Platz und rannte seinen Arm in das Feuer der Erleuchtung, das zu diesem Zeitpunkt auf einem Tisch vor den Geschworenen brannte (als Beweisstück K der Staatsanwaltschaft). Mit der Hand in den Flammen schwor Brodie seine Unschuld. In den Abendnachrichten meldeten NBC, CNS und ABC, daß die Moschee von Omar bei einem Erdbeben eingestürzt und die letzte Mauer des Salomon-Tempels in sich zusammengefallen sei. In der Nähe der Oster-Inseln habe man den Ruf vernommen: »Pan ist erstanden!« Innerhalb von drei Wochen hatte Brodie nach zuverlässigen Berichten fünfhunderttausend Anhänger. Die meisten davon schworen, keine Intimsprays mehr zu verwenden und sich jeglichen Fleischgenusses zu enthalten. Ich glaube, man kann ohne Risiko behaupten, daß die wahre Verfolgung noch nicht einmal begonnen hatte.

Copyright © 1980 by Gene Wolfe

Jean Femling rüttelt an Heiligtümern. Wie George Bernard Shaw, Ward Moore und einige andere biegt sie die englische Grammatik vorsichtig für ihre eigenen Zwecke zurecht. Am bekanntesten ist vermutlich ihr ungewöhnlicher Mystery-Roman Backyard.

JEAN FEMLING

Für wen pfeifen diese Schlangen da oben?

Sie schaute in dem Moment auf, da es ins Fenster stürzte, die mächtigen Katzenpfoten weit vorgestreckt, um den Fall zu bremsen. Aber es riß die untere Hälfte des Fensterrahmens mit, und ein Regen von Glassplittern ging auf den Teppich nieder. Es landete bäuchlings inmitten der Verwüstung, spreizte die großen Schwingen, um das Gleichgewicht wiederzufinden, und saß dann geduckt da, den Blick auf Miranda geheftet. Sein Kopf war auf gleicher Höhe wie ihr Schreibtisch. Sie erhob sich, und das Herz klopfte ihr bis zum Halse, als sie es anstarrte. Jemand rief: »Was war denn das?«

Sie hörte eine Tür zuschlagen, Verwirrung, Laufschritte im Korridor. Sie schauten einander an ... Seine Augen waren anders als bei einem Vogel, saßen eher vorne als seitlich, so daß es ihren Blick direkt erwiderte. Sie kam um den Schreibtisch herum. Aus einem Schnitt in der Pfote tropfte eine gelblichrosa Flüssigkeit auf den Teppich.

»Ist ja gut«, sagte sie und streckte die Hand nach einer der Schwingen aus. Federn aus roter Bronze, gleißend, spreizten sich leicht, ihren Fingern entgegen; warm, lebendig. Die Tür wurde aufgerissen.

»Mein Gott, seht euch das an!« rief Herb. »Ist dir auch nichts zugestoßen?« Susie und Lynn und dann die anderen, und alle redeten gleichzeitig. »Was ist das denn? Ein Riesending!« »Vorsicht, es hat sicher einen Schock oder so was

– geh nicht so nah ran!« »Wie sieht es denn *hier* aus?« »Es kam mitten durchs Fenster!« »Muß wohl eine Art Habicht sein – das erkennt man am Schnabel.« »Heiland, das Biest hat leicht eine Flügelspanne von drei Metern!«

»Zurück – alle!« kommandierte Herb. »Wir dürfen es nicht bedrängen. Miranda, du blutest am Arm! Hast du sonst noch was abgekriegt? – Susie, hol mal den Verbandskasten! Er steht auf dem obersten Regalbrett hinter meinem Schreibtisch.«

Miranda warf einen Blick auf ihren linken Arm und den langen Kratzer, an dem das Blut bereits trocknete. »Laßt doch, mir fehlt nichts!« sagte sie. »Es war sicher nur ein Glassplitter.«

»Jemand soll die Polizei verständigen«, meinte Herb.

»Es sieht doch gar nicht gefährlich aus«, widersprach Miranda.

»Oho – soll das ein Witz sein?« Das Tier richtete sich auf und schüttelte einmal kurz die Schwingen. Von Mirandas Schreibtisch flogen die Papiere auf, und die Bleistifte rollten davon. »Das darf nicht wahr sein! Los, verschwindet endlich, alle! Miranda, du kommst jetzt Schritt für Schritt hierher! Langsam – wir wollen es in keiner Weise reizen!«

Das Tier musterte das Fenster; dann sprang es mit einem Satz auf den Sims. »Bleib doch!« rief Miranda. »Nein, nein, laß es ruhig!« widersprach Herb. »Es kommt bestimmt nicht sehr weit.« Das Tier beugte sich nach draußen und ließ sich ins Nichts fallen; einmal streiften die ausgespreizten Schwingen kurz das Gebäude. Herb und Miranda liefen gleichzeitig ans Fenster und schauten ihm nach, beobachteten, wie es mit kräftigen Flügelschlägen der Sonne entgegenstrebte. Einmal stieß es einen Schrei aus, dann wandte es sich unvermittelt nach links und verschwand aus ihrem Blickfeld.

»Heiland!« meinte Herb leise. »Gib acht auf die Scherben!«

Die anderen stürmten aus dem Zimmer und den Korridor entlang, um das Tier zu verfolgen. Miranda blieb ein wenig zurück; sie untersuchte den dunklen Blutfleck. Eine abgebrochene Feder lag auf dem scherbenübersäten Teppich. Sie hob sie auf, schob sie in ihre Bluse und gesellte sich dann zögernd zu den anderen.

An diesem Tag kam keine vernünftige Arbeit mehr zustande. Ein eifriger Suchtrupp verfolgte das Geschöpf bis zu einem nahen Eukalyptus-Wäldchen und verlor es dort aus den Augen. Die Polizei kam, gefolgt von Reportern und Fotografen; nach der Mittagspause erschien sogar ein Biologielehrer und schleppte zwei Bücher mit Farbaufnahmen von rotschwänzigen Habichten und goldenen Adlern an, die ihnen helfen sollten, das Tier zu identifizieren.

Anfangs wichen die Beschreibungen weit voneinander ab. Lynn schilderte das Tier als sandfarben, Herb dagegen behauptete, es sei mittelbraun mit einer helleren Zeichnung gewesen. Eines der Mädchen sprach von einem satten Orange, das an den Unterseiten der Flügel blasser wurde. Das einzige, worüber es keinerlei Diskussion gab, war der große, scharf gekrümmte Schnabel.

Gegen Mittag hatten sie sich darauf geeinigt, daß es orangebraun gesprenkelt war und ein glänzendes Gefieder besaß, in dem sich das Licht zu brechen schien. Aber was war es? Ein Riesenhabicht? Ein Adler? – Herb stellte die Theorie auf, daß es sich – der einmaligen Größe und Farbe wegen – um eine Mutation oder bis dahin unentdeckte Art handeln könnte.

»Vielleicht ein Kondor?« schlug Lynn vor und wurde niedergeschrien. Susie, eine energische Frau, die fünf Kinder großzog und die Büroarbeit mit links schmiß, sorgte für zusätzliche Verwirrung, weil sie steif und fest behauptete, das Ding habe keine Vogelkrallen besessen, sondern richtige Pfoten: der Biologe konnte sich eines Lächelns nicht erwehren, und die beiden gerieten in einen hitzigen Streit, aus dem sich Susie gekränkt zurückzog.

»Auf meine Augen kann ich mich verlassen«, waren ihre letzten Worte.

»... und ein Schwanz? Hatte es einen Schwanz?«

Miranda reichte es allmählich. Sie gehörte ohnehin eher zu denen, die sich im Hintergrund hielten, und keiner dachte daran, ihr Fragen zu stellen – abgesehen davon, daß sie ein gutes Dutzend Mal schildern mußte, wie das Tier durch das Fenster hereingestürzt war. Man lichtete sie neben der kaputten Scheibe ab, so daß der Kratzer auf ihrem Arm gut zu sehen war, und später auf dem zerfetzten Teppich kauernd ... Das war mehr Aufmerksamkeit, als man ihr in den ganzen sechzehn Jahren ihrer Tätigkeit hier geschenkt hatte. Gegen vier stellte Herb schließlich fest, daß sie recht mitgenommen aussah, und er schickte sie heim.

Miranda wohnte mit ihrem Mann im Osten der Stadt, am Rande einer kleinen Schlucht, die so zerklüftet war, daß die Erschließungsbehörde sich nicht die Mühe gemacht hatte, sie zu verbauen. Platanen- und Eukalyptusgehölze wuchsen bis in die Tiefe, und wo die Vögel von den Hochspannungsleitungen Samenkörner abgeworfen hatten, wucherten Pfeffersträucher. Etwa auf der Hälfte des Abhangs öffnete sich ein freier Platz, wo die Kinder ein Pferd gehalten hatten, früher, als sie noch im Hause lebten. Die Schlucht lag im Licht der Spätnachmittagssonne da. Miranda sah das Tier sofort; es kauerte am Boden der Lichtung, und sein Gefieder war ein funkelndes Kupferrot, das sie blendete. Irgendwo in der Ferne brummte ein kleines Flugzeug. Sie lief den Pfad hinunter.

Das Tier stützte sich auf eine Pfote und die Flügelenden; die andere Pfote hatte es hochgezogen.

»Du darfst nicht in der Sonne bleiben, sonst entdecken sie dich sofort«, sagte Miranda. Sie dachte an den Polizeihubschrauber, der in regelmäßigen Abständen das Gebiet überflog. Der halb verfallene Schuppen, in dem die Jungen früher das Pferd untergebracht hatten, lag versteckt im Unterholz, das seit den Regenfällen des Winters üppig wucherte. Sie zog die Tür auf und lockte das Geschöpf zu sich. Es kam humpelnd und flatternd herein und schaute sie an.

Sie kniete nieder und untersuchte die verletzte Pfote, die es ihr entgegenstreckte. Eine Glasscherbe, ein langes, schmales Dreieck, saß zwischen den Ballen; es hatte offensichtlich die Pfote ganz durchbohrt, denn die Spitze schimmerte durch das Fell. Auf der Unterseite war eine Kante bereits abgebrochen.

»Halt ganz ruhig!« sagte sie. »Und sei leise ... einen Augenblick noch ... ich muß die Pinzette holen.«

Ganz sicher verstand das Tier sie. Es hielt still, während sie die Scherbe lockerte und dann mit der Pinzette herauszog, ein Tuch über die Kante gelegt, damit das Glas nicht brach. Ein Schwall hellrosa Flüssigkeit strömte aus, offenbar das Blut des Geschöpfes, und sie ließ es eine Weile fließen, ehe sie die Pfote mit einem sauberen Tuch verband. Dann brachte sie einen Eimer mit frischem Trinkwasser. Als sie ihn absetzte, hörte sie einen merkwürdigen Laut, so als berührte jemand eine Cello-Saite. Das Geschöpf begrüßte sie.

Miranda setzte sich auf die Schwelle. Die Sonne stand jetzt so niedrig, daß sie eine Zeitlang ihren Rücken wärmte ... – und Miranda konnte ihren Blick nicht von dem Tier lösen. Es hatte die mächtigen Hinterbeine und Pfoten eines Löwen, bedeckt mit einem rötlichen Pelz, der ein paar Nuancen heller war als die Schwingen. Und es besaß einen Schwanz mit dunkler Spitze.

»Arme Susie«, meinte sie mit einem Lächeln. Das Geschöpf sah sie ruhig an, voller Vertrauen ... Große, goldene Augen, mit stetig wechselnden Mustern in der Tiefe, die langsam und endlos kreisten ... die Pupillen waren keine Katzenschlitze, sondern rund wie bei Menschen und im Moment zu winzigen Punkten verengt. »Stell dir vor – die haben dich in einem Almanach gesucht«, sagte sie. Sie hörte, wie der Wind in den Baumkronen rauschte; aber hier unten war die Luft ganz still. Das Geschöpf schloß die Augen und ruhte aus.

Sie verlagerte ihr Gewicht, wechselte ganz langsam die Stellung, um es nicht zu erschrecken, und kauerte nieder, um über diese Ungeheuerlichkeit nachzudenken. Das Ei ihrer Welt war zerbrochen. Sie saß erstaunt da, halb schläfrig in der sanften Wärme ... Sie dachte: Es hat sich *mein* Fenster ausgesucht!

Sie mußte Jim erzählen, was sie erlebt hatte; sicher erfuhr

er es bald von anderer Seite. Geschirrklappern und Fettgeprassel, Koteletts in der einen und Bratkartoffeln in der anderen Pfanne, der Salat schon vorbereitet: An seinem Herrenabend nahmen sie meist nur eine schnelle Mahlzeit zu sich. Sie wollte eben von der Sache anfangen, da schlug er die Nachmittagszeitung auf – und sie prangte auf der ersten Seite, deutete aufs Fenster lächelte dämlich.

»Himmel – das bist ja du! ›Riesenvogel überfällt Sundown-Büro!‹ – Was ist denn da passiert?« Und als er alles wußte, war er ein wenig gekränkt, daß sie es nicht für notwendig gehalten hatte, ihn im Büro anzurufen ... Er leitete einen Supermarkt im 25 Kilometer entfernten Alturas, und es gab ständig zu tun; aber immerhin, sie hätte daran denken können, unmöglich wäre es nicht gewesen. Sie mußte ihm die ganze Geschichte von vorne erzählen, wie den anderen. Dann las er den Artikel laut vor und faltete die Zeitung zusammen ... Das Thema des heutigen Herrenabends stand fest.

»Was? Einfach so hereingestürzt?« meinte er. »Wetten, daß dir vor Angst fast das Herz stehenblieb? Wie hat das Ding denn ausgesehen?«

»Hm ... ziemlich groß. Kräftig, verstehst du – du siehst ja, was von dem Fenster übrigblieb.«

»Tja. Na wenigstens bist du unverletzt geblieben; das erleichtert mich.« Er breitete die Serviette auf den Knien aus. »Keine Affenhände, hm?« Statt einer Antwort lächelte sie nur.

Noch ehe Mim der Ältere zu seinem Kartenspiel aufbrach, stürmte Jimmy der Jüngere herein. Jemand in seinem Wohnblock hatte ihm von dem Riesen-Vogel erzählt. Er wollte die ganze Story noch einmal hören.

»Wo ist das Ding schätzungsweise hingeflogen? Habt ihr euch wenigstens die Richtung gemerkt? Mannomann, da seid ihr so viele und verliert es aus den Augen! Was meinst du, Dad? Ob es aus den Vorbergen kam? Vielleicht ist es wieder dahin zurückgekehrt.«

»Kommt drauf an, ob es mit seiner Verletzung so weit fliegen konnte«, entgegnete Jim. Miranda merkte, daß die beiden sich gegenseitig hochputschten. Jimmy rief ein paar Freunde an, um ihnen die Geschichte zu erzählen. »Ja, genau – meine Mutter! Sie war dabei, als es passierte, sie sah das Ding als allererste!«

Endlich waren sie weg. Sie nahm die Taschenlampe, eine Rührschüssel aus Edelstahl und einen Karton mit Eiern und tastete sich zur Lichtung hinunter. Die Taschenlampe schaltete sie nur gelegentlich ein. Ein paar Lichter brannten in den Häusern auf der anderen Seite der Schlucht: Sie hatte nicht den Wunsch, die Aufmerksamkeit der Leute auf sich zu ziehen. War es noch da? Nur das Zirpen der Grillen weiter entfernt ... hier war alles still.

Das Geschöpf saß reglos im Dunkel. Sie sprach mit ihm, leise, sanfte Worte der Begrüßung, und es antwortete sofort. Sie schlug fünf Eier in die Schüssel und fütterte das Tier damit ... es hätte vielleicht mehr gefressen, aber sie wußte nicht, ob es Eier vertrug. Außerdem mußte sie zwei für Jims Frühstück aufheben. Es stieß kurze, wohltönende Laute aus, die sicher Dankbarkeit bedeuteten – oder vielleicht Schmerz ... Es bewegte sich, setzte die verletzte Pfote auf und verlagerte hastig das Gewicht.

»Schsch«, machte sie. Sie begann zu summen und dann zu singen, Abend- und Wiegenlieder, die sie vergessen hatte, aus ihrer eigenen Kindheit und aus der Zeit, da die Jungen noch klein waren. Es wurde kühl; sie bedauerte, daß sie keine Wolljacke mitgenommen hatte. Die Wärme des Geschöpfs zog sie an, und sie trat einen Schritt ins Innere des Schuppens.

Nachts lag sie wach und glaubte ein schwaches Summen zu hören, das Vibrieren einer Cello-Saite ... Und sie hoffte, daß es nur der Wind in der Starkstromleitung war. Jim schlief bereits, atmete gleichmäßig – sie hatten ihn alle mit Fragen bedrängt, er war der Mittelpunkt des Abends gewesen, Nun ja, sein Leben verlief nicht gerade aufregend ... Wenn sie ihm die ganze Wahrheit erzählte? Früher hätte ich es vielleicht getan, dachte sie. Als wir am Anfang standen ...

Am nächsten Morgen erklärte sie Jim, daß sie Kopfschmerzen habe und sich krank melden wolle. »Hmm – wenn du meinst, daß es nicht anders geht«, entgegnete er.

»Ich habe seit Monaten keinen Krankenurlaub mehr genommen«, verteidigte sie sich. »Ich nütze die Tage, die mir zustehen, kaum aus.«

»Sicher, aber wer weiß, ob du sie nicht noch mal notwendig brauchst!« Sie gab keine Antwort. Immer alles für später aufsparen, für ein Leben, das irgendwann in der Zukunft stattfinden sollte. Es verbitterte sie – dabei dachte sie tief im Innern schon genauso ... Und sie konnte sich ausmalen, was die Kollegen sagten: Das war nur diese verrückte Sache von gestern! Und Miranda gehört nun mal nicht zu den Robusten; das muß sie völlig umgeschmissen haben.

Als er endlich unterwegs war, nahm sie etwas Hüttenkäse und ein Pfund Hackfleisch mit nach unten; mehr hatte sie nicht im Haus. Das Tier begrüßte sie mit freudigen Lauten. Als es mit dem Fressen fertig war, drückte es den Kopf gegen ihre Hand. Schüchtern streichelte sie ihm über das Gefieder, spürte den kräftigen Muskelwulst in seinem Nacken. Als sie frisches Trinkwasser holte, nahm sie gleich einen Spaten mit: In einer Ecke des Schuppens glänzte der Kot des Geschöpfes; sie schaufelte einen Graben in das weiche Erdreich hinter dem Holzverschlag, wo sie das Zeug vergrub. Es war ein heller, milder Tag, und das Tier sonnte sich schläfrig auf der Schwelle des Schuppens, offensichtlich zufrieden damit, daß sie kam und ging.

Zwischen ihren Arbeiten kauerte sie einfach nieder und starrte das Geschöpf an. Ein Wunder. Sie konnte ihr großes Glück noch nicht recht fassen, dieses seltene Geschenk ... Der herrliche Kopf, die breite Stirn, der durchdringende Blick, als ob es alles verstünde. Und dann der mächtige, gekrümmte Schnabel, zweifellos dazu bestimmt, Fleisch zu zerreißen, Fleisch zu fressen – Und warum nicht? dachte sie. Wir handeln alle so, wie wir handeln müssen.

... Es erinnerte sie an irgend etwas, das in den Tiefen ihrer Erinnerung lag; es schien nicht völlig fremd ... Als Kind hatte sie in einer bunten Phantasiewelt gelebt und war oft genug gescholten worden, wenn sie durch ferne, goldene Reiche streifte und von wunderbaren Abenteuern träumte. Wohin war es verschwunden, das große Leuchten, das Kinderland der unbegrenzten Möglichkeiten? Auf der anderen Seite der Schlucht blitzte ein Fenster, als sich die Morgensonne darin verfing, und sie trat zur Seite. Dächer und Veranden, eine halb eingefallene Holztreppe – sie war nie dort drüben gewesen. Sie hatte sich noch nicht einmal in die Tiefe der Schlucht begeben.

Das Futter konnte sich mit der Zeit zu einem Problem entwickeln. Bald kam das Wochende – dann hatte sie den Wagen zum Einkaufen und konnte etwas mehr Fleisch heimbringen; noch wußte sie nicht genau, wieviel sie brauchte ... Vielleicht ließ sich vom Ersparten eine Kleinigkeit abzwacken, die sie dann von ihrem nächsten Lohn wieder aufstockte.

In den nächsten Tagen verbrachte sie den größten Teil ihrer Zeit in der Nähe des Geschöpfes. Es fühlte sich wohl in ihrer Gesellschaft; es freute sich, wenn sie kam. Einmal überraschte sie es, als es das Fell seiner verletzten Pfote mit dem Schnabel säuberte wie jedes Tier; sie blieb stehen, ein wenig abgestoßen, und es richtete sich elegant auf, zog die Pfote wieder unter den Flügel und beobachtete sie, als versuchte es ihre Gedanken zu lesen.

Noch etwas überraschte sie – daß die Zeit elastisch geworden war. Manchmal hätte sie schwören mögen, daß sie nur ein paar Minuten bei dem Tier verbracht hatte, obwohl in Wirklichkeit Stunden vergangen waren; umgekehrt rollte zu anderen Zeiten eine große, verwirrende Spirale von Bildern in nur wenigen Augenblicken ab.

Dem Tier ging es immer besser. Eines Morgens trat es vorsichtig mit der verletzten Pfote auf und flatterte dann ungeschickt in die Höhe; der Wind, den seine großen Schwingen machten, fuhr über sie hinweg und wirbelte Staub auf. Es kreiste über den Sträuchern, segelte geschickt zwischen die Baumgruppen und landete dann wieder. Der Anblick des Geschöpfes bei seinem Landeflug – die mächtigen Pfoten vorgespreizt und vorsichtig nach dem Boden tastend, die Schwingen aus Feuermetall gewölbt, um den Fall abzubremsen – es war der schönste Moment in ihrem Leben, sie empfand eine Schwäche des Glücks.

Zögernd machte sie sich klar, daß es bald gesund sein würde, daß sie ohnehin nicht damit rechnen konnte, es ewig hier zu verstecken. Wohin mochte es wohl fliegen ...? Und woher kam es überhaupt? Ihre Blicke wanderten über das Bücherregal, und sie holte die Bibel heraus, blätterte in der *Offenbarung* ... ein Gewirr aus flammenden Leuchtern und Schlachten, aus bunten Reiterscharen und Erdbeben, und das alles mit exakten Zahlen versehen – vier Tiere und sieben goldene Schalen ... Wo ihr Daumen in den Seiten hängenblieb, las sie:

> UND ich sah einen Engel in der Sonne stehen, und er rief mit großer Stimme und sprach zu allen Vögeln, die unter dem Himmel fliegen:
> »KOMMT, versammelt euch zu dem großen Mahl Gottes, daß ihr esset das Fleisch der Könige und der Hauptleute und das Fleisch der Starken und der Pferde und derer, die darauf sitzen, und das Fleisch aller Freien und Knechte, der Kleinen und der Großen!«

An diesem Abend kam ihr Mann früher heim; er hatte etwas in der Stadt erledigt. In der Zeitung standen neue Gerüchte über den ›Riesen-Vogel‹. Man wollte ihn an verschiedenen Stellen der Stadt gesehen haben.

»Aber was soll das Tier denn hier, wenn es verletzt ist?« fragte Miranda. »Das ergibt keinen Sinn.« Beim Abendessen fiel Jim ein, daß er ein befreundetes Ehepaar zum Bridge eingeladen hatte. Sie blieben die halbe Nacht wach, und sie fand keine Möglichkeit, zur Schlucht hinunterzugehen.

Am nächsten Morgen holte sie ihr Mann – er stellte den Wecker, er stand als erster auf – mit den Worten aus dem Schlaf:

»Horch mal! Fällt dir nichts auf?«

»Nein – was denn?« entgegnete sie erschrocken.

»Die Vögel sind wieder da.« Miranda konnte sie jetzt auch

hören, die Amseln und all die anderen drunten in der Schlucht. »In den letzten Tagen hat nicht einer gesungen. Ich *wußte* doch, daß sich irgend etwas verändert hatte.« Sobald er abgefahren war, rannte sie den Hang hinunter zum Schuppen. Er stand leer: Das Tier war verschwunden.

Als sie mit dem Bus zur Arbeit fuhr, bereitete sie sich innerlich auf den Schmerz vor ... Das Abenteuer war vorbei, alles wurde wieder wie zuvor. Ein Mexikaner-Junge mit blauer Mütze, der den Mittelgang entlangschlenderte, starrte sie an und schaute dann weg – oder hatte sie sich den forschenden Blick nur eingebildet? Wußte er Bescheid über das Tier? Gab es noch mehr Leute außer ihr, die Bescheid wußten? Es schien bizarr ... aber warum nicht? Vielleicht flog es umher, um die anderen zu suchen, jene, die von seinem Wesen waren ...

Im Büro begrüßte man sie mit den Sprüchen, die sie vorausgeahnt hatte. Sonst war alles wieder normal. Man hatte schon einen Tag nach dem Zwischenfall das Fenster neu verglast und die Wand innen und außen getüncht. Typisch Herb – er fand, daß man die Zerstörung im Keim ersticken mußte. Kurz vor dem Heimgehen streckte Susie den Kopf zur Tür herein und warf Miranda einen herausfordernden Blick zu.

»Herb hat eben das Abendblatt gekriegt; offenbar ist unser Vögelchen wieder aufgetaucht!« sagte sie. »Ein paar Kinder schwören, daß das Biest heute morgen ihren Hund geschnappt und in die Lüfte entführt hat – einen halberwachsenen Collie! Was hältst du von der Geschichte?«

»... klingt irgendwie unglaubhaft«, meinte Miranda.

Sie wußte, daß das Tier zurück war, noch ehe sie es sah. Aus dem dichtesten Teil des Eukalyptuslaubs segelte es herab, um sie zu begrüßen, und sie hörte das dünne Pfeifen, das seinen Flug begleitete – das gleiche Geräusch, das sie damals hatte aufschauen lassen, Sekundenbruchteile, ehe es durch das Glasfenster stürzte. Dieselben zärtlichen, kehligen Rufe – sie winkte es in den Schuppen, es folgte ihr und fraß aus der Schüssel, die sie ihm entgegenstreckte, das letzte Pfund Hackfleisch, das sie unter Salat und Gemüse verborgen hatte. Sie ließ ihre Blicke im Schuppen umherschweifen, voller Angst, irgendwo einen Kadaver zu entdecken ... Wieviel verstand das Geschöpf?

Jim kam früh von der Arbeit heim, aber er mußte gleich wieder fort, um irgend etwas mit seinem alten Freund Charley zu besprechen, und er bat sie, das Abendessen erst für acht Uhr herzurichten. Als er heimkam, schwenkte er ebenfalls die neueste Ausgabe der Zeitung.

»Da muß doch was geschehen!« rief er. »Als nächstes ist dann ein Kind an der Reihe! – Und selbst wenn es sich um einen Kondor oder sonst eine vom Aussterben bedrohte Art handelt! Ein Menschenleben geht in jedem Fall vor!«

Am nächsten Abend brachte die Fernsehstation Los Angeles die Geschichte in den Sechs-Uhr-Nachrichten. Man zeigte sogar ein Schwarzweißfoto, angeblich eine Aufnahme des Riesen-Raubvogels, halb verdeckt von einem Baum und mit irgend etwas in den Klauen. Die Vergrößerung brachte keinen genauen Aufschluß: Der Gegenstand war zu unscharf, als daß man ihn hätte erkennen können, obwohl der Fotograf schwor, daß es sich um einen Hund handelte. Jim stand vor dem Fernsehgerät, die Hände in die Hüften gestemmt.

»Da haben wir es!« sagte er.

»Heißt das etwa, daß du diese Story glaubst?«

»Verdammt, ich *weiß*, daß sie stimmt! Charley hat das Biest nämlich vor zwei Tagen am Fremont-Highway gesehen, und Charley lügt nicht! Wenn du's genau wissen willst – ich habe ihn gestern abend auf der Jagd nach der Bestie begleitet!« Er warf ihr einen Blick zu. »Ich wollte nur nichts sagen, weil ich merke, wie dich das alles mitnimmt. Aber du warst von Anfang an mißtrauisch, nicht wahr?« Ihr Mund stand offen. Sie hatte nicht das geringste geahnt. »Wir wollten wirklich nur vermeiden, daß du dich aufregst.«

»Du bist ein Idiot!« fauchte Miranda.

Charley kreuzte auf, mit einem listigen Blinzeln. Er und Jim waren seit vielen Jahren befreundet. Im Sommer angelten sie zusammen nach Schwertfischen, und im September eröffneten sie stets als erste die Taubenjagd an der Salton

Sea. »Hallo, Mandy-Mirandy!« scherzte Charley. »Wir sind dem Untier auf den Fersen!«

Am nächsten Morgen erklärte Jim, daß er freigenommen habe, um mit Charley die Waldgebiete in den Hügeln zu durchstreifen. Er packte seine Sachen zusammen, trat in den Garten und warf einen Blick über die Schlucht hinweg.

»Es gibt hier in der Gegend gar nicht so viele Plätze, an denen sich ein Ding von dieser Größe verstecken kann, verstehst du? Vielleicht sollten wir ein paar Brote mitnehmen ...« Sie wartete schweigend, daß er sie darum bat, den Proviant zurechtzumachen. Der Polizei-Hubschrauber, der schon seit geraumer Zeit wie ein schwacher Außenbordmotor in der Ferne tuckerte, kam in Sicht. Er flog die gegenüberliegende Kante der Schlucht ab, in Schräglage, damit er ungehinderte Einsicht in die Tiefe hatte.

»Kein Wunder, daß die aufpassen«, meinte Jim mit einem schwachen Grinsen. »Wetten, daß heute morgen an die tausend Leute durch die Wälder der Umgebung streifen? Und jeder einzelne denkt, daß *er* das Tier erwischt.« Weiter unten in der Schlucht hörten sie Kinder durch das Unterholz brechen und dann eine gebieterische Stimme. »Kommt hierher! Wir versuchen mal diesen Weg hier!«

Sein Grinsen wurde breiter. Sie sah zu, wie er sein Eßgeschirr festschnallte, den Rucksack mit dem Kletterseil und den Haken aufnahm, den Feldstecher zückte und das Jagdmesser in den Gürtel schob – der ewige Pfadfinder und Sonntagskrieger ...

»Sie erwischen es nie!« erklärte Miranda. »Ebensowenig wie du!« Er war verwirrt durch ihren ungewohnt scharfen Tonfall und dann verärgert.

»Ich schätze, diese ganze Geschichte hat dir den Ver ... – he!« schrie er auf, als ihm der funkelnde Blitz entgegenstürzte. »Seht euch das an!« Er riß keuchend die Arme hoch, als das Tier ihn rammte und zu Boden stieß, den Schnabel tief in seine Kehle grub und mit den Klauen in seine Eingeweide fuhr ...

»Nein, nein! Hör auf – hör auf!« kreischte sie. Das Tier hob den Kopf und schaute sie an. Dann schnellte es hoch und erhob sich in die Lüfte. Die großen Schwingen pumpten kraftvoll auf und nieder, als es immer höher stieg. Einmal fiel sein Schatten auf die Erde. Sie kniete unten am Boden und beugte sich schreiend über ihren Mann. Und während das Blut aus seiner Schlagader im Erdreich versickerte, überlegte sie, ob der Gott je wiederkommen würde.

Copyright © 1980 by Jean Femling

Michael Coney wurde in England geboren, lebt aber seit vielen Jahren in Kanada. Er ist ein tüchtiger Mehrer – zu seinen Aktivposten zählen viele Bücher und einige Häuser. Um nur eine Auswahl seiner Werke zu nennen: Syzygy, Hello Summer, Good Bye, Mirror Image, Brontomek! Friends Come in Boxes *und* Rax, *und natürlich sein jüngstes: die großartige* Celestial Steam Locomotive.

MICHAEL G. CONEY

Süßer Sommer, bitt'rer Winter

Den ganzen Sommer waren Wir über das karge Land gezogen, und es gab Futter genug. Um die Zeit des längsten Tages hatten sich nach und nach die Kühe eingefunden. Sie kamen in Gruppen und brachten ihre neugeborenen Kälber mit. Während dieser Zeit spürten Wir stets, wie das Ganze wuchs – wenn die Böcke jenseits der niedrigen Hügel und immer mehr Kühe von den Seeufern zusammenströmten, heimkehrten in die Einheit, die den Namen Herde trägt.

Aus wie vielen Geschöpfen besteht die Herde? Das spielt keine große Rolle, auch wenn manche Einzeltiere eine besondere Bedeutung haben, weil sie aus dem einen oder anderen Grund Einfluß auf die Gemeinschaft ausüben. Ein solcher Gruppenführer war Basso, ein mächtiger Bock, dessen Stimme weithin erscholl – das heißt, er ist es auch heute noch. Seine Gefährtin zu jener Zeit hieß Goldhuf. Sie lebt nicht mehr.

Basso und Goldhuf trafen sich an jener Stelle wieder, wo der Bach als kaltes, dünnes Rinnsal in den See mündet. Zu dieser Zeit war Goldhufs Kalb prächtig gediehen und stark genug für die Wanderschaft. Wenn es trank, stieß es mit der heftigen Ungeduld der Jugend gegen den Bauch von Goldhuf, die nachdenklich zum Wasser hin starrte, in dem ein paar dunkle Forellen schwammen. Sie scharrte mit ihrem breiten Huf den Boden auf, senkte den Kopf und rupfte an dem saftigen Moos des Nordens; ein Instinkt ließ sie plötzlich aufschauen.

Basso zeichnete sich gegen den Himmel ab.

Nun setzte sich Goldhuf in Bewegung, ohne das Kalb zu beachten, das neben ihr herstakte und immer noch hoffnungsvoll die feuchte Zitze beäugte. Als sie Basso erreichte, erlebte sie wieder dieses Gefühl, daß sie gemeinsam größer waren als die Summe ihrer Teile – daß sie jene schwer verständliche und schwer zu beschreibende Größe besaßen, die Unser Wesen ausmacht, das Wesen der Herde. Basso begrüßte sie kurz, ihre Nasen berührten sich, forschend beschnüffelte er das Kalb. Dann zogen die drei Tiere gemeinsam nach Westen weiter.

Andere gesellten sich zu ihnen, Kühe mit ihren Kälbern, einzelne Böcke, die sich instinktiv um ihren Gruppenführer scharten. Die meisten der bekannten Tiere waren da: Krummbuckel, Spreizklaue und Schecke. Ihre Leiber zuckten, und die Schwänze peitschten, um die allgegenwärtigen Moskitowolken zu vertreiben. Die Insekten plagten Uns in jenem Sommer ganz besonders. Zwei Fremde, welche die Summe ihres Wissens in die Herde einbrachten, gaben Uns zu verstehen, daß der Winter außergewöhnlich mild gewesen war – sie waren im vergangenen Herbst nicht mit der übrigen Herde nach Süden gezogen, sondern hatten ohne große Probleme in der Tundra überwintert. Die Moskitos waren im Frühjahr in weit größerer Zahl als gewohnt aufgestiegen und hatten Uns seither stark belästigt.

Als Wir in jenem Sommer durch die Tundra wanderten, beobachtete Basso unablässig die Glieder der Herde, schätzte ihre Stärken ab und ihre Schwächen. Mit den Stärken befaßten Wir Uns nicht – die Herde ist von Natur aus stark – aber für Basso waren sie wichtig, denn er mußte zu gegebener Zeit beweisen, daß ihm die Führung und das Vorrecht bei der Paarung gebührte. Und die Schwächen merzten sich von selbst aus – dachten Wir ...

Die Wölfe waren ständig in Unserer Nähe, hoben sich den ganzen, endlos langen Tag vom Horizont ab, umkreisten uns und achteten ganz besonders auf die Kälber und die älteren Tiere. Sie konnten das Alter und die Gesundheit eines Tieres an zahllosen Zeichen abschätzen: am Heben des Kopfes, am Aufsetzen eines Hufes. Sie trabten weiß und grinsend zwischen den Blumen und niederen Sträuchern, tauchten hier und dort neben den grasenden Tieren auf, außer Reichweite von Huf und Schaufel, suchten nach Schwächen. Sie waren ebenso ein Teil der arktischen Landschaft wie der fahle Himmel, wie die niederen, welligen Hügelkämme und die unvermittelt aufgetürmten Kieshaufen, wie die Seen und trägen Flüsse – und wie die Sommerblumen, die purpurnen Inseln aus Steinbrech, der seine Nährstoffe dem Felsen selbst zu entziehen schien, wie das flockige Baumwollgras, die sanftrosa Weidenkapseln, wie Flohkraut und Rhododendron. Die Blumen und die Wölfe – die Arktis.

Ein riesiger Wolf verbiß sich in Paddlers Keule und versuchte ihn zu Boden zu reißen.

Wir spürten Paddlers Angst und Schmerz; alle in der Herde spürten es, und alle blieben stehen, beobachteten den Kampf und litten. Der Wolf zerrte, und Paddler brüllte los. Andere Wölfe kamen näher, schnappten nach seinen Beinen, sprangen ihm an die Kehle. Paddler schüttelte den Kopf, senkte ihn, und der erste Wolf flog kläffend zur Seite.

Paddler war alt und langsam. Wir – die Herde – wußten es; aber Paddler war nur einer von Uns, ein verängstigtes Tier. Er hatte lange gelebt und konnte nicht begreifen, daß er nicht ewig leben sollte. Er röhrte vor Schmerz, als ein Wolf sich in seiner Lende verbiß. Blut troff zu Boden. Ein Sturz von Exkrementen. Paddler drehte sich um, so schnell er konnte, versuchte die Dämonen zu erreichen, die ihm das lebendige Fleisch aus dem Leib rissen. Der große Wolfsrüde belauerte ihn, suchte mit den Blicken die Kehle, wartete aber ab, weil er das gesenkte Geweih fürchtete.

Dann, ganz unvermittelt, schüttelte der Wolf den Kopf und erschauerte.

Die anderen Wölfe ließen ab von Paddler, wichen zurück und scharten sich um ihren Anführer. Auch sie zitterten, und einer verlor Urin. Dampf stieg in die klirrkalte Luft auf. Sie trabten unsicher hin und her, beobachteten den verwundeten Paddler – dann wimmerte ihr Anführer, als sei er selbst schwer verletzt.

Sofort brach das Rudel in ein langgezogenes Heulen aus. Mit hocherhobenen Köpfen, die Schnauzen dem Himmel zugewandt, stießen sie ihre Klage aus – worüber? Paddler wußte es nicht, oder es war ihm gleichgültig. Er dachte nur an Flucht und begann davonzuhumpeln. Allmählich schwand seine Furcht. Auch Unsere Furcht begann zu schwinden. Die Wölfe beendeten ihr Geheul und sahen ihm nach. Einer benagte eine Zwergweide, suchte Nahrung von dem bitteren Holz. Andere schnüffelten an den Blutflecken und leckten daran. Paddler erreichte die Sicherheit der Herde. Inzwischen hatten sich einige von Uns instinktiv zusammengeschart.

Eine Weile wunderten Wir Uns über die Wölfe. Wir durchstreiften die Arktis seit vielen Sommern, weit über die Grenzen unserer Erinnerung hinaus, und mit dem Alter wuchs Unsere Weisheit. Eine Herde stirbt selten, auch wenn einzelne Glieder ersetzt werden. In jenen Tagen, in jenem süßen Sommer, als die Wölfe Uns nicht mehr angriffen, glaubten Wir, daß Wir nun ewig leben würden.

Vielleicht waren Wir nicht ganz so weise, wie Wir dachten.

Vielleicht hätten Wir an das Erlahmen der Brunftkämpfe in jüngster Zeit denken sollen.

Aber die Wölfe trollten sich und belästigten Uns nur noch ein einziges Mal. Später zogen Wir in ein Gebiet mit einer dünnen Schneedecke und begannen dort den Boden nach Flechten aufzuscharren. Danach quälten uns die Moskitos nicht mehr so stark.

Gegen Ende des Sommers ergriff uns eine neue Unrast. Goldhuf sah ihr Kalb an, nickte mit dem Kopf und stieß kehlige Laute aus. Dann wandte sie sich nach Süden, und das Kalb folgte ihr mit kräftigen Sprüngen. Ein paar andere Kühe ihres Alters kamen nach, und bald wanderte eine kleine Gruppe den fernen Bäumen entgegen. Basso schaute ihnen ungerührt zu. Sie würden wiederkommen. Aber es war das erste Zeichen des nahenden Winters – der innere

Ruf, den die ganze Herde fühlte, der Drang, in den Süden zu ziehen, an den Bäumen vorbei zur Winterweide.

Es war allerdings noch zu früh. Basso blieb bei der Hauptherde, die gemächlich äsend nach Westen wanderte. Während dieser Zeit stießen andere Gruppen aus dem Norden und Osten zu ihnen, vertraute Tiere, die sich wieder eingliederten, die zur Herde gehörten, noch ehe sie den letzten Hügel überquert hatten, so daß die nächststehenden Tiere anhielten und auf sie warteten. Es gab aber auch häufigere Streifzüge nach Süden, kleine Gruppen, die plötzlich über die Hügel davonrannten, als hätten sie die Geduld verloren. Wölfe strichen vorbei; sie zeigten Interesse, aber sie griffen nicht an. In diesem Sommer waren es wenige. Sie wirkten mager und hatten ein stumpfes Fell.

Die Fliegen verschwanden, nachdem sie ihre Eier unter Unsere Haut abgelegt hatten und die Larven sich bereits in Unserem Fleisch entwickelten. Es gibt für jeden einen Platz im großen Plan der Dinge. Nun sank die Sonne unter den Horizont, der erste Frost lag in der Luft – und die Herde fand wieder zusammen. Goldhuf kehrte zurück, das Kalb an ihrer Seite. Dann kamen die anderen. Manche Kälber waren kränklich; die Wölfe würden sie holen – zumindest dachten Wir das. Der Herbst brach herein wie jedes Jahr – und Wir blieben Unserer Art treu, rechneten damit, daß etwas, das immer geschehen war, auch weiterhin geschehen würde – obwohl es gegenteilige Hinweise gab. Diese Einstellung hatte viele Herden vor Uns vernichtet – die größere Weisheit wird mitunter überlagert von der Macht des Gewohnheitsdenkens. Der Herbst kam. Er kam immer.

Geweihe krachten.

Bassos Ohren zuckten. Zwei Böcke standen einander forkelnd gegenüber. Stark und geschmeidig, jeder von ihnen. Nach einer Weile brachen sie das Geplänkel ab und grasten weiter. Ein Beobachter, ein Wolf, hätte denken können, daß die Herde sich wie gewohnt verhielt, daß sie ruhig äste. Er konnte die unterschwellige Erregung nicht spüren, die Erwartung, die alle erwachsenen Tiere erfaßte, sobald das Knirschen der Stangen über die Tundra hallte.

Die Brunftzeit rückte immer näher.

Nun wurde Unser Weg zielbewußter. Die letzten Nachzügler trafen ein, und Wir begannen nach Süden zu ziehen, mehr als tausend Tiere, die der Sonne zustrebten. Der lange Sommertag verdunkelte sich hinter Uns zur Winternacht. Von Zeit zu Zeit sahen wir andere von Unserer Art, aber sie beachteten Uns nicht und rupften weiter an den Flechten, wie sie es den langen Winter über tun würden. Das waren die Einzelgänger, die dem Ruf der Herde nicht folgen mochten, aus Gründen, die nur sie allein kannten.

Es ist die Herde, die jeden Herbst zum Zug nach Süden ruft. Ohne die Herde – dieses eng verbundene Ganze – wäre jedes einzelne dieser tausend Tiere den langen Winter hindurch über die Tundra gewandert, hätte im Schnee nach magerem Futter gescharrt, immer schwächer, eine leichte Beute für Wölfe und Bären. Wenn Wir hingegen den Moment für gekommen hielten, befahlen Wir einfach: *nach Süden!* Die Herde hatte zu dieser Zeit keine Anführer; Basso und noch einige Böcke, die sonst die Herde beherrschten, wurden wie die anderen. Sie zogen nach Süden, fast ohne es bewußt wahrzunehmen.

Es schneite leicht, als Wir die Wanderung antraten, die so ereignislos verlaufen sollte wie noch nie seit Herdengedenken. Wir wateten durch die Bäche und schwammen durch die Flüsse. Die Kälber waren kräftig, und es gab kaum Verluste auf den vertrauten Pfaden, welche die Herde seit ihrem Bestehen kannte und benutzte. Wenn der Winter gut verlief, waren Wir auf dem Frühlingszug nach Norden zahlreicher denn je zuvor.

Irgendwie löste dieser Gedanke Unbehagen aus.

Und dann erreichten Wir die ersten Winterweiden; die weit hingebreiteten Bergmatten, die Hänge, die hohen Nadelbäume; alles so vertraut unter dem hingestäubten Schnee – das Gras so köstlich und so voller Saft nach dem harten, würzig schmeckenden Futter der Tundra; der Boden so weich – endlich waren Wir am Ziel ...

Und hier trafen Wir Dich, Mensch.

Eine Rauchfahne verlor sich hoch über den Bäumen, und einige von Uns stießen Laute der Angst aus, denn die Herde wußte von einer Flucht an lodernden, umstürzenden Fichten vorbei, durch das sengendheiße Unterholz. Wir verließen Unseren gewohnten Pfad, überquerten den kleinen Fluß an einer anderen Stelle, erklommen einen fremden Hügel und verteilten uns dann, um an Weiden- und Pappelzweigen zu knabbern. Häufiger krachten nun die Geweihstangen bei Zweikämpfen; manche Böcke standen bis an die Fesseln im Unterholz und schüttelten die schweren Schädel, bis die Zweige der Sträucher in Fetzen umherflogen. Davon mußten selbst die kältesten Kühe erwachen.

Du hörtest Uns, denn die Brunft ist keine Zeit des leisen, heimlichen Tuns. Wir bemerkten eine plötzliche Anspannung in Eurer kleinen Herde und vernahmen Eure komplizierten Worte. Ihr spürtet Uns und etwas von der Kraft Unserer Brunft, denn in dieser Nacht habt Ihr Euch mit einer wilden, eigentümlichen Erregung gepaart.

Und dann sprachst Du den Gedanken aus: »Morgen ziehe ich los und schieße uns einen Braten!«

Ein Bild begleitete den Satz – und Unruhe erfüllte Uns.

Unterdessen waren die Nächte lang und die Tage kurz; Ihr erwachtet lange, ehe die Sonne die Wipfel des Berghanges jeseits Eurer Hütte streifte. Wir spürten den Hunger in Euren Bäuchen. Deine Füße berührten den kalten Boden der Hütte, die Feuchte der alten Erde. Lampen anzünden, in die Kleider schlüpfen, ein Feuer im gußeisernen Ofen entfachen – alles vertraute Arbeiten, bei denen Du nicht mehr nachdenken mußtest, nach der langen Zeit, die Du nun schon in den Bergen lebtest.

Wie bei den Wölfen bilden zwei von Euch die kleinste Einheit der Herde.

»Ich hoffe, du triffst«, meinte Deine Gefährtin. »Das hier ist unsere letzte Dose Bohnen.«

»Wir hatten uns doch vorgenommen, noch ein paar Monate durchzuhalten.«

»In ein paar Monaten können wir verhungert sein.«

»Aber wir waren uns einig, daß selbst das hier besser ist

als Edmonton. Sag bloß, du hast schon vergessen, wie es in Edmonton aussah.« Der Mensch wandte sich ab, starrte die Wände an, starrte hindurch. »Spürst du es nicht? Die Karibu – sie sind zurückgekommen. Jetzt geht es aufwärts.«

Und Deine Gefährtin begann zu zittern. »Paß gut auf, Liebes!« Sie konnte uns ebenfalls spüren ...

Nun geschah das Seltsame. Eure Herde teilte sich in einer ganz anderen Weise, als wir es tun, wenn wir uns in der Tundra trennen. Ihr wurdet wie ein Wolfsrudel zu Einzelgeschöpfen mit einem gemeinsamen Ziel. Anders aber als bei den Wölfen übernahm jeder von Euch eine eigene Rolle. Sie war die Wächterin und Du der Jäger ... Zumindest lasen Wir das in Euren Gedanken.

Jäger nahm sein Gewehr und suchte Uns. Er wanderte zu Fuß den Berghang hinunter und über den Bach, sprang von Stein zu Stein, weil er Angst hatte, sich die Füße naß zu machen. Dann brach er durch die dichten Bäume und das Unterholz, so laut, daß die Einzeltiere seine Annäherung am Lärm und am Geruch erkannten und die Herde durch Unseren wachsenden Instinkt wußte, daß er kam. Auch er wußte, daß Wir es wußten. Er schlug einen weiten Bogen und versuchte darauf zu achten, daß kein Schmutz in den Lauf seiner Waffe kam, denn einer, den er kannte, hatte auf diese Weise den Tod gefunden. Komplexe Gedanken und seltsame Begriffe, die Uns nicht immer klar waren.

Aber Wir, die Herde, konnten die Bilder auffangen, die hinter den Gedanken standen. Jahr um Jahr wuchsen die Kräfte der Herde. Wir wußten, daß er nun höher geklettert war und auf einem Felsblock saß, von dem er die Bergwiese überblickte, auf der Wir weideten, ausruhten oder uns paarten. Wir wußten es – aber Wir waren ohne Angst, weil Jäger nicht ans Töten dachte, noch nicht.

Wächterin hingegen dachte in jenem Moment ans Töten. Sie stand im Wald nahe der Hütte und hob eine Grube aus, mitten auf einem Pfad, der von einer schmalen Lichtung herüberführte. Wenn die Grube fertig war, wollte sie Äste darüberlegen, dann Zweige und schließlich Moos. Sie hoffte, daß ein Tier in die Grube stürzen würde und sich auf diese Weise fangen ließe. Jedes Tier im Tal konnte die Hoffnung in ihren Gedanken spüren. Und vielleicht wußte sie das auch, aber *irgend etwas* mußte sie einfach unternehmen. Sie wollte auf keinen Fall zurück nach Edmonton. Die Grube war jetzt eine offene schwarze Wunde im weichen Schnee.

Wächterin hörte ein Geräusch und schlich an den Rand der Lichtung.

Basso stand im Unterholz. Er hielt den Kopf gesenkt und hieb mit seinem Geweih in die elastischen Schößlinge, daß sich Wolken von feinem Pulverschnee lösten. Das beharrliche, fetzende Geräusch war unheimlich, allem Anschein nach ohne Bedeutung – und hatte doch einen verborgenen Sinn. Wächterin kannte diesen Sinn, und Bilder zogen an ihrem geistigen Auge vorbei, gewannen Gewalt über sie, weil sie vom Hunger geschwächt war. Sie sah Jäger, sie sah andere Männer. Sie drang in die Lichtung vor, angezogen von Bassos heftiger Wut, und ihre Hände zerrten unsicher an den Kleidern. Die Realität kam und ging, kam und ging. Der Wald schien zu warten, und sie dachte an Fische, große, silberne Fische; Jäger hatte versprochen, daß er Fische im Fluß fangen würde – aber nun gab es keine.

Ihre Beine gaben nach, und sie fiel keuchend auf die Knie. Offenbar war da ein Holzfäller, der seine Axt beiseite legte, überrascht, sie zu erspähen – und doch nicht überrascht. Er betrachtete sie wortlos, und seine Kräfte, sein Mannsein, schien etwas in ihr zu wecken, denn sie fühlte, was sie seit ihrer Jugend nicht mehr gefühlt hatte – den Drang zu geben, zu nehmen und zu teilen. Lächelnd kam jetzt die Gestalt näher, beugte sich über die Liegende. Intensität lag in den Augen und Wachsamkeit; sein Blick wanderte langsam über sie hinweg, und sie spürte ihn heiß, wo immer er sie streifte.

Wächterin seufzte, erfüllt von Bildern und Visionen.

Und auch Jäger spürte etwas. Er richtete sich plötzlich achtlos gegen den Himmel auf. Die Herde graste weiter. Er sprang von seinem Felsblock herab, stolperte durch loses Geröll zur Wiese und rannte mitten durch Unsere Schar, lief an Uns vorbei, die Wir auswichen, einige voller Angst und

Panik. Er rannte durch den Wald, durchwatete den Fluß und rief nach Wächterin ...

Auf der Lichtung erschauerte sie plötzlich. Sie merkte, daß sie am Boden lag. Ihre Kleider waren feucht und verknittert. Kopfschüttelnd erhob sie sich – und sah gerade noch, wie Basso und Goldhuf nach ihrer Paarung Seite an Seite im Wald verschwanden.

»Ist etwas los?«

Eure Herde schloß sich zusammen, war wieder vereint.

»Ich bin vor Hunger umgekippt, das ist los! Hör zu, sollen wir nicht doch zurück nach Edmonton, hm? Wir haben den falschen Weg gewählt. Wir schaffen es nicht hier draußen.«

»Wir müssen bleiben. Edmonton ist eine tote Stadt. Die ganze Welt liegt im Sterben. Nur hier finden wir eine Zuflucht. Hör zu – ich habe heute Karibu gesehen – Dutzende!«

Plötzlich aufflammender Zorn. »Ich auch! Hier in den Sträuchern – und *du* warst fort, *mit dem Gewehr!* Nun paß mal genau auf! Morgen vergißt du all diesen Quatsch von fairer Jagd und so! Du gehst los und schießt *irgend etwas!* Was, zum Teufel, hast du denn? Die Karibu sind seit Tagen zurück. Und es gibt Bären. Ich wäre sogar mit einem Eichhörnchen zufrieden!«

»Ich weiß jetzt genau, wo sie stehen. Morgen ziehe ich los, Liebling.«

»Nicht wieder auf diesen Berg! Du bleibst *hier*. Ich habe einen Riesenkerl mit einem Prachtgeweih gesehen – *den* will ich! Oder besser noch, *das andere Tier*, das ihn begleitet ...«

Ihr standet Euch gegenüber, und wieder waren die Rollen verwischt.

Aber am nächsten Tag erklomm Jäger erneut den Berg und setzte sich auf einen Stein, wo er die Welt und Uns betrachten konnte. Seine Gedanken waren da droben leichter. Sie erreichten uns wie Distelwolken, Bilder des Ortes, den er Edmonton nannte, wo jeder in Höhlen lebte und Konservennahrung aus geplünderten Geschäften verzehrte. Bilder von der übrigen Welt, wo es – seiner Meinung nach – genauso aussah wie in Edmonton.

Diesen Bildern entnahmen Wir, daß Eure Rasse dem Aussterben nahe war. Drei Generationen, die so lange von den Dosenvorräten einer Zivilisation gelebt hatten, bis fast alles verbraucht war und man um die Reste kämpfen mußte. Drei Generationen ungünstiger Mutationen, bis man auch um die gesunden Kinder zu kämpfen begann. Drei Generationen bitteren Hungers, bis Ihr Euer eigenes Fleisch verteidigen mußtet ... So weit ist es mit Euch gekommen, Menschen. Ihr besitzt keine Kunst und Wissenschaft mehr, keine Kultur und Landwirtschaft, Euch ist nichts geblieben außer einem Gewehr, einem Handkarren voller Habseligkeiten und die Liebe – in dieser Reihenfolge.

Ihr hattet nicht einmal die Fertigkeit, die Hütte zu errichten, in der Ihr nun lebt. Ihr fandet sie verlassen vor, so wie sie vor vielleicht hundert Jahren ein Farmer erbaute, und Ihr nahmt sie in Euren Besitz. Ihr glaubt, daß Ihr bereits einen Sieg errungen habt, nur weil Ihr in die Hütte eines Toten eingezogen seid. Ihr glaubt, daß es nun vorangeht. Wir sind zu Unseren Winterweiden zurückgekehrt, und nun – so glaubt Ihr – braucht Ihr nur abzudrücken, um Fleisch in Hülle und Fülle zu bekommen.

O Menschen, macht Euch doch gefaßt auf eine Enttäuschung!

Und doch drückte Jäger ab.

Er schrie auf. Wieder. Und wieder.

Er schleifte den Kadaver ins Tal. Schnee fiel, und ein einsamer Wolf strich durch die Wälder, beobachtete ihn. Ein Wolf nur, der hungrig zusah, wie Jäger Fleisch heimschleppte.

In jenem Winter schneite es wenig. Gras und Flechten lagen dicht unter Unseren Hufen. Nach der wilden Zeit der Brunft weideten Wir friedlich, und von Eurer alten Hütte stieg der Rauch in einer schmalen Säule auf. Wir ließen Euch in Frieden, wagten Uns nie näher als auf Hörweite heran, scharrten nie den Schnee von jenen seltsamen Pflanzen nahe Eurer Behausung, weil es in jenem Winter Futter genug für alle gab ...

Wir erlebten mit, wie das Menschenkalb geboren wurde, und Wir teilten Eure Freude.

Basso verließ Goldhuf und wanderte mit den übrigen abgemagerten Böcken davon, erschöpft von der Brunft, während die Kühe an den tiefergelegenen Hängen blieben und an den Erlen knabberten. Bald würden auch sie weiter nach Süden ziehen. Die Böcke machten den Anfang, und die Herde verteilte sich lose über weite Gebiete. Unterwegs forkelten sie mürrisch und stießen ihre großen Geweihe ab. Sie kauten an dem abgeworfenen Gehörn und ergänzten so die lebenswichtigen Salze ihres Körpers, beäugt von Wölfen, die mit jedem Tag weniger wurden, beobachtet von Bären. Aber nie griffen die Feinde an.

Später teilten Wir Eure Gedanken, Euren Kummer.

»Nun geh endlich los, du Scheißkerl! Wenn du schon nicht an mich denkst, dann nimm wenigstens Rücksicht auf das Baby! Das einfache Leben? Daß ich nicht lache! In Edmonton gab es wenigstens was zu essen.«

»Sie wandern weiter nach Süden.«

»Na, dann schieß doch einen, ehe sie alle fort sind!«

»So einfach ist das nicht. Sie scheinen eine Art sechsten Sinn zu besitzen.«

Der Zorn Eurer Gedanken brannte in Unserem Innern.

»Versuch es! Versuch es wenigstens! Erheb dich von deinem faulen Arsch, Mann, und tu endlich was! Du hast es doch schon einmal geschafft! Was ist dabei? Wenn du keine Beute heimbringst, ziehe ich morgen hier aus, verstanden?«

Goldhuf war das Mitglied Unserer Herde, das zu diesem Zeitpunkt Eurer Hütte am nächsten war. Sie nagte an den Weidenzweigen am Rande eines Wasserlaufs, der an Eurer Hütte vorbeifloß. Sie fing den Haß und die Furcht Eurer Gedanken auf, wurde unruhig und brüllte nach Basso. Aber ihr Gefährte war fort. Das Kalb kam ihr in den Sinn, als sie merkte, daß sie allein war. Sie spürte es bachabwärts, ganz in der Nähe der Hütte. Schnaubend vor Angst rannte sie los, brach durch die Sträucher ...

Eure Herde teilte sich ...

»Ist ja gut! Du siehst doch, daß ich gehe.«

Und wir empfingen ein Bild von Jäger, der das Gewehr vom Haken riß. Wir drängten Uns aneinander, ein instinktives Zusammenrücken angesichts der Gefahr. Denn er hatte einmal getötet, und es konnte sein, daß er wieder tötete, entgegen der neuen Gesetze.

Goldhuf vergaß die Falle und brach ein.

Der Boden verschwand einen Moment lang, etwas krachte gegen ihre Schulter, ein Brechen und Splittern weiter unten ...

Wir dachten: *die Grube!*

Goldhuf brüllte vor Schmerzen und versuchte sich aufzurichten.

»Hinter der Hütte! Hör dir das an! Im Wald wimmelt es von Karibus!« Dann fing Wächterin das Echo von Goldhufs Todespein auf, und sie schwieg.

Immer noch gestand Jäger Wächterin nicht ein, weshalb Ihr verloren wart. Manche Dinge an Euch Menschen werden Wir nie begreifen. Jäger trug das Gewehr den Bachlauf entlang, und in seinem Gehirn tobten Goldhufs Schmerzen, die er spürte wie seine eigenen. So kämpfte er sich voran, schluchzend, erfüllt von der Verzweiflung, die auch in Uns war – die den ganzen Wald erfüllte, die Bären, die Biber, die Wölfe ... Jäger erreichte Goldhuf, die mit gebrochenem Lauf in der Grube lag, welche Wächterin ausgehoben hatte, und er starrte sie durch einen Tränenschleier an.

Wächterin sprach den Gedanken aus: »Erlöse sie von ihrem Leiden, Liebster! Ich kann das nicht mehr ertragen!«

Dieser Schmerz, dieser Kummer. Eine Zeitlang wart Ihr eins mit Uns, als der Wald trauerte. Jäger humpelte vorwärts, spürte einen Phantomschmerz in seinem völlig gesunden Bein und hob die Waffe. Er dachte: *In den Kopf!*

Er schoß.

Und, ja, er verfehlte. Die Kugel aus schwerem, glattem Metall drang Goldhuf oberhalb der Schulter ins Fleisch – Ihr spürtet es, Wir spürten es – schlug gegen den Knochen mit einem Stoß, der jedes Lebewesen im Wald erschütterte, prallte ab und bohrte sich durch Leber und Lunge, Venen und Arterien im Innern des Brustraums, zerriß und zerstörte die Organe, bis sie schließlich in den Eingeweiden steckenblieb.

Jäger warf die Waffe zu Boden, schrie auf und sank in sich zusammen.

Wir lösten Uns von dem Schmerz. Wir besitzen diese Gabe. Es ist notwendig – Todesfälle in der Herde gibt es häufig. Wir überließen den Schmerz den Einzelnen im Walde, Goldhuf ... und Euch, Menschen.

Jäger kroch über den Boden. »O Gott! O Gott!«

»Bitte, Liebling! Gib mir das Gewehr!«

Und in der Menschenhütte schrie das Menschenkalb.

Jäger sah sie dastehen, die Hand nach dem Gewehr ausgestreckt. Sein Gesicht war tränenüberströmt, der Schmerz brannte in seinen Eingeweiden – und er wußte, daß der gleiche Schmerz in ihren Eingeweiden brannte, aber sie war eine Menschin und eher daran gewöhnt, diesen Schmerz zu ertragen ...

Eure Herde vereinte sich. Jäger, Wächterin, der Unterschied ging Uns verloren. Es war auch nicht mehr wichtig. Ihr lagt auf den Knien. Dann erhobt Ihr Euch, fest aneinandergeklammert, schluchzend und zitternd. Das Gewehr zielte auf Goldhufs Kopf, und Ihr drücktet ab ...

Dann ein Aufschrei, kurz und schrill, und Ihr sankt zu Boden.

Wir kamen im Frühjahr danach an Eurer Hütte vorbei, auf unserem langen Weg nach Norden, in die Tundra. Als Wir Uns dem Tal näherten, war Unsicherheit in Uns, denn Wir erinnerten Uns an das Töten des Winters. Aber Unsere Gedanken tasteten voraus und Wir entdeckten keine Gefahr, und so wanderten Wir weiter und ästen auf Unseren gewohnten Weidegründen.

Basso stand wieder voll im Fleisch, und Goldhuf war vergessen – das Los des Einzelnen. Basso kehrte mehr aus Instinkt denn aus bewußter Erinnerung auf die kleine Lichtung nahe der Hütte zurück, und während er graste, entdeckte er etwas Eigentümliches.

Der Schnee war schon einige Zeit zuvor geschmolzen,

und überall rings um die Hütte wuchsen seltsame Pflanzen – Pflanzen, die Wir schon des öfteren gesehen, aber nie näher betrachtet hatten. Nun untersuchten Wir sie kurz, und als Basso an einigen davon knabbern wollte, warnten Wir ihn: *Laß das! Es sind Menschen-Pflanzen!* Sie waren hundert Jahre zuvor von jenem ersten Besitzer der Hütte eingesetzt worden und hatten sich mit jedem darauffolgenden Jahr verbreitet und vermehrt, bis die anderen Menschen kamen. Basso trat beiseite, und in diesem Moment kam die Menschin aus der Hütte und erspähte ihn. Sie lächelte ...

Und nun sah Basso den Menschen.

Er grub mit einem Werkzeug das dunkle Erdreich hinter der Hütte um. Er bückte sich und setzte Pflanzen in eine schmale Furche, als seine Gefährtin rief:

»Die Karibu sind wieder da!«

Er schaute auf, sah, wie Basso den Wald betrat und begrüßte ihn: »Hallo, alter Kumpel!« Es war nichts als Freude in Euren Gedanken. Die Sonne schien warm, und das Menschenkalb lag glucksend in seinem einfachen Bettchen. Fette Vögel liefen in einem Gehege umher – es gingen keine Gedanken von ihnen aus, aber wir fingen ein Bild aus dem Innern der Menschin auf. Sie dachte an Eier, als sie zu den Vögeln ging.

Der Mensch beobachtete immer noch Basso, und nun fingen Wir das Bild des Gewehrs auf – er schnitt eine Grimasse, grinste und kehrte an seine Arbeit zurück.

Mensch, Du wirst Uns nie mehr töten!

Du wirst leben und gedeihen, denn du besitzt die Fähigkeit, mit Deinen Händen zu arbeiten, den Boden zu bestellen, Nahrung aus dem Staub zu gewinnen. Anders als der Wolf, der zugrundegehen muß, weil er ein Fleischfresser ist. Denn wie kann ein fleischfressendes Geschöpf überleben, wenn es die Todesqualen seines Opfers teilen muß?

Vor Jahren wurden einige wenige Kälber mit dieser neuen Macht geboren – und sie überlebten, weil ihre Furcht und ihre Schmerzen jeden Wolf und jeden Bären in die Flucht schlugen. Sie überlebten und vermehrten sich, während Unsere normal veranlagten Tiere allmählich ausstarben.

Bald besaßen Wir alle die Macht – und Wir waren anfangs froh, denn es liegt in Unserer Natur, daß Wir überleben wollen, als Einzelne und als Herde.

Und doch sind Wir zum Untergang verurteilt.

Wir waren zum Untergang verurteilt von dem Moment an, da erstmals ein Wolf die Flucht ergriff, unfähig zu töten, weil das Entsetzen und der Schmerz des Opfers in seinem Innern brannten. Wir sind zum Untergang verurteilt, weil Paddler immer noch lebt und Krummbuckel und viele andere, die tot sein müßten, weil sie schwach sind und ein wenig abartig; aber sie vermehren sich Jahr um Jahr, weil auch das ein Instinkt ist, den Wir alle bestitzen. Die Einzelnen begreifen das nicht. Sie kämpfen ums Überleben. Aber Wir, die Herde, Wir wissen es. Wir wissen, was am besten für Uns ist – und es ist am besten, die schwachen Kälber und die abartigen Kälber im ersten Jahre zu verlieren. Aber Wir können ein Kalb nicht zum Sterben zwingen.

Nur die Wölfe können das. Und bald wird es keine Wölfe mehr geben.

Die arktische Nacht ist lang.

Copyright © 1980 by Michael G. Coney

Sonya Dorman schreibt Gedichte – für die sie wiederholt mit Preisen bedacht wurde – Kurzgeschichten und Romane. Aus ihrem früheren Heim floh sie vor den anrückenden Bulldozern; mit miß-

SONYA DORMAN

The Gods in Winter

Five Poems

Father Sun, Mother Moon

The strong man holds his palm
up over the pines, the birches.
He puts one finger on clear ice
and shines through. Is my face
hot from his hand, is it
cold from the glass?

The hem of his tunic, embroidered
with planets, brushes my roof
as he takes his big stride.
In the afternoon he pisses a river
into the valley, steam rises,
the houses close their eyes.

I lie down. The ice stands up
in the window. Slowly the woman
unveils her cantaloupe dances,
seeding my dreams.
My fingers close in sleep
trying to catch her scarf.

She steps over my body
carring her lamp along
night's springboard to the pool
at the end of the world.

trauischen Blicken hält sie in ihrem gegenwärtigen Schlupfwinkel Ausschau nach den gierigen Bauland-Erschließern.

SONYA DORMAN

Die Wintergötter

Fünf Gedichte

Vater Sonne, Mutter Mond

Der starke Mann hält seine Hand
über die Tannen, die Birken.
Er legt einen Finger auf klares Eis
und schimmert durch. Ist mein Gesicht
heiß von seiner Hand – oder
kalt vom Glas?

Der Saum seines Mantels, bestickt mit
Planeten, streift an mein Dach,
wenn er rasch dahineilt.
Und am Nachmittag pißt er einen Fluß
in den Talgrund, Dampf steigt auf,
die Häuser schließen die Augen.

Ich geh zur Ruh. Das Eis steht auf
im Fenster. Langsam entschleiert
die Frau Melonensüße, wirft
Samen in meinen Traum.
Im Schlafe greif ich
nach ihren Tüchern.

Sie steigt über meinen Leib und
trägt ihre Lampe über
das Sprungbrett der Nacht
zum Wasser am Ende der Welt.

Grandmother North Wind

The old woman's voice drones,
falls silent, weeps out of rocks,
hangs garlands on fir trees.

She calls up the sun
for an hour, chanting.
I've heard the brooks
respond, clapping shut
their white doors.

Grandmother, if only
you'd come sit quietly,
I'd offer you fruit and fish.
Speak in an whisper to me,
I'm always listening.

No. She stays up there
casting her shaman's voice
from the top of the land,
carving her declarations
on pale bone.

Hearth Spirit, Poor Relative

For the holidays I give her
everything I can, illustrated letters,
beetles' signatures on dry bark.

From the hearth she raises
fluttering hands.
She whispers *more more,*
and I need her to tell me
how we used to live,
gathered around her when she
was important and blessed.

Großmutter Nordwind

Es leiert die Stimme der Alten,
schweigt still, greint aus dem Fels,
windet Girlanden um Föhren.

Sie singt für die Sonne
eine Stundenlitanei.
Ich hörte die Bäche
zuschlagen voll Zorn
ihre weißen Türen.

Großmutter, wenn du nur
stillsitzen wolltest,
ich brächte dir Obst und Fisch.
Sprich ganz, ganz leise zu mir,
ich höre dich immer.

Nein. Sie bleibt droben,
schreit mit Schamanenstimme
von der Höhe des Lands,
schneidet ihre Worte
in bleiches Gebein.

Herdgeist, die arme Verwandte

Für die Ferien schenke
ich ihr, was ich habe, Bilder und Briefe,
Käferschriften auf spröder Borke.

Aus dem Herd erhebt sie
zitternd die Hände.
Sie wispert *mehr mehr*
und sie muß mir erzählen
aus der Vergangenheit,
als wir uns scharten um sie,
die geliebt war und wichtig.

After I've fallen asleep
and the house draws in
groaning with cold, she goes up
into the windless black air.
She spreads herself thin,
stealing off with my last
small red jewel.

Sister Day, Brother Night.

For hours she's at my loom
weaving the mountain, grape,
green, into a long cloak.
By the candleflame's shimmy
her midnight dressing takes place
and the window admits
a tall dark figure who drinks
the shine from my mirror.

His arm encounters hers,
their cloaks blend,
they pass through each other.

By dawn the snowy footprints
have frozen together,
but she's back to pick the bouquet
of light growing on my floor.

Als ich dann eingeschlafen bin
und das Haus in sich kriecht
stöhnend vor Kälte, fliegt sie auf
in die windstille Schwärze.
Beinahe unsichtbar
stiehlt sie sich fort mit meinem
letzten kleinen Rubin.

Schwester Tag, Bruder Nacht
(Sister Day, Brother Night)

Stundenlang sitzt sie an meinem Webstuhl,
wirkt den Berg und das Grün der
Traube in ein langes Gewand.
Zieht sich im Schein der Kerzen
zur Mitternacht dann um,
und durchs Fenster erscheint
eine dunkle Gestalt; die trinkt
den Glanz mir vom Spiegel.

Sein Arm ergreift ihren,
Gewänder verfließen,
eins geht durchs andre.

Im Dämmergrau sind ihre Spuren
im Schnee festgefroren.
Doch sie kommt wieder und pflückt den Strauß
Licht, der auf meinem Fußboden wächst.

Cousins Light and Shadow

Before day comes
I wait on the lake for fish
to rise to their roof.

I can catch one. I'm ready.
Daybreak shows me
his brown face.
Just when I lean over
light strikes the air
and we both fall backward,
blinded, into winter
where for days we think
about gloom.

Between hunger and love
fish and I live with
light so abundant
we share its shadow.

Come sun to my basket,
fish to my blade. I slide
over the lake's bright skin,
my bones hum *this is the life.*

Die Vettern Licht und Schatten
(Cousins Light and Shadow)

Eh der Tag kommt
zum See, warte ich schon,
daß die Fische aufsteigen.

Ich kann einen fangen. Ich bin bereit.
Die Dämm'rung zeigt mir
sein braunes Gesicht.
Ich beuge mich vor –
Licht zuckt durchs All,
und wir stürzen beide geblendet
zurück in den Winter,
wo wir lange sinnen
über die Finsternis.

Zwischen Hunger und Liebe
leben die Fische und ich
so verschwenderisch im Licht,
daß wir seinen Schatten teilen.

Sonne, ergieß dich in meinen Korb,
spring mir ins Messer, Fisch.
Ich gleite über die helle Seehaut,
meine Knochen summen: *Das ist das Leben.*

Copyright © 1980 by Sonya Dorman

James Tiptree Jr. stellt ein Pseudonym dar. Er ist eine Frau. Sie heißt Raccoona Sheldon. Er/sie ist eine Experimentalpsychologin von hohem Einfühlungsvermögen, ein Schriftsteller von überragender Aussagekraft und ein Mensch von äußerster Zurückhaltung, Großzügigkeit und Charme. In ihrem Roman Up the Walls of the World *gewann sie dem Thema »Verwandtenbesuche« ein paar ganz neue Facetten ab und machte ein paar interessante Beobachtungen dazu. Diesmal kehrt sie zu den grundlegenden Fragen zurück ... den Folgen des Instinkts ... Reisen als höchstes Erleben ... ein Mann und eine Frau mit starkem Überlebenswillen, die ihren Weg gehen – auf dem Fluß in die Ewigkeit.*

JAMES TIPTREE, JR.

Sphärenklänge

Caolite tossing his burning hair
and Niamh calling »Away, come away;
Empty your heart of its mortal dream.
... We come between man and the deed of his hand,
We come between him and the hope of his heart.«

W. B. YEATS

Lichter flammten auf, als Jakko über den Rasen am Haus vorbeiging; elegant verdeckte Scheinwerfer und Flutlichtanlagen, die aus der Nacht einen großen behaglichen Raum machten. Die Wipfel der hohen Nadelbäume wuchsen zu einer samtigen Kuppel zusammen, die sich zum schwarzen See am Fuß des kleinen Hügels herabsenkte. Er sah, daß dies einst ein gepflegtes und gehegtes Heim gewesen war; all der Luxus ordnete sich der Schönheit des bewaldeten Ufers unter. Er schritt über einen Teppich aus Veilchen und Moosen, in der Hand die Karte, die ihn von der Stadt hierher geleitet hatte.

Es war die Stille vor Sonnenaufgang. Ein Nachtvogel segelte auf weitgespannten Schwingen näher, um eine letzte

Motte in der Lichtkuppel zu erhaschen. Vor Jakko leuchtete ein heller Speer. Er erkannte die phosphoreszierende Spitze eines Mastes, der sich gegen die Sterne abhob, und erreichte über samtige Stufen ein kleines Segelboot, das am Anlegesteg schaukelte wie ein Silberblatt auf einem dunklen Spiegel.

Schweigend betrat er die Planken und berührte den Mast.

Ein hauchdünnes Segel entfaltete sich, das Haltetau wurde lautlos gelöst. Obwohl die schwache Morgenbrise das Segel kaum blähte, zog das Schiff ruhig durch das Wasser, schleppte eine glasige Spur hinter sich her. Jakko spannte den Körper halb zum Sprung; solche Spielzeugboote waren ihm fremd, und er hielt es für besser, umzukehren und sich ein anderes Schiff zu suchen. Doch in diesem Moment erloschen die Uferlichter und ließen ihn allein im Dunkel zurück. Er drehte sich um und sah weit vorne, dort wo der Kanal sein mußte, Regulus am Himmel aufsteigen. Dennoch, dieses Boot war nichts für ihn. Er wollte es wenden, zerrte an Ruderpinne und Segel.

Aber das kleine Boot zog unbeirrt durch das Wasser, und dann bemerkte er die Lichtpunkte eines kleinen Computers neben dem Mast. Er entspannte sich; das Boot war kein Spielzeug, es schien voll programmiert, und er konnte sich auch denken, welchen Kurs es einhielt. Jakko stand aufrecht da und warf einen prüfenden Blick zum Himmel, eine Menschenstatue im Widerschein der Nacht.

Der Horizont im Osten wandelte sich, verschleierte die Sterne, als Jakko näherkam. Er konnte den Kanal nun als silbrigen, glatten Schnitt zwischen dunklen Ufern erkennen. Das Boot glitt durch flitzernde Untiefen, in denen irgend etwas klatschte und spritzte, und bog dann in die schimmernde Spur ein. Und mit einem Mal wurde alles Silber zu Blei, und die Sterne verblichen. Der Tag zog herauf. Eine tiefe, perlensanfte Röte breitete sich vor und über ihm aus, durchwirkt von Lavendelstreifen und Strahlen korallgoldenen Feuers, das zu einem grünen Leuchten in der Höhe schmolz. Das Boot glitt nun auf einer Schleife feurigen Lichts zwischen schwarzen Uferkonturen dahin. Jakko schaute zurück und sah verwirrende Wolkenstädte hinter sich im Westen aufgetürmt. Das eindrucksvolle Heraufziehen der Sonne. Er seufzte laut.

Er wußte, daß dieses Gepränge im Grunde nichts anderes war als die Wirkung von Staub und Wasserdampf in der dünnen Lufthülle eines winzigen Planeten, auf dem er wie ein Wurm umherkroch. Das hatte nichts mit Größe zu tun – der Planet und er drehten sich lediglich den Strahlen des Hauptgestirns entgegen. Seine Angehörigen, alle Menschen wußten, daß sie auf dem Fluß den Galaxien in ihrer ganzen Glorie begegnen würden. Sonnen ohne Zahl, eine Pracht, gegen die das Schauspiel hier ein Nichts war. Und doch – und doch empfand er es keineswegs als ein Nichts. Es paßte zu ihm, war zugeschnitten auf Menschengröße. Er schluckte unsicher. Es störte ihn, daß die Schönheit der Erde als banal abgetan wurde, es störte ihn aber auch, daß er sich von ihr rühren ließ. So glitt er über das Wasser, hielt die Segelleine umklammert wie einer, der gegen die launischen Winde ankämpft, und sein Gesicht war bekümmert und sehr jung.

Das kleine Boot folgte unbeirrt dem leuchtenden, gewundenen Band des Kanals. Als die Sonne heraufzog, drang von weiter vorn ein schwaches Dröhnen an Jakkos Ohr. Die Meeresbrandung. Er dachte an die Menschen, die diese Reise vor ihm angetreten hatten – an die Besitzer des Segelschiffs, die ihre letzten Tage der Sterblichkeit ausgekostet hatten. Eine heitere Fahrt, ein Picknick. Dabei fiel ihm ein, daß er Hunger hatte. Der Speisen-Synthesizer in seinem letzten Bodenauto war defekt gewesen.

Er band die Leine fest und suchte umher. Der Wasservorrat an Bord war ergänzt worden, aber zu essen entdeckte er nichts außer einem Nährriegel. Jakko lagerte sich bequem auf das gepolsterte Deck und aß und trank, während sich der Himmel türkis und kobaltblau färbte. Dann steuerte das Boot in eine weite Lagune und fuhr zwischen flachen Inseln nach Süden weiter. Jakko ließ eine Hand ins Wasser hängen, kostete die Tropfen und schmeckte bitteres Salz. Als das Boot wieder nach Osten drehte und nach einem Durchlaß zum Meer suchte, gab es für ihn keine Zweifel mehr. Das Gefährt war zum Fluß hin programmiert, wie fast alles auf dieser Welt.

Und tatsächlich steuerte die winzige Barke durch eine schmale Bucht mitten in die Brandung eines langgestreckten Küstenstreifens, spreizte Ausleger zur Seite und tanzte wie ein Korken über den Schaum der Riffe hinaus in die tiefgrüne Dünung. Hier schien es einen Moment zu kippen, gewann aber gleich darauf wieder sein Gleichgewicht. Jakko nahm an, daß es einen Kiel nach unten ausgeklappt hatte. Danach segelte es mit Rückenwind an der Meeresseite des Riffs entlang nach Süden, teilte die Wellen mit einem scharfen, gleichmäßigen Schnitt. Dem Fluß entgegen, soviel stand fest. Der nächstgelegene Ort am Fluß wurde hier Vidalita oder Beata genannt, gelegentlich auch Falaz; das hieß Illusion. Er lag weit im Süden und ein Stück landeinwärts. Jakko nahm an, daß sie zu einer Anlegestelle fuhren, wo ein Gleitstreifen bis ans Meer mündete. Er hatte immer noch Zeit zum Nachdenken, konnte gegen die Unruhe ankämpfen, die sich in sein Bewußtsein schob.

Als dann aber die Sonne das Boot in einen schlanken, weißgoldenen Vogel verwandelte, der über das durchsichtige Grün dahinflog, fielen Jakko die Augen zu, und er schlief, durch transparente Blenden vor der Gischt geschützt. Einmal schlug er die Augen auf und sah einen bunten Fisch wie durch Zauberei durch die stehende Welle unter seinem Kopf ziehen. Er lächelte und schlief wieder ein, träumte von einer großen Woge, die sterben mußte, einer Woge, die eine vielköpfige Bestie war. Trauer umschattete seine Züge, und er bewegte lautlos die Lippen, als sagte er ein um das andere Mal: »Nein ... nein ...«

Beim Erwachen sah er zu seiner Rechten eine langgezogene Steilküste. Vor ihm ragte von einer Klippe ein großes weißes Bauwerk auf, eine Art Turm, der kaum verfallen wirkte. Unvermittelt erblickte er eine Gestalt, die sich am Strand davor bewegte. Ein richtiger Mensch? Er sprang auf und spähte hinüber. Er hatte seit vielen Jahren keine Menschen mehr gesehen.

Ja – es war eine Person, ein merkwürdiges Geschöpf in Schwarz und Gold. Er winkte wie verrückt.

Die Gestalt am Strand hob zögernd den Arm.

Von Erregung ergriffen, schaltete Jakko den Computer aus und begann mit Steuerruder und Segel zu hantieren. Die Riffbrandung schien an dieser Stelle keine undurchdringliche Barriere zu bilden. Er wendete das Boot zum Ufer hin, ließ sich tragen von einer großen Welle. Aber die Welle rollte aus. Das Boot tanzte unruhig, die Brandung holte es ein und donnerte über das Deck. Das Boot kippte um. Jakko fiel ins Wasser. Er konnte schwimmen. Er tauchte auf, spuckte Salzwasser und näherte sich mit kräftigen Zügen der Küste. Kurz darauf watete er auf den weißen Strand, ein untersetzter, kräftig gebauter junger Mann mit hellen Haaren, wasserblauen Augen und sonnengeröteter Haut.

Die Fremde kam zögernd auf ihn zu. Jakko sah ein schmales, dunkelhäutiges Mädchen, das einen sonderbaren Hut mit Netzschleier trug. Sie war in orangegelbe Seidentüchter gehüllt und umklammerte mit einer Hand derbe Arbeitshandschuhe. Drei Mondhunde folgten ihr mit aufgeregtem Getänzel. Als sie ihn erreichte, wand er eben das Wasser aus den Taschen seiner Shorts.

»Dein ... Boot ...«, sagte sie in der Sprache ihrer Zeit. Die Worte klangen leise und unsicher.

Sie starrten beide zu der aufgewühlten Stelle am Riff hin, wo das Segelboot halb gekentert in den Wellen schaukelte.

»Ich habe es abgeschaltet. Den Computer.« Auch seine Stimme wirkte ungeübt. Sie waren es nicht gewohnt, mit anderen Menschen zu sprechen.

»Die Strömung wird es dort drüben an Land spülen.« Sie deutete und beobachtete ihn dabei nachdenklich und mit großer Zurückhaltung. Sie war ein gutes Stück kleiner als er. »Warum hast du gewendet? Willst du etwa nicht zum Fluß?«

»Nein.« Er hustete. »Oder doch, eigentlich schon. Mein Vater möchte, daß ich Abschied von ihm nehme. Die Familie machte sich auf den Weg, während ich durch die Städte zog.«

»Du bist noch nicht … bereit?«

»Nein, ich …« Er unterbrach sich. »Lebst du hier allein?«

»Ja. Und ich werde auch nicht fortgehen.«

Sie standen unbeholfen im Seewind. Jakko sah, daß die drei Mondhunde in Reih und Glied hinter ihr standen und mit geschlossenen Augen in den Wind schnüffelten. Auf leisen Pfoten kamen sie näher. Natürlich stammten sie nicht vom Mond, aber man konnte es meinen, weil sie so weiß waren und so absonderlich gebaut.

»Es ist ein Ereignis für sie«, sagte das Mädchen. »Mal was ganz Neues.« Ihre Stimme wirkte jetzt sicherer. Nach einer Pause setzte sie hinzu: »Du kannst eine Weile hierbleiben, wenn du willst. Ich zeige dir alles, aber erst muß ich meine Arbeit beenden.«

Ihm fiel gerade noch ein, Danke zu sagen.

In die Steilküste waren Stufen gehauen. Als sie nach oben stiegen, fragte Jakko: »Was arbeitest du denn?«

»Ach, alles mögliche. Im Moment beschäftige ich mich mit den Bienen.«

»Bienen!« wiederholte er verblüfft. »Die lieferten früher einmal – Honig, nicht wahr? Ich dachte, sie seien längst ausgestorben.«

»Ich besitze viele Dinge aus der alten Zeit.« Sie musterte ihn immer noch aufmerksam, während sie die Stufen erklommen. »Bist du gesund?«

»Aber ja, warum nicht? Alpha durch und durch, soviel ich weiß. Ist doch jeder.«

»War jeder«, verbesserte sie ihn. »Hier sind meine Bienenkörbe.«

Sie umrundeten eine niedrige Mauer und blieben vor fünf kleinen Korbhütten stehen. Ein Insekt kam von ein paar gefiederten Sträuchern geflogen und surrte dicht an seiner Wange vorbei. Er sah, daß es im blütenübersäten Geäst von den goldenen Summgeschöpfen nur so wimmelte. Dann fiel ihm ein, daß die Tiere auch stechen konnten, und er wich zurück.

»Nimm den Weg außenherum«, riet sie ihm. »Einen Fremden könnten sie angreifen.« Sie schlug den Schleier vors Gesicht. Und als er sich zum Gehen wandte, fügte sie beiläufig hinzu: »Ich dachte, du könntest mir vielleicht ein Baby machen.«

Er blieb stehen. Die Bienen lenkten ihn so stark ab, daß ihm gar nicht richtig zu Bewußtsein kam, was sie da aussprach. »Aber ist das nicht schrecklich kompliziert?«

»Ich glaube nicht. Ich habe die Pillen.« Sie streifte die Handschuhe über.

»Ach ja, die Pillen – ich weiß.« Er runzelte die Stirn. »Aber dann müßtest du hierbleiben. Ich meine, es ist unmöglich, daß jemand ...«

»Das weiß ich. Wir reden später darüber. Jetzt muß ich mich um die Bienen kümmern.«

»Gut.« Er wollte losgehen und drehte sich unvermittelt wieder um.

»Schau!« Er kannte ihren Namen nicht. »He, du, schau doch!«

»Ja?« Die kleine Person bot einen seltsamen Anblick – schwarz und orange, mit riesigen Händen und einem großen verschleierten Kopf. »Was gibt es?«

»Ich habe es gespürt! Gerade eben – Lust! Siehst du nichts?«

Sie starrten beide seine nassen Shorts an.

»Vermutlich nicht«, meinte er schließlich. »Aber ich schwöre dir, ich habe es gespürt. Lust auf Sex!«

Sie schlug den Schleier zurück und runzelte die Stirn. »Das bleibt doch, nicht wahr? Oder kommt wieder? Hier möchte ich nämlich nicht so gern bleiben. Wegen der Bienen, verstehst du? Außerdem hat es ohne Pillen keinen Sinn.«

»Das stimmt.«

Er ging los, sehr vorsichtig wegen der Spannung in seinen Hoden. Wie ein Kiel, rund und fest. Sein ganzer Körper wirkte wie neu. Es war eine Ewigkeit her, seit er solche Regungen gespürt hatte – ganz bestimmt nicht mehr seit seinem fünfzehnten Lebensjahr. Die meisten Leute spürten überhaupt nichts. Manchmal hieß es, das käme vom Fluß, dann wieder, es sei eine Folge der Gift-Jahrhunderte, in denen ihre Vorfahren gelebt hatten; und eine ganz andere

Theorie besagte, daß der großhirndominante Alpha-Typ zu so etwas einfach nicht geschaffen sei. Es vermittelte Jakko das stolze Gefühl, altmodisch zu sein – vielleicht sogar ein Atavismus.

Er schlenderte unter kühlen Bogengängen dahin und stand unvermittelt an einem grünen, geschützten Fleck hinter der Seemauer. Ein Garten! Er betrachtete erstaunt Gruppen von großen, hochgebundenen Fruchtpflanzen, merkwürdige Bäume mit grünen Kugeln an den Enden der Äste und schlampige Reihen ziemlich unästhetischen Grünzeugs. Nach und nach erkannte er Tomaten, Paprikaschoten und eine eßbare Wurzel mit federigem Blattschopf. Nutzpflanzen! Einer seiner Onkel hatte einmal zum großen Vergnügen der Familie so etwas angefangen, aber nicht in diesem Ausmaß. Jakko schüttelte den Kopf.

In der Mitte des Gartens entdeckte er eine runde Steinbrüstung und darüber einen primitiven technischen Aufbau. Er trat näher und blickte in einen tiefen Schacht hinunter. Wasser, ein Eimer an einem Zugseil. Dann sah er, daß es daneben auch einen normalen Wasserhahn gab. Er drehte ihn auf und trank. An der Mauer lehnten absonderliche Geräte. Gartenwerkzeug. Er wollte nicht allzu genau darüber nachdenken, was dieses seltsame Mädchen gesagt hatte.

Ein Schatten bewegte sich neben seinem Fuß. Der größte der Mondhunde kam ganz nahe heran und sog verträumt seinen Duft ein. »Hallo«, sagte Jakko. Manche dieser Tiere besaßen einen einfachen Wortschatz. Der hier riß die Augen auf, entgegnete aber nichts.

Jakko wischte sich mit dem Handrücken über den Mund und schaute umher. In der heißen Sonne trockneten ihm die Sachen am Leib. Der Garten war auf drei Seiten von Arkaden umgeben; vor ihm ragte ein viereckiger, von Rissen durchzogener Backsteinturm ohne Dach auf. Ein großes Bauwerk, was immer es darstellen mochte. Er trat in den Schatten einer Arkade und entdeckte dort Unmengen von zerlegten oder halbfertigen Dingen – Werkzeuge, Behälter, allen möglichen Kram. Ihre ›Arbeit‹? Der Ort wirkte fremd, erfüllt von Kraft und Emsigkeit. Jakko kam zu Bewußtsein, daß er auf seinen langen Reisen stets nur leere Häuser angetroffen hatte. Das hier war lebendig, bewohnt. Unordentlich. Es summte wie die Bienenstöcke. Er schlenderte einen kühlen Korridor entlang und schaute in Räume, in denen sich noch mehr Zeug stapelte. In einem fand er drei unbekannte weiße Tiere, die von Stoffbündeln umgeben in einem Bett schliefen. Ihre langen Ohren, die ihn an große, blasse Muscheln erinnerten, zuckten ein wenig, aber die Geschöpfe wachten nicht auf.

Er vernahm ein lautes Gegacker und betrat einen anderen Hof, in dem plumpe Vögel mit emsig nickenden Köpfen umherliefen. »Hühner!« entschied er, begeistert von dem überwältigenden Durcheinander dieses Ortes. Er kam zu einem großen Raum, dessen Fenster zum Meer hin zeigten. Hinter ihm schloß jemand die Tür.

Die Frau oder das Mädchen kam auf ihn zu. Sie hatte den Hut abgenommen und die Handschuhe ausgezogen. Ihr Haar hatte Ähnlichkeit mit einer krausen dunklen Wollkappe, ihr Kopf war zierlich und fein geschnitten – einen Zug, den er stets bewundert hatte. Er merkte, daß er ein paar Worte sagen mußte.

»Ich heiße Jakko. Und du?«

»Jakko.« Sie ließ den Laut auf der Zunge zergehen. »Hallo, Jakko. Ich bin Pfirsichdiebin.« Sie verzog das Gesicht zu einem flüchtigen Lächeln, aber dieses Lächeln verwandelte sie völlig.

»Pfirsichdiebin.« Etwas drängte ihn, ihr mit ausgestreckten Armen entgegenzugehen. Sie klemmte ihr Bündel mit dem Ellbogen an den Körper und nahm seine Hände in ihre. So standen sie einen Moment lang, vermieden es jedoch, sich in die Augen zu schauen. Jakko war erregt. Nicht sexuell – er hatte eher das Gefühl, als sei die Luft elektrisch geladen.

»Schön.« Sie löste die Hände und begann ein blätterumhülltes Paket zu öffnen. »Ich habe dir ein Stück von einer Wabe mitgebracht, auch wenn sie noch nicht ganz fertig ist.« Sie zeigte ihm einen klebrigen Rahmen, an dem zwei tote Bienen hingen. »Komm!«

Sie betrat rasch einen anderen Gang und führte ihn in einen blitzenden Raum, der an ein Labor erinnerte.

»Meine Vorratskammer«, erklärte sie. Wieder zeigte sich Jakko verwirrt. Sie besaß einen Speisen-Synthesizer, aber daneben standen Regale mit Töpfen, Säcken, Gläsern und sonstigen Behältern. Überall lagen Geräte herum, mit denen er nichts anzufangen wußte. Sogar einen Kamin gab es, der allerdings zum Teil zugemauert war. Von Deckenleisten hingen Büschel mit getrockneten Pflanzenteilen, und in einer Schüssel fand er bräunliche Ovale, die wohl Eier darstellten. Von den Hühnern?

Pfirsichdiebin schabte die Honigwabe mit einem Handmesser aus. »Ich brauche das Wachs für meinen Webstuhl und für Kerzen. Kerzen geben Licht.«

»Funktioniert die Beleuchtung hier nicht?«

»Doch.« Sie drehte sich um und fuchtelte mit dem Messer. »Aber versteh doch – eines Tages werden all diese Maschinen stillstehen. Sie laufen nicht ewig. Entweder sie gehen kaputt oder werden vom Alter brüchig – oder sie haben ganz einfach ihre Energie verbraucht. Und wenn es keine Maschinen mehr gibt, werden wir auf die Natur angewiesen sein.«

»Aber das dauert doch noch Jahrhunderte!« widersprach er. »Zumindest Jahrzehnte. Bis jetzt funktioniert noch alles, und für uns reicht das längst.«

»Für dich vielleicht«, sagte sie verächtlich. »Nicht für mich. Ich habe die Absicht, hierzubleiben. Mit meinen Kindern.« Sie kehrte ihm den Rücken zu und meinte dann etwas freundlicher: »Außerdem sind die alten Dinge schön. Du wirst es selbst sehen, sobald es dunkel ist.«

»Aber du hast gar keine Kinder, oder?« Er war völlig verwirrt.

»Bis jetzt noch nicht.« Sie schaute ihn immer noch nicht an.

»Ich habe Hunger«, meinte er und betätigte den Speisen-Synthesizer. Er wählte eine Stange mit harter Füllung; aus irgendeinem Grund wollte er etwas Festes zwischen den Zähnen spüren.

Sie schabte die Honigwabe fertig und drehte sich dann um. »Hast du je Naturkost probiert?«

»O doch«, erwiderte er kauend. »Einer meiner Onkel hat das versucht. Es war gar nicht so schlecht«, fügte er höflich hinzu.

Sie musterte ihn scharf, und ein flüchtiges Lächeln huschte über ihre Züge – an, aus. Sie verließen die Vorratskammer. Über dem Hof verblaßte der Nachmittag in orangegoldenen Streifen, die an Pfirsichdiebins Seidentücher erinnerten.

»Du kannst hier schlafen.« Sie öffnete eine aus Holzleisten zusammengenagelte Tür. Der Raum dahinter war klein und karg eingerichtet, mit einem Fenster, das zum Meer ging.

»Da steht ja kein Bett«, wandte er ein.

Sie öffnete eine Truhe und holte ein großes Schnürebündel hervor. »Befestige das eine Ende an dem Haken da drüben!«

Als sie das andere Ende an der gegenüberliegenden Wand verankerte, erkannte er eine grobmaschige Hängematte.

»Ich schlafe auch in sowas. Die Dinger sind bequem. Versuch es mal!«

Er kroch ungeschickt hinein. Das Netz hüllte ihn ein wie ein Sack. Pfirsichdiebin lachte kurz auf.

»Nein, andersherum – so!« Sie zerrte an seinen Beinen, und ein Schauer durchfuhr ihn. »Auf diese Weise spannt sie sich, siehst du?«

Zur Not ging es, entschied Jakko und kämpfte sich wieder zu Boden. Pfirsichdiebin deutete auf einen zugedeckten Kübel.

»Wenn du mußt! Die Exkremente kommen später in den Garten.«

Er war entsetzt, sagte aber nichts. Sie führte ihn durch einen Raum mit Glastanks in den Wänden zu einer großen, geschützten Veranda, die einen weiten Ausblick über das Meer bot. Der Ort wirkte nicht gerade sauber. Schimmernde Kuppeln und Türme ragten in den Himmel, Reflexionen des

Sonnenuntergangs, der herrliche Farben auf das Wasser zauberte.

»Hier esse ich meist.«

»Was ist das für ein Haus?«

»Zuletzt diente es wohl als Beobachtungsstation – Station Juliet. Von hier aus überwachte man die Fischschwärme und den Schiffsverkehr, rettete Menschen aus den Fluten und so weiter.«

Er achtete nicht so recht auf ihre Antwort, denn er hatte ein paar langgezogene, taubenblaue Streifen entdeckt, die wie geheimnisvolle Straßen am Horizont zusammenliefen – über die Welt geworfene Wolkenschatten. Schönheit des Staubes. Warum mußte ihn das so bewegen?

»... sogar ein Erste-Hilfe-Posten«, sagte sie gerade. »Ich könnte wirklich Babies kriegen, selbst wenn nicht alles glatt verläuft.«

»Das meinst du doch nicht im Ernst.« Er spürte im Moment nur Ärger. »Außerdem habe ich jetzt keine Lust mehr auf Sex«, erklärte er ihr.

Sie zuckte die Achseln. »Ich auch nicht. Wir sprechen später darüber.«

»Lebst du schon immer hier?«

»Aber nein.« Sie begann Töpfe und Schüsseln aus einer Isolierbox zu holen. Die drei Mondhunde hatten sich lautlos zu ihnen gesellt. Pfirsichdiebin stellte gefüllte Näpfe vor sie hin. Sie fraßen und warfen Jakko dazwischen verstohlene Blicke zu. Er wußte, daß sie trotz ihres extrem schlanken Körperbaus ungemein kräftig waren.

»Setzen wir uns hierher!« Sie ließ sich in einer Ecke der Veranda nieder und biß herzhaft in ein krustiges Etwas, das an Trockenkost erinnerte. Er bemerkte, daß sie prachtvolle Zähne hatte. Sie hoben sich weiß von ihrer dunklen Haut ab und ließen ihre Augen strahlen. Er war noch nie jemandem begegnet, der so völlig anders aussah als er und seine Familie. Er schwankte zwischen Interesse und einer vagen Unruhe.

»Versuch mal den Honig!« Sie reichte ihm einen Behälter und einen Löffel, der durchaus sauber aussah. Jakko kostete neugierig. Von Honig war in alten Schriften oft die Rede. Anfangs spürte er nichts außer einem weichen Gleiten, aber dann hüllte eine überwältigende Süße seine Zunge ein, ganz anders als bei den Süßspeisen, die er kannte. Sie verschwand nicht, sondern schien in die Nase aufzusteigen, zu den Ohren vorzudringen – er spürte sie fast körperlich. Ein *tierisches* Produkt! Er nahm vorsichtig noch einen Löffel.

»Mein Brot biete ich dir lieber nicht an. Ich glaube, da fehlt irgendein chemischer Zusatz, der es lockert.«

»Hast du denn keinen Lebensmittel-Terminal?«

»Mit dem stimmt was nicht«, erklärte sie mit vollem Mund. »Vielleicht kann ich auch nicht richtig damit umgehen. Meine Leute waren ein Wanderstamm, die besaßen nie so Riesenapparate. Sie glaubten außerdem an das sinnliche Erleben.« Pfirsichdiebin nickte und leckte sich die Finger ab. »Sie gingen zum Fluß, als ich vierzehn war.«

»So früh haben sie dich allein gelassen? Meine Familie wartete bis zu meinem achtzehnten Geburtstag.«

»Ich war nicht allein. Ich hatte zwei ältere Vettern. Aber die wollten mit einem Luftauto nach Norden, zu jenem Teil des Flusses, der den Namen ›Zuflucht‹ trägt. Da machte ich nicht mit. Weißt du, wir waren immerzu gewandert, ohne irgendwo *richtig zu bleiben.* Ich wollte Wurzeln schlagen – wie die Pflanzen.«

»Ich könnte das Programm mal überprüfen«, schlug er vor. »Ich war fast ein Jahr in den Städten und kenne die verschiedensten Modelle.«

»Was ich brauche, ist eine Kuh. Oder eine Ziege.«

»Warum?«

»Wegen der Milch. Ein Paar wäre noch besser.«

Schon wieder Tierprodukte! Er schüttelte sich insgeheim. Aber es war angenehm, hier in der tiefblauen Dämmerung neben ihr zu sitzen und weit unten das gleichförmige Branden des Meeres zu hören.

»Ich habe eine Menge Pferde gesehen«, erzählte er. »Geben die nicht auch Milch?«

»Ich glaube nicht, daß sich Pferde als Milchtiere eignen.« Sie seufzte ein wenig übertrieben, so als müßte sie für alles gleichzeitig sorgen. Er hatte den Eindruck, daß in ihrem Kopf Pläne und Absichten kreuz und quer schossen. Plötzlich schaute sie auf und preßte einen hohen, schrillen Pfeifton zwischen den Vorderzähnen hervor: »Sssswwt! Sssswwt!«

Verblüfft sah er am Himmel ein weißes Fluggeschöpf auftauchen, gefolgt von zwei Gefährten. Sie umflogen die Veranda in so engen Kreisen, daß er den Kopf einzog.

»So ist es brav!« lobte Pfirsichdiebin die Vögel. »An die Arbeit!«

»Was sind das für Tiere?«

»Meine Fledermäuse. Sie fressen Mücken und andere Insekten.« Sie pfiff erneut. Die größte Fledermaus landete auf ihrer Hand und leckte ein paar Tropfen Honig von ihren Fingern. Das Tier hatte ein winziges, unheimlich kompliziertes Gesicht.

Jakko entspannte sich wieder. Dieser Ort und seine seltsame Bewohnerin lieferten ihm bemerkenswerte Eindrücke, die er mit zum Fluß nehmen konnte. Er entdeckte ein schwaches Leuchten, das sich an der Grenze zwischen dem dunklen Himmel und dem noch dunkleren Meer bewegte.

»Was ist das?«

»Oh, der Seezug. Er fährt bis zur Fluß-Haltestelle.«

»Befördert er immer noch Menschen?«

»Nicht mehr. Komm, ich zeig ihn dir!« Sie sprang hoch und öffnete eine Konsole in der Ecke, doch im gleichen Moment ertönte in der Luft eine sanfte Computerstimme:

»Seezug Foxtrott Neun R an Station Juliet! Bitte kommen, Station Juliet!«

»Das ist seit Jahren nicht mehr passiert«, wunderte sich Pfirsichdiebin. Sie betätigte einige Kippschalter. »Station Juliet an Seezug! Ich höre. Gibt es Probleme?«

»Bestätigt. Wir haben einen Passagier an Bord, der vom Standardverhalten abweicht. Er/Sie erfüllt nicht die vorgeschriebenen Parameter. Erbitten neue Weisungen.«

Pfirsichdiebin überlegte eine Weile. Dann grinste sie. »Bewegt sich euer Passagier auf vier Beinen?«

»Bestätigt. Bestätigt.« Seezug Foxtrott klang geradezu erleichtert.

»Dann stellt eine Schale mit Fleischkost und eine Schale mit Wasser auf den Boden und kümmert euch nicht weiter um den Passagier! Juliet Ende.«

Sie schaltete aus, und sie beobachteten das ferne Lichternetz, das mit einem Tier an Bord den Horizont entlangglitt.

»Vermutlich ein Hund, der dem Geruch der Menschen folgte«, meinte Pfirsichdiebin. »Ich hoffe, es springt irgendwo ab ...« Dann fuhr sie mit völlig veränderter Stimme fort: »Wir besitzen eine große genetische Vielfalt. Ich meine, du bist so hellhäutig und hast einen völlig anderen Körperbau als ich.«

»Das ist mir auch aufgefallen.«

»Es wäre eine gute Mischung. Voller Kraft.«

Sie sprach schon wieder davon, daß sie ein Kind wollte, daß er ihr ein Kind machen sollte. Ärger stieg in ihm auf.

»Hör mal, weißt du überhaupt, wovon du redest? Begreifst du nicht, daß du jahrelang hierbleiben und das Kleine aufziehen müßtest? Dazu wärst du ethisch und moralisch verpflichtet. Und die Flußorte nehmen rasch ab, glaub es mir! Vielleicht kämst du zu spät.«

»Ja«, erwiderte sie sachlich. »Jetzt, da er alle Menschen aufgesogen hat, verschwindet er. Aber ich will hierbleiben – im Ernst.«

»Es würde dir nicht gefallen, selbst wenn du es noch zum Fluß schaffst. Ich habe es bei meiner Mutter erlebt. Sie merkte, wie ihre Energie schwand, wie ihre geistigen Fähigkeiten durch das lange Warten geschwächt wurden. Und ich – was geschähe mit mir? Ich müßte auch bleiben.«

»Nur einen Monat. Bis zu meiner nächsten Periode. Der männliche Partner ist ethisch nicht gebunden.«

»Ich weiß, aber ich finde das falsch. Mein Vater jedenfalls blieb. Er sagte zwar nie, daß er unter seinem Entschluß litt, aber meiner Meinung nach hat er gelitten.«

»Du mußt nur einen Monat bleiben«, wiederholte sie trotzig. »Ich dachte, du wolltest ohnehin noch eine Weile warten.«

»Stimmt. Aber ich will mich nicht binden. Ich möchte weiterwandern. Noch mehr von der Welt sehen. Nachdem ich meinem Vater Lebewohl gesagt habe.«

Sie stieß einen zornigen Laut aus. »Du verstehst es nicht besser. Du willst ja doch zum Fluß, du gibst es nur nicht zu! Du wirst genauso hingehen wie Mungo und wie Ferrocil.«

»Wer?«

»Leute, denen ich begegnete. Männer wie du. Mungo war letztes Jahr hier, glaube ich. Er hatte ein Luftauto. Er redete und redete und erklärte immer wieder, daß er bleiben wolle. Aber zwei Tage später zog er doch weiter. Zum Fluß. Das mit Ferrocil liegt länger zurück. Er kam zu Fuß. Bis er mein Fahrrad stahl.«

Das plötzliche Aufblitzen von Zorn erschreckte ihn. Sie schien eine eigenartig primitive Bindung zu ihrem Fahrrad zu haben – zu all ihren *Dingen*.

»Hast du sie auch gefragt, ob sie dir ein Kind machen?« Jakko bemerkte eine sonderbare Anspannung in seiner Stimme.

»Ich dachte daran – zumindest bei Mungo.« Plötzlich wirbelte sie herum und schaute ihn an. Ihre Augen leuchteten im Halbdunkel wie weiß umrandete Juwelen. »Hör zu! Ein für allemal, ich gehe nicht fot! Ich habe Leben in mir, ich bin ein Mensch, eine Frau! Ich werde auf dieser Erde bleiben und das tun, was Menschen vorbestimmt ist. Ich werde Kinder großziehen, die die Rasse erhalten, auch wenn ich hier sterben muß. Ihr anderen könnt alle weiterziehen, ihr – ihr armseligen Schatten!«

Ihre Stimme hallte in dem dunklen Raum wider, erschütterte ihn bis ins müde Mark. Er saß still da, als hätte eine tief vergrabene Glocke zu schwingen begonnen.

Sie atmete schwer. Dann bewegte sie sich, und zu seiner Überraschung flackerte zwischen ihren hohlen Händen ein kleines Flämmchen auf. Es verwandelte den Raum in eine Höhle.

»Das ist eine Kerze. Das bin ich. Nun los, mach dich lustig über mich, wie es Mungo getan hat!«

»Ich mache mich nicht lustig«, sagte er entsetzt. »Es ist

nur – ich weiß nicht, was ich denken soll. Vielleicht hast du recht. Ich ... ich will irgendwie nicht fort«, meinte er stokkend. »Ich liebe diese Erde auch. Aber es geht alles so schnell. Laß mich ...«

Er sprach den Satz nicht zu Ende.

»Erzähl mir von deiner Familie!« sagte sie jetzt ruhiger.

»Nun, sie sammelte Wissen. Sie suchte jeden nur vorstellbaren Zugang zum Wissen. Alte Sprachen, Geschichte, Legenden. Meine Tante schrieb englische Gedichte ... Sie lernten die Schichten der Erde, die Namen von Körperzellen und -geweben, Edelsteine, alles. Besonders Sterne. Sie hämmerten uns Sternkarten ins Gedächtnis! Damit wir wissen, wo wir sind, eine Zeitlang wenigstens, verstehst du? Damit wir zumindest die Erdennamen kennen. Mein Vater sagte immer wieder: ›Wenn du den Fluß betrittst, kannst du nicht umkehren und etwas nachschauen. Alles, was du besitzt, sind deine Erinnerungen. Natürlich könntest du andere fragen, aber da wird so viel Neues sein, so viel zu erfahren ...‹«

Er verstummte und überlegte zum millionsten Mal: Ist es möglich, daß ich für alle Ewigkeit zu den Sternen hinauswandern werde, inmitten jenes gewaltigen Stroms, der aus dem Wesen, dem Bewußtsein fremder Geschöpfe besteht?

»Wie viele Kinder gab es in deinem Stamm?« fragte Pfirsichdiebin.

»Sechs. Ich war der Jüngste.«

»Die anderen wanderten alle zum Fluß?«

»Ich weiß es nicht. Als ich von meiner Reise durch die Städte zurückkehrte, war die Familie weitergezogen. Vielleicht warten sie aber auch noch eine Weile. Mein Vater hinterließ mir einen Brief. Darin bat er mich, daß ich nachkommen und ihm alles Wissen übermitteln solle, das ich in der Zwischenzeit gesammelt hatte. Es heißt, daß man ganz langsam fortgeht. Wenn ich mich beeile, ist vielleicht noch soviel von seinem Wesen erhalten, daß ich ihm berichten kann, was ich sah.«

»Und was hast du gesehen? Wir besuchten einmal eine Stadt«, meinte Pfirsichdiebin verträumt. »Aber ich war zu jung, ich erinnere mich nur noch an die vielen Menschen.«

»Die Menschen sind jetzt fort. Alles ist verlassen. Aber die Maschinen arbeiten weiter, das Licht wechselt, die Gleitstreifen sind in Bewegung. Ich wollte nicht glauben, daß alle Menschen fort waren, bis ich ins Kontrollzentrum kam. Ah, die wundervollen Maschinen, die sie dort hatten!« Er seufzte. »So schön, so komplex. Großartig, was die Menschen alles zuwege brachten.« Er seufzte noch einmal bei der Erinnerung an die herrliche Technik, an die im Stich gelassenen Menschenwerke, die nun allmählich verrotteten. »Eines war seltsam. Im alten Chio, der größten Stadt, die ich sah, flimmerte über sämtliche Bildschirme der gleiche Film.«

»Was für einer?«

»Da war ein Mädchen, ein junges Mädchen mit langem Haar, das ihr fast bis an die Füße reichte. Ich habe noch nie solches Haar gesehen. Sie breitete es mit gesenktem Kopf auf eine Art Tisch. Aber alles ganz lautlos, ich glaube, der Ton war ausgefallen. Dann goß sie langsam eine Flüssigkeit darüber. Und dann zündete sie ihr Haar an – sie zündete sich selbst an! Es flammte und loderte, und sie verbrannte. Ich glaube, es war echt.« Ein Schauer durchlief ihn. »Ich konnte ihr in den aufgerissenen Mund sehen. Die Zunge wurde ganz schwarz und verschrumpelt. Es war entsetzlich. Und der Film lief überall ab, immer wieder, als sei etwas verklemmt.«

Sie stieß ein angeekeltes Schnauben aus. »Und das willst du deinem Vater erzählen, seinem Geist oder was immer von ihm übrig ist?«

»Ja. Es sind alles neue Daten, die wichtig sein könnten.«

»Tatsächlich?« entgegnete sie verächtlich. Dann lachte sie ihn an. »Und wie steht es mit mir? Bin ich auch eine wichtige neue Erkenntnis? Eine Frau, die nicht zum Fluß geht? Eine Frau, die hierbleiben und Kinder großziehen will? Vielleicht bin ich die allerletzte, die das tut.«

»Das ist sehr wichtig«, sagte er langsam. Er fühlte eine tiefe Verwirrung in seinem Innern. »Aber ich kann es nicht glauben, verstehst du, ich ...«

»Ich meine es ernst!« Sie sprach mit ungeheurer Überzeugungskraft. »Ich werde hier leben und Kinder bekommen, entweder von dir oder von einem anderen Mann, wenn du nicht bleibst, und ich werde ihnen beibringen, im Einklang mit der Natur zu leben.«

Plötzlich glaubte er ihr. Eine vollkommen neue Empfindung erfaßte ihn; sie barg Sonnenaufgänge und Erdfesseln, die keinen Namen besaßen, die weh taten, ohne daß er den Schmerz zu fassen bekam. Es war, als ob sich in ihm eine eingerostete Tür öffnete. Vielleicht war es das, wonach er so lange gesucht hatte.

»Vielleicht – vielleicht kann ich dir doch helfen. Vielleicht bleibe ich bei dir, eine Zeitlang zumindest. Bei unseren – unseren Kindern.«

»Du willst einen Monat warten?« fragte sie verwundert. »Im Ernst?«

»Nein, ich meine – ich könnte länger bleiben. Ich will mehrere Kinder machen und sie sehen und sie großziehen helfen, wie es Vater tat. Wenn ich Abschied von ihm genommen habe, komme ich wieder her, und dann bleibe ich.«

Ihre Miene veränderte sich. Sie neigte sich zu ihm und nahm sein Gesicht zwischen die schmalen, dunklen Hände. »Jakko, hör zu! Wenn du zum Fluß gehst, wirst du nie zurückkehren. Keiner hat das je geschafft. Ich werde dich nie wiedersehen. Wir müssen es jetzt versuchen, ehe du gehst.«

»Aber ein Monat ist zu lang!« protestierte er. »Der Geist meines Vaters wird nicht mehr da sein. Ich komme ohnehin schon viel zu spät.«

Sie starrte ihm eine Minute lang in die Augen und ließ ihn dann mit einem leisen, sanften Lachen los. »Ja. Außerdem ist es höchste Zeit zum Schlafengehen. Komm jetzt!«

Sie nahm die Kerze und führte ihn zurück zu seiner Kammer, und er staunte von neuem über die vielen merkwürdigen Dinge, die sie zusammengetragen hatte. »Was ist das da?«

»Meine Webstube.« Gähnend griff sie nach einem groben Stück Tuch und hielt es hoch. »Das habe ich selbst gemacht.«

Es war häßlich, fand er. Häßlich und armselig. Warum solche sinnlosen Dinge herstellen? Aber er war zu müde zum Diskutieren.

Sie ließ ihn allein, damit er sich am Brunnen im mondhellen Hof waschen konnte, nachdem sie ihm einen weiteren Platz im Garten gezeigt hatte, an dem er seine Bedürfnisse verrichten konnte. Die Exkremente anderer Leute rochen schlecht, stellte er schläfrig fest. Ob das die Ursache für all die Kriege in der Vorzeit gewesen war?

In seiner Kammer angelangt, taumelte er in die Hängematte und schlief auf der Stelle ein. Seine Träume in dieser Nacht waren chaotisch – Menschenmengen, Stürme, die durch fremde Dimensionen drängten und tobten. Das letzte Bild, an das er sich erinnerte, war das eines gewaltigen Wirbelwinds, der einen Edelstein in seine Stirn bohrte, und dieser Edelstein war eine schlafende Frau, zusammengekauert wie ein Embryo.

Er wachte im rosigen Dämmerlicht auf; ihr braunes Gesicht beugte sich mit einem Koboldlächeln über ihn. Er gewann den Eindruck, daß sie ihn bereits eine Weile beobachtete, und er sprang rasch aus der Hängematte.

»Faulpelz!« rief sie. »Ich habe das Segelboot entdeckt. Iß schnell und komm!«

Sie reichte ihm einen Holzteller mit glänzenden Naturfrüchten und führte ihn dann in den Garten. Die Morgensonne strahlte.

Drunten am Strand wandte sie sich ein Stück nach Süden, und dort schaukelte das kleine Boot umgekippt in den Wellen, umgeben von einem Gewirr aus Segeln und Leinen. Der Kiel war immer noch herausgeklappt. Sie rollten das Segel ungeschickt zusammen und zerrten das Boot in tieferes Wasser, um es dort aufzurichten.

»Ich möchte es für die Kinder«, erklärte Pfirsichdiebin aufgeregt ein um das andere Mal. »Mit den Dingern kann man auch auf Fischfang gehen. Oh, sie werden begeistert davon sein!«

»Stemm dein ganzes Gewicht auf den Kiel und zieh an der Seitenreling!« meinte Jakko und tat das gleiche. Er sah, daß sich ihre seidenen Tücher lösten. Sie hatte hohe Brüste mit einem breiten Hof, ganz anders als die Frauen seines Stammes. Der Anblick lenkte ihn ab, seine Schenkel verweigerten den Dienst, und er rutschte mit der Hand vom Geländer ab; das Boot richtete sich auf und drückte ihn unter Wasser. Als er wieder auftauchte, sah er Pfirsichdiebin gerade noch katzengewandt an Bord klettern. Sie hielt sich am Mast fest.

»Das Segel! Spann das Segel!« schrie er, ehe ihm die nächste Welle ins Gesicht schlug. Aber sie hatte seine Worte gehört. Das Segel entfaltete sich wie ein großer zitternder Flügel, gegen den sich ihr glänzendschwarzer Körper abhob. Zum erstenmal bemerkte Jakko den Namen des Bootes am Heck: *Gojack*. Er lächelte. Ein Omen.

Gojack jagte in schneller Fahrt dem Riff entgegen.

»Das Steuerruder!« schrie er. »Dreh das Ruder herum und komm zurück!«

Pfirsichdiebin lief zur Ruderpinne und zerrte daran; er konnte sehen, wie sie sich abmühte. Aber *Gojack* entfernte sich mit dem Wind, glitt immer schneller der Brandung entgegen. Jakko fiel ein, daß sie am Mast gestanden hatte, dicht neben dem Computer.

»Schalt den Computer aus! Hörst du? Den Computer ausschalten!«

Sie konnte seine Worte vermutlich nicht mehr verstehen. Jakko sah, wie sie fieberhaft kämpfte, an der Ruderpinne zerrte, die Taue packte und das Segel einzuholen versuchte. Dann schien sie den Computer zu bemerken, konnte aber offensichtlich nichts damit anfangen. Inzwischen setzte *Gojack* seinen unterbrochenen Weg zum Fluß fort. Jakko erkannte mit Entsetzen, daß sie sich bald in gefährlichem Wasser befinden würde. Die Brandung donnerte gegen die Korallenbänke.

»Spring ab! Komm zurück, spring ab!« Es schwamm hinter dem Boot her, so schnell er konnte, aber er kam entsetzlich langsam vom Fleck. Sie kämpfte immer noch mit dem Boot und schrie etwas, das er nicht verstehen konnte.

»SPRING!«

Und endlich sprang sie, aber nur, um *Gojack* an den Halteleinen zu packen. Das Boot stockte und schwankte, setzte dann aber unbeirrt seinen Weg fort und zog das um sich schlagende Mädchen mit.

»Laß los! Laß los!« Eine Welle schwappte über seinem Kopf zusammen.

Als er wieder sehen konnte, hatte sie das Boot endlich aufgegeben und schwamm ziellos hin und her. *Gojack* tauchte noch einmal kurz in der Brandung auf und verschwand dann im offenen Meer. Pfirsichdiebin wandte sich dem Ufer zu, und Jakko schwamm ihr entgegen. Er war gefangen von einem starken Gefühl, das ihn völlig verwirrte. Als seine Füße Grund berührten, erkannte er, daß es Zorn war.

Sie watete auf ihn zu, das Gesicht vom Weinen verzerrt. »Das Boot der Kinder!« schluchzte sie. »Ich habe das Boot der Kinder nicht festhalten können ...«

»Du bist verrückt!« schrie er. »Du hast doch keine Kinder!«

»Ich konnte es nicht festhalten ...« Sie warf sich weinend an seine Brust. Er klopfte ihr hart auf den Rücken, stieß sie in die Rippen und wiederholte wütend: »Verrückt bist du! Wahnsinnig!«

Sie schluchzte lauter, schmiegte sich an ihn, klein nackt und zerbrechlich. Plötzlich warf er sie in den feuchten Sand und ließ sich auf sie fallen, spürte, wie sein angespannter Penis gegen ihren Körper preßte. Einen Moment lang waren sie beide vollkommen verwirrt, doch dann ernüchterte Jakko der Schock. Er sprang auf und schaute an sich herunter. Pfirsichdiebin starrte ihn mit großen Augen an.

»Wi-willst du jetzt?«

In diesem Moment gab es für ihn keinen anderen Wunsch, als sich in ihr zu vergraben, aber eine Woge spülte über sie hinweg. Der Sand scheuerte an seiner Haut. Pfirsichdiebin spuckte Salzwasser aus. Der Zauber schwand. Ungeschickt richtete er sich auf.

»Ich glaubte, du würdest ertrinken«, sagte er, von neuem Zorn erfaßt.

»Ich wollte es unbedingt behalten – für sie ...« Sie weinte immer noch vor sich hin und warf ihm einen unglücklichen Blick zu. Er begriff, daß sie im Grunde nicht das Segelboot meinte. Das Gefühl, daß er sich nicht mehr von ihr lösen konnte, machte sich in ihm breit. Dieses verrückte kleine Wesen hatte eine Art Energiestrudel um sich geschaffen, und sie sog ihn an sich wie ihre zahmen Tiere, wie die Pflanzen, die Bienen – wie all die Dinge, die sie sammelte. Nur *Gojack* war ihr entwischt.

»Ich finde es wieder«, murmelte sie, und während sie ihre Seidentücher auswand, starrte sie am Riff vorbei dem winzigen hellen Punkt nach. Jakko schaute auf sie herunter, auf dieses fanatische und doch so verwundbare Mädchen, und seine innere Landschaft kippte erschreckend, enthüllte eine alte und zugleich ganz neue Dimension.

»Ich bleibe bei dir«, sagte er heiser. Er räusperte sich, weil er merkte, daß seine Stimme zitterte. »Ich meine, ich bleibe ganz bei dir – ich will nicht mehr zum Fluß. Wir werden sie machen, unsere Kinder.«

Sie starrte ihn mit offenem Mund an. »Aber dein Vater! Du hast ihm versprochen ...«

»Mein Vater ist auch geblieben«, erklärte er mühsam. »Es ... es ist richtig so, glaube ich.«

Sie kam ganz nahe und nahm seine Arme in ihre kleinen Hände.

»Oh, Jakko! Aber nein, hör zu – *ich begleite dich!* Wir können unterwegs mit dem Baby anfangen, davon bin ich überzeugt. Du nimmst Abschied von deinem Vater und hältst dein Versprechen – und ich werde da sein und dafür sorgen, daß du auch wirklich umkehrst.«

»Aber ... aber dann wärst du doch schwanger!« rief er besorgt. »Du würdest Gefahr laufen, einen Embryo mit zum Fluß zu nehmen!«

Sie lachte stolz. »Kannst du nicht begreifen, daß ich selbst den Fluß nie betreten werde? Ich will lediglich auf dich achten und dich wieder herausholen. Ich sorge dafür, daß du hierher zurückkommst. Das du wenigstens eine Zeitlang bei mir bleibst«, setzte sie nüchtern hinzu. Dann erhellte sich ihre Miene. »He, wir stoßen sicher auf die tollsten Dinge! Vielleicht entdecke ich unterwegs eine Kuh oder ein paar Ziegen. Ja, genau! Das ist die Idee!«

Sie schaute ihn mit leuchtenden Augen an. Vorsichtig berührten ihre Lippen die seinen, und sie küßten sich ungeschickt, schmeckten das Salz, das an ihnen klebte. Er spürte kein sexuelles Verlangen, nur einen tiefen Widerhall, wie eine Ermutigung der Erde selbst. Die drei Mondhunde sahen ihnen verdrießlich zu.

»Und jetzt essen wir!« Sie zog ihn zu den Stufen in der Klippe. »Wir können sofort die Pillen schlucken. Oh, ich habe soviel vorzubereiten! Aber ich schaffe das schon. Morgen brechen wir auf.«

Sie war wie ein Wirbelwind. In der Speisekammer stürmte sie zu einer kleinen goldfarbenen Pillendose, öffnete sie und zeigte ihm ein Häufchen leuchtendgrüner und roter Kapseln.

»Die roten mit dem Mann-Symbol sind für dich!«

Sie nahm eine grüne, und sie schluckten die Tabletten feierlich mit etwas Wasser aus einem gemeinsamen Becher. Er sah, daß das Siegel der Dose geöffnet war, und er dachte an Mungo, diesen Fremden, den sie erwähnt hatte. Wie weit hatte sie ihre Pläne bei ihm durchgesetzt? Ein unangenehmes Empfinden, das er nie zuvor gespürt hatte, machte sich in Jakkos Magen breit. Er merkte, daß er in Erfahrungsbereiche vordrang, die ihm fremd und unheimlich waren, und er nahm seinen Nahrungsriegel und schlenderte durch die Arkaden, um sich zu beruhigen.

Als er sich wieder zu Pfirsichdiebin gesellte, arbeitete sie wie besessen. Sie faltete und umwickelte Gegenstände, füllte Behälter, schloß Fenster, öffnete Türen ... Wieder ihre starke Bindung zu den Dingen ... Er fühlte einen unbestimmten Ärger, doch dann kam ihm ein Gedanke.

»Wir werden eine Karte brauchen«, meinte er. »Meine ist im Boot geblieben.«

»Oh, gut, daß du daran denkst! Schau im alten Kontrollraum nach – da die Treppe hinunter! Er sieht ein wenig gruselig aus.« Sie begann ihren Webstuhl zu ölen.

Er betrat eine weiße Rampe, die in einen Treppentunnel überging, und kam schließlich durch ein gepanzertes Portal in einen kreisförmigen Saal, der tief in den Felsen gehauen war. Schwaches Licht drang durch Lukenschächte herein. Das Summen des Stationsgenerators drang an sein Ohr. Als sich seine Augen an das Halbdunkel gewöhnt hatten, entdeckte er eine Reihe von Sensoren-Schirmen und eine mächtige Konsole, die mitten im Raum stand. Jemand hatte sie mit Gewalt geöffnet; über die Mechanik war eine Art Siegelflüssigkeit gegossen.

Er hatte so einen Ort schon einmal gesehen. Er begriff sofort, daß man von hier aus die entsetzlichen Flugwaffen der Vorzeit bedient hatte. Vermutlich harrten die tödlichen Geschosse immer noch in verborgenen Luken hinter der Station. Aber die Hauptsteuerung war seit langem zerstört. Als er sich der Konsole näherte, sah er, daß jemand Buchstaben in die Siegelmasse geritzt hatte. Er konnte nur die Worte lesen: NIE WIEDER KRIEG! Zweifellos war dies ein Heiligtum aus längst vergangener Zeit.

Er fand einen Lichtschalter. Kalte Helligkeit durchflutete das Gewölbe, und er begann die Seitenkorridore zu erforschen. Altertümliche Geräte, klobige Anzüge, Schränke voll Masken und zerbröckelnden Paketen, mit denen er nichts anzufangen wußte. Etwas Nützliches entdeckte er allerdings – zwei Tuchsäcke, die man auf dem Rücken tragen konnte und die kaum angeschimmelt waren. Aber wo befanden sich die Karten?

Schließlich sah er eine an der Wand des Kontollraums, gleich neben dem Eingang. Jemand hatte sie kritzeliger Schrift ergänzt. Ein Zittern überfiel Jakko, als ihm zu Bewußtsein kam, wie alt diese Karte sein mußte. Sie war entstanden, bevor die Flüsse die Erde berührt hatten! Er konnte es kaum fassen.

Als er sie studierte, fand er nicht weit im Süden tatsächlich einen großen Anlegeplatz. Von diesem Dock aus führte ein Gleitstreifen etwa hundert Kilometer ins Landesinnere zu einem Flugplatz. Wenn Pfirsichdiebin fünfundzwanzig Kilometer Fußmarsch schaffte, konnten sie die Landestelle bis zum Abend erreichen. Der Rest war einfach, falls die Autos noch funktionierten. Und bisher hatte er noch an allen Gleitstreifen intakte Autos vorgefunden. Vom Flugplatz führte eine gepunktete Linie über ein Gebirge nach Südwesten. Sie endete an einem großen roten Kreis mit einem Kreuz, der die Bezeichnung »VIDA!« trug. Damit war wohl der Fluß gemeint. Sie konnten nur hoffen, daß die eine oder andere Maschine noch flugtüchtig war. Andernfalls hatten sie eine mühselige Kletterei vor sich.

Jakko prägte sich die Richtungen mit Hilfe des Kompasses ein, den er immer am Gürtel trug, und stieg wieder nach oben. Der Hof leuchtete unter den safrangelben Segeln der Abendsonne.

Pfirsichdiebin kauerte am Brunnen und hielt allem Anschein nach Zwiesprache mit ihren Tieren. Jakko bemerkte ein paar weiße Geschöpfe, die ihm bis dahin entgangen waren. Sie lebten in einer Art Freigehege und hatten lange rosa Ohren sowie zuckende kleine Nasen. Kaninchen vielleicht oder Hasen?

Zwei der merkwürdigen Tiere, die er am Vortag zusammengerollt auf einem Bett gefunden hatte, drängten sich nun unter einer Bank und schnarrten Pfirsichdiebin schlechtgelaunt an.

»Meine Waschbären«, erklärte sie Jakko. »Sie sind wütend, weil ich sie zu früh geweckt habe.« Sie stieß ein paar schrille Laute aus, die Jakko nicht verstehen konnte, und der größere Waschbär nickte hochmütig.

»Mit den Hühnern geht alles in Ordnung«, meinte Pfirsichdiebin. »Lotor kann sie füttern und die Eier sammeln. Außerdem wissen beide, wie man den Pumpenschwengel bedient.« Der andere Waschbär nickte ebenfalls verdrossen.

»Das schlimmste Problem sind die Kaninchen.« Pfirsichdiebin runzelte die Stirn. »Du bist nun mal nicht die Allerklügste, Eusebia«, sagte sie liebevoll und streichelte die Häsin. »Ich werde mir etwas überlegen müssen.«

Der große Waschbär brabbelte auf sie ein; Jakko glaubte das Wort ›Hu-nd‹ zu verstehen.

»Er will wissen, wer nun ihre Streitereien mit den Hunden schlichten wird«, berichtete Pfirsichdiebin. Darauf kam einer der Mondhunde näher und sagte mühsam: »Wir gehen mit!« Es waren die ersten Worte, die Jakko von ihm hörte.

»Oh, wunderbar!« rief Pfirsichdiebin. »Dann wäre auch das erledigt.« Sie sprang auf und goß eine Pflanzenreihe. Die weißen Waschbären trollten sich schweigend.

»Ich freue mich, daß du mitkommst, Tycho«, erklärte sie dem Hund. »Besonders falls ich auf dem Rückweg allein bin, mit einem Baby im Leib. Aber es heißt, daß man anfangs sehr kräftig ist.«

»Du wirst nicht allein sein«, entgegnete Jakko. Sie warf ihm ein kurzes, nichtssagendes Lächeln zu. Er sah, daß sie andere Sachen angezogen hatte. Ihre Formen zeichneten sich nicht mehr so deutlich ab, und sie schaute beinahe schüchtern an ihm vorbei. Aber sie geriet in Aufregung, als er ihr die beiden Rucksäcke zeigte.

»Das ist ja großartig! Nun müssen wir uns die Decken beim Gehen nicht um die Hüften wickeln. Die Nächte sind nämlich eher kühl.«

»Regnet es in dieser Gegend?«

»Nicht zu dieser Jahreszeit. Was wir unbedingt mitnehmen müssen, sind Streichhölzer, Proviant und Wasser. Und ein gutes Messer für jeden. Hast du die Karte gefunden?«

Er zeigte sie ihr. »Kannst du auch längere Strecken gehen, wenn es sein muß? Besitzt du überhaupt Schuhe?«

»Sicher. Ich gehe viel zu Fuß. Besonders, seit mir Ferrocil das Fahrrad stahl.«

Der Zorn in ihrem Tonfall amüsierte ihn. Diese wilde Entschlossenheit, mit der sie um ihren kleinen Besitz kämpfte!

»Männer errichten Denkmäler, Frauen erbauen ein Nest!« zitierte er, ohne die Quelle genau zu kennen.

»Ich weiß nicht, welche Art von Denkmal Ferrocil mit meinem Fahrrad zu errichten gedachte!« fauchte sie.

»Du bist eine Wilde!« Schmerz schnürt ihm die Kehle zu, und er verhehlte das Gefühl mit einem leisen Lachen.

»Die Menschheit kann ein paar Wilde wie mich gebrauchen. Aber jetzt essen wir besser und legen uns schlafen, damit wir morgen in aller Frühe losziehen können.«

Beim Abendessen auf der golddurchfluteten Veranda sprachen sie kaum. Verträumt beobachtete Jakko die weißen Fledermäuse, die ein Muster in den Himmel stickten. Als er den Blick wieder senkte, merkte er, daß Pfirsichdiebin ihn aufmerksam musterte. Sie wandte sich verlegen ab. Ihm kam der Gedanke, daß sie hier vielleicht noch Hunderte, ja Tausende von Mahlzeiten einnehmen würden – daß sie vielleicht den Rest ihres Lebens hier verbrachten. Und womöglich lief dann ein Kind, liefen Kinder umher. Er kannte keine Menschen, die jünger waren als er. Das alles war zuviel, zu unwirklich. Er starrte wieder hinauf zu den Fledermäusen.

In dieser Nacht begleitete sie ihn zu seiner Hängematte und blieb schüchtern, aber beharrlich neben ihm stehen, als er sich hinlegte. Nach einer Weile spürte er, wie ihre Hände über seinen Körper glitten, seine Lenden berührten. Anfangs dachte er an etwas Medizinisches, aber dann begriff er, daß sie nach Sex verlangte. Sein Blut begann zu pochen.

»Darf ich zu dir kommen? Die Hängematte ist stabil.«

»Ja«, murmelte er und griff nach ihrem Arm.

Aber während sie sich neben ihn schmiegte, meinte sie in ihrer praktischen Art: »Ich werde eine kleine Matte knüpfen müssen – für das Baby.«

Die Worte zerstörten den Zauber.

»Hör zu – es tut mir leid – aber ich habe es mir doch anders überlegt. Wir brauchen den Schlaf. Geh lieber in deine eigene Kammer!«

»Ist gut.« Das Gewicht neben ihm verschwand.

Mit einem sonderbaren Gemisch aus Trauer und Erleichterung lauschte er ihren leichten Schritten nach. In dieser Nacht erlebte er im Traum einen seltsamen Ansturm der Sinne, spürte ein Schwellen von Luft und Erde: Da war eine Frau, die lächelnd im fahlgrünen Wasser lag und ihn erwartete, während hagere schwarze Sonnenaufgangsvögel am Rand des Meeres dahinstakten.

Sie aßen in aller Frühe bei Kerzenlicht und brachen auf, als der Himmel im Osten eben den ersten graurosa Schleier zeigte. Der alte Weg aus weißen Korallen erleichterte das Vorankommen. Pfirsichdiebin ging mit lockeren, weiten Schritten neben ihm, den Rucksack lässig über die Schulter geschlungen. Die Mondhunde trotteten hinter ihnen drein.

Jakko ließ sich von der Landschaft einfangen, die allmählich aus dem Dunkel tauchte. Zu ihrer Rechten erhoben sich dschungelbedeckte Hügel, links unter ihnen lag das im Morgenlicht glitzernde Meer. Als der erste Sonnenstrahl über den Horizont schoß, hätte er am liebsten laut aufgeschrien. Die Palmen jenseits der Straße entzündeten sich wie goldene Fackeln, die Ränder eines jeden Blattes und eines jeden Steins zeichneten sich scharf und klar ab. Einen Moment lang überlegte er, ob er unter Drogeneinfluß stünde.

Sie wanderten gleichmäßig durch einen Traum von wachsender Helle und Wärme. Der Tagwind erwachte, und die zerfaserten weißen Wolken, die über sie hinwegsegelten, brachten vorübergehend Kühle. Ihre Schritte nahmen einen Rhythmus an, den Jakko liebte, nur hin und wieder unterbrochen durch ein zerfallenes Stück Straße. An solchen Stellen warteten dann oft die Mondhunde, die unbemerkt den Weg verlassen hatten und quer durch die Buschwildnis hetzten, auf der Fährte von unbekannten Dingen. Pfirsichdiebin blieb unermüdlich an Jakkos Seite. Nur einmal hielt sie an und schaute zurück zu dem fernen weißen Punkt der Station Juliet, die fast mit dem flimmernden Horizont verschmolz.

»Weiter nach Süden als bis hierher bin ich noch nie vorgedrungen«, erklärte sie ihm.

Jakko trank einen Schluck Wasser und überredete auch Pfirsichdiebin, sich ein wenig zu stärken. Dann setzten sie ihren Weg fort. Die Straße folgte nun in Windungen dem Auf und Ab der Hügel. Als Jakko sich wieder einmal umdrehte, war die Station verschwunden. Immer noch hielt ihn die seltsam leuchtende Klarheit der Welt gefangen.

Als sie gegen Mittag haltmachten, hatten sie seiner Schätzung nach mehr als die Hälfte der Strecke zur Anlegestelle zurückgelegt. Sie aßen und tranken auf einem Schutthügel unter Palmen, und Pfirsichdiebin versorgte die Mondhunde. Dann öffnete sie die Dose mit den Fruchtbarkeitspillen, und sie schluckten schweigend, mit feierlicher Miene die bunten Kapseln. Pfirsichdiebin lachte plötzlich. »Warte, ich besorge dir einen Nachtisch!«

Sie nahm ein Messer mit gekrümmter Schneide aus ihrem Gürtel und durchforschte das Geröll, bis sie nach einer Weile mit einer großen, mittelbraunen Kokosnuß wiederkam. Jakko sah, wie sie der harten Schale mit beängstigender Kraft zu Leibe rückte. Mit einem Stein trieb sie schließlich die Messerspitze in das Holz und sprengte es.

»Hier!« Sie reichte ihm die Frucht. »Trink aus der Öffnung da!« Jakko hörte im Innern eine Flüssigkeit schwappen. Er hob die Nuß wie ein Gefäß und trank. Das Zeug schmeckte nach nichts Besonderem, ein wenig nach Haaren und nach Sand, aber auch klar und scharf wie der Tag. Pfirsichdiebin hieb nun mit dem Messer und dem Stein systematisch eine Kerbe rund um die Nuß. Plötzlich zerfiel die Schale in zwei Hälften und enthüllte eine Schicht leuchtendweißes Fruchtfleisch. Das Mädchen stemmte ein Stück davon heraus.

»Iß das! Es enthält eine Menge Proteine.«

Das Fleisch schmeckte süß und stark nach organischen Substanzen.

Plötzlich erinnerte er sich. »Das ist eine Kokosnuß!« rief er.

»Genau. Ich werde also auf dem Rückweg bestimmt keinen Hunger leiden.«

Er wollte nicht schon wieder Streit anfangen, und so stand er stumm auf. Pfirsichdiebin schob ihr Messer in den Gürtel und folgte ihm, ein Stück Kokosnuß in der Hand. Lange Zeit wanderten sie schweigend weiter und ließen sich vom Rhythmus ihrer Schritte tragen. Einmal, als eine Eidechse über den Weg lief, wandte sich Pfirsichdiebin an den Mondhund, der ihr am nächsten war: »Du mußt endlich lernen, diese Dinger zu fangen und zu fressen, Tycho!« Die Hunde betrachteten skeptisch die Eidechse, sagten aber nichts. Jakko unterdrückte sein Entsetzen.

Inzwischen wanderte die Sonne zu ihrer Rechten langsam nach Westen. Ein Schwarm großer orangeroter Vögel mit blauen Schnäbeln stob aus einem Baum am Straßenrand, wo sie allem Anschein nach ein Nest bauten. Wolkenschatten flogen über die Welt. Sie spiegelten sich als blaue und kupferne Reflexe im Meer. Jakko spürte den Angriff auf seine Sinne fast wie einen körperlichen Schmerz; einen Sonnenstrahl verwandelte die Brandungslinie in eine Brillantenkette, und das durchscheinende Grün der nahen Untiefen zog seine Blicke an wie mit Zauberkraft. Jedes Bild pulsierte von Licht, schien eine lautlose Botschaft auszusenden.

Er folgte wie in Trance der Straße, die seit geraumer Zeit völlig glatt und eben war. Plötzlich stieß Pfirsichdiebin einen Schrei aus.

»Mein Fahrrad! Da ist mein Fahrrad!« Sie rannte los. Aus einer Spalte, die sich quer über den Weg zog, sah Jakko Metall blitzen. Als er Pfirsichdiebin erreichte, stand sie neben der Mauer am Straßenrand und untersuchte eine Maschine.

»Das Vorderrad – völlig verbogen! Er ist sicher zu schnell gefahren und gestürzt. Oh, dieser Ferrocil! Aber ich repariere es, in der Station habe ich Werkzeug. Ich nehme es auf dem Rückweg mit.«

Während sie um ihr Fahrrad trauerte, warf Jakko einen Blick über die niedrige Mauereinfassung. Steilklippen führten in die Tiefe, und die Sonne streifte gerade noch einen felsigen Küstensaum. Etwas hob sich gegen die Steine ab – ein Gewirr heller Stöcke, Stoffetzen, etwas Rundes, Weißes. Jakko merkte, wie sich sein Magen verkrampfte, und starrte doch hinunter, entdeckte Augenhöhlen in dem runden Ding, einen U-förmigen Mund, Haarsträhnen, die im Wind wehten. Er hatte noch nie einen Toten gesehen, keiner hatte das, aber es gab Abbildungen von Menschenknochen. Ihm dämmerte die Wahrheit – da unten lagen die Überreste von Ferrocil. Er war vermutlich über die Mauer geschleudert worden, als er mit dem Rad in die Spalte fuhr. Der Tod hatte ihn eingeholt, ehe er den Fluß erreichte. Sein Wissen, seine Gedanken und Gefühle – all das war fort, verloren für immer.

Jakko wußte kaum, was er tat. Er nahm Pfirsichdiebin an den Schultern und sagte hart: »Los, komm weg von hier! Komm schon!« Als sie widerstrebte, packte er sie am Arm und zerrte sie weg von der Stelle, wo sie vielleicht in die Tiefe schauen konnte. Ihr Fleisch schien vor Hitze zu brennen, zu vibrieren. Die ganze Welt explodierte in Farben und Gerüchen. Bilder des toten Ferrocil vermischten sich mit dem durchdringenden Duft irgendwelcher Blumen am Straßenrand. Plötzlich kam ihm ein Gedanke. Er blieb mit einem Ruck stehen.

»Hör zu! Bist du sicher, daß diese Pillen keine Drogen enthalten? Ich habe erst zwei davon geschluckt, aber nichts ist mehr normal!«

»Drei«, entgegnete Pfirsichdiebin geistesabwesend. Sie nahm seine Hand und preßte sie gegen ihren Rücken. »Mach das noch einmal! Fahr mit der Hand hier entlang!«

Verwirrt tat er, was sie verlangte. Als seine Finger über die Seidenbluse zu den knappen Shorts glitten, spürte er, wie ihr Körper zu zittern begann. Sie zuckte zurück.

»Da – hast du es gemerkt? Der lordotische Reflex!« verkündete sie stolz. »Weibliche Sexualität. Es fängt an.«

»Was hast du vorhin gemeint – als du drei sagtest?«

»Daß du schon drei Pillen geschluckt hast. Die erste gleich nach deiner Ankunft – in den Honig gemischt.«

»*Was?* Aber ... aber ...« Er wollte seiner Empörung über diesen Vertrauensbruch Ausdruck verleihen, aber die blanke Wut, die in ihm hochquoll, erstickte die Worte. Er schluckte, hob die Hand und klatschte sie brutal auf ihr Hinterteil. Sie kippte nach vorn und wäre um ein Haar gestürzt. Es war das erste Mal in seinem Leben, daß er einen Menschen schlug. Ein Mondhund fing zu knurren an, aber er achtete nicht darauf.

»Wag es – nie wieder – mich so zu hintergehen ...« Er umklammerte ihre Schultern, wollte sie ins Gesicht schlagen ... Statt dessen streifte seine Hand ihre Brust, und er sah ihr Haar im Wind wehen wie die Strähnen des toten Ferrocil. Stolz, vermischt mit einem erschreckenden Gefühl von Sterblichkeit, entfachte Feuer in seinen Lenden. Der

Tod von Ferrocil wühlte ihn plötzlich ungeheuer auf. Er, Jakko, war am Leben! Er ließ alle Vernunft beiseite und warf Pfirsichdiebin nieder, mitten in die Blumen am Wegrand. Er zerrte an ihren Shorts und merkte verschwommen, daß sie ihm half. Nur sein geschwollener Penis zählte; er kämpfte sich an allen Hindernissen vorbei und war unvermittelt, irgendwie, *in* ihr, pumpte und pumpte, spürte, wie sich die Lust immer mächtiger in ihm staute, bis sie explodierte und sich in Pfirsichdiebin ergoß. Sie sank erschöpft zurück.

Mühsam versuchte er zur Vernunft zu finden. Er richtete sich auf, rückte ab von ihr. Das Mädchen lag mit weit gespreizten Schenkeln da, vollkommen aufgelöst, von einem sonderbaren Schluchzen oder Keuchen geschüttelt. Aber sie lächelte. Ekel würgte Jakko.

»Da hast du dein Baby!« keuchte er mißmutig. Er fand seine Feldflasche und trank. Die drei Mondhunde hatten sich ein Stück zurückgezogen und starrten feierlich zu ihnen herüber.

»Gibst du mir auch einen Schluck?« Ihre Stimme klang sehr leise. Sie setzte sich auf und begann ihre Kleider glattzustreichen. Jakko reichte ihr die Feldflasche, und sie erhoben sich.

»Die Sonne ist untergegangen«, meinte sie. »Sollen wir hier unser Lager aufschlagen?«

»Nein!« Wütend lief er los, ohne darauf zu achten, ob sie nachkam oder nicht. Hatten die Alten so gelebt? Geschüttelt von Leidenschaft, unanständig, rücksichtslos? Er konnte es nicht fassen, daß er neben einem Toten seinen Trieben freien Lauf ließ. Und die Welt ringsum griff immer noch alle seine Sinne an; als das Mädchen gegen ihn stolperte, spürte er wieder die erregende Anziehungskraft ihres Fleisches, und er begann zu zittern. Eine Zeitlang gingen sie schweigend weiter. Er merkte, daß sie erschöpfter war als er, aber er wollte möglichst weit fort von jener Stelle.

»Ich werde diese Pillen nicht mehr nehmen«, unterbrach er das Schweigen schließlich.

»Aber du *mußt!* Es dauert einen Monat, ehe man sicher ist.«

»Das ist mir egal.«

»Aber ...«

Er sagte nichts mehr. Sie wanderten jetzt über eine dämmerige Landspitze. Plötzlich knickte der Weg scharf ab, und sie tauchten oberhalb einer großen Bucht auf.

In der Tiefe drängten sich Boote aller Größen und Formen. Sie schaukelten leer auf den Wellen, so wie ihre Besitzer sie verlassen hatten. Bei manchen waren noch die Lichter eingeschaltet – schwach schimmernde Juwelen in der opalisierenden Luft. Irgendwo da unten befand sich wohl auch *Gojack.* Das letzte Licht des Tages sammelte sich auf den Schienen eines Gleitwegs, der zur Landestelle führte.

»Schau, da ist der Seezug!« Pfirsichdiebin deutete. »Hoffentlich ist der Hund oder was immer an Bord war, ans Ufer gesprungen ... Ich kann mir dort unten ein Segelboot holen, es sind genug da.«

Jakko zuckte nur die Achseln. Dann bemerkte er eine Bewegung in den Schatten der Anlegestelle und vergaß einen Moment lang seinen Ärger: »Sieh mal dorthin! Das ist doch – ein Mensch!«

Sie starrten angestrengt ins Halbdunkel. Nun überquerte die Gestalt einen helleren Platz, und sie konnten erkennen, daß es in der Tat ein Mensch war, der langsam an den gestauten Wagen des Gleitwegs vorbeischwankte, hie und da anhielt und dann zögernd weiterging.

»Irgend etwas stimmt da nicht!« meinte Pfirsichdiebin.

Dann verschmolz der Schatten des Fremden mit einem Wagen, und das Gefährt setzte sich in Bewegung. Es rollte langsam an, beschleunigte und verließ die Haltespur. Schließlich jagte es an ihnen vorbei die glitzernden Schienen entlang, bis es in den Westbergen verschwand.

»Der Gleitweg funktioniert!« rief Jakko. »Wir schlagen heute nacht unser Lager hier oben auf und gehen gleich morgen früh hinunter zur Station. Das erspart uns einen langen Marsch!«

Er war so begeistert über den Gleitweg, daß er mit Pfirsichdiebin zu plaudern begann, während sie ihre Proteinriegel verzehrten. Er erzählte ihr von den Städten, die er besucht hatte, und wollte wissen, wo sie überall mit ihrem Stamm gewesen war. Als sie jedoch ihre Decke neben seiner ausbreiten wollte, wehrte er ab und suchte sich einen Schlafplatz auf einem höhergelegenen Felsensims. Die drei Mondhunde legten sich dicht neben Pfirsichdiebin, preßten ihre Nasen auf die Vorderpfoten und starrten Jakko an.

Seine Stimmung schlug erneut in Ekel vor sich selbst um. Seine Gewissensbisse wechselten mit Impulsen animalischer Sinnlichkeit, die ihm zugleich Unbehagen und Genuß bereiteten. Er preßte einen Arm über den Kopf, um das helle Mondlicht zu verdrängen, und sehnte sich danach, alles zu vergessen, was gewesen war. Am liebsten hätte er nur die kalten, stillen Sterne am Himmel gesehen. Als er endlich einschlief, hatte er keine Träume, beim Erwachen aber glaubte er eine düstere Litanei in seinem Innern zu hören. *Das Pferd ist hungrig,* sangen dumpfe Stimmen. *Das Weib ist schlecht.*

Er weckte Pfirsichdiebin noch vor Sonnenaufgang. Sie aßen und machten sich auf den Weg zur Station in den Hügeln. Es war ein mühseliges Vorankommen, bis sie auf einen alten Kalksteinweg stießen. Die Mondhunde durchstöberten mit Begeisterung das weite Gelände. Als die beiden jungen Menschen die Gleitweg-Station erreichten, sahen sie, daß alles verstopft war von Wagen.

Der Generator des ersten Gefährts funktionierte ebensowenig wie der des zweiten und dritten. Jakko begriff jetzt, daß der Fremdling am Abend zuvor nach einem intakten Wagen gesucht hatte. Die nutzlosen Fahrzeuge stauten sich in einer langen Kette auf dem Nebengleis – ein erbärmlicher Anblick.

»Wir sollten zur Bucht zurückkehren«, meinte Pfirsichdiebin. »Der Mann fand dort einen Wagen.«

Insgeheim gab Jakko ihr recht, aber noch glomm eine unerklärliche Streitlust in ihm. Er blinztelte in die verschleierte Ferne.

»Ich gehe bis ans Ende des Rangiergleises.«

»Aber es ist so lang, wir werden die ganze Strecke zurückgehen müssen …«

Er marschierte stumm los; sie folgte ihm. Es war ein endloser Marsch, um eine Biegung und eine Anhöhe hinauf, und überall säumten nutzlose Wagen ihren Weg. Als sie fast die Hauptspur erreicht hatten, bemerkte Jakko ein schwaches Rucken entlang der Reihe. Das war es, worauf er gehofft hatte: Ganz vorne kamen immer noch neue Wagen an, die gegen die unbrauchbaren Gefährte stießen.

»Oh, wunderbar!«

Sie erreichten den zuletzt eingetroffenen Wagen und kletterten in das Abteil; die Mondhunde nahmen ihnen gegenüber Platz. Als Jakko die Steuerung bediente, die sie auf das Hauptgleis bringen sollte, schrillte ein Warnsignal los. Eine Voder-Stimme drohte, ihn an die Zentrale zu melden. Jakko ließ sich davon nicht beeindrucken, sondern lenkte das Fahrzeug über die Weichen auf die Schnellspur, wo es endlich schwieg und zügig zu beschleunigen begann.

»Du kennst dich aber gut aus mit diesen Maschinen«, meinte Pfirsichdiebin bewundernd.

»Du solltest dich auch näher mit ihnen befassen.«

»Warum? In ein paar Jahren haben die Dinger ausgedient. Und ich kann Fahrrad fahren.«

Er preßte die Lippen zusammen und dachte an Ferrocils weiße Gebeine. Sie jagten stumm durch die Hügel; vorbei an ein paar Haltestellen, an denen sich ebenfalls die Wagen stauten. Jakkos Empfindungen hatten immer noch eine sonderbare Schärfe, und seine Sinnenwelt schien bedeutungsschwer.

Als sie nach einiger Zeit Hunger bekamen, entdeckten sie, daß die Wagen-Automatik noch voll funktionierte. Sie wählten Proteingetränke und Nahrungsriegel, die angenehm nach Früchten schmeckten. Pfirsichdiebin fand außerdem Trockenfutter für die Hunde. Der Gleitweg führte jetzt ins Gebirge. Der Wagen rollte glatt durch Tunnel und über Pässe, und sie genossen die herrliche Aussicht. Hin und wieder erhaschten sie einen Blick auf eine große Ebene in weiter Ferne. Wie so oft, aber noch stärker als gewöhnlich, schnürte Trauer Jakko die Kehle zu. Wenn er bedachte, daß dieses ganze herrliche System dem Untergang geweiht war …

Er hegte den Traum, daß er selbst diese Dinge irgendwie aufrechterhalten könnte, aber die Erinnerung an den armseligen Stoffetzen, den Pfirsichdiebin gewebt hatte, drängte sich höhnisch in seine Visionen. Alles war ein Irrtum, ein furchtbarer Irrtum. Er wollte nur fort, zurück in die Rationalität und den Frieden. Wenn sie ihn unter Drogen gesetzt hatte, trug er keine Verantwortung für sein Versprechen. Er war nicht an sein Wort gebunden. Aber die Trauer verstärkte sich, ließ ihn nicht los.

Als sie die Pillendose hervorkramte und ihm hinschob, schüttelte er energisch den Kopf. »Nein!«

»Aber du hast *versprochen* ...«

»Nein! Ich hasse das, was das Zeug bewirkt!«

Sie starrte ihn schweigend an und schluckte trotzig ihre Kapsel. »Vielleicht gibt es noch mehr Männer am Fluß«, sagte sie nach einer Weile. »Einen haben wir immerhin schon gesehen.«

Er zuckte die Achseln und tat, als schliefe er.

Eben, als er tatsächlich einzunicken begann, ertönte das Warnsignal, und der Wagen bremste bis zum Stillstand ab.

»Sieh mal, da vorne – die Schiene ist verschwunden! Was soll das?«

»Ein Erdrutsch. Vermutlich eine Lawine aus den Bergen.«

Sie standen da, umgeben von anderen leeren Wagen, die ihre vorgeschriebene Zeit abwarteten, ehe sie wieder umkehrten. Hinter dem letzten Fahrzeug endete der Weg an einem ausgedehnten Geröllfeld. Jakko bemerkte einen schmalen Trampelpfad über die Trümmer.

»Dann gehen wir eben zu Fuß weiter! Komm, wir holen die Rucksäcke und etwas Proviant und Wasser!«

Während sie den Speisen-Synthesizer bedienten, schaute Pfirsichdiebin nachdenklich aus dem Fenster. Und als Jakko fertig war, speicherte sie einen neuen Kode ein; ein paar bräunliche Klumpen rollten in ihre Hand.

»Was ist das?«

»Du wirst gleich sehen.« Sie blinzelte ihn an.

Kaum hatte sie die ersten Schritte über die Felsbrocken gewagt, da tauchte eine Gruppe von Pferden vor ihnen auf.

Die beiden traten höflich zur Seite, um die Tiere durchzulassen. Der Anführer der Herde war ein grobknochiger Hengst mit fahlbraunem Fell. Als er Pfirsichdiebin erreichte, blieb er stehen und warf den mächtigen Kopf zurück.

»Zuk-ker! Zuk-ker!« mauschelte er. Darauf drängten sich auch die übrigen Tiere zusammen und wiederholten mehr oder weniger gut verständlich: »Zuk-ker! Zuk-ker!«

»Davon verstehe *ich* etwas!« flüsterte Pfirsichdiebin Jakko zu. Sie wandte sich an den fahlen Hengst: »Bringt uns über diese Felsen, dann bekommt ihr Zucker von uns!«

»Zuk-ker!« beharrte der Gaul. Er hatte einen hinterhältigen Blick.

»Ja, Zucker. Aber erst, wenn ihr uns zu den Schienen auf der anderen Seite des Trümmerfelds gebracht habt!«

Der Hengst rollte wütend die Augen, aber er beriet sich mit seiner Herde. Es entstand eine Bewegung in der Gruppe. Zwei Stuten wurden nach vorn gedrängt.

»Aber man benötigt einen Sattel und Zügel, um auf einem Pferderücken zu reiten«, widersprach Jakko.

»Es geht auch so. Komm!« Pfirsichdiebin schwang sich gewandt auf den Rücken der kleineren Stute.

Jakko kletterte zögernd auf die breite, runde Kruppe des zweiten Tieres. Zu seinem Entsetzen warf es den Kopf hoch und wieherte schrill.

»Du bekommst auch Zucker!« versicherte Pfirsichdiebin. Die Stute beruhigte sich, und die Tiere liefen in einer langgezogenen Reihe über den schmalen Felspfad. Jakko mußte zugeben, daß sie schneller vom Fleck kamen als zu Fuß, obwohl er ständig gegen das Herunterrutschen ankämpfte.

»Halt dich an der Mähne fest – in den Haarbüscheln da vorne!« rief ihm Pfirsichdiebin lachend zu. »Wie du siehst, kenne ich mich in manchen Dingen auch ganz gut aus!«

Als der Pfad etwas breiter wurde, trabte der fahle Hengst neben Pfirsichdiebin.

»Ich denke nach«, erklärte er wichtigtuerisch.

»Ja – und?«

»Ich denke, ich werfe dich ab und fresse Zucker jetzt.«

»Das denken alle Pferde«, erwiderte Pfirsichdiebin. »Bringt aber nichts.«

Der Hengst fiel zurück, und Jakko hörte, wie er sich mit einem alten Rotschimmel in der Pferdesprache beriet. Dann schob er sich wieder an Pfirsichdiebin heran und meinte: »Warum bringt nichts, wenn ich dich abwerfe?«

»Aus zwei Gründen«, setzte ihm Pfirsichdiebin auseinander. »Erstens: Wenn du mich abwirfst, bekommst du nie mehr Zucker. Alle Menschen werden erfahren, daß du schlecht bist, und sie werden nicht mehr mit dir und deiner Herde reiten. Folglich gibt es auch keinen Zucker mehr.«

»Alle Men-schen weg!« höhnte der große Hengst. »Menschen am Ende!«

»Da täuschst du dich ebenfalls. Es wird noch viele Menschen geben. Dafür sorge ich, verstehst du?« Sie patschte mit der flachen Hand gegen ihren Bauch.

Der Pfad wurde an dieser Stelle wieder schmal, und der fahle Hengst blieb zurück. Als er wieder mehr Platz fand, zwängte er sich neben Jakkos Stute.

»Ich glaube, ich werfe jetzt runter dich!«

Pfirsichdiebin drehte sich um.

»Du hast meinen zweiten Grund noch nicht gehört«, rief sie ihm zu.

Der Gaul schnob wütend.

»Der zweite Grund ist, daß dir meine drei Freunde hier den Bauch aufreißen, sobald du es nur versuchst!« Sie deutete nach oben, wo wie durch Zauberei die drei Mondhunde auf einem Felsüberhang erschienen und die Gebisse fletschten.

Jakkos Stute wieherte entsetzt, und der Apfelschimmel im Hintergrund schien höhnisch zu lachen. Der fahle Hengst trabte mit erhobenem Schweif an die Spitze der Herde und ließ dicht neben Pfirsichdiebin ein paar dampfende Äpfel fallen.

Sie überquerten den breiten Erdrutsch ohne weiteren Streit. Jakko fühlte sich zunehmend unbehaglich; er wäre mit Vergnügen abgestiegen, um den Rest des Weges in aller Ruhe auf seinen eigenen Beinen zu bewältigen. Hin und wieder legten die Tiere einen Galopp ein, der so schmerzhaft war, daß er Pfirsichdiebin am liebsten um eine Pause gebeten hätte. Aber er schwieg. Als sie dann ein paar mächtige Felsblöcke umrundeten, wurde er für sein Ausharren belohnt: In der Tiefe breitete sich eine Ebene aus, und die hohen Masten, die er am linken Rand aufragen sah, gehörten unzweifelhaft zu einem Flugplatz.

Endlich war der Felsenpfad geschafft. Sie hielten ganz in der Nähe einer Gleitweg-Station neben einer Reihe von zusammengeschobenen Wagen.

Jakko bedankte sich bei der Stute, glitt mit einem Seufzer der Erleichterung zu Boden und merkte, daß auch das Gehen Schwierigkeiten bereitete.

»Sieh erst nach, ob die Wagen noch funktionieren!« rief ihm Pfirsichdiebin vom Pferderücken aus zu.

Bereits das zweite Fahrzeug erwies sich als intakt. Jakko rief das Mädchen zu sich.

Sekunden später gab es Aufruhr bei den Pferden. Der große fahle Hengst griff seine Herde mit Tritten und lautem Gewieher an. Pfirsichdiebin löste sich aus dem Gewühl, gefolgt von den Mondhunden. Sie ließ sich lachend neben ihn auf die Sitzbank fallen.

»Ich habe unseren Reittieren den ganzen Zucker gegeben«, kicherte sie. Dann wurde sie wieder ernst. »Vielleicht eignen sich die Stuten doch als Milchtiere. Ich habe ihnen vorgeschlagen, daß sie mich am Rückweg bis zur Seestation begleiten sollen. Falls es der große Rüpel zuläßt ...«

»Die bringst du doch nie in ein Wagenabteil!« stellte er verwirrt fest.

»Ich gehe ohnehin zu Fuß. Ich kann diese Dinger allein nicht bedienen.«

»Aber ich werde bei dir sein.« Seine Stimme klang unsicher.

»Wozu, wenn du keine Babies machen willst? Du bleibst bestimmt beim Fluß!«

»Aber warum begleitest du mich dann?«

»Weil ich eine Kuh suche«, fauchte sie verächtlich. »Oder eine Geiß. Vielleicht auch einen Mann.«

Sie sagten nichts mehr, bis der Wagen in die Flugplatzstation einbog. Jakko zählte mehr als zwanzig offensichtlich unbeschädigte Schiffe, die an ihren Ankermasten schwebten. Noch viel mehr hingen allerdings schlaff herab, und einige der Masten waren eingestürzt. Die Gleitstreifen des Flughafens standen still.

»Ich schätze, wir müssen uns Schutzhelme besorgen«, erklärte Jakko.

»Warum?«

»Damit die Alarmanlagen nicht losheulen, wenn wir über das Gelände gehen. Das ist auf den meisten Flugplätzen so.«

»Tatsächlich?«

Im Büro neben dem Eingang fanden sie einen Stapel von Schutzhelmen, eine rücksichtsvolle Maßnahme des Personals, das sich zuletzt hier befunden hatte. Ein großes Schild mit handgesetzten Buchstaben verkündete: SÄMTLICHE SCHIFFE ARBEITEN MIT NOTAGGREGAT. MANUELLE STEUERUNG ERFORDERLICH. BITTE ANWEISUNGEN BEACHTEN! Darunter lag ein Stapel eingestaubter Schriften. Sie nahmen eines der Büchlein, setzten die Helme auf und wandten sich einem Platz zu, wo mehrere Schiffe an ihren Ankermasten schwebten. Sie mußten unter dem Netz der stehengebliebenen Gleitstreifen hindurchkriechen; als sie endlich angelangt waren, fanden sie keinen Aufgang vom Erdgeschoß zu den Masten.

»Wir müssen auf den Gleitstreifen dort drüben klettern!«

Sie entdeckten eine kleine Leiter und halfen den Mondhunden nach oben. Das Portal am Ende des Streifens stand offen, und sie betraten einen richtigen Warteraum, der obendrein beleuchtet war.

»Hoffentlich funktioniert der Lift!«

Während sie nach dem Liftschacht suchten, ertönte zu ihrem Entsetzen plötzlich ein lauter Gesang:

»Ho, ho, Roland!«

»Das ist kein Voder!« wisperte Pfirsichdiebin. »Irgendwo in der Nähe muß sich ein Mensch befinden.«

Sie kehrten um und entdeckten einen Mann, der halb auf

einer der Ruhebänke lag und halb zu Boden gerutscht war. Als sie näherkamen, rissen sie erschrocken die Augen auf: Der Kerl sah grauenhaft aus. Dünne, verdreckte weiße Haarsträhnen umzottelten ein faltenübersätes, eingefallenes Gesicht; auch der Hals und die Arme waren welk und fleckig. Er trug Hosen und eine Jacke, die ausgefranst und schmutzig wirkten und seinen Körper lose einhüllten. Jakko dachte an die Tuchfetzen neben dem toten Ferrocil und erschauerte.

Der Fremde starrte sie aus tiefliegenden Augen an. Mit schwacher Stimme wisperte er: »Als der edle Ritter Roland starb, prophezeite er, daß man seinen Leichnam einen Speerwurf näher am Feind als alle anderen finden würde ... Seid ihr zufällig echte Menschen? Dann wäre ich euch dankbar für einen Schluck Wasser.«

»Natürlich.« Jakko löste die Feldflasche vom Gürtel und wollte sie dem Fremden reichen, aber die Hände des Alten zitterten so stark, daß Jakko ihm die Flasche an die Lippen hielt. Ein fauliger Gestank stieg ihm in die Nase. Der Fremde trank gierig. Ein dünner Wasserstrahl sickerte ihm aus dem Mundwinkel. Die Mondhunde kamen zögernd näher und schnüffelten.

»Was *ist* mit ihm?« flüsterte Pfirsichdiebin, als Jakko zurücktrat.

Jakko hatte sich inzwischen besser in der Gewalt. »Ich glaube, er ist nur sehr, sehr alt.«

»Stimmt.« Die Stimme des Fremdlings klang jetzt kräftiger. Er starrte sie neugierig an. »Ich habe zu lange gewartet. Muskelerschlaffung.« Er legte eine Hand kraftlos auf die Brust. »Fibrilläres Zittern ... – eine schöne Bezeichnung, findet ihr nicht? Meine Medizin ging zu Ende. Vielleicht habe ich sie auch verloren ... Da ist ein kleines heißes Tier in meinen Rippen, das meinem Willen nicht mehr gehorcht.«

»Wir nehmen Sie mit zum Fluß!« erklärte Pfirsichdiebin.

»Zu spät, meine Herrschaften, zu spät! Ich kann nicht mehr laufen, und ihr seid vermutlich nicht in der Lage, mich zu tragen.«

»Haben Sie noch genug Kraft zum Sitzen?« fragte Jakko.

»Irgendwo müssen hier Rollstühle herumstehen – sie hielten immer welche für Verwundete bereit.« Er durchstöberte den Warteraum und hatte rasch gefunden, was er suchte.

Als er mit dem Rollstuhl zurückkam, hatte der Fremde die Blicke fest auf Pfirsichdiebin geheftet und murmelte in einer altertümlichen Sprache Worte vor sich hin, die Jakko nur zum Teil verstand: »... *Die Brüste einer toten Maid bilden Hügel vor der Morgensonne.«* Der Mann versuchte sich hochzustemmen, fiel aber keuchend zurück. Sie mußten ihn stützen und zu zweit in den Stuhl betten. Pfirsichdiebin rümpfte die Nase.

»Hoffentlich geht der Lift noch!«

Er ging, und sie befanden sich bald auf dem hochgelegenen Abflugdeck. Bereits in der vierten Parkbucht fanden sie ein startbereites Schiff. Es war eine kleine Inland-Fähre. Sie betraten die verglaste Passagierkabine. Der alte Mann saß zusammengesunken im Rollstuhl. Ein ekelerregender Geruch ging von ihm aus. Die Mondhunde liefen von Fenster zu Fenster und starrten in die Tiefe. Jakko nahm vor dem Steuerpult Platz.

»Lies mir die Anweisungen vor!« bat er Pfirsichdiebin.

Sie nickte. »Erstens – Steuerungshebel auf manuell umstellen – was immer das heißen mag! Aber sieh mal – da ist eine Skizze!«

»Gut.«

Das Ganze erwies sich als einfach. Sie gingen gemeinsam die Liste durch, verschlossen die Einstiegsluke, lösten die Halteseile, überprüften die Rotorfunktion und den Druck in den Gasbehältern und schalteten den Reaktor ein, der die Triebwerke aufwärmte und Heißluft für den Aufstieg erzeugte.

Während sie auf das Startsignal warteten, fragte Pfirsichdiebin den Alten, ob sie ihn an einen Fensterplatz schieben solle. Er nickte heftig. Als sie seinem Wunsch nachgekommen war, wisperte er: »Hinausschauen!« Sie stützte ihn mit Kissen, bis er aufrecht dasaß.

Das Startlicht blinkte. Jakko steuerte das Schiff sanft aus seiner Bucht, und es glitt in die Höhe. Der Computer zeigte

Windstärke, Höhe und Aufstiegsgeschwindigkeit an, und jemand hatte auf sämtlichen Feinskalen die Markierung *Kurs in Richtung FLUSS* angebracht. Jakko mußte nur noch die Zeiger einstellen.

»Nun sollst du auf Automatik umschalten!« las Pfirsichdiebin vor. Er tat es.

Der Start hatte den alten Mann sichtlich mitgenommen. Er schaute angestrengt in die Tiefe und murmelte unverständliches Zeug vor sich hin. Jakko fing ein paar Wortfetzen auf: *»Die kühlen grünen Hügel der Erde* ... Quatsch!« Plötzlich sang er laut: *»Gleich nebenan wartet ein verdammt schönes Universum – let's go!«* Und fiel erschöpft zurück.

Pfirsichdiebin beugte sich besorgt über ihn. »Ich möchte ihn wenigstens ein wenig säubern – aber er wirkt so schwach!«

Der Alte öffnete die Augen.

»Doch Liebe hat ihr Haus gebaut am Ort von Exkrement, denn nichts kann eins und alles sein, ein Riß hat es getrennt.« Er begann mit dünner Stimme zu singen: *»Take me to the River, the bee-yew-tiful River, and wash all my sins a-way!* ... Du hältst mich für verrückt, Mädchen, nicht wahr?« fuhr er lässig fort. »Noch nie was von William Yeats gehört, hm? Hatte eine hohe Bit-Rate, dieser ... dieser Yeats.«

»Ich glaube, das eine oder andere verstehe ich«, erklärte Jakko. »Eine meiner Tanten hat nämlich englische Literatur gemacht.«

»Literatur *gemacht?«* Der Alte schnob verächtlich. »Und ihr beide – ihr geht zum Fluß, um als Energiematrizen oder was ähnlich Eindrucks- und Geschlechtloses in alle Ewigkeit vereint zu bleiben ...? *Für immer sollt Ihr lieben, soll Schönheit sie bewahr'n.«* Er stieß ein Knurren aus. »Habe diesem Keats immer mißtraut. Ohne Saft. Der würde sich hier wohl fühlen.«

»Wir gehen nicht zum Fluß«, erklärte Pfirsichdiebin. »Ich zumindest habe nicht die Absicht. Ich will hierbleiben und Kinder machen.«

Der eingefallene Mund des Alten klappte auf. Er starrte sie entgeistert an.

»Nein!« hauchte er. »*Ist* das wahr? Bin ich auf die letzten Liebenden gestoßen – auf die Mutter der Menschheit?«

Pfirsichdiebin nickte feierlich.

»Welchen Namen trägst du, o Königin?«

»Pfirsichdiebin.«

»Mein Gott! Jemand, der noch Blake kennt!« Er lächelte schwach, und dann klappten unvermittelt seine Lider zu. Er war eingeschlafen.

»Er atmet leichter. Sehen wir uns um!«

Das Heck des kleinen Schiffs bestand aus einem Frachtraum. In der Nische, die den Speisen-Synthesizer enthielt, bemerkte Jakko, daß Pfirsichdiebin etwas in die Tasche schob.

»Was ist das?«

»Ein kleiner Löffel. Genau richtig für ein Kind.« Sie schaute ihn nicht an.

Als sie in die Passagierkabine zurückkehrten, überflutete der Sonnenuntergang die Welt unter ihnen mit rötlichem Licht. Das Luftschiff schwebte wispernd über weite, sonderbar schrundige Wiesen. Nur dann und wann hörte man das Pfeifen einer Düse, wenn es den Kurs veränderte.

»Sieh doch – Kühe! Das müssen Kühe sein!« rief Pfirsichdiebin. »Da, die Schatten!«

Jakko erkannte kleine braune Flecken mit grotesken, gehörten Schatten, die sich über weite Flächen verteilten. Es waren eindeutig Tiere.

»Ich muß sie wiederfinden, wenn ich zurückkehre. Was *ist* das für ein Gebiet?«

»Ein großer Friedhof, glaube ich. Die Stätte, an denen sie die Toten eingruben. Ich habe noch nie einen von dieser Ausdehnung gesehen. In manchen Städten gab es Bauwerke nur für die Toten. Glaubst du nicht, daß die Kadaver die Kühe verseuchen?«

»O nein, soviel ich weiß, ergibt das besonders gutes Gras. Die Hunde werden mir helfen, die Stelle wiederzufinden. Nicht wahr, Tycho?« Sie wandte sich an den größten Mondhund, der neben ihr kauerte und reglos in die Tiefe starrte.

An den Ostfenstern der Kabine sahen sie den Vollmond aufsteigen. Der alte Mann schlug die Augen auf und blinzelte in das Licht.

»Wasser, bitte!« krächzte er.

Pfirsichdiebin reichte ihm einen Becher und brachte ihn dann dazu, ein wenig Suppe aus dem Synthesizer zu schlucken. Er wirkte jetzt kräftiger und lächelte ihr zu. Seine Zähne waren halb verfault.

»Hör mal, Mädchen – wenn du hierbleiben und Kinder machen willst, weshalb gehst du dann zum Fluß?«

»*Er* geht hin, weil er versprochen hat, von seinem Vater Abschied zu nehmen, und ich begleite ihn, damit er auch wirklich zurückkehrt. Und mir das Baby macht. Aber jetzt will er die Pillen nicht mehr schlucken. Ich werde mir wohl doch einen anderen Mann suchen müssen.«

»Ach ja, die Pillen ... Wachmacher nannten wir sie ... Sie wurden notwendig, nachdem all diese Zeugungschemie in Umlauf kam. Vielleicht sind sie auch heute noch nötig – für die Frauen zumindest. Aber ich glaube, das alles wird vom Kopf gesteuert. Warum wehrst du dich gegen die Dinger, Junge? Was ist los mit dem alten Adam?«

Pfirsichdiebin wollte etwas erwidern, aber Jakko schnitt ihr das Wort ab. »Ich kann für mich selbst sprechen. Sie regen mich auf, sie verwirren mich. Ich mache scheußliche, unbeherrschte Sachen, und ich fühle mich ...« – Er schnitt eine Grimasse.

»Du klingst merkwürdig hitzig für einen, dem die eigene Ruhe mehr wert ist als der Fortbestand der Rasse.«

»Es sind diese Pillen, ich sage es doch. Sie – sie würdigen die Menschheit herab.«

»Würdigen die Menschheit herab!« spottete der Alte. »Und was weißt du von der Menschheit, Grünschnabel? ... Das habe ich gesucht, deshalb bin ich so lange geblieben, umgeben von den uralten Dingen aus der Zeit vor den Flüssen! Ich wollte das Wissen mitbringen, wie die Menschheit wirklich ist ... das *ganze* Wissen über die Menschheit! Es ist einfach, mein Junge. Sie ist tot!« Er atmete schluchzend ein. »Jeder einzelne Mensch ist tot. Früher lebten die Leute in dem Wissen, daß Verlust und Leid sie erwartete – und Erlöschen. Und das war schlimm für sie ... Oh, sie hatten sich Mythen gebastelt, aber nur wenige glaubten echt daran. Der *Tod* stand hinter ihrem Handeln, lauerte überall. Das Alter und der Tod. Kein Entrinnen ... Einige von ihnen verloren den Verstand, sie kämpften, töteten und versklavten ihre Mitmenschen zu Millionen, als könnten sie dadurch mehr Leben an sich binden. Einige gaben ihr kostbares Dasein für andere hin. Sie liebten – und mußten zusehen, wie jene, die sie liebten, alterten und starben. Und mit Schmerzen und Verzweiflung bauten sie auf, kämpften sie, und einige sangen! Aber mehr als alles andere liebten sie! Sie hurten, sie fickten, sie bumsten!«

Er fiel keuchend zurück und starrte Jakko mit düster flakkernden Augen an. Dann, als er merkte, daß die jungen Leute seine altertümlichen Worte kaum verstanden, fuhr er deutlicher fort: »Sie haben Sex getrieben, versteht ihr? Kinder gezeugt. Es war ihre einzige Waffe. Etwas von sich selbst über den Tod hinaus in die Zukunft zu schicken. Der Tod war der Motor ihres Lebens, der Tod feuerte ihre Sexualität an. Der Tod trieb sie einander ins Messer und in die Arme! Im Sterben triumphierten sie ... *Das* war Menschenart! Aber nun steht dieser mächtige Motor seit langem still. Und ihr nennt diese brave Parade unsterblicher Lemminge Menschheit ...? Dabei läßt euch selbst die lauwarme Asche jenes uralten Brandes zurückzucken!«

Er fiel mit einem schrecklichen Keuchen in sich zusammen; Speichel tropfte ihm übers Kinn. Aus halbgeschlossenen Augen starrte er sie an.

Jakko stand wortlos da; gewisse Resonanzen in den Worten des alten Mannes erschütterten ihn. Er dachte an den toten Ferrocil und spürte, wie aus der Tiefe der längst verschwundenen Vergangenheit ein Ausläufer der Realität nach ihm griff. Pfirsichdiebin legte ihm eine Hand auf die Schulter und jagte Feuer durch seinen Körper. Sein Arm schien sich von selbst zu heben, ganz langsam, und seine Hand bedeckte die ihre. Er zog sie an sich, und sie standen da und beobachteten lange Zeit den alten Mann. Seine

Miene wurde allmählich sanfter, und er fuhr mit leiser, spröder Stimme fort:

»Ich traue diesem Fluß einfach nicht ... Ihr glaubt, daß euer Ich erhalten bleibt, nicht wahr? Daß ihr mit dem Geist, mit den Seelen der Menschen und der Geschöpfe von anderen Sternen in Kontakt sein werdet ...? Der neueste Klatsch von Beteigeuze?« Er lachte rauh.

»Das jedenfalls sind die letzten Eindrücke der Menschen, wenn sie fortgehen«, erwiderte Jakko. »Jeder weiß das. Man schwebt hinaus, kann mit anderen Geschöpfen Wissen austauschen – kann sich frei bewegen.«

»Ja. Die Erfüllung unserer kühnsten Träume.« Er lachte wieder vor sich hin. »Aber ich frage mich – ist das nicht nur der Köder, der uns ins Innere einer Art kosmischen Wurstmaschine locken soll ...?«

»Einer *was?*« hakte Pfirsichdiebin nach.

»Eine Maschine von einst, in der man verschiedene Fleischsorten ganz fein hackte und vermischte, bis sie als einheitliche Masse am anderen Ende wieder herauskamen ... Vielleicht werdet ihr auch nach und nach kleingehackt und vermischt und zu einer Art Energie-Plasma zusammengerührt – damit man euch am anderen Ende wieder losläßt als die furchtbare Gabe der Erkenntnis – sei es auf eine unschuldige Krokodilrasse oder einfach so, bis ihr euch im All verliert – und alles von vorne beginnt. Ein neuer, vom Zufall geschaffener Motor des Universums, der blind gibt und nimmt ...« Er hustete. Sein Blick schweifte von ihnen ab, und er begann in einem altertümlichen Dialekt zu murmeln: *»Oh, wenn der Geist beginnt zu leben, abstreift des Totenlagers Wirren, wohin wird er gesandt ... So wie die Bücher künden, nackt und voller Beben ob der Gestirne kalten Schuldspruch in ein fremdes Land ...?«* Er verstummte und wisperte dann schwach: »Und doch möchte auch ich gehen.«

»Sie werden es schaffen«, ermutigte ihn Pfirsichdiebin.

»Wie ... wie lange noch?«

»Wir sind im Morgengrauen da«, meinte Jakko. »Wir tragen Sie zum Fluß, ich verspreche es Ihnen.«

»Ein großes Geschenk«, murmelte er schwach. »Aber ich

fürchte ... ich werde euch ein noch größeres machen.« Er murmelte ein Wort, das Jakko nicht kannte und das wie ›Afrodisakum‹ klang.

Danach schloß er die Augen. Pfirsichdiebin holte ein feuchtes, duftendes Tuch aus dem Waschautomaten und säuberte ihm sanft das Gesicht. Der Alte blinzelte und grinste.

»Madame Tasselass«, krächzte er. »Madame Tasselass, werden Sie uns wirklich retten?«

Pfirsichdiebin lächelte dem Alten zu und nickte energisch. Er schloß die Augen. Von da an wirkte er friedvoller.

Das Schiff jagte durch Vollmondlicht, und die Kabine war so durchdrungen von dem blausilbernen Schimmer, daß sie gar nicht auf den Gedanken kamen, die Beleuchtung einzuschalten. Hin und wieder verschleierten die Glitzernebel einer niedrigen Wolke die Fenster und verschwanden wieder. Jakko wollte eben eine kleine Mahlzeit vorschlagen, da begann der alte Mann zu keuchen und zu würgen und schlug die Augen auf. Ein blubberndes Geräusch drang aus seinen Eingeweiden.

Pfirsichdiebin warf ihm einen scharfen Blick zu und nahm eines seiner Handgelenke. Dann runzelte sie die Stirn und beugte sich über ihn. Sie öffnete sein schmutzstarrendes Wams, preßte ein Ohr an seine Brust und schaute dann Jakko an.

»Er atmet nicht, ich höre keinen Herzschlag.« Sie fingerte in seinem Wams umher, als könne sie irgendwo das Leben ertasten und festhalten. Tränen liefen ihr über die Wangen.

»Er ist tot – ooh!« Ihre Hand glitt tiefer. Dann richtete sie sich unvermittelt auf und strich die Kleidung des Alten glatt.

»Was ist?«

»Er ... er ist eine Frau!« Sie stieß ein Schluchzen aus und warf sich in Jakkos Arme. »W-wir wissen nicht einmal, wie sie hieß!«

Jakko hielt sie fest und starrte an ihr vorbei zu der Toten. *Sie hat meinen Namen auch nicht gekannt,* dachte er. In diesem Moment ging ein Ruck durch das Luftschiff. Ein Kabel schien zu scheuern oder zu rutschen, doch gleich darauf setzte die Maschine ihren Flug ruhig fort.

Jakko hatte sich sein Leben lang auf die Technik verlassen, aber nun schnürte ihm Entsetzen die Kehle zu. Dieses Schiff konnte abstürzen! Sie konnten sterben wie Ferrocil, wie diese Fremde, wie die zahllosen Menschen, die auf den Friedhöfen da unten lagen. Echos der spröden Stimme, die vom Tod gesprochen hatte, dröhnten in seinem Kopf. Er hatte die plötzliche Vision, daß Pfirsichdiebin alt war und auf die gleiche Weise starb wie die Frau hier. Daß sie allein starb, nachdem die Flüsse fort waren. Seine Augen füllten sich mit Tränen, und aus seinem Unterbewußtsein drängte ein wilder Gefühlsansturm. Er zog Pfirsichdiebin enger an sich. Plötzlich wußte er wie im Traum, was geschehen würde. Nur empfand er diesmal keinen Zorn. Sein Körper war wie warmer, lebendiger Fels.

Er streichelte Pfirsichdiebin, bis ihr heftiges Weinen nachließ, und führte sie zu der mondhellen Bank auf der anderen Seite der Kabine. Sie schluchzte immer noch leise und klammerte sich eng an ihn. Er fuhr mit sicheren, ruhigen Händen über ihren Rücken, umfaßte ihre Hüften und merkte, wie ihr Körper reagierte.

»Gib mir diese Pille!« sagte er. »Jetzt!«

Ihre großen Augen starrten ihn aus dem blauen Mondlicht an. Sie zog die kleine Pillendose hervor. Er nahm eine Kapsel und schluckte sie ruhig. Er wollte, daß sie verstand.

»Zieh dich aus!« Er begann aus seinem Wams zu schlüpfen, stolz auf die warme, beständige Kraft in seinen Lenden. Als sie ihre Kleider ablegte und er den glänzendschwarzen Haarwust unter dem zierlichen, flachen Bauch sah, die silbergeränderten Umrisse ihres Körpers, da erfaßte ihn ein Drängen, aber immer noch befand er sich im Bann einer beinahe unnatürlichen Ruhe.

»Leg dich hin!«

»Warte noch einen Augenblick ...« Sie entglitt seinen Händen wie ein Fisch und huschte durch die Kabine, bis sie neben der Toten im Dunkel stand. Jakko sah, daß sie versuchte, die erstarrten Augen zu schließen, die immer noch aus den Schatten leuchteten. Er konnte warten; er hatte nie geglaubt, daß sich solche Dinge in seinem Körper abspielten. Pfirsichdiebin verhüllte das Gesicht der Fremden mit dem Tuch und kam zu ihm zurück. Sie breitete schüchtern die Arme aus und ließ sich mit weit gespreizten Schenkeln auf die schimmernde Bank sinken. Das Mondlicht war so hell, daß er das rosige Fleisch tief im Innern ihrer Scheide erkennen konnte.

Er schob sich sanft über sie, beherrscht, atmete den erregenden animalischen Duft ihres Körpers ein. Diesmal drang sein Penis leicht ein, mit dem Gefühl, daß alles sein mußte, wie es war, und daß es so richtig war.

Aber einen Moment später loderten die Flammen des Entsetzens, des Mitleids und der Herausforderung zu einem heißen, leidenschaftlichen Feuer in seinen Leden auf. Der zierliche Körper unter ihm schien nicht länger verwundbar, sondern hungrig. Er umklammerte sie, stieß in die Tiefe, vergrub sich lachend in ihr. Der Tod starb nicht allein, dachte er vage, als die alten Menschentriebe, die in ihm gelauert hatten, erwachten. Der Tod flog mit ihnen, flog unter ihnen vorbei, aber er entfachte Leben im Leib dieser Frau, eingefangen in einem gewaltigen Crescendo fremdartiger Gefühle, bis ihn der Höhepunkt der Lust wie ein Schmerz durchzuckte und in sie überströmte. Die Spannung wich von ihm.

Als er wieder sprechen konnte, fragte er, zögernd um die richtigen Worte ringend: »Hast du ... war es bei dir auch wie ... wie eine Explosion?«

»Nein, das nicht.« Ihre Lippen waren nahe an seinem Ohr. »Die weibliche Lust ist – anders. Vielleicht zeige ich es dir. Später ... Aber ich glaube, es war gut so für das Baby.«

Er spürte nur einen winzigen Stachel bei ihren Worten und ließ sich langsam in den Schlaf gleiten, das Gesicht in ihr warm duftendes Haar gedrückt. Verschwommen begriff er, daß die große Bestie seiner Träume, die vielleicht die Menschheit selbst war, ihn aufgepeitscht und ausgenutzt hatte. Es störte ihn nicht mehr.

Etwas Kaltes stieß gegen sein Ohr, und eine heisere Stimme knurrte: »Hung-ger!« Es waren die Mondhunde.

»Ach, du liebe Güte, ich habe vergessen, sie zu füttern.« Pfirsichdiebin löste sich geschmeidig von ihm.

Jakko merkte, daß er ebenfalls gewaltigen Hunger hatte. Der Mond war höhergestiegen, und die Kabine lag jetzt im Dunkel. Pfirsichdiebin machte die Schalter ausfindig und sorgte für eine gedämpfte Helligkeit auf ihrer Seite der Kabine. Sie aßen und tranken mit großem Appetit. Unter ihnen breitete sich die mondhelle Erde aus. Die Gräberfelder waren verschwunden, und sie flogen über dunkel bewaldete Vorberge. Später, als sie sich wieder schlafen legten, neigte sich die Kabine ein wenig. Das Schiff stieg allem Anschein nach höher.

Jakko erwachte mitten in der Nacht von einem weichen Körper, der sich gegen ihn preßte. Pfirsichdiebin massierte ihn sanft.

»Gib mir deine Hand!« wisperte sie atemlos. Sie führte seine Finger, ihr Körper spannte sich an, wand sich unter seinen Händen. Ihre Haut war schweißnaß. Neue Kraft durchströmte seine Lenden, und seine Erregung wuchs. »Jetzt, jetzt!« drängte sie, und als er gehorchte, spürte er, wie ihr Inneres vibrierte. Sie schien gegen ihn anzukämpfen und ihn zugleich zu verschlingen. Freude durchpulste ihn, diesmal völlig frei von Entsetzen. Er preßte gegen ihr warmes, lebendiges Fleisch. »Ja – so!« keuchte sie. Gemeinsam steigerten sie sich zur berauschenden Explosion und fanden in der völligen Erschöpfung Frieden.

Er blieb in ihr, bis ihr Körper völlig entspannt war und ihr Atem leichter ging. Sex war allem Anschein nach mehr, als er geahnt hatte. Seine Familie hatte ihm keine einzige dieser Erfahrungen mit auf den Weg gegeben. Vielleicht wußten sie selbst nicht Bescheid. Vielleicht lag das alles aber auch außerhalb ihrer stillen, philosophischen Lebensweise.

»Woher weißt du diese Dinge?« fragte er Pfirsichdiebin schläfrig.

»Eine meiner Tanten hat sich auch mit Literatur beschäftigt.« Sie lachte leise. »Mit einem Nebenzweig der Literatur, nehme ich an.«

Sie schliefen fast so reglos wie die Tote, die am anderen Ende der Kabine lag und eine Welt von ihnen entfernt war.

Eine Reihe heftiger Stöße weckte sie. An den Fenstern flogen rosa Nebelfetzen vorbei. Das Luftschiff schien in eine Landebucht zu gleiten. Jakko schaute in die Tiefe und sah Gras und Sträucher. Offenbar steuerten sie einen Berghang an.

Der Computer erwachte wieder zu Leben. »BITTE PROGRAMM AUF UMKEHR ZUR BASIS EINSTELLEN!«

»Nein«, erklärte Jakko. »Wir brauchen das Schiff noch für den Heimflug.« Pfirsichdiebin lächelte ihn dankbar an; er spürte, daß sie ihm jetzt Glauben schenkte. Jakko schaltete die Steuerung auf Standby, während Pfirsichdiebin den Speisen-Synthesizer bediente. Die Luft entwich zischend aus den Gasbehältern. Jakko sah, daß Pfirsichdiebin neben der Toten stand.

»Wir schaffen ihren ... ihre Leiche ins Freie, ehe wir zurückfliegen«, sagte Pfirsichdiebin. »Vielleicht nimmt der Fluß sie irgendwie auf.«

Jakko bezweifelte es, aber er nahm schweigend sein Proteinfrühstück zu sich.

Als sie das kleine Wasch- und Toilettenabteil aufsuchten, um sich herzurichten, merkte er, daß er keine Lust hatte, die Spuren der Nacht zu tilgen. Pfirsichdiebin schien ähnliches zu empfinden, denn sie wusch sich nur Gesicht und Hände. Er warf einen Blick auf ihren biegsamen Körper, den jetzt wieder Seidentücher verhüllten. Wuchs in ihr bereits jetzt ein Kind, sein Kind? Von neuem flammte Verlangen in ihm auf, aber er wußte, daß eine Menge Arbeit vor ihm lag. Das Versprechen, das er seinem Vater gegeben hatte, mußte eingehalten werden. Je eher er es erfüllte, desto besser.

»Ich liebe dich«, sagte er zögernd, und die sonderbaren Worte klangen echt und wahr.

Sie lächelte strahlend, nicht so flüchtig wie sonst. »Ich glaube, ich liebe dich auch.«

Das Licht in der Bodenluke begann zu blinken. Die beiden

entriegelten sie und fanden eine Klapptreppe, die in die Tiefe führte. Die Hunde liefen voraus in eine Welt rasch dahinziehender, graurosa gefärbter Nebelfetzen. Wolken umströmten sie, und der Wind schien zum Gipfel hin zu wehen, der ein Stück über dem Landeplatz aufragte. Der Boden unter ihren Füßen wirkte uneben. Das kurze weiche Gras war allem Anschein nach von Tieren abgefressen.

»Alle Winde wehen zum Fluß«, zitierte Jakko.

Sie begannen den Hang zu erklimmen, gefolgt von den Mondhunden, die nervös die Ohren aufrichteten. Vielleicht störte es sie, daß sie nicht wittern konnten, was vor ihnen lag, dachte Jakko. Pfirsichdiebin hielt seine Hand ganz fest, als sei sie entschlossen, ihn vor jeder Gefahr zu schützen.

Als sie die flache Hügelkuppe erreichten, teilten sich die Nebel unvermittelt, und sie schauten hinunter in ein weites, sonnenhelles Tal. Unwillkürlich blieben beide stehen, erstarrt von dem bizarren Anblick, der sich ihnen bot.

Zu ihren Füßen breitete sich ein Abfallberg aus, Kilometer um Kilometer zurückgelassener Dinge, die den Talboden beinahe unter sich begruben. Gegenstände jeglicher Beschreibung häuften sich auf. Jakko erkannte Kleider, Bücher, Spielzeug, Geschmeide, Myriaden von Instrumenten und Geräten. Das war wohl die Habe, welche die Menschen bis zuletzt mitgeschleppt hatten, bis hin zum Fluß. Auf halber Höhe entdeckten sie einen Ring von Boden- und Luftautos. Sogar Lastwagen standen umher. Alles wirkte gut erhalten, das Metall blitzte, als habe der Verfall in der Nähe des Flusses haltgemacht.

Jakko stellte fest, daß der Ring aus Zelten und Fahrzeugen einige ältere und allem Anschein nach größere Ringe schnitt. Die Müllhalde schien kein Zentrum zu haben.

»Der Fluß hat sich verlagert – oder ist geschrumpft«, meinte er.

»Beides, glaube ich.« Pfirsichdiebin deutete nach rechts. »Siehst du, eine alte Verteidigungsanlage!«

Ein großer, grasbedeckter Buckel beherrschte die Anhöhe, auf der sie standen. Jakko sah, daß sich in seinen Flanken metallgeränderte Schlitze befanden. Er kannte die historischen Fakten: Als die ersten Flußausläufer die Erde berührten, waren viele Menschen noch von Herrschern regiert. Und manche dieser Herrscher hatten versucht, ihre Untertanen am Fortgehen zu hindern. Sie hatten Wachen um die Flußstationen aufgestellt und sogar Tötungsmaschinen im Boden vergraben. Aber die Wächter waren selbst zum Fluß gegangen, oder der Fluß hatte sich ausgedehnt und sie mitgerissen. Und die Menschen hatten Tiere über den verminten Boden getrieben und waren ihnen in einigem Abstand gefolgt, um sich in den Strudel der Ewigkeit zu werfen. Am Ende waren die Herrscher entweder gestorben oder auch zum Fluß gekommen. Als sich Jakko genauer umsah, konnte er erkennen, daß die grünen Hänge zerfurcht und kraterübersät waren, als hätten einst Detonationen das Erdreich aufgewühlt.

Plötzlich kam ihm in den Sinn, daß er in diesem wirren Durcheinander seinen Vater finden mußte.

»Wo ist der Fluß jetzt? Der Geist meines Vaters müßte noch zu spüren sein, wenn ich mich nicht allzu sehr verspätet habe.«

»Siehst du den Fleck dort in der Luft, der wie Wasser schimmert? Ich bin überzeugt, daß dort Gefahr droht.«

In der Tiefe, ein Stück rechts von ihnen und ziemlich nahe am Kreis der Zelte und Wagen, befand sich ein eigentümlich wabernder Fleck. Als Jakko näher hinsah, erkannte er eine mächtige Säule schwach golden getönter, flimmernder Luft. Seine Blicke schweiften umher; er entdeckte im ganzen Tal nichts Ähnliches.

»Wenn das die einzige Sammelstelle darstellt, dann ist der Fluß stark geschrumpft.«

Pfirsichdiebin nickte und schluckte dann. Ihr schmales Gesicht wirkte plötzlich hart. Sie wollte auf der Erde weiterleben und hier sterben, ohne zum Fluß zu gehen. Jakko erkannte die Absicht in ihren Zügen. Und er würde bei ihr bleiben; das stand für ihn fest. Er drückte mit aller Kraft ihre Hand.

»Wenn du unbedingt mit deinem Vater sprechen mußt,

gehen wir am besten hier oben entlang«, meinte Pfirsichdiebin. »Das erscheint mir am ungefährlichsten.«

»Nei-ein«, meldete sich einer der Mondhunde zu Wort. Die beiden Menschen drehten sich um und sahen die Hunde in einer Reihe am Hügelkamm sitzen. Sie starrten mit halbgeschlossenen Augen ins Tal.

»Schon gut«, beruhigte Pfirsichdiebin die Tiere. »Ihr wartet hier. Wir kommen bald zurück.«

Sie drückte Jakkos Hand noch fester, und gemeinsam gingen sie los. Sie machten einen Bogen um den alten Kriegshügel, wanderten vorbei an den Überresten uralter Fahrzeuge, kamen an eine Säule, die schräg im Nichts lehnte. Sie entdeckten schwache Trampelpfade im kurzen Gras. Wieder ragte ein Kriegshügel vor ihnen auf; als sie ihn umrundet hatten, standen sie unvermittelt vor einer kleinen Herde. Die Tiere hatten lange, schmale Hälse und ein weißes Fell, und sie besaßen keine Hörner. Ohne Scheu grasten sie weiter, als die beiden Menschen auftauchten. Jakko meinte, es könnte sich um mutierte Rehe handeln.

»Sieh doch!« Pfirsichdiebin ließ seine Hand los. »Das ist Milch – da, sie säugt ihr Kleines!«

Jakko sah, daß eines der Tiere eine Art knotigen Sack zwischen den Hinterläufen hängen hatte. Ein Junges kniete daneben und trank. Eine Mutter und ihr Kind.

Pfirsichdiebin ging vorsichtig auf die beiden zu und stieß leise Lock- und Begrüßungslaute aus. Das Muttertier betrachtete sie furchtlos, während das Kleine mit rollenden Augen weitertrank. Pfirsichdiebin trat neben die beiden, streichelte die Mutter und bückte sich dann, um den Beutel zu betasten. Das Tier tat einen Schritt zur Seite, hielt dann aber still. Als Pfirsichdiebin sich wieder aufrichtete, leckte sie ein paar Tropfen von ihren Fingern.

»Das ist gute Milch! Und die Tiere haben genau die richtige Größe, wir können sie im Luftschiff mitnehmen. Sogar in die Bodenautos passen sie!« Sie strahlte und lachte. Jakko spürte eine Wärme, die ihm die Kehle zuschnürte. Der Eifer, mit dem sie ihre kleine Welt ausstattete, ihr künftiges Nest! *Ihr und sein Nest und das der Kinder …*

»Begleitet uns doch!« drängte Pfirsichdiebin. »Kommt mit uns!« Sie schlang ihren Gürtel um den Nacken des Muttertieres, damit sie es besser führen konnte. Es folgte ihr friedfertig, und das Kleine kam mit ungeschickten Sprüngen hinterher.

»Das Junge ist ein Männchen. Oh, das ist wunderbar!« rief Pfirsichdiebin. »Da, halt den Gürtel einen Moment fest! Ich möchte mich drüben bei der Herde umsehen.«

Sie reichte Jakko die Schlaufe und rannte los. Das Tier betrachtete ihn ruhig. Plötzlich zog es die Oberlippe ein Stück zurück und spuckte. Er konnte gerade noch den Kopf zur Seite drehen. Ungeduldig rief er Pfirsichdiebin zurück.

»Ich muß zuerst meinen Vater finden!«

»Ist gut.« Sie gesellte sich wieder zu ihm. »Oh, sieh dir das an!«

Etwas weiter unten am Hang war eine Geistererscheinung aufgetaucht – eines der weißen Tiere, allerdings nahezu transparent und gespenstisch dünn. Es schwebte vage hin und her, senkte gelegentlich den Kopf, fraß aber nicht.

»Es muß zur Hälfte in den Fluß geraten sein. Oh, Jakko, siehst du nun, wie gefährlich das ist! Ich habe Angst. Ich habe solche Angst, daß dich der Fluß einfängt.«

»Bestimmt nicht. Ich werde gut achtgeben.«

»Ich habe solche Angst.« Aber sie begleitete ihn weiter und zog das Milchtier am Gürtel mit. Als sie an dem Geistergeschöpf vorbeikamen, rief ihm Pfirsichdiebin zu: »So kannst du nicht leben! Geh lieber ganz in den Fluß! Los – schsch!«

Es drehte sich um und wanderte über die Abfallberge langsam auf das Schimmern in der Luft zu.

Auch sie näherten sich jetzt der Sammelstelle. Immer häufiger mußten sie über verlassene Gegenstände klettern. Pfirsichdiebin beäugte die einzelnen Dinge scharf; einmal bückte sie sich, hob einen weichen, weißen Stofflappen auf und stopfte ihn in ihren Rucksack. Sie erreichten einen langgestreckten Hang, der verhältnismäßig frei von Abfällen war und zur glitzernden Luftsäule hin abfiel. Sie wanderten über das Gras.

Das Flußauge wurde immer furchteinflößender, je näher sie kamen. Sie konnten jetzt erkennen, daß es in die Höhe führte, bis an den Rand des Himmels, und dort einen leichten Knick machte. Ein Tentakel jenes materielosen Erkenntnis-Stroms, das die Erde umfangen hielt – ein Pfad zur Unsterblichkeit. Die Luft im Innern der Säule sah jetzt nicht mehr golden aus, sondern blaßsilbern wie ein breiter Strahl Mondlicht, der durch den Morgenhimmel in die Tiefe sikkert. Die Gegenstände ringsum wirkten sehr klar, schimmerten aber, als seien sie von einem Mantel kalten Kristallwassers umgeben.

An einer Seite erhob sich eine Zeltreihe. Jakko erkannte plötzlich eines der Zelte und beschleunigte seine Schritte. Pfirsichdiebin zerrte ihn zurück.

»Jakko, sei vorsichtig!«

Sie blieben etwa hundert Meter von den kaum wahrnehmbaren Ausläufern der Flußsäule entfernt stehen. Am Rande des flimmernden Kreises war ein Stab in den Boden gerammt. Ein Schal aus grüngelber Seide flatterte daran.

»Schau – das ist das Zeichen meines Vaters!«

»Oh, Jakko, *du kannst dort nicht hingehen!*«

Bei dem vertrauten Gegenstand stürmte unvermittelt die Erinnerung an seine Eltern und seine Familie auf Jakko ein. An ihre ruhige Vernunft, an die feierliche Vorbereitung auf das Leben in der Ewigkeit, fern von der Erde. Zwei Wirklichkeiten kämpften für kurze Zeit in seinem Innern. Sie hatten ihn geliebt, dessen wurde er sich in diesem Moment bewußt. Besonders sein Vater ... Aber nicht so, wie er Pfirsichdiebin liebte, schrie sein neu erwachter Geist lautlos. Ich bin aus Erde! Sollen die Sterne sich um ihresgleichen kümmern! Sein Entschluß wuchs und siegte.

Sanft löste er sich aus ihrem Griff.

»Warte hier! Mach dir keine Sorgen, es dauert lange, bis die Veränderung eintritt, das weißt du! Stunden, Tage. Ich bleibe nur eine Minute und komme dann zurück.«

»Oh, das ist alles Wahnsinn!«

Aber sie ließ ihn gehen und hielt das Milchtier fest, während er den Hang hinunterwanderte und sich einen Weg über den Abfall zu dem im Boden eingepflanzten Stab bahnte. Beim Näherkommen spürte er, wie sich die Luft ringsum veränderte, wie sie erwachte und doch stiller wurde als zuvor.

»Vater! Paul! Ich bin es, Jakko, dein Sohn! Kannst du mich noch hören?«

Keine Antwort kam. Er tat noch einen oder zwei Schritte auf den Stab zu und wiederholte seine Worte.

Ein sanftes Echo drang in seine Schläfen, als hätten sich unirdische Reiche geöffnet. Aus der Ewigkeit spürte er die ruhige Stimme seines Vaters, ohne sie jedoch zu hören.

Du bist gekommen!

Das Gefühl einer schlichten, herzlosen Begrüßung.

»Die Städte sind leer, Vater. Die Menschen sind fortgegangen – überall.«

Komm!

»Nein.« Er schluckte, wehrte die Erinnerungen ab, kämpfte gegen die Verlockung dieses fremden Ortes an. »Das alles weckt Trauer in mir. Es ist der falsche Weg. Ich habe eine Frau gefunden. Wir wollen bleiben und Kinder haben.«

Der Fluß verschwindet, Jakko, mein Sohn!

Es war, als habe ein Stern seinen Namen gerufen, aber er blieb fest. »Das ist mir gleichgültig. Ich bleibe bei ihr. Lebwohl, Vater. Lebwohl!«

Tiefes Bedauern berührte ihn, und aus dem Jenseits murmelten lautlose Stimmen: *Komm! Komm! Fort von hier!*

»Nein!« schrie er, oder versuchte er zu schreien, aber es gelang ihm nicht, die entrückten Stimmen zum Schweigen zu bringen. Und als er nach oben starrte, spürte er plötzlich die Realität des Flusses, das lockende Portal zu einem ewigen Leben zwischen den Sternen. Alle Ängste des Sterblichen, die zutiefst im Innern verwurzelte Furcht vor dem lauernden Maul des Todes – all das glitt ab von ihm, und er fühlte sich unsäglich leicht und froh. Er wußte, daß er berührt wurde, daß er für alle Zeiten in jenen unsterblichen Strom hinausschwimmen konnte. Aber noch während das Verlangen ihn umfaßt hielt, erinnerte ihn sein Menschenverstand daran, daß dies nur die erste Phase war, daß man den Fluß aus diesem Grunde auch BEATA nannte. Er dachte an das Geistergeschöpf, das zu lange geblieben war. Er mußte jetzt umkehren, rasch! Mit unendlicher Mühe trat er einen Schritt zurück, aber er fand nicht die Kraft zur Umkehr.

»Jakko! Jakko! Komm zurück!«

Jemand rief, schrie seinen Namen. Endlich wandte er sich um und sah sie auf dem Hügelkamm stehen. Ganz nahe und doch so weit weg. Die normale Erdensonne fiel hell auf sie und die beiden weißen Tiere.

»Jakko! Jakko!« Sie rannte ihm mit ausgestreckten Armen entgegen.

Es war, als riefe die schöne Erde selbst nach ihm, als wollte sie ihn zurückholen, damit er die Last des Lebens und des Todes auf sich nehme. Er wollte es nicht. Aber Pfirsichdiebin durfte nicht hierherkommen, das wußte er, ohne sich erinnern zu können, weshalb. Er begann ihr unsicher entgegenzuwanken, sah die Frau, die er liebte, und ein unbekanntes Geschöpf, das seltsame Schreie ausstieß.

»Herrin Tod«, murmelte er, ohne zu merken, daß er stehengeblieben war. Sie lief schneller, stolperte, wäre um ein Haar in die Abfallberge gestürzt. Wieder kam ihm zu Bewußtsein, daß sie nicht bis zu ihm kommen durfte; er tat ein paar Schritte, und der Druck von seinen Schläfen wich.

»Jakko!« Sie erreichte ihn, umklammerte ihn, zerrte ihn mit aller Kraft fort vom Rande des Flusses.

Mit ihrer Berührung kehrte die Wirklichkeit seines Menschendaseins zurück, sein Herz pumpte Menschenblut, alle Sterne flohen. Er begann unbeholfen zu laufen, schleppte sie mit sich in die Sicherheit des Hügelkamms. Endlich sanken sie keuchend neben den Tieren nieder, umarmten und küßten sich mit Tränen in den Augen.

»Ich dachte, du seist verloren, ich dachte, ich hätte dich verloren«, schluchzte Pfirsichdiebin.

»Du warst meine Rettung.«

»H-hier«, stammelte sie. »Wir m-müssen etwas essen.« Sie kramte in ihrem Rucksack und nickte entschieden, als könnten diese einfachen Menschengewohnheiten sie gegen die unirdischen Kräfte schützen. Jakko stellte fest, daß er sehr hungrig war.

Sie aßen und tranken im weichen, blumenübersäten Gras, während die weißen Tiere in ihrer Nähe ästen. Pfirsichdiebin musterte den breiten, von Menschengegenständen überhäuften Talboden und runzelte die Stirn.

»Soviel nützliches Zeug liegt hier herum. Eines Tages, wenn der Fluß fort ist, werde ich wiederkommen und alles durchsuchen.«

»Ich dachte, du legst besonderen Wert auf die Dinge der Natur«, neckte er sie.

»Es gibt hier Sachen, die halten ewig. Schau!« Sie holte ein winziges Werkzeug hervor. »Eine Ahle! Zum Ledernähen. Damit kann man Kindersandalen machen.«

Viele der Menschen, die zum Fluß gepilgert waren, hatten sicher ein einfaches Leben geführt. Vielleicht gab es wirklich noch einige nützliche Geräte. Metall. Und Bücher. Beschreibungen bestimmter Herstellungsverfahren. Er legte sich verträumt ins Gras und sah sich bereits als geschickten Handwerker, der sein Wissen und Können an die Kinder weitergab. Das schien durch und durch gut.

»Oh, mein Milchtier!« unterbrach Pfirsichdiebin seinen Traum. »Nein! Das darfst du nicht!« Sie sprang auf.

Jakko hob den Kopf und sah, daß sich das weiße Muttertier bis an den unteren Rand des Grashanges vorgewagt hatte. Pfirsichdiebin lief hinterdrein und rief: »Komm zurück! Halt!«

Stur wanderte das Tier weiter und rupfte hier und da an einem Büschel Gras. Pfirsichdiebin rannte schneller. Das Tier warf den Kopf hoch und verließ den Grashang, suchte zwischen den Abfallhaufen umher.

»Nein! Die Milch! Komm hierher zurück, komm!«

Sie folgte dem Tier jetzt etwas ruhiger und versuchte es vorsichtig an sich zu locken.

Jakko war besorgt aufgestanden.

»Kehr um! Du darfst da nicht hinunter!«

»Die Milch für unsere Babies!« wimmerte sie und warf

sich auf das Tier. Sie verfehlte es, und es lief ein paar Schritte weiter.

Zu seinem Entsetzen sah Jakko, daß die flimmernde Säule des Flusses ihre Form leicht verändert hatte. Dicht vor dem Tier tauchte ein silbriger Lichtfinger auf.

»Kehr um! Laß es laufen!« schrie er und rannte selbst los, so schnell er konnte. »Pfirsichdiebin – komm zurück!«

Aber sie drehte sich nicht um, und er konnte sie nicht einholen. Das weiße Tier befand sich jetzt in der schimmernden Helle; er sah, wie es auf einen großen Müllberg sprang, der sonnengolden und mondsilbern flirrte. Pfirsichdiebins dunkle Gestalt jagte hinter dem Geschöpf drein, ohne auf die Gefahr zu achten: Das Tier tat erneut einen Sprung. Jakko sah, wie sie folgte, und bittere Furcht umkrampfte sein Herz. Ihre Menschenkraft treibt sie in den Tod, dachte er. Ich muß zu ihr, ich muß sie herausholen! Er zwang seine Beine, immer schneller zu laufen, und merkte nicht, daß sich auch um ihn die Luft veränderte.

Pfirsichdiebin verschwand einen Moment lang in einem Schleier glitzernder Luft und tauchte dann wieder auf, immer noch auf der Spur des Milchtieres. Dankbar sah er, wie sie stehenblieb und etwas aufhob. Sie ging jetzt, er konnte sie noch einholen! Aber sein eigener Körper bewegte sich träge. Es kostete seine ganze Willenskraft, ein Bein vor das andere zu setzen.

»Pfirsichdiebin – Liebes, komm zurück!«

Die silbrige Luft schien seine Stimme zu dämpfen. Entsetzt merkte er, daß er die Schritte verzögerte. Ein Schleier trennte sie von ihm.

Als er sich durch den Glanz kämpfte, sah er sie ganz langsam dem weißen Tier folgen. Ihr Gesicht war nach oben gewandt, unirdisches Licht umspielte ihre Schönheit. Er wußte, daß sie die Verlockung, den Sog des unsterblichen Lebens spürte. Ihm ging es nicht anders; er kam kaum noch vom Fleck, eine entsetzliche Heiterkeit durchflutete sein Herz. Sie wanderten der Flußmitte zu, dorthin, wo die Strömung am stärksten war.

»Liebstes ...« Der Schmerz der Sterblichen bekämpfte die

eindringende Transzendenz. Das Mädchen vor ihm verschmolz allmählich mit den flimmernden Schleiern, folgte immer noch seinem letzten Erdenwunsch. Er sah, daß die Menschheit, alles was er je auf der herrlichen Erde geliebt hatte, für immer aus der Realität entschwand. Warum hatte sie das alles in ihm geweckt, wenn er sie jetzt wieder verlor? Geisterstimmen umgaben ihn, aber er wollte keine Geister. Eine verzweifelte Klage um das Erdenleben stieg in ihm auf, ein letzter Schmerz, den er mit sich durch die Ewigkeit tragen würde. Aber die Schärfe fiel ab. Die materielose Unsterblichkeit hüllte ihn nun ein, erfaßte ihn wie sie. Sein Fleisch, sein Körper begann sich aufzulösen, einzufließen in den großen Bewußtseinsstrom, der auf geheimnisvollen Wegen durch das All wanderte.

Immer noch zog sein Erden-Ich hinter dem ihren in die Nebel der Unendlichkeit, die sich verdichteten, und es prägte dem Strom eine Konfiguration auf: ein Mann, in alle Ewigkeit voller Sehnsucht nach dem geliebten dunklen Mädchen, das ein gespenstisch weißes Milchtier verfolgte.

Copyright © 1980 by James Tiptree, Jr.

HEYNE BÜCHER

HEYNE SCIENCE FICTION

25 JAHRE Heyne Science Fiction und Fantasy

Romane und Erzählungen internationaler SF-Autoren im Heyne-Taschenbuch.

06/4129 - DM 7,80

06/4115 - DM 7,80

06/4073 - DM 6,80

06/4128 - DM 6,80

06/4114 - DM 6,80

06/4141 - DM 12,80

06/4122 - DM 5,80

06/4139 - DM 6,80

HEYNE BÜCHER

HEYNE SF-MAGAZIN

Erzählungen und Kurzgeschichten Interviews Informationen Autorenporträts Buchbesprechungen Berichte

06/3888 - DM 7,80

06/3908 - DM 7,80

06/3935 - DM 7,80

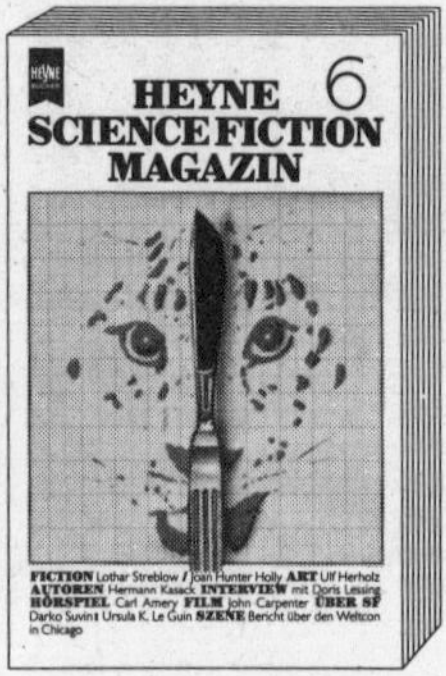

06/3954 - DM 7,80

06/3989 - DM 7,80

06/4019 - DM 8,80

06/4051 - DM 7,80

06/4085 - DM 7,80